ゲームの規則Ⅳ

# 囁音

ミシェル・レリス
谷 昌親 訳

平凡社

FRÊLE BRUIT

# 目次

ゲームの規則Ⅳ　囁音

論理的または年代的な一貫性をなすというよりも、以下の文章は――それが完成するか、外部の事情で中断されたとき――、群島か星座、血のほとばしりのイメージ、灰白質の爆発、最期の吐瀉物となり、それによって、わたしが倒れ込むときに（その中断を、こうした突然の破局というかたちでしかわたしは想像できない）虚構の境界線が空に描かれるだろう。

文章を並べ、移動し、配置し、トランプのゲームで勝ちをめざすのと同じこと。付け加えもするが、モザイク画を続けるためのこともあり、隙間を埋めるためのこともある。削除するのは、切り詰めるのが唯一の処方と（しぶしぶながら）自分で認めるような場合。逆に、闖入してきたものをそのままにしたり、それが他の部分とどう結びつくのか発見して説明するだけの時間がわたしには足りなくなり、どうにも韻を踏んでいないように見えるものを受け入れてしまったりもする。

寄せ集め《アッサンブラージュ》というのが何を意味するかはつねに心得ていても、突如として動きがなくなってしまったときにそれが何を示すことになるかはわからず、わたしの手が描ききれなかった帰趨ということになるのだが、わたし自身が――勝負がついたと思ったり、決着がつかなくて宙吊りにするしかないと考えて――ゲームをやめてしまうということもあるだろう。

＊

一九四四年八月二十日……

いくつもの建物に分かれて待ち伏せしていたフランス国内軍〔ドイツ軍占領下に結成されたレジスタンス組織〕から攻撃された車輛のなかでも、一台の自動車が目につくが、その自動車は、激しい一斉射撃にさらされつつ、サン＝ミシェル河岸から出てくる。弾に当たることもなく、サン＝ミシェル広場を通り過ぎ、そしてグランゾギュスタン河岸に入ってくる。そのとき、おそらく運転手が撃たれ、急に横に逸れて歩道に乗り上げ、ペラン書房の店先に激突する。屋根に赤十字が大きく描かれているので、フランス国内軍がその車に向けて発砲したことにわたしは驚く――そして衝撃を受ける。武装した男たちが炎上した車輛をすぐに取り囲む。乗っている者たちが懇願の声をあげる。「降参だ！　助けてくれ！」唯一の出口になっている右側のドアの前に、若い男が片膝をつき、リヴォルヴァーを構えて立ちふさがり、二、三人いるドイツ兵が降りないようにしている。フランス国内軍のあいだで意見が分かれる。ある者はこう叫ぶ。「火のなかに置いておけ！　火のなかに置いておけ！」またある者はこう叫ぶ。「一思いに殺せ！　一思いに殺せ！」この場面の闘牛を思わせる側面（ピストルを構えて跪いた若い男は、まさに半ばはマタドール〔牛にとどめを刺す闘牛士〕風の、半ばはプンティリエーロ〔マタドールの代わりにとどめを刺す役〕風だ）は崇高さと美しさに満ち溢れているように思えるものの、わたしは恐ろしくなって窓際を離れ、台所に行き、無意識に流しの蛇口で手を洗う。だが、自分のしている動作の意味がわかってくると（ピラト〔イエスの処刑を認めたとされるローマ帝国のユダヤ属州総督〕の場合と同じで、手の儀式的洗浄）すぐに、わたしは蛇口を締めて、食堂の窓に戻る。若い男は、炎を逃れて出てきたドイツ兵のひとりの息の根をリヴォルヴァーでとめ、そのドイツ兵の身体が地面で一瞬よじれるのが見える。しばしの静寂。そして大きな爆発音が立てつづけに鳴って、自動車の周囲に集まっていた戦闘員の小グループは、逃げ出してしまう。この赤十字の車には手榴弾がいっぱい積み込まれていて、それが爆発しているのだ。

※

パロディ風の執政官、
気取り屋、
パリサイ人〔福音書で非難の対象となっているユダヤ教の一派〕、
美辞麗句を連ねる輩、
濡れた雌鶏、
腐った板、
操り人形、
娼婦、
清教徒、
道化師、
臆病者、
男色家、
影の薄い奴、
処女、
ごりごりの女信者、

見下げ果てた馬鹿、
プリュドム〔俗悪愚昧なブルジョワの典型的人物〕、
貞女の鑑《かがみ》、
ヴァルダ・トローチ〔咳止めの効用があるとして二十世紀初頭に薬屋で売り出されたトローチ〕、
くどくどと説教する麻痺患者、
寄食者、
イエズス会士、
陰気で冷たい奴、
低温殺菌したプルチネッラ〔笑劇の滑稽役〕、
詩人、
扁平足、
お粗末なピエタ像、
男子用公衆便所の玉縁、
くだらない哲学者、
用心深い金権政治家、
細かいタッチで描く画家、
いちゃもんつける奴、
気むずかしい才子、
名誉職にある人、
丁寧すぎて誠意のほどが疑わしい者、

メェーメェー鳴く平和主義者、
堕落したパトリキ〔血統貴族〕、
役立たずのペトロニウス〔古代ローマの政治家・作家〕、
生粋の放蕩者、
さえない柱形。

※

一七八九年の革命のあと存続できなかった聖アウグスティヌス会修道院の跡地にあり、ベル・エポックのころのように個室が残っている（ほかと同様に目張りされた個室の仕切り壁のひとつには鏡が掛けられていて、そこに、艶っぽい夜食のあと、おそらくはダイヤモンドを指にはめた手が、名前と日付を落書きした）レストラン・ラ・ペルーズのすぐ近くに位置する、わたしが住む建物は、七階建てで、ナポレオン三世の治世の終わりごろに建てられ、いくつかの装飾的な要素、とりわけ、三階の端から端まで延びているバルコニーのすぐ下に、よき乳母のような頬をした女性か天使の大きな顔が二つあるが、そうしたものでも建築としてのつまらなさをまったくと言っていいほど糊塗しきれていない。五階にあるアパルトマンの大きな魅力は、かなりの高みからセーヌ河を見下ろし、シテ島の南岸に建ち、ほぼすべてがこちらよりも古い住居に面しているということだが、このアパルトマン内には、そこだけに本が置かれているわけではないものの、書斎と呼ばれている部屋があり、暖炉が長年にわたって存在していたが、暖炉には彫刻のほどこされた大きな木枠がついていて、この装飾の悪趣味に匹敵するのが二つの偽の扉で、その唯一の役割は、隣の部屋——昔は居間だった——にある本物の二つの扉と対になるということで、コピーのほうは家具で隠されているのに対し、本物はそのままにされていた。暖炉の火床の両側には、目の高さの位置に同じ二つの像があり、例の木枠を飾る模様の基調をなしていたのだが、その像というのは牧神か、さもなければ獅子尾猿に見える顔で、波打つ頬髯が火床にはない炎を逆さまに写し取ったかのようだったが、火床がこの住居で使われないのは集中暖房が備わっているせいで、集中暖房は、わたしが年を重ねていくにつれ、熱源が石炭、ガス、さらには都市暖房と称されるシステムを介して家庭ごみへと、次々に変わっていったようだ。

とても幅があり、あまりにも出っ張っていて、ほとんど天井にまで届きそうだったので、ひどく邪魔だったこの木枠は、先の大戦の数年後には撤去されたのだが、そのときには、本が溜まってきて、棚があちこちに増え、奥の部屋に通じる廊下、台所の裏の隅が出発点で終着点が風呂場になる古風な管が、覆い隠されることもなく走っている廊下、そこまでもが手狭になってきて、妻の義兄とわたしは、書斎の壁のいままで手つかずだった部分にも棚板を設置せざるをえなくなった。本当のところ、わたしは、不便なばかりではなく、美しくないと認めざるをえないこの木枠の装飾を、できれば残しておきたかった。なにか馬鹿げてはいるが、誰もが心の底で、あらゆる判断を棚上げにして培っている民間伝承のたぐいに感じるような愛着を、その見せかけの荘厳さに覚えていたのだ。ところがわたしは、いったん自分のところに置いた本はとっておきたいという執着心と、本が上げ潮のように増えてきて息が詰まってしまうのではないかという恐れ、この二つの感情にひどく引き裂かれていて、本の間引きをしようにも、あまりにも偏執的なところがあるので、外科手術的なものになってしまうのではないかと誰よりも自分自身が恐れて、それには積極的になれず、無駄だとわかっている以上、堤防を築こうと説くわけにもいかず、そこで、一時的に問題を解決するそうした撤去案を自分から出してしまった。

前面の仕切り板を取り除いてできた暖炉の空洞に、ラジオとレコード・プレーヤーの一式がいまははめ込んであるが、これはたいした器械ではなく、もうずいぶんと古びてしまっているものの、そのことをあまり気にしないのは、ラジオはほとんど聞かないし、オペラのレコードを聴くのは田舎で過ごす週末に限っている（もっともその習慣もすでに失われていて、というのもサンティレール〔パリ近郊南西部、後出一一九頁参照〕ではちょっとした用にばかり多大の時間をかけるようになってしまっているからで、犬の散歩がそのいい例だが、これは犬にとってはお楽しみの時間だし、わたしにとっては心地よい運動となる）からだ。あまり嵩ばらない（それが唯一の長所だ）この小さなドイツ製の備品には、〈サバ〉という商標がついている。

書斎（前よりも広くなったが、さらに本が詰め込まれた）の窓からも、他の窓からも、左手のほうにポン＝ヌフが見えるものの、いくら身を乗り出しても、すぐ近くにあり、この建物と同じく河から数歩のところにある造幣局の建物は目に入ってこないが、これは二重に歴史的な建造物で、それというのも歴史をたどると――ルイ十五世がこの建物を建てる前には――ネールの館と塔〔かつてパリ六区にあった、城壁の一部をなす邸宅と塔で、大デュマの戯曲『ネールの塔』で有名〕が聳えていて、人びとを仰天させ、殺人も起きたという過去がいかがわしい悪臭を漂わせていたからだ。右手の対岸には、恐るべき裁判所を見下ろすサント＝シャペル礼拝堂の尖塔、さらに、サン＝ミシェル橋の向こうに、ユゴーが有名にした大聖堂の二つの大きな塔と高い尖塔が目につくが、この大聖堂を見直し、手を加えたのはヴィオレ＝ル＝デュック〔十九世紀の建築家〕で、キリストがまだ王であった時代の記憶を呼び覚ます劇的事件を堅材でできた装飾で描いたのだった。

グランゾギュスタン河岸三十五番地、「ディディエ学術書房二代目ペラン」、のちには「ペラン学術書房会社」。一行一行にそれにふさわしい価値が伴うように、かなり大きな活字で印刷され、ステファヌ・マラルメの『詩と散文』が出版されたのは、そこにおいてだ。本の前扉に、口絵としてホイスラーがリトグラフで制作したマラルメの肖像があり、あまりにも透けているので、葉巻の灰と煙でできているかのようだ（もしかするとそれがローマ街で開かれていた火曜会の雰囲気だったかもしれず、煙草の煙が充満していなくても、近くのサン＝ラザール駅のせいで煙っていたのだ）が、それに対し、『『ヴァテック』要約のための断章』――評論集〔『ディヴァガシオン』〕に収められた文章のひとつとイギリス人ベックフォードの短篇の序文で、同じ出版社から薄青色の同じ表紙で刊行された――のほうは、黒檀か黒大理石に刻まれているように見える。

わたしがその存在に気づいたころには、それほど高さがないのにぐらついている感じになっていた古い建物で、窓は斜めだし、刳り形溝で装飾がほどこされ、十八世紀の錬金術師か催眠術師の住居ではないかと思わせたこの出版社は、どんな石で建てられていたのだろう。たんに商売の浮き沈みが表に出ていると見なすべきとの考えもあろうが、堅固な材質にもかかわらず、おそらくは倒れかかっていた。出版社の入っていた一階部分は、二年前から、全面改修がおこなわれている。工事の最初に設置された防御塀には、どんなレストランかカフェ、ブティック、それとも公共企業または私企業のオフィスがこの出版社のあとに入るのかを示すものは何もないが、やがて何かが入ってくる準備はたしかに整っている。

最近、通りがかりに店先を何度も眺めたが、カタログに載っている本で名前を挙げられるのは、（誤りでなければ）エルネスト・エロ〔十九世紀フランスの神秘主義作家〕の著作とエドゥアール・シュレの『秘儀を伝授された偉大なる人びと』くらいのもので、後者についてわたしが知っているのは、秘教主義の熱心な信奉者であると同時に、当時の知識人の多くがそうだったように、熱烈なヴァーグナー崇拝者であるということだけで、同時代に、すべてがそこに凝固しているという意味でまさに〈書物〉の人だったマラルメも生きたが、彼の場合は時代に遅れることなく語った――炎と霧氷のごとく――のであって、そのマラルメは、偉大な詩人であると同時に、どこにでもいるありふれた英語教師でもあることが可能だと示してくれたのだった。

※

ゴシック書体〔いわゆるゴシック体ではなくブラックレターのこと〕、それはもちろん中世を、石の透かし飾りの切れ込みとステンドグラスまたは瑶瑯の仕切りを体現する。美しい格子があって、それをとおして敬虔な、あるいは騎士的な場面が垣間見え、銃眼並みの狭い窓枠のなかや点在する森の豊かな枝葉のあいだを盗み見たおかげで生じる驚きに等しい。

パリの歩道で木々が作り出す格子、ときには暴動並みの争奪戦を引き起こす、あらかじめ四等分された丸くて重量感のあるケーキ。石炭か泥炭の炎が輝いているのが湾曲した格子のあいだから見える家庭の窓。爪をひとつ残らず立てた野獣用の檻。兜の格子組模様。古い戸棚、あるいはまた、金属の梁が生み出す近代的な錯綜模様——近代的とは言っても、実はいまではとっくに時代遅れになっていて、クリスタル・パレスや機械館や観覧車やエッフェル塔〔いずれも十九世紀後半の万博で建設された〕、そのはかにもいろいろある、ジュール・ヴェルヌ風またはロビダ〔アルベール・ロビダ(一八四八—一九二六)はフランスの挿絵画家、版画家であり、SF小説的な作品の著者でもある〕風に古くさくなった産業建造物を思わせる。

わたし自身の人生のどの逸話ならゴシック書体で書いてもらえるだろうかと考えてみると、かすかな可能性も見えてこない！　一から十まで空想で創り上げられた逸話なら話は別だろうが、そうした空想の物語は、おとぎ話に不思議な色合いが備わって見えたころに他人まかせで楽しんだもので、おとぎ話というのは、それが本当だなどとまったく思わず、それだからこそすばらしい傑作《メルヴェイユー＝メルヴェイユ》となるだけ

にして なにか歴史の授業でも受けるようにになおさら不思議《メルヴェイユーズ》で、聖書や福音書に書かれた物語でも、なにか歴史の授業でも受けるようにして聞いたようなところのあるギリシア神話やローマ神話でも、お目にかかることがない話だ。

もっと大きくなってからその存在を知る別の書体――エジプトの象形文字、当然ながらアラビア語から生み出されるアラベスク模様、ヘブライ語やカルデア語の小さな塊、中国の表意文字、謎そのもののキリル文字――には冷ややかさを感じてしまうことになるのだが、ゴシック書体はそうした冷ややかさとは無縁で、どこの馬の骨とも知れぬ金具職人がペンチと金槌を強火にかざしておこなった扱いにもかかわらず、やはりわたしたちに属するものと言え、その扱いというのは、存在を否定するとまではいかないまでも、ゴシック文字をことさら入り組んだものにしようとするかのようで、突出部分や小さな切れ込み、控え壁〔壁から直角に突き出した補強壁〕や明かり取りの穴、喉仏や鎖骨の窪みといった、ほんのわずかなとっかかりも利用する登山家さながらに想像力がしがみつけるものをつけてやってはじめて、より感覚に訴え、より豊かになるとでも言いたげだ……。

※

金管楽器の出すしゃがれ声のようなサンブル、シンバルの震えのようなエ＝ムーズ。キンブリ《サンブル》族とチュートン族〔いずれもゲルマン民族の一種〕に切りつける《サブレ》となると、それは共和国軍兵士のお役目だ。

かつてわたしは、いかにも軍隊風の歩きぶりや、とりわけその名前のせいで、サンブル＝エ＝ムーズ連隊の行進曲が好きだった。しかし、聴いたことのある楽曲――大半は蓄音機で聴いたため、当時の録音の質が悪いことから、妙に甲高かったりざらざらした感じがしたりする音になってしまっていた――のなかのどれにも増してのお気に入りは、同題のオペラからとられた『予言者の聖別式の行進』で、そのオペラの終幕は（あとで知ったことだが）、人民の予言者ジャン・ド・レイドの運命が暗転した時点で起きる火薬庫の爆発と宮殿の火事となる。荘厳な行進曲は共和国衛兵隊楽団によって演奏されていて、そのため、美しい制服と革装備の豪華さがそれと対をなすかのような金管楽器の朝顔の豪華さを一層輝かせていた。あまりにも頻繁に聴いたので摩耗し、溝に白っぽいざらざらができてしまったこのレコードで忘れられないのは、王の聖別式という観念を表現するのに用いられた、しゃがれたような大きな調べであり、同じように――もっと粗野な儀式においてだが――野獣のような調べが、のちのち、鼓膜を揺すぶってくれることになるのだが、それは、処女林と化したオーケストラのただなかで辛辣な毒を撒き散らす繁殖さながら、『春の祭典』が若いわたしの俗物根性に驚くべき野蛮さの一撃をもたらすときのことで、とはいえ、その音楽的な効果についてはずっとあとになってからしか理解できないのだ。

聖春〔非常時に春の初穂を奉納する祭り〕。春というのはとりわけ戦いの季節なのではないだろうか。そして戦いというのは、春と同じで、つねに異教徒的ではないだろうか。この点に関して、わたしの信念は揺るぎのないものになっている。言葉の音や形態についてのまったくの素人として言及する（それを何かの論拠にしようというわけではなく、言語のほうがわたしの代わりに思考し、みずからの連なりを押しつけてくるのを受け入れ、時代やもろもろの指標を等閑に付してしまうときに感じる喜びに浸って）のだが、読書中にその文字が目に入ると、「異教徒（païen）」のïがどんなに鋭く、堅く、引き締まった感じを喚起することか、そしてだからこそ、わたしはそれを子音ではなく、特別な甲高さを備えた母音と認識してしまう〔ここでのïはいわゆる母音ではなく、子音的な扱いをされる半母音となる〕。ビスカイ銃〔十八世紀のマスケット銃の一種〕、矢の先端、水晶のような星、父がテノールの声で『異教徒のクリスマス』〔ジュール・マスネ作曲、マルシア・シルヴェストル作詞の声楽曲〕の冒頭の「クリスマス！星空のもと……」と歌ったとき、そうしたもののどれかがわたしの前に現われた気がしたのだが、その『異教徒のクリスマス』を父は好んでいて、わたしは、正しいかどうかはわからないまま、ガリア人が出てくる話だろうと思っていた。現われてきたものは、伸びてくる植物の芽のようでもあって、ファイファ〔小さなフルート〕かクラリネットの甲高い音さながら、容赦なく道を切り開いていくのだ。

「初春のめでたさや《オ・ギ・ラン・ヌフ》」と叫ぶ〔ケルト族の〕ドルイド僧でもなく、髪が豊かで、青銅の頸飾りをした戦士でもなく、ガリアの農民でもなく、そしてまた、フランス史において提示される人間のサンプル――貴族、僧侶、第三身分――のいずれにも当てはまらなくて、古代ローマの元老院議員だと、違う時代に生きていた場合のことを想像するとき、わたしは自分のことをとかくそう考えたがる。

ごく平凡な元老院議員で、それなりの役割を得ようなどとはいささかも願わず、長衣に毎日きれいについた折り目の下にやや身を押し込めた人物で、雄弁な手と剃った頭を持ち、サンダルをはいた足を引きずるようにあちこち歩き、実にくだらない無駄話を同僚と交わし、いつも眉根を寄せているが、国事――軍団《レギオン》の反乱や国境での領土侵犯――のせいではなく、皇帝が犯すかもしれない、ささいだが危険な過失がどんなものになるのか、それを予見できないからだ。眠っているあいだに見た夢、鳥の飛んでいく方角、そのせいでつまずいた敷石の段差を気にし〔プルーストの『失われた時を求めて』に出てくる有名な挿話を示唆している〕、血を怖がり、円形競技場でおこなわれる競技を嫌っている。それでいてコロッセウムに通いつづけるのは、行かないと知り合いに気づかれてしまい、なにかよくない噂が生じて、カエサルの耳にまで達しかねないからだ。姿を見せないとどんなことをしつこく言われるやら、それに他人の喜びをねたんでいるとすでに疑われているのではないか。辛辣なところがないのでかえってそう思われてしまうが、底意地の悪い人間ではいささかもなく、親指を下に向けて特定の剣闘士の死を望んだりしたことが一度もないのを名誉と考えている。同様に、キリスト教徒に対して責苦がもたらされる場に気まずい気持を抱かずに立ち会うことができず、しかも、ユダヤの神もほかの神に劣らず短気なのだから、この不幸な人間の苦しみが自分に跳ね返ってくると考えてしまうのだ。

ポンペイ——それは、のちにティムガット（少し前までまだ植民地だったアルジェリアに残された壮大な領土拡張主義の痕跡）でもそうだったが、古代の廃墟というよりも、もっと最近になって荒らされたオラドゥール（リモージュの北西にある村で、第二次世界大戦中ドイツ軍による住民の大量虐殺が起きた）といった印象をわたしにもたらしたのであり、そこにいるとひどくくつろいだ気分になってしまい、まるで常連のひとりであるかのように現地の居酒屋、売春宿、劇場、競技場、そしてさらには秘儀の館まで訪れたのだが、その秘儀の館でおこなわれた鞭打ちは参入の儀式と言われているものの、わたしには、なんとも魅力的な尻をした女に脚光を浴びせるためのおこないと思えてしまい、そうした光景に、鞭打たれて震える白い肌や浅黒い肌の愛好家をそそる以外の目的などがあるとはとても考えられない——大量の灰で一変するどころか破壊されてしまったポンペイ、そのポンペイにこの男は毎年行き、職務のせいで溜まったとされる疲れを癒すという口実で、そこそこ遊ぶのだ。

彼は非常に慎重に生きてきたにもかかわらず、七十歳にはまだ達していなかったある日、なにかはっきりしない理由で、いまなら粛清と呼ぶであろう行為をおこなうと決めた皇帝の命に従わざるをえなくなった。怖くてたまらなかったが、平気な顔をしてみせ、浴槽に身を横たえると、目を閉じ、年老いた忠実な奴隷に両の手首を差し出したが、その奴隷にはあらかじめ血管を切ってくれと頼んであった。奴隷は、目を閉じ、涙でやや濡れた頬を震わせ、自分でもとても無理だと感じていたにもかかわらず、完璧に研ぎ上げた刃を両手——丁寧に洗って清めてあった——で持ち、主人が命じたことを実行したが、その後、自分の部屋に引きこもったのち、夜になるとすぐに家を出て、ある寺院の階段で眠り、呪われた家で悲嘆に暮れている未亡人を見捨てたまま、田舎に向かった。

この空想の人生とわたしのあいだの唯一のつながりは、感情に基づくものを除けば、姓名にかかわるものだけで、オイル語〔フランス中部を東西に流れるロワール川以北で話される方言の総称〕よりもラテン語に近いオック語〔ロワール川以南で話される方言の総称〕から借りたと思われている姓は、おそらくは南仏が起源なのだが、それにしても、マルセル・シュオッブのように幻覚を引き起こし、実際に自分で体験したかのような生彩さや迫真性を空想の人生にもたらす才が〔シュオッブには『架空の伝記』という小説がある〕、なぜわたしにはないのか。

おそらくは象牙でできた椅子に同じように坐って、ピラトは鬚面のユダヤ人イエス＝キリストの血がついた手を洗い、そして、長い口髭と波打つ髪の敗者を侮るつもりはないが、ピラト同様に完璧すぎるくらいに無駄毛を取り除いたカエサルは、槍も剣も兜も楯も持たずに馬でやって来たウェルキンゲトリクス〔ガリア人大反乱の指導者〕を迎え入れる。馬は並足で近づいてくるが、それというのも、負けは認めねばならぬにせよ、勝者が苛立とうが自分にはどうでもいいと戦士は示したいからだ。だがこの勝者のほうは、ピラトが神あるいは灌水器にかかわる件でやった以上に、指導者あるいはサーベルにかかわる件〔灌水器とサーベルはそれぞれ教会と軍隊を表わす〕で、大胆な行動に出て、戦勝を祝う二輪馬車の後ろでウェルキンゲトリクスを引きずりまわし、それから死刑に処することになるのだ。

宿敵ということになるのだが、それは、「ドイツ野郎《アルボッシュ》」（やがて「野郎《ボッシュ》」と縮められ、この言い方だけが残り、心ない者たちの口を汚しつづけた）と呼んでいたころのドイツ人がフランス人にとってのそれで、当時は、「プロシア人」（彼らほど乱暴でないという評判のバイエルン人のほうが好まれていた）に対しては、「プロシア野郎《プリュスコ》」と言っていた。

それよりずっと前、ブレンヌス〔伝説上のガリアの首長〕――実際には〔フランス語で〕「ブレン」と表記するが――は、粗野な野蛮人らしい荒削りもいいところの剣を秤の片方の台に置き、その分、ローマからの貢ぎ物を増やせと要求した。いったん植民地化されると、牡蠣やロックフォール・チーズといった美味を支配者に差し出すことになった者たちが味わった束の間の勝利。

⁂

公教要理と歴史の教訓が染み込んだわたしの幼年時代において、ガリア《ゴール》は、ユダヤ（ガリアがウェルキンゲトリクスの祖国であったとすれば、こちらはキリストの祖国）同様、他とは較べようのない国だった。心のなかでは、どうやらいまでも、その名前を怪しいまでの緩慢さで発音し、口を極端に閉じてひどく延ばした「オ」のあとにフェルマータ（かなり長い休止）を置いてしまうらしく、あたかもこの語がイメージの堆積で重くなってしまったかのようであって、そのイメージの堆積が、わたし自身はもうずっと以前に関心を失ってしまっているのにもかかわらず、わたしが学校を出てからもガリア《ゴール》という語に随伴しつづけている――途中でいくつかの減算や加算をこうむったものの、ほぼ同じままで――といった按配だ。

どんぐり、
炭焼き小屋に似た小屋、
小屋から上がる青い煙、
あちこちで休み、どんぐりをむさぼる豚、
防塁を築くローマ時代の作業、
ノースリーヴの立派なドレスを身にまとった女性たちの肌の白色と黄金色、
その同伴者たちが豊かにたくわえた口髭とたてがみさながらの髪の毛、

地味で繊細さを欠く彼らの服、

彼らの兜と戦闘用の大振りの剣、

みずからの雄々しさを見せつけるためのもろ肌脱ぎの彼らの戦い、

荒削りな人間の重たい歩み、それは畑の人間というよりは森の人間で、神話的な次元では、直系の後継者にあの偉大なるフェレ〔百年戦争における功績で有名な十五世紀の人物〕がいるといった趣があるのだが、そのフェレは徒歩で戦う農民とされているものの、わたしは蹄鉄工のようなものと見なしていて、肩幅が広く、黒々とした頬髯を生やし、鉄床を叩くようにしてイギリス人を殴り倒すのだ。

✻

三倍に轟く《トリプルマント ネ》三つ頭《トロワテット》の恐怖《テレール》そのもののテウタテス《トゥータテス》〔ケルト神話の民族の神〕。
爪《セール》と骨《オス》、剝き出し《ニュ》の肉《シエール》と神経《ネール》からなるケルヌンノス〔ケルト神話の狩猟の神〕。

こうした神々に、わたしはまちがってイルミンスル――アイリス、ミント、百合《リ》、蛍袋《カンパニユル》――を混ぜてしまっていたが、こちらはゲルマン神話の神であり、ベッリーニの『ノルマ』〔ローマ帝国支配下のガリアが舞台になっている〕のようにケルト神話の神ではないわけで、このオペラのなかで、神に仕える巫女と彼女を見捨てていたローマ人が仲直りをして火刑台のほうへと歩いてゆくのだが、この火刑台は飽食した神々によって自分たちの反乱を守護してもらおうとガリア人が建てたものにほかならず、問題のイルミンスルは、世界樹であり木の幹であって〔イルミンスルはY字形の聖木として表現される〕、わたしが想像していたのとは違い、異邦の地のディアナでもヴィーナスでもなかった。

我らが祖先は、ズボンをはき、馬蹄形の口髭をつねにたくわえていたと語り草になっていた輩であり、人身御供に慣れていて、時代を経るごとに徐々に頭皮を剝がされていく自分たちの頭の上に、天が崩れ落ちてくると考えていたのかもしれないのだが、それは、あの夏〔一九四四年の夏〕に子孫たちが――女吸血鬼のマルグリット・ド・ブルゴーニュ〔ルイ十世の妃であり、ネール塔にこもって男性を次々に餌食にしたとされる〕がすでに受けた懲罰に立ち戻り――蜂蜜酒だけでなく道徳観念にも酩酊し、占領軍とのあいだに悪い噂の流れた罪深き女たちに恥辱、髪を短く刈り込むというあの恥辱を課すだろうと予見していたならば、ということになる。

論理的に考えれば恥丘が狙われてしかるべきだが、広まったのは頭《クラーヌ》の刈り込み《トントト》だった。

＊

障害物競走のエースで、のちに戦争で名を揚げたジョッキーにふさわしく、音が跳躍《カプリオール》を示している「ボブ・サンジュコップ」〔サンジュは猿の意〕。象《エレファンティーヌ》さながらに鈍重な一族がいて、そのなかのひとりが共和国大統領となっていたものの、陰謀家だか外国のスパイだかが、官邸の下に長い坑道を寝室まで掘って誘拐したために一時期姿を消したりもしたのだが、その一族の一番年下の者に与えられた呼称「エレファンティノンド」。さまざまな名の後ろに置かれて姓として使われるラピノ〔「うさぎ（ラパン）」を含む〕、ムトネ〔「羊（ムトン）」を含む〕、サンジョノだったか、それともサンジネスコだったか〔両者とも「猿（サンジュ）」を含む〕、そしてシアン＝シアン〔「犬（シアン）」の繰り返し〕のような例、そういったたぐいのすべて、さらにはエキュレイユ＝レイユ〔「りす（エキュレイユ）」とその後半部との合成語〕（記憶から消えていたのに、ある雨の降る午後に田舎で、家のテラスと庭のあいだの小道を横切る、後軀に羽根飾りでもあるように見える赤毛のりすを目にして思い出したのだが、ささいな出来事でどうということのない思い出であるものの、そのときはあまりにも深く胸を打たれたので、喉や心臓ではなく、お腹が締めつけられたと言えるほどだ）。シアンヴィル〔犬町と解せる〕やシャトンヴィル〔猫ちゃん町と解せる〕、それにエレファンティノポリス〔象都市と解せる〕もあったかもしれないが、それ以外にもいろいろある、動物の冒険と関係のある地名の場合と同じで、そうした動物の名前をわたしたち、つまり兄とわたしにそれぞれ吹き込んでくれたのは、それぞれの種族の動物に属するような人たちだった……。ひとり残らず名前を出して、記憶の糸をたぐりながら、これらの英雄のひとりひとりの伝記を思い出せればいいと思うのだが、彼らが並外れていた——とびきりの大きさの星同然にしては実におとなしいものではあったにもかかわらず——のは、さまざまな外観をとる勇敢さ、毅然とした勇気、そして果てしなき献身だけだった。

あたかも、自分たちの語りの才を槍試合さながらに競うという純粋な喜びに加え、美徳の手本を作り出したいという欲求に駆り立てられていたかのように、あたかも、生徒にとっての優等賞に匹敵する大人にとっての大きなご褒美に至るいくつかの道のうちの少なくともひとつのなかへと、極端なほど突き進む以上に高貴な運命など思いつかなかったかのように、わたしたちは、剣豪小説などの大衆小説ではなく、模範的な武勲詩を一緒に練り上げていたが、その武勲詩は、読んでいた児童本のうちの何冊かに影響され、さらに、心の奥底でわたしたちが（この種の本が対象としている一般読者と同様に）動物に対してひどく惹かれていたため、普通なら人間たちがやや意図的に見下すこれらの生き物を登場させるものになっていたのだ。

これらの名前（あまりに自然に浮かんだので、知っている人の名前のように思えた）は、その対象となる被造物を明々白々なものとして示し、動物群の象徴などではなく、明確に規定された個体だと最初から感じ取らせてくれていたので、独特の現実感をもらしていたし、いくつもエピソードをつなげていくなかで、貼りつけたレッテルなどではなく、それが指し示す生身の存在そのものであるこれらの固有名詞を操り、けっして色褪せたりしない喜びをわたしたちは感じていたのだが、おそらくそうしたことが何よりも大切だったのだ。それに、作者であるのを鼻にかけるところがまったくなかったわけではないにしても、わたしたちが誇らしく思っていたことのひとつは、ボブ・サンジュコップ（人間ではあっても、猿のように馬に跨り、ギャロップの速度をさらに上げさせていたであろう騎手）や、いまとなってはほとんどそれについての記憶がないエレファンティノンドに冠されていた名前がいい例だが、そうした非常に魅惑的な名前を作り上げたということだった。命名するというよりは、人物に命をもたらし、活発な働きをする名前だ。

わたしの兄が考え出した名前であり、ほとんど王家を思わせるような一連の名前のなかで、「エレファンタン」のあとにその位置を占め、最後に来る「エレファンティネ」よりものちに誕生した問題の名前は、「……オンド」で終わり――そのころわたしたちがまだ知らなかった、女性的な響きの「ローズモンド」や「エスクラルモンド」に劣らず美しい調べを奏で――、唯一の役割はおそらく第二のエレファンティネとなることであった人物の呼び名であり、だからわたしの記憶のなかにはこの「エレファンティノンド」という名前しか残っていない理由、語尾（「エレファンティネ」の「……ネ」のように指小辞であるものの、ほっそりさせるというよりは末広がりにし、終止符を打つというよりは弱音で音を長くするあの奇妙な音節）のおかげで前にあった名前との区別が充分につき、それでいてそのあいだの親縁性も消えてしまわない理由が、ごく簡単に説明がつくように思えるのだ。「エレファンティノンド」、それはたしかにひとつの単語にすぎないが、わたしを魅惑しつづけてきた単語であり、いまでもそれひとつだけで壮大な世界を体現する単語――兄の創作の才に昔と変わらぬ感謝を覚える――である。

悲壮で波瀾に充ちてはいても、いつもとびきりのハッピーエンド（栄光に包まれた幸福だとか、自身に劣らず恐れ知らずで、非の打ち所のない子どもを持つ父親としての喜びだとか）で終わるこうした物語に続くのは――わたしの場合は――、それほどまでは心地よくない物語やその草案で、そこに出てくるのは、兄と毎日少しずつ作り、部分的にノートに書きとめた一群の伝説物語の場合のような、擬人化された動物ではなく、人間だった。

それは、そっと耳打ちして伝えるお話だとか、それを文字にしたり、相当する内容を紙の上に定着したりしたものなどではもはやなく、すでに作品——演じられることを前提にしたような戯曲作品だが、わたしは、自分が観た舞台からはもちろん、そのころにはもっと思慮深いものになっていた読書（なかでも、第五学年（中等教育第二学年）の生徒に中世のことを語るアルベール・マレの教科書の読書）から着想を得つつ、書くことで演じていた——になろうとしているものだったが、それはたとえば、反イギリスだけでなく反貴族の精神で百年戦争の時代の農民を登場させたのだったと思われる正劇『ブレティニー』の冒頭や、題名を付けただけでそれより先へとはあまり進まなかったはずだが、地図から抹消されるようなことがあればそれは犯罪だと兄とわたしが考えていた国の不幸に関係するものになる予定だった『ポーランド草刈り人』や『死する者たち』だった。正確な年代順は憶えていないものの、この二篇の習作の前にオペラ台本『聖杯の使者ゴットフリート』があったと思うのだが、自分なりの『ローエングリン』（ヴァーグナーの作品と違うのは主人公の名前と内容の貧困さくらいだったが、原典の改良版とはならないにしても、その落差のおかげで、自分の個人的な創意工夫のたまものと見なしうる新たな作品となり、もうひとつの『ローエングリン』、別の題名を持ち、違った語り方をされ、そのようにしてわたしの欲求に応えてくれた作品だったのだ）を書きたいという欲求——この無邪気な剽窃をおこなった動機とできる唯一のもの——が背景にはあった。

すっかり理想化されているという意味ではあの聖杯物語のたぐいと似たりよったりだが、今度は硫黄の臭いのする深淵のほうを向いたものとしては、『ファウスト』を真似た悪魔物語の『ベルゼビュット』もあったが、これは実のところ、構想の段階より先には行かず、せいぜい、紫色のインクで一、二ページ殴り書きをして、メフィストフェレスならぬベルゼビュットの突然の登場を可能にする舞台の奈落と迫り出しを示すための口実になっただけだった。この悪天使はグノーのメフィストの模倣にすぎなかったが、わたしは同じ仮面舞踏会の衣装を身につけた姿を思い描いていたのであって、持ち上げた蹴爪のような眉、挑発的な顎鬚をたくわえ、鉤爪さながらに尖った正面が額を真ん中で二分し、くねくねと曲がる羽根飾りのついた縁なし帽をかぶり、いつでも踊り出そうとしているように見える、神経質そうなシルエットの脇腹に、揺れる剣を吊るしていた。ファウストに関しては、鬘に髪粉を振っていたころより古いと当初はわたしが思い込んでいた時代に、ゲーテ（この名前を最初は「ジュテ〔防波堤〕」と読んでしまったのだが、それでドイツ語の規則に従っていると思い込み、この発音になにか古風な響きを見出していた）という詩人がこの人物に基づいて正劇を書いたとおそらく知ってはいたが、哲学的な背景があまりにも盛り込まれすぎていて、その戯曲はわたしの手には届かないと思っていた。もしくは、あまりにも曖昧なかたちでしか手が届かず、そのため、絶対知に飢え、現世がもたらすありとあらゆるものを占有したいと願うこの男は、忠実な犬リポーの名前をもらった若き騎士とならねばならなかったわけで、悪魔によって贅沢に慣らされ、背信へと誘い込まれるが、自分が汚れなき騎士だったころを思い出し――悪夢だ！――、罪を悔いて血の涙を流さんばかりになり、修道院に隠遁し、そうした償いで罪を消そうとした。表面的な勝利を収めた悪が善によって打ち滅ぼされる、これはわたしにとって飛び抜けて美しい主題だったのではないだろうか。

⁂

哲学の授業で、さながら子どものときに組み立て遊びのパーツを扱ったように、いくつもの観念の扱いを学びはじめ、古代や近代の哲学者の構築した世界や人間についての体系を、先生が――いくらかなりと熟達している場合――いともたやすく建て直したり壊したりしてみせるのに感嘆していた一方で、心理学の講義で出てきた主題のなかでわたしの関心を最も引いたのは、観念連合だった。その仕掛けに思いを馳せるのは、手品師の業を観るのと同じくらい魅惑的だったわけで、予想外の類縁性によって観念が関連し合い、たがいに部分的に重なり合って、玉突き衝突してはじけ、変貌し、無数の交差点を横切って増殖し、わたしたちの頭のなかで無限の連鎖に組み込まれ、そのひとつひとつの鎖の環がまた別の連鎖を生み出す……。ひとつの観念が別の観念を引き寄せ、その別の観念がさらにまた別の観念を導き、そうしたひとつながり、というよりもつながりの束が、枯渇することなどけっしてないという能力を備え持てば、わたしたちの精神の生はいかなる束縛も受けないと思えてくるのだ。

半ばおどけているが、半ば思索的でもあり、告白などにはほど遠い弁明の書である『大麻常用者の遺書』のなかで、わたしの家族の友人であり、哲学者で麻薬常用者でもある薬剤師が、並はずれた薬物の影響で起こるこの仕掛け（通常、理論上の期待に較べると実際の働きは乏しいものになる）の異常発達を「コカラニット」という名称のもとに描いたのだが、大麻はほとんど際限のない話題の飛躍へと吸引者を導き、それが真実を啓示するというのだ。精神的な幸福感と崇高な調和だけを夢見ていて、なにかギリシアかアジアの賢人、あるいは中世のスコラ哲学者かヴェルモ万年暦〔ジョゼフ・ヴェルモが一八八六年にはじめて出した万年暦で、実用的な情報、冗談、言葉遊び、挿絵などを一日一ページごとに見ていく形式〕の執筆者を思わせるところのあるこの楽観主義者、陽気な感じの山羊鬚を生やしたこの小悪魔は、魂は両性的で、ひとつは男性的な「パンドラック」、もうひとつは女性的な「パンドリーヌ」という、相反しつつも補い合う二つの原則を含むというふうにも考えていた。

わたしはインド大麻を吸ったことはほとんどないが、コーラ系飲料には関心があり、観念連合を、創作手段とまではいかないにしても、少なくとも、内的世界の探求の方法としてはやっていたわけで、ひとつの観念が別の観念を、ひとつのイメージが別のイメージを、ひとつの思い出が別の思い出を呼び起こし、自分自身のなかを一周させてくれるにちがいないのである。わたしの分裂した状態、むくれ合い、たまにそうでないときは、たがいの顔に皿を投げつけるとまではいかないにしても、ちくりと刺す言葉で責め立てあう、あのやりきれない二分状態については、その説明を求めるとしたら、死のときまで結ばれた、しかしめったに和解しない夫婦さながらに、パンドラックとパンドリーヌがわたしのなかで波瀾含みのまま共存していることに行き当たるのではないだろうか。おどけた薬剤師によって、古典的なアニムスとアニマに取って代わられた、ヴォードヴィルの二人の人物の共存……。

＊

わたしの先生だったフランスの社会学者で、なにかレッテルを貼るとその全体像を損ねてしまうので「社会学者」と呼ぶのもはばかられ、ユダヤ人家庭の息子であったためにドイツによる占領下では恥辱的な六角星の印をつけていたが、尊敬を集める学者となったその人が、フォークは食人種の発明したものではないか（そうした人種と見なされる民族にフォークが存在することがこの仮説を可能にする）、という考えを表明していた。他のいかなる肉よりも、人間の肉を食べるのは危険を伴うわけで、それはあまりに神聖なものであるから、防御手段でもあり、贅沢な道具でもある仲介物を使い、指で触れたりすることなしに口に運ぶ、というわけだ。したがってフォークは、当初は、ある種の肉に対する敬意と、その肉と手のあいだに冒瀆的な接触が生じるのを避けるために必要となる距離をとる必然性を示していることになるし、もしかすると、人肉という貴重な食品を口にするのは、食べ方をいわば晴れやかにするように誘う祝祭だということも表わしているのかもしれない。

ヨーロッパでは、そして西洋全体でも、今日、たとえば菓子やサンドウィッチといったもの以外の調理された食品を直接手で食べたりするのは、ひどく行儀の悪い人ぐらいのものだ。そんなことをすれば手に醜い汚れがつき、たんに汚くなるどころではなく、穢れてしまう（埃まみれのものを手に取ったり、さらには、砂糖菓子をいじって指に砂糖が付いたりするのは、必ずしも肉ではなくても、それなりに脂肪分のある物で指を汚すのに較べれば、すぐに受け入れられる）と言われかねない。同様に、殺人に及ぶような場合にも、人は手袋をしたがるもので、刃物で殺すよりも、火器を、それもできれば射程距離が長く、さらに望ましいのは一度に大量に殺せる火器を使うことが好まれるが、というのも、その場合、犯罪は無名の犠牲者という不鮮明な枠組みのなかに溶け込んでしまうからだ。

けれども、指を使って食べる少なからぬ数の人たちは、どういった優雅さを示しうるかと言えば、親指と人差し指（場合によっては中指）でつままれた一口分の食事が、素早く唇のところまで運ばれ、皿から口にかけてなだらかな放物線を描くのである（それをわたしは、エジプトで、そしてアフリカ各地で目にした）。さらに洗練された人びとの場合は、そのあと水差しを使うわけで、食事が終わるとすぐに、使用人か誰かが食事をしていた人のほうに身をかがめ、傾けた容器から透明な一筋の水を流して、それで指の汚れを取るのだ。そうなると、フォークを使うわたしたちのほうが粗野に見えてきてしまう……。

指を使って食べることも、器に口をつけず、服にこぼして恥ずかしい思いもせずに一気に飲み込むこともできないわたしは、それをきちんとできる人たちに較べれば、野蛮人ということになるのではないだろうか。そしてこのことを、道義にかなったおこないというもっと広い領域に移してみるなら、同様の欠陥があるという点で自分を咎めねばならないのではないだろうか。こうした場合、実際、汚れるのを嫌がるあまり、最も場をわきまえない態度を見せてしまうのだ。レーニンは、要するに、「革命のために活動している以上、手を汚すのをためらってはならない」と言ってはいなかっただろうか、全員がそれまで以上に可能性に恵まれ、しかも可能性が均等になるのを期待できるという意味で、本来的に善をもたらすが、しかしその首尾よき達成をめざすには、猫かぶりなどするのは諦めるしかないようなそうした行為のためには、と。

しかしながら、マルセル・モースの念頭にあった食人種は、繊細に細工された木製のフォークを操りつつ、人間の肉体に加えられる暴力は軽微なものなどではないと示していたことを、思い出しておこう。

❊

剝き出しの両手、何も持たず、何にも支えられず、身体から切り離された両手だけ、それが、台所の蛇口からちょろちょろ流れる水でみずからを洗っていて、その台所に、かすかな物音で目が覚め、音がどこから聞こえてくるのか見ようとベッドから起きてきた黒人の女の子が入り込んだ。夜中に起きたこの怪奇を女の子は目撃した、あるいは目撃したと称し、数年後、その話をパリ――幽霊が通りに出没したりはしない街――で従妹にしてやり、従妹は、それを聞きつつ、同じような別の話も思い出して震え上がる。

　あまりに神経質な気性のせいでただたんに虚言癖になったというならまた話は別だが、年頃のせいで、少しひょろっとして、白人の血が混じった大柄の黒人娘であり、素朴なお転婆娘になった女の子、陽気で心根がやさしいが、かなりぶっきらぼうで、機嫌が急に変わることもありがちで、ときにははじけるように笑い、ときには泣き、ときにはふくれて引きこもる娘になったその女の子は、眉唾話を耳にして頭がおそらく熱くなっていたのだ。当時、彼女は言うことを聞かない両手をなんとか動かしてパリで長いあいだショパンやドビュッシーを弾き、無宗教の父親としばらく前から再臨派の信者となった母親が待つ島で、ピアノの教師として身を立てようとしていたのに、すべてを擲って修道院に入ってしまった。

　海辺の湿った砂で作られたマオリ人のイヴ〔再生の役割に結びつけられ、ゴーギャンがたびたび絵の素材にしたタヒチの女神ヒナ〕のような存在を守護聖人としてもたらしてくれる名前にふさわしく、優雅で赤褐色の肌をした従妹のほうは、東洋語学校でフラニ語の勉強のための最終学年に入っていて、今度の春の終わりごろにはニジェールへ旅行するための給費を得たいと望んでいる。そののちは（それが彼女の夢なのだが、天職などと時期尚早に言うべきではないだろう）民族誌学の仕事を専門にして、アフリカについての現在の知識をさらに深めるつもりでいるが、そのアフリカに、奴隷売買の犠牲となった黒人や混血児の子孫が、あたかも修道会本院を眺めるような目を向けているのだ。

この美しき生徒は、神学や修道女たちの庇護にすでに飽いてしまった（だからといって彼女を責めようとは思わないが）もうひとりの生徒に較べ、終始一貫しているということにならないだろうか。

⁂

アラビアのありとあらゆる香り、
睡眠時と覚醒時のありとあらゆる夢、
体験された、あるいは想像された、ありとあらゆる冒険、
読んだり、見たり、聴いたりする作品から生まれてきたありとあらゆる経験、
大海原の規模やコップ一杯の水の規模で起きるありとあらゆる渦巻、
あるかなきかのかたちでしか存在しえないか、あるいは存在そのものが成り立たないが、
それによって人が存在できるありとあらゆるもの……。

＊

窓の下で起きているありとあらゆることから切り離され、いかなる騒音に対しても耳をふさげば、わたしは、台所の暗がりの蛇口でみずからを洗っているところを見つけられた、漂う両手以上に生きと生きとしている、ということになるのだろうか。だが、ただ窓から眺めているだけなら、わたしはたんに両の眼にすぎず、そのほうがましなのだろうか。

ひとつ解決策があって、それは、街中に出て、有り金全部を賭けるということだ。しかし、そこまで生き方を変えるのは、窓から飛び降りるよりもおそらくわたしにとってはむずかしいだろう……。

とはいえ実際のところは、わたしは両の手でも両の眼でもなく、むしろ書く手——右手——だけの助けを借りて語る口だ。結局のところ、あるときは中庭側、またあるときは通り側の窓から窓へとさまよい、鎖の音を鳴らす以外にすることのない、別種の幽霊なのだ。

白地に印刷された文字の黒だけで事足りるときに、どうしてまた訃報通知の黒い枠が必要なのか。

⁂

悲劇ではなくて喜劇のたぐいだが、だからといって下劣さが目減りするわけではなく、むかつかせ、そのせいで自分自身が穢れてしまったと思わせるいくつかの場面。

――たしかにフランス国内軍の司令部がいち早く槍玉に挙げた光景ではあるものの、ナチにとって自分たちは屑箱行きの荷物だと示す黄色い星を貼られたユダヤ人の光景にもほとんど劣らないほど噴飯ものなのは、一九四四年に解放を喜ぶパリの群衆の歓喜の渦のなかで、民衆の行列の先頭を歩かされる、頭を刈り上げられた女たち。

――シチリアで、アグリジェントかシラクーサ〔シチリア島東岸の町〕の街のきれいな空のもと、見たところ十三、四歳で、ミサに行くところか帰ってくるところ、というのもその日は日曜日だった（とわたしは思う）からで、という服装をした息子に、何度も通りのただなかで――あたかもさらに彼を貶めるかのように――平手打ちをくらわせる、激怒したブルジョワの男。

――パリで、ラ・ミュエット方面行きの六十三番のバスのなか、目の前に坐り、なるべく他の乗客の視線を免れようと、頑なに窓ガラスのほうを向いている自分の娘を、長く続く大声の独り言で厳しく叱責する女。ありきたりの俗物根性丸出しの母親は、給料の低い勤め人の妻にちがいなく、少女の忌まわしい性格を非難し、ありとあらゆる種類の不平不満を反芻し、世間を受け入れずに生きていくことになると娘に予言し、おまえは道徳的にはどうにも手に負えない子だから、大きくなったら「ひとりきり」になってしまうよ、いいかい、「ひとりきり」だよ、永遠にそうなるよう自分で自分を追いやってしまうよ、とうんざりするほど——判事か、喜んで災いを告げる予言者の調子で——繰り返す。気むずかしい母親と、自分自身を恥じるばかりでなく、母親の場違いな振舞いを恥じる気持にも充たされて、こわばった表情の娘は、イエナ広場かアルベール＝ド＝マン並木通り（トロカデロ宮の静かな庭に沿ったあの道）で下車し、わたしの目には、決然とした足取りで立ち去る母親と、飼い主のほぼすぐ後ろにいるよう無理やり馴らされた子犬さながらに、その数メートル後ろを黙ったまま歩く少女の姿が映る。

——リエージュで、売春街の界隈であるものの、その地方の民間伝承や町の歴史を紹介するまじめで古めかしい博物館のすぐ近くにいた、酔っ払って上着を脱いでいる大人、彼は、おそらくやはり酔っ払っている母親を罵っていて、この母親は、昔売春婦でもしていたか、現役のやり手婆といったところだが、それはどうでもいい。見ていた者たちは、自然と、罵られている老婦の側に身を置いていた。だがひどく腹を立てているこの男性は、昔辱めを受けた息子で、今度は自分が感情を爆発させ、正当な報復行為に及んでいるのではないだろうか。

＊

一九四四年八月二十六日……

屋根のほうから銃撃が、莢からはじける実のごとくに襲ってきて、エトワール広場の近くの通りの歩道のただなかで、人びとはうつ伏せにならざるをえなかったのだが、ロンドンから届く声で四年前にレジスタンスを呼びかけた軍人を歓待したのち、三々五々になりつつあった群衆に混じり、わたしは自転車を押して歩いているところだった。そんなふうに横になるのは、どれだけ低くてもベッドではかなわないし、絨毯や床の上というわけでもなく、森や海辺にある鄙びた景色のなかならば、そうして寝転がるのは、自然の魅力に身をゆだねるという当然至極の振舞いの結果ともなるのだろうが、それとも違い、少なくとも七階はある建物の足元で、ほとんど地面すれすれに寝そべっている喜び。

なにか特定の目的に向かっているにせよ、散策しているにせよ、あるいはまた、ほとんど動かずにただ待っているにせよ、通りでは直立姿勢になるのが普通であるにもかかわらず、そうした通りのひとつで、酔っているわけでも事故にあったわけでもないのに横になっている。染みとか、それ以外のちょっとした損傷を受けるのではないかという恐れでわたしはうまく動けなくなってしまうことがよくあり、なんとかしようとしてもその恐れはまんまと表に現われてしまうわけで、だから、最良の季節によく整備された公道そのものと徒歩のとき以上に接触してしまうというのはその点で不適当なのだが、そうした恐れの感情を忘れ、英国スタイルのずいぶんとくたびれた洋服のなかに包まれた自分の上半身や四肢がひどくくつろいでいるのを感じてしまう。あたかも、慣習や見せかけだけの気遣いから解放され、何もかも免れているかのようで、逆説的にも自由で心穏やかな気がしてくる。もちろん射撃はそれほど激しいわけではなく、こうした姿勢をしていても、見えざる射撃手がやや行き当たりばったりに操る武器から発射する弾に当たる危険はおおいにあるなどと思う必要はない。それは、都市から離れることなく、都市のしきたりで課される束縛を逃れる口実にすぎないが、そのしきたりは、通りで我が物顔に振る舞い、歩道のかなりの部分を両足で意図的にふさぐヒッピーがいくらでもいるというのに、いまでも、理をわきまえた人間が、顔を地面にこすりつけかねないほど横になっていろいろな姿勢をとることに反対している。

このとき——強迫観念にとらわれて歩くあまり、鼻先をこすってしまいかねないほど顔を下げ、嗅ぎ分けた臭いによって開けるごく狭い空間しか目に入れない犬を真似るわけでは毛頭ないが——、鼻を地面にこすりつけていたわけではないものの、わたしは頭をわずかに上げ、自分の前をまっすぐ見つめていた。わたしが感じていた喜びの一部は、おそらくアングルの新しさに起因していて、それは、普段は俯瞰ぎみに視覚に提示されていて、一生に一度ならず上るのは稀なエッフェル塔の四階展望台もさることながら、飛行機での上空飛行（それをわたしは後年になってようやく体験するのだが）によってこそ端的に垂直に示されることになるパノラマのなかに、厄介な頭の体操をしないと組み込むことが——この場合もやはり——できない都市風景の断片を、明らかに水平にわたしに見せてくれていた眺めの新しさだ。

草でも小枝でも砂でもなく、休息には不向きな固いアスファルト。理屈上は快適ではなく、まったく危険がないわけではない——さもなければ、これほど多くの数の歩行者が、逃げ出したり、わたしや、わたしと対になるかたちでちょうど向き合った男性のように、腹ばいになったりする理由があるだろうか——この状況において、それでいて、くつろぐ幸福感を味わっている。もう心が動揺したり疑問が湧いたりもせず、人の目を欺こうと苦労する必要もない。すぐ近くの地平線でその一部を切り取られ（かろうじて地下室の換気窓ほどの高さから見ているわたしの視線は、あまりにも低い位置から投げかけられているので、いろいろなものを視野に入れているとは言いがたい）、見慣れぬものとなっている眺めをおもしろがり、不安も後悔もなく、期待も悔いもなく生きている。

妻とわたしは、この日、グランゾギュスタン河岸の自分たちの穴ぐらに、相変わらず自転車にはまったく跨らないまま、たどり着こうとして、何度も遠回りをしたりといろいろ策をめぐらせ、いかなる罠にも落ちないようにしなければならなかった。

いかなるものなのだろう
——生きた手で振られるのに、死後にしか目が出ない骰子とは。

——通常の世界を離れ、生も死もなく、白と黒のほかには色のない、広がりを欠いた世界に向かう際、もぐらの巣穴にでも入るようにして、奥へと進んでしまう地下道とは。

——流行を斟酌せず、鏡の前で当ててみることもせず、自分自身で裁断しなければならないオーダーメイドの服とは。

——だいたいのところがわかっている目的地に向けて乗り込んだにもかかわらず、さすがに無人島に置き去りにはしないものの、こちらが行きたいと思っていた場所とは違うところへ連れていってしまう満艦飾の船とは。

——気に入っているからではなく、それ以上に、気に入らないのにしなければならない別のことを避けるためにやることとは。

——自分で天秤を持ち、同時に、秤皿の片方に乗っておこなう計量とは。

——持ち主を守るばかりか傷つけもする諸刃の剣で交える一戦とは。

——結局のところ、勝っても負けてもどうでもいいとわかっているのに、自分の家具を燃やしたベルナール・パリシー〔自分の窯の火を消さないため、家具を投げ込んだ陶工〕そのままに、みずからの存在をすり減らしておこなう賭けとは。

――蝙蝠に、できれば燕になりたいと望み、台所の穴のなかで動きまわり、自分の体をこすったり掻いたりして、いつかその日が来ると期待している鼠とは。

――その人生は悲劇でもグランドオペラでも真実主義《ヴェリズモ》〔十九世紀末に自然主義の影響を受けてイタリアで起こった文学・音楽上の反ロマン主義的傾向〕の正劇でもないが、たんに――サン＝ポール・ルーが匿名で台本を書いた、ギュスターヴ・シャルパンティエ作曲の『ルイーズ』〔一九〇〇年初演のオペラ〕に出てくる父親〔ルイーズの父親は、娘がパリの魅力にとらわれて家を出ていったことを嘆く〕さながらに――麦畑で針を探したに等しい無駄骨を折ったような人間とは。

――育ちがいいのに、一人称代名詞でつまずいてしまうイギリス人の場合にも増して執拗に起こる吃音に大半の時間を割いてしまうことになる狂人とは。

……あまりにも透明なので、それを不可思議なものとするには、純然たる手練手管が必要になる謎の数々。

ジャンヌ・ダルクは天上の声と地獄の声を、一方は甘美で長々と続く録音のごときものとして、もう一方は合唱団のぴりぴりと騒ぐ声として聞いた。

戦場に向かった彼女は、その不服従を快く思わない父親が、魔女を誕生させてしまったのではないか、そしてやがては、そのころはまだそういう呼称はなかったが、コラボになって、イギリス人たちの味方になるのではないかと心配し、娘を呪っていると耳にした。

✻

次に目にするとき、彼女は、実物大に再現されたように見え、丸天井まで建物がせり上がっているランスの大聖堂の前で、戴冠式を一目見ようとやって来てただならぬ数にふくれ上がった民衆に直面していた。

甲冑などは一切身につけず、袖の長いロングドレスを着て、腰に剣を下げた彼女（銃のホルダーが剥き出しの腿に当たる現代のアマゾン族〔小アジアに住んでいたとされる好戦的な女人族〕ほどセクシーではないが）は、古いミニチュア画に描かれている、入念に手を入れられた庭園で、ヴァロワ王朝のシャルル七世から官能的な抱擁を受ける。ブラーヴァ！

牢獄に入れられ、そして息を引き取った姿を目にすることになるが、彼女は炎に焼かれたのではなく、折り畳み式ベッドに横たわり、能なしの父親とにやけた王が看取っているが、二人とも立ったままで、天使たち、愛すべき聖歌隊員のなかでも選りすぐりの者たち、白い衣装をまとった端役の女たちといった一団がひしめく舞台の中央で、嘆き悲しんでいる。

さて今度は、短めのチュニックが円錐形のただひとつの柱頭のようになり、その下で、貴公子の着るタイツに足をぴったりと包み、ジョヴァンナ・ダルコ〔ジャンヌ・ダルクをイタリア語風に発音した名前であり、シラーの『オルレアンの乙女』を翻案したヴェルディの同名のオペラのヒロイン〕が——フランスの歴史や守護聖人の加護にかかわる女性というよりは、シラー風に味つけされたヴェルディの女性として——会釈し、さらに会釈を繰り返し、成功に満足した気立てのいい娘の笑みを満面に浮かべ、酒保係の女のように頑健で溌剌としている。

＊

かつてのトロカデロ宮だった建物は、中央（いまは削り取られている）が、たとえばバルセロナのモヌメンタル闘牛場のような、擬似イスパノ＝モレスク様式に似ていたのだが、その建物のなかで、民族誌博物館のオフィスが並ぶ場所から、元は大宴会場で、のちに民衆劇場となった場所まで廊下が通っていた。古い建物——アフリカ旅行から帰って以来のわたしの仕事場——がシャイヨー宮への建て替えのためにすっかり壊されたときに、わたしはこの廊下のことを知り、純粋な好奇心から通ってみた。以前よりいわばやや「機能的」なものとなった現在の建物は、残念なことに建築的な観点から言えばまったく価値がないので、昔のパリジャンであれば、新しい建物に接してこうした改築を苦々しく思わざるをえないだろう。たしかに前より広くなり、設備もはるかによくなったが、あのトロカデロの揺るぎない画趣の代わりに壮大な退屈の塊が取って代わったのであり、もともとのトロカデロはまさしく奇妙と言うしかなく、それというのも、中央の巨大な円形建物のあちこちから二種類の塔かミナレのようなものが上に伸びていて、それもまた東洋のイメージを粗雑なかたちで喚起していたからだ。

多少なりと秘密になっている通路が、私的な場から観客席までつながっていて、あたかも、寸法の概念が崩れた舞台上で起きることを観たり聴いたりする人びとで定期的に埋まるこの広い場所が、誰かが自分の個人的な習慣を染み込ませてしまえるような、明らかに限られた部屋に付属しているにすぎないかのようだというのは、わたしには夢か奇跡のたぐいに思われる。読んだことのある物語のなかで、最も感銘を受けたもののひとつはまちがいなくホフマンの『ドン・ジュアン』だが、物語の導きの糸となっているのが、旅人、つまり一人称で書かれている以上、理論的にはホフマンその人となる旅人の目の前で、この場合だとモーツァルトの『ドン・ジョヴァンニ』が演じられている劇場の楽屋の一部屋まで行くことを、地方の宿屋で、賓客のための寝室に泊まった者に可能にしてくれる、あの廊下ではないだろうか。

　記憶ではドイツの小都市での話であるこの物語に匹敵するとは言わないが（というのも、例の秘密の通路を逆方向にたどってわたしに会いにきた、人の心を打つほどの美しさを備えた亡霊などいなかったからだ）、少しは近い体験を、妻、音楽家の友人、その友人の妻女とミラノに滞在していたときにした。スカラ座博物館でフランス語のガイドとして働いていたブルゴーニュ地方〔フランス中東部〕出身の人間が、ホフマンの物語に出てくる宿屋の使用人が浴したのと同じような恩恵を、わたしたち四人に――打算抜きというわけではなく、もちろん謝礼と引き換えに――ほどこしてくれたのだ。

　ただ小さな通りの幅の分だけスカラ座から離れているホテルからすぐ近くのところにあり、コンメディア・デラルテやヴェルディをはじめとするイタリア・オペラの巨匠に関する資料が豊富にあるあの魅力的な博物館を訪れたわたしたちは、自分たちでどうにかできないほど言語が違っているわけではない場所では、その種のサーヴィスは余分というよりも不必要だったにもかかわらず、フランス語を話すガイドの申し出を断ることができなかった。ところが実際には、わたしたちがすでに知っていることか、説明文に書いてあって苦もなく読み取れる以外のことをこの煩わしい男は教えてくれまいと想像したのはまちがいで、展示室となっているかなり洒落た感じの部屋――こぢんまりした居間のたぐい――のひとつで、彼はわたしたちに、太いロープで行く手を遮られた廊下を示し、これはスカラ座の観客席まで続く通路だと説明した。わたしよりも気さくなたちで、わたしなら踏んでしまうような手続きは無駄だとすぐに考えてしまうのが常である妻が、観客席まで行ってそちらを見学できないかと早速ガイドに尋ねた。予想通りに否定的な返事が戻ってきて、いまはリハーサルの最中で、出入りは厳禁だということだった。いくら妻がねばっても無駄で、廊下の始まりとなっていて、しかもその先には最初にわたしたちが思ったように何もないのではなく、上演の準備のための熱気に包まれている場所に通じているだけに魅力的に感じられるその部屋をしぶしぶ離れ、小さな博物館に集められた珍しい品々をわたしたちは再び丹念に見てまわった。見学し終わり、立ち去ろうとして、先ほどの拒絶は如何ともしがたいものだと思われていただけに、もう説得を試みようとすら思わず、すでにガイドに別れを告げたあとで、突如として運がめぐってきて、恰幅がよく、口髭を生やし、うつろな眼をして、大の酒飲みといった顔色をしていて、その少しあとで自分はフランス人でブルゴーニュの出身だと明かすことになるその男が、翌日にまた来て、もし自分が見つからない場合は「ガストンさん」を呼び出すようにと促した。もちろんわたしたちは、翌日にすぐ彼の誘いに応じた。こうしたわけで、案内人は二、三日連続して午前中に広くて薄暗い客席にわたしたちをこっそりと導き入れ、彼の話だと、小穴に潜むようにしている闖入者がいると発覚したらひどく厄介になるというので、おとなしく奥のほうに引っこんでいるようにと小声《メッツァ・ヴォーチェ》で頼んだうえではあるが、桟敷席につかせてくれ、気がつくとわたしたちは、『ボリス・ゴドノフ』のリハーサルに部分的に立ち会っていたのだった。

　とりわけ記憶に残っていて、劇の核心は、舞台装置のかもし出す完璧な現実感といったものよりも、詩においてこそ豊かさを示すのだと感じた特権的な瞬間、それはテノールのジノ・ペノ——そのときは偽ドミトリーだが、以前はシャルル七世を演じたこともあり、ナポリのサン・カルロ劇場で上演されたヴェルディの『ジョヴァンナ・ダルコ』において、長い愛のデュオの終わりで、その唇の動きを、われらが聖女すなわちレナータ・テバルディの唇の動きに情熱的に合わせていた——が、グレーの三つ揃いを着て、眼鏡をかけ、馬に跨って、反乱の幕で英雄的な歌を、相も変わらぬ朗々とした声で歌うのを聴いた瞬間だった。

周知のとおり、反乱の幕は本当は『ボリス・ゴドノフ』の最後の幕であり、カインやオレステやマクベス夫人がそうだったように後悔の念で気が触れるあの殺人者、つまりは皇帝《ツァーリ》その人が死を迎えることになる幕の前に置くという——とくにフランスでは——根強い慣習に従って、最後から二番目の幕と考えるのは誤りだ。

農民の男女、白痴、三人の教会の説教師、武装した同志に取り巻かれた偽ドミトリーといったさまざまな姿をとっているとはいえ、自分たちの君主が死んでひどく不安になり、落胆し、ばらばらになったロシアの民衆が、この最後の幕において驚くほど簡潔に描かれるのを観客は目にする。ムソルグスキー作品のいかなる上演にも増して、こっそりと見たこの断片ほどわたしに強い印象をもたらしたものはなかったのだが、それは全員が私服で演じ、女性演出家自身もありふれた黒いドレスをまとい、合唱メンバーにさまざまな動きをつけ、政治的なアジテーターが無気力状態の農民《ムジク》に揺さぶりをかけるべくおこなったであろうように、あれら無名の人びとを目覚めさせようとしている、といったものだった。こうして未来の観客は——人間存在の表現の曇りがとれて映るような鏡と化す演劇の奇跡——、解体現場の石の山のごとく特徴のない群衆ではなく、ひとりひとりに性格や欲望や悲嘆や侘び住まいやその廊下が伴った、なんとも生き生きとした男や女の集まりを目にすることになるだろう。

数年後、ヴェネツィアの小型蒸気船《ヴァポレット》の甲板で、わたしたちはあのガストン氏に再会した。腰をかけ、膝の上に置いたトランジスター・ラジオからイタリアのニュースが流れていたが、牛のようにまどろむ彼は聞いているとはとても思えなかった。それから半年も経たないうち、スカラ座博物館を再訪したわたしは、もう一度彼に会った。入口の扉の縁枠に背をもたせかけ、パイプを吸い、顔は赤く、眼には力がなく、ヴェネツィアの船の上のときと同じく、妻やわたしのことが思い出せなかった。わたしたちにとっては、彼はたしかに「ガストンさん」だったが、彼にとってわたしたちは、大勢会う、名前も顔もない観光客以外の何でありえただろう。

✻

「エ・ポイ……ラ・モルテ・エ・ヌラ〔そして……死と虚無〕」とヤーゴは有名な「信仰告白《クレド》」の終わりのほうで歌うのだが、その「信仰告白《クレド》」は、オーケストラの唸るような音が突如として大きく鳴り響くことで始まりが告げられ、また再開されもする。ハーフトーンで歌われる二語、待機状態にある声、そのあとにことさらに区切られ、ほとんどパルランド〔音楽用語で「話すように」の意〕で発音された四語の嘲笑うかのような爆発。

死と虚無。すべては空しい。前世紀のロシア、鞭の、アストラカン帽をかぶったコザックの、シベリア流刑者の、『復活』〔トルストイの小説〕のロシアにおいて、ニヒリストたちが考えていたのはそうしたことだったのだろうか。

ニーチェ。この名前は、焚き木台に挟まれてせわしなく揺れる燠火の音、火刑台にするために積み上げる柴束の音、あるいは、水につけて消える松明の音を想起させるが、もしかすると、枯葉の上を人が歩くときの音、マッチをすってわずかなあいだ明かりが灯るときの音、さらにまた、停車中の蒸気機関車が蒸気を吐き出すときの音かもしれない。

「ニチェヴォー〔ロシア語で「何も」を意味するが、この「ニチェヴォー」を原題にしたフランスのサイレント映画が一九二三年に、さらにそのトーキーでのリメイクで邦題『地中海』となる映画が一九三六年に製作されている〕」と同じで、ニーチェの名前はかなり特殊な一掃状態《タブラ・ラサ》を思わせる、つまり、食料があちこちに散らばり、まぶしいほどの裸体を痙攣させ、汚れ、汗ばんで、髪も乱れ、ひどい興奮状態だったりもするが、大半はワインで思考力の鈍った女たちが大勢いる宮殿が火に包まれ、そのなかで息を引き取りつつ、サルダナパール〔古代アッシリアの王で、その最期を描いたドラクロワの絵で知られる〕が夢見たにちがいない、黄昏の一掃状態、あるいはそれとは逆で、爆弾投擲犯にとっては、（容易に想像できることだが）一掃するというのは、自分の所有物がなくなって破局に落ち込んだりすることでも、理性が自由に働くように自分のなかを空にすることでもなく、何も残らなくなり、すべてを最初からやり直せるための場所があくように、完全なる刈り込みに着手することだが、そうした爆弾投擲犯の峻厳な行為の果てにある一掃状態だ。

ニーチェ。火と水――ヴァルハラ〔北欧の主神オーディンの神殿〕の崩壊でも、ニネヴェ〔古代アッシリアの首都〕の陥落でもその二つが絡み合って災禍となった――からなるその名前は、別格の地位を印づけているように思えるが、それは、神なき人間の代表者たちが、繊細か荒削りかを問わず、幾人となく身震いしていたあの世紀末のことで、ひ弱と見なされがちな頽廃派は、おそらくは目を半ば閉じ、首をわずかにかしげるか頭をのけぞらせて身を傾け、醒めた人間は、規範に鑑みて神経衰弱か肺結核患者に分類され、道楽者は梅毒や脳充血や耄碌の脅威にさらされていた。

ニーチェ、そしてどこで、いつ、どのように、なぜわたしが見出すことになったのかわからないが、その語を口にするだけで実体化してくるあのニーチェ哲学信奉の女《ニーチエエンヌ》、そうした女性名詞に対して、「ニーチェ哲学信奉者《ニーチエアン》」という言い方は――「善悪二元論的《マニケアン》」という言い方と同じ切り取りをされ――対をなす男性名詞にすぎず、形をなすほどの厚みを持つには向いていないわけで、さらには「ニーチェ哲学」と同様に定義がはっきりせず、よく思い出せなくて、せいぜい、この語がそのつど指示するところに従って手探りで創り出したりこね上げたりといったところだ。

くねくねと身体を曲げる若い女、神経症患者――音調はよいがなんとなく咎められているかのように感じさせる語で、ただこの女を規範の外に位置づけたいという欲求ゆえに使用が正当化されている

——特有のうわの空の感じ、あるいは、麻薬中毒患者といった狭い言い方で形容でき、さらには「コスモポリタン」と呼ぶのがふさわしいようだが、それはそのような曖昧な表現が便利だからというよりは、生まれながらのコスモポリタンというのが存在するからだ（まさに彼女がそうで、ただ明らかにヨーロッパ志向で、シベリア横断鉄道や世界の他の地域に連れていってくれる客船というよりは、山や海水浴場や水上都市といったリゾート地に向かう有名急行の常連ではある）が、そうした女性がわたしの夢想のなかで、長い栗色の髪かヴェネツィア・ブロンドの髪をして、絹のきっちりとしたドレスに足首まで包まれて、なんとも形容しがたいが、きわめて贅沢だとわかる室内装飾のただなかに、煙草（まちがいなく東洋のだ）の煙や立ち昇る香料に包まれて現われてくる。このイメージをわたしの人生のなかでだいたいこのころと特定できる時期に結びつけるのはなんともむずかしいが、それでもかなり大昔のことだとは推測できるし、雑誌か廉価本の挿絵のたぐいから植えつけられたものかもしれず、その挿絵のキャプションかタイトルには、焚刑台から煙とともに立ち昇る炎さながら、くねくねとした文字で「ニーチェ哲学信奉の女……」と記されていた。紅茶とテロリストとしての信条で育まれた女学生とははっきり異なるものの、自由に目覚めたこの女は、いまでは、革のジーンズに両足と腰を収め、もっと深い窪みの補佐役である臍を出した平らな腹の下のほうで太いベルトを締めた、髪の豊かな細身の娘になっているのではないだろうか。

　ニーチェ、道徳の破壊者であり、偶像の抹殺者、反信仰をみずからの信仰とする男、彼の稲妻のごとき警句は、宗教の開祖が述べる教えさながらに石に刻まれる掟ではなく、雷神ユピテルがガラガラと落とす雷でもなく、猫の毛並みを思わせるものの、荒れ模様の大気のせいで電荷を帯びてきたある夜半、蛍が撒き散らす輝きをむしろ思い起こさせるだろう。

　ニーチェ、彼の本をわたしはずっとあとになってからしか読まず、しかもごくわずかしか読まないことになるのだが、それは、仮借なき死の恐れにもひるまず、いささかもその傲慢さを失いはしなかったこの哲学者を批判するキリスト教の教えを引きずり、最初の段階で警戒してしまったためだ。ニーチェ、彼は、助けも杖も救いの手もなしに踊るように歩む術を教えてくれるのだが、いち早く彼について作り上げてしまったイメージをわたしはどうしても払拭できなかったのであり、そのイメージとは、一種の仏陀、あるいはむしろ、奇妙にも移住させられた北欧の魔術師といったイメージで、周囲で香炉がいくつも焚かれ、そこから、アルメニアの紙ほど一般的ではないが、それよりさほど豊かというわけでもない匂いのする噴霧が立ち昇っているのだ。

　アラベスク模様、捩れ、渦巻、そうしたものは現代のいくつかの植字や活版印刷術が示す新しいモダン・スタイルのうちにも見て取れるのだが、いまの時代は、どういう形をとり、それがどの方面で現われてくるかといったことはあるにせよ、ヒッピーをはじめとする幾何学的素っ気なさへの敵対者が出てきたことで、花紋様の美学が再び導入されている。とはいえ、こうした事実確認――だいいち、大雑把なものにすぎないが――に基づいてもうひとつの比較を打ち立てたりしないように気をつけねばならないが、そのもうひとつの比較とは、コミックのスーパーマンとニーチェが予言した超人を混同するに至るような比較で、ニーチェの超人は、柔道の達人や軽機関銃射撃の名手などと同じ種類の闘士には属さないのだ。

　こうしたもろもろのなかに、印象や黴くさい臭いや香炉から立ち昇る煙以上のものは何もない……。しかしながら、ニーチェ哲学が――ほとんど題名しか知らない小説や戯曲（説明のために『復活』、『尺取蛾』〔アンリ・バタイユ作の一九一三年の戯曲〕、『流謫の王』〔アルフォンス・ドーデ作の一八七九年の小説〕とその題名を挙げてみるが、これらの作品のことをわたしが知った時期ともども、おかしなごた混ぜになってしまうのは覚悟のうえだ）から生じてきたイメージと同じで――多少の警戒感を与えはするものの、どんなものかよくわかりもせずにその磁力を受け入れていた何物かへとつながる道を開いてくれたのは本当だ。こうして構成される周辺的な意匠――あるいはその意匠の核に古くからあるもの――の主な効用は、自分が叩き込まれた立派な原理原則が通用しなくなる地帯に属するという点にあると、いまならわたしも認めるだろう。混合的な地帯であり、頭のなかで輪郭をはっきりさせるのはなんとも困難だが、それを地図に描いてみるのもなかなかむずかしく、地図に具体的に表わすとなると、それぞれひどく異なるが、ひとつひとつはそこそこレッテルを貼りやすいいくつもの場所を星座のようにちりばめたものとなり、ふさぎの虫に取りつかれた大富豪や放蕩者以上にはめをはずした生活を送っている王位陥落者がよく訪れる保養地から始まって、高い地位にある人びとの望むようなおこないをしなかった連中が送られるシベリア――あまりにも素朴だったわたしはそのことを当時は理解できないでいたが、それでも、ひねくれたかたちではあるが感じ取ってはいた――までが並ぶことになるだろう。

　スノードロップ〔雪解けのころに白い花を咲かせるヒガンバナ科の植物〕並みの白さを誇るあの名前が登場する――雲母の断層できらきらと輝いた、凍てつく孤高の鋭鋒さながらに――のは、ずっとあとになってからにすぎないが、その名前とは、シルス＝マリア〔晩年のニーチェが、病気療養のために夏を過ごしたスイスのサンモリッツ近郊の村〕だ。

＊

もし、くるりと輪を描き、そこから出発した虚無に立ち返らなければならないとしたら、人生全体を要約すると零——尾を咬む蛇あるいは環状鉄道——になってしまうのではないか。ただ、円環の内側の白さを黒く塗りつぶす何か、空虚を充実に転換させ、底なしの湖を島にする何かを書き殴る、という問題が残る……。とはいえ、この零は、わたしたちが拠り所とできるものが何もないと示しているのに、いったい何を書き殴ればいいのか。

⁂

「はじめに行動があった。」ファウストは、ゲーテの戯曲の冒頭近くで、聖ヨハネの福音書の最初の格言、「はじめに言葉があった」をそのように言い換えている。かつて、わたしはこの一節をひときわ重視していた（読み直してみると、記憶にあったよりもはるかに簡潔な文だということに気づいたとはいえ）が、それは書斎で瞑想に耽るあの伝説の博士が――その内容を説明する必要がないように、あまりに謎めいた「言葉」に置き換えるべく――「精神」という駒を、ついで「力」という駒を、そして最後に、適していると彼に思えた唯一の言い換えである「行動」という語を持ち出してくるときの内心の葛藤を表わしているからだ。ゲーテに導かれて学者の心のなかに入り込み、二人いるわたしの兄の長兄のほうが弟たちに向かってもったいぶって述べた注釈によってその省察の奥を探るよう誘われたわたしは、奥義に通じたような気になり、二重の意味で誇らしくなったのだが、第一には、さほど困難を感じずに理解ができ、それがわたしの知性を証明していた（と信じた）からで、第二には、そうしたものは大人向けに書かれていて、少年はまだ深く知ることはできないはずであるだけに、大人に肩を並べる読書に耽ったわけだからだ。だがとりわけわたしを惹きつけたのは、ファウスト博士のおこなった言い換えの過程そのもの、三拍子での進行、段階をたどっての調整で、要するに、彼は「精神」を試してこれは駄目だと確認し、続いて「力」を試してこれも却下し、最後に、あたかもこの語で真実が把握できるかのように、「行動」を選んだという点だ。兄の注釈のおかげでこの語が選ばれたことの正当性は確信していたが、わたしは結果にさほど関心を抱いていたわけではなく、もっと魅力的に感じられたのは、探究を目の当たりにしているということ、探究の諸段階が間隔を置いて並ぶのを観察していること、そして、瞬間写真の連続でマレーやマイブリッジといった人たちが――そのことはのちに学んだが――馬がどのように駆け、人がどのように走るかを知ることができたのと同じように、哲学者がどのように思考するかがわかるということだった。ひとつひとつ作業の手順をたどり、その嚙み合い方に通じて、客席からではなく、他の人たちは外面的な結果しか見られないことが練り上げられている舞台裏から演目を観ている人のように、重大な秘密を知らされているのだ。

おそらく同じ理由でわたしは、ゲーテの『ファウスト』のなかでも、劇場の支配人室で展開するプロローグと天上で展開するプロローグが好きだったのであり、戯曲、つまり原則としてこれから上演されることになる作品の制作過程が、それ自体すでに戯曲の一部であるプロローグにおいて問題にされ、劇そのものが神と悪の力の敵対という、人間の領域を超えた背景を持ち、二種類の舞台裏、劇も世界もともに二重底にしてしまうそれぞれの舞台裏において準備されているように見える事柄が台本に付け加えられているということが、その新しさでわたしの興味を引き、巨大な機械仕掛けを目の前で分解してもらった場合のような満足感を与えてくれたのだ。本来の劇――何重にも包装された大切な贈り物――は、まず劇に関するプロローグ（舞台がそれに応じなければならない実践上の条件を提示するもの）、ついで神学的なプロローグ（虚構として展開することになる出来事は、神とその永遠の敵、一方は並はずれた存在の救済、他方はその存在の失墜に賭けた両者のあいだで戦われる勝負を地上に移し替えた一面にすぎないだろうと示すもの）、その前には今度は作者自身が自分個人の名前で語っている詩が置かれている二つのプロローグという覆いを取ってはじめて出現するのだが、これがそもそも全体を厳粛かつ豪奢な儀式にしていて、わたしはそれに読者として参加できて誇らしい気分となり、ずいぶんと満足していた。

バーベット犬〔鴨猟に適した犬〕の外見を身にまとったサタン、歌の真っ最中に若く美しい魔女の口から飛び出してくる赤い鼠、血の色の糸が頸部に巻かれて首が切られた証拠となっている、さながら幽霊と化したメドゥーサのごとき存在のうちにマルグリットの面影を見出して半狂乱となったファウスト、こうした悪魔絡みの事柄がわたしを魅惑した。一方、ヴァルプルギスの夜に魔女たちがうたう歌で、いくつかの語――猥褻だったり下品だったりする語――が点で置き換えられている（いまでは時代遅れになった慣行だが、だからといって、検閲はもとより、遮眼帯をつけたり並足を課したりするのに似た強制措置も、残念ながら武器を捨てたりなどしていない）のは気に入らなかった。あれはどういう語だったのだろう。できるものなら知りたいと思い、どういう語か推測できないことに苛立ったが、同様に、数歳年をとり、とりわけ、「おまえの読むものではありません」という問答無用の申し渡しでまだ遠ざけられていた猥褻本に手を出す年頃になっていれば、わたしでもきっと理解できたにちがいない象徴や暗示、そうしたものが詰まった多くの箇所に含まれていると噂されていた裏の意味にたどり着けないことにも、やはり苛立っていた。愛の物語の虜となり、幻想的あるいは夢幻的な側面に魅惑されると同時に、哲学的神秘のなかに垣間見えたものに惹かれ、謎解きがうまくいったりいかなかったりで、喜んだり苛々したりする子どもとして、わたしはこの『ファウスト』の第一部を部分的に読んだ、いや、読んだというより――父が持っていた、赤いペルカリン〔革に似たタフタ織の布〕の装丁という記憶がある、挿絵入りの大判の本で――眺めたりページをぱらぱらめくってみたりしたのだが、第一部に続く『ファウスト』第二部があるとは知らず、この第二部はいま話題にしている時代には明らかにわたしの手には届かないところにあり、分別盛りの年になっても、文化の精華や道徳的寓話や神秘主義風の転調にあまりにも充ちているように見え、読むのが面倒で、ざっと目を通す程度のことしかほとんどしなかった。二部仕立ての『ファウスト』を書いた詩人に、天才の証明書を出さないと言い張る者などいるだろうか。しかしながら、モーツァルトばりの、あるいは（もう少し鋭い）ピカソばりの潑剌とした天才には遠く及ばないのだから、ヴァーグナーのようにその天才のあり方のうちにしっかりと腰を据え、いかにも仕分け済みといった才能を備えた人たちこそむしろ、自分も天才になりたいという空しい望みを消してくれるのだと判断するなら、陰気な人間ということになってしまうのだろうか。

興奮とは無縁のこの幻視者は、色彩理論において色階の構成を光と闇の結合によって説明していたわけだが、彼は、のちの世で輝かしい生涯と見なされるようになる自分の人生をどのように考えていたのだろうか。聖書の巻頭の文のひとつを書き換えるファウストを通し、行動の優位を説いたとき、彼はそこに事物を存在させる宇宙の鼓動しか見ていなかったのだろうか、それとも、物理学的原則から倫理的法則を演繹し、行動は至高の価値であり、世界が正しく進んでいくように積極的に運用すること（否定の魔から身を振り放し、ファウストが最後の瞬間に選んだ方針）が必要だとわからせようとしていたのか。ヴァイマール共和国の資産家だったゲーテは、実用的な基準に則って自分の人生を評価するつもりだったのか、それとも、天賦の才があり、輝かしい足跡を残すと約束されたことで、魂の安寧を得たと思っていたのだろうか。

最後の時になって、ファウストは、自由な土地で自由な民衆に囲まれ、役に立つ行動をとるのを夢見る。しかし、相棒の悪魔にも嘲笑される幻覚の虜となり、ただ頭のなかで大規模な工事を指揮するにすぎず、魂が救済されるにしても、思考（人間の努力によってもたらされる力への信頼）のおかげであって、行動のおかげではない。『ファウスト』においてすべては行動に始まり、行動に終わるとしているように見えるゲーテに関しては、行動よりもむしろ精神によって価値がある人物であり、彼

――建設者だとか演説家ではなく、観念を扱う人――は、グレートヒェン〔マルガレーテの愛称〕やスパルタ王妃ヘレネのような女性が波瀾で充たしてくれる情熱的な人生をたしかに生きたが、国務評定官そして上級官吏としての、君主の擁護者としての名誉ある役割を務める以外に、公的な活動はおこなわなかったのではないだろうか。ゲーテが、さんざん道を逸れたあげくのファウスト同様、役に立つ行動を夢見たとしても、夢見ることに甘んじ、永久運動のうちにある宇宙からもたらされるすばらしい光景を何ひとつ見逃さないように注意するだけだ（それ以上のことはしない）。百科全書的な知によって補強した自分の夢想に形を与えること、精神の明晰さとその輝きを信じること、それがあれば静謐さにたどり着くには――おそらくは――充分だったのだし、実際にそうした境地に達したように思われるゲーテは栄光に包まれていて、『ファウスト』をはじめて自国の言語に翻訳し、フランスのロマン派作家のなかでも、美しい調べを歌い上げるローレライの不吉な声に最も悲劇的なかたちで魅了されたあの狂人、つまりネルヴァル〔ネルヴァルはゲーテの『ファウスト』の仏訳者でもある〕に較べれば、安定した人生を送ったのだ。

ドン・ジュアン〔ドン・ファン〕が社会に対し、そして女性の名誉にかかわる社会の規則に対して突きつける幾多の挑発のなかには、騎士長に対する挑戦もあり、家で夜食を出すから、食べにこられるものなら来てみろと騎士の彫像に言い放つのだ。

＊

まずは道徳律を否定し、さらに、それを超自然的なかたちで――騎士長の影さながらに――保証する能天使〔天使の第六階級〕の存在までも否定するドン・ジュアンは、結局は窮地に追い込まれ、そうした能天使の存在を認めざるをえなくなるのだが、自分を屈服させる力が能天使にあるかどうかという点になると、少なくともそれは否定する。こうして最後の挑戦が突きつけられることになるわけだが、彼は最後まで持ちこたえ、彼の受ける報いはただ地獄の火で燃やされることのみであるだけに、その挑戦は勝利に終わるだろう。

二度にわたって唖然とさせられるあの出現、復讐のためにやって来る彫像と復讐を求める幽霊、この二つの出現――大理石と煙――のあいだには違いがあるが、同じく、攻撃してみろと挑発し、たとえ倒れても勝者であり続けるマタドールさながらのドン・ジュアンは、ひたすら疑問を提示しつづける例のハムレットとは異なる。セビリア人が否と言いつづけ、そうした拒否がもたらす結果に立ち向かうのに対し、デンマーク人のほうは検討し、くよくよ考え、核心に入らず、そして――あまりにも優柔不断であるため、最初から打ち負かされていて――天上の火までは有さぬあの騎士長、すなわち深淵から彼のもとまで昇ってきた自分の父親から託された役割に押しつぶされるがままになるのだが、彼は父親を招いたわけではなく、両腕いっぱいに自分の運命を抱える色事師《ブルラドール》とは逆で、運命を受けとめるといっても信じられないまま夢を見ているようなもので、あえて手を洗う〔責任回避する〕こともできずに時間稼ぎをするのだ。

❋

大きな斑点のような血が、細かい跳ね返りとなり、これといった形にならないまま跡を引き、ランメルモールのルチア〔ウォルター・スコットの小説を原作としたドニゼッティ作曲の同名のオペラのヒロイン〕のドレスを汚しているが、それは彼女が処女でなくなった印ではない。落花のごとき事態が生じているにしても、彼女に降りかかったわけではなく、人から押しつけられた夫が、胸に短剣で穴を開けられ、かき回され、ひどく損傷を与えられたのであり、新郎新婦のための寝室から出てきた彼女は、まだ短剣を握ったままだ。殺戮で興奮した反逆者の指は押さえがきかず、階段を数段降りたところで開き、すると武器は、大音響を立てて階段を転がり落ちていくことになるだろう。

少しのちには、途方に暮れた殺人者はもはや小鳥以外の何物でもなく、旋律豊かに鋭い鳴き声をあげ、檻の中庭側と庭園側の格子にぶつかる。夢遊病者は、死後、さまよえる魂となるだろうが、そうなると、彼女を包んでいるのが、再び白くなったドレスなのか、経帷子なのか、それはわからないだろう。

わたしがつねに恐れていたのは、イジドール・デュカスによって告発された、知的な血の染み〔『ポエジーI』の最後の文に含まれる表現〕だった。ところが、自分自身で、あるいは自分が仲立ちして流した血がわたしたちにそうした染みをつけるわけではない。血を嫌い、暴力を恐れるあまりに人は行動できなくなることがあり、そうした無為は、いかにも誤謬に充ちた論拠によって正当化されるので、正真正銘の汚れとなってしまうのだ！　だいいち、汚れなきままでいることなど可能だろうか。それに、最悪の事態のひとつは、ことさらにみずからを汚す必要などないようにしてしまうことではないだろうか。ならばなぜ、いくつかある避けがたい汚れを前にして、はじめて聖体を拝領する者のごとく振る舞うのか。

　ところが困るのは、染みはどこまでいっても染みであり続け、それを気にしないようにすると、染みがあっても意に介さないほど自分が汚いのだと示すことになってしまうことだ。

一九四五年四月十七日、コートディヴォワールにて……

日が暮れる前に、わたしと連れは、一夜の宿を求め、アドゾペ地方の森林監視員の家に着いた。連絡をとってから、わたしたちが彼とともに、モシ人〔西アフリカのサヴァンナ地帯に居住する民族〕とコロゴ人〔コートディヴォワール北部ポロ州の州都に居住する民族〕が働いている開拓地を訪れてみると、何人かが泣き言を並べ立ててきた（それで毛布を支給してやると約束したのだが、毛布は彼らの手には渡らなかった）。

わたしたちが戻るとすぐに、運転手――とても親切で、おそらく三十を少し超えた年齢のマンディング人〔西アフリカのマンディング語を話す部族の総称〕だが、一度、村の年老いた女を見て大声で笑うのを目撃したことがあり、どうして笑ったのか訊ねると、「あの女が年寄りだから笑ったんだ」と答えた――、既婚者で子どももいて、わたしたちの旅行に最初から運転をしてくれているそのラッセナ・フォファナという男は、いつものように礼儀正しく、笑みを浮かべてわたしと連れのいる部屋に姿を見せ、連れに向かって、「旦那、早くも台所に入り込んだ蛇がいます」と言った。だから、ほかの使用人と一緒に寝るはずだった台所棟とは別の場所で眠りたいというわけで、その希望はもちろんかなえてやった。とはいえ、「早くも」という語をラッセナ・フォファナが事情をわかったうえで使ったのだとすれば、自分の出身地とは異なる地方にいていかに気詰まりを感じていたかをそれは示すことになる。

夕食前に、わたしたちは森林監視員ととりとめのない話をしたのだが、それはフランス自由軍で戦ったという、かなり短くてあまり品のよくない口髭をたくわえた若者で、会話のあいだほぼもっぱら、前にも話題にした事柄についての話の繰り返しに終始し、開拓の進み具合、作業員の募集（白人の仲介という奴隷売買の方法で供給される）、作業員の生活状態、要するにわたしたちが参加した使節が調べている労働者の問題にかかわる話ばかりだった。

八時か八時半になり、食卓に移動しようとしていたとき、すぐ近くで鈍い物音が大きく鳴り響いた。心配になり、見にいってみる。この地方ではこうした季節によくあることだが、雨で傷んだ大木が倒れたところだった。この樹は、倒れるときにコルゴ人労働者のキャンプの家屋をいくつも押しつぶし、それらの家屋（というよりも区画と言ったほうがいいが、それというのも、キャンプは別個の家屋が集まったものではなく、長方形の建物がそれぞれ八人の労働者を住まわせる小部屋に分かれていたからだ）からは火が出た。この事故の結果、死者六名（圧死または焼死）、負傷者四名が出て、主人はその負傷者をわたしたちの小型トラックに乗せてアドゾペまで治療のために運んだ。ひとりは搬送中に亡くなったが、もしかするとトラックに乗せた時点ですでに息を引き取っていたのかもしれない。

火事が収まり、遺体が片づけられたあと、主人はコロゴ人作業員に向かって、被害にあった者の家族には補償金を支払う（ひとり当たり千ＣＦＡフラン〔ＣＦＡフランは、コートディヴォワールのほか、カメルーン、セネガルなどで共通の通貨単位〕）し、翌日は犠牲者の埋葬のために仕事は休みで、さらに——翌々日とその次の日——新しい住居を建ててよいと告げた。

樹が倒れたとき、台所の火が点いていて、その火が木造藁ぶきの家屋に燃え移ったのだった。わたしにはそれは恐ろしい事故にしか見えなかった。しかし連れ——具体的な生活に関係するある種の事柄についてはわたしより注意深いコミュニストの闘士——は、森林監視員の責任はきわめて重いと指摘せずにはおかなくなるのだが、安全規則に従うなら、いつ起きてもおかしくない倒木によってこうした嘆かわしい結果が生じないよう、キャンプの周囲に広い空地を作っておくべきだったのに、監視員はそうした予防策をとらなかったというわけだ。不幸な偶然によって生じた悲劇的事態などには収まりきらないものにした原因でもあり、今回の事故で問題視されている点を、自分がことごとく見落としていたのをなんとも気まずく感じてしまう。

黒い肌の死骸のうちの何体かは、米を頬張っていたために口が異様に白く（事故は作業員たちの食事中に起きた）、わたしには——まったく別の血筋に属するにもかかわらず、その体格や衣服のせいで、この男たちがその野蛮さを共有しているように思えてしまうジャングルのなかで——どこまでも馴染みがないように感じられたので、亡骸を目にしても、死者を悼んで胸がうずくといった気持になれなかった。いまになって思い出してみると、そのイメージによって喚起されてくるのは、死者というよりも、トロカデロ宮の古びた民族誌博物館を改修する際、隅のほうにばらばらに打ち棄ててあるのが目にとまった人形のことで、さまざまな種族のそれらしい姿を表わしたこれらの人型模型を博物館から一掃したいと責任者たちは考えていたわけだが、あまりにも型通りで時代遅れに見えるため、そうした模型は滑稽にさえ見えたのだった。

わたしはみずからを穢してしまったが、それは——よくよく考えてみると——下劣な人種主義の汚点にきわめて近いものだったように思え、最初の反応の段階で、その肌の色が現実を半ば隠してしまい、死んだ作業員たちを見てもあまり慄然としなかったのだ……。

❈

アルプ＝マリティーム県〔イタリアとの国境にある南仏の県〕やヴァール県〔アルプ＝マリティーム県の西隣の県〕でまたしても火事が多発したあの八月に、ヴィルヌーヴ＝ルーベ〔アルプ＝マリティーム県の町〕で、マックス・ジャコブの散文詩集の書名として複数形で使われた「地獄の光景」が、そのまま単数形で見世物と化したのだが、ただ光だけが黙示録的な光景を喚起するプチ・ブルジョワ風の舞台装置のなかで、人びとが地獄の扉の前に列を作り、さながら縁日のようだった。

年齢もさまざまな観光客、自分の家の玄関に立った住民、キャンプをしにきていたのであろうと思われる若者、そうした人たちがどうなるのかと見守り、一方、憲兵や警察の人間が、ひどい渋滞になるのを避けるため、自家用車やトラックを誘導している。焦げた臭いのする蒸気がもくもくと上がり、少し離れたところでは炎も燃え上がっている。先ほど——行きに——はっきりと目にとまった、四角形の塔がある城のような建物が、いまではたなびく煙でほとんど覆われてしまっている。光の具合は、雷雨のあとに晴天が戻ってきたときにときどきあたりを充たす明かり、あるいは、アンティル諸島で、サイクロンの危険があるか、そうした災厄が早晩訪れると告げる明かりと同じだ。だがわたしにはそのどれよりも、まもなく爆撃される場所に照明弾が投げかける、昼のものでも夜のものでもない、巨大な光を想起させる。

たとえば、戦時中のある晩に、ブーローニュ＝ビヤンクール〔パリ南部の郊外にある町〕が奇妙な花火で照らされたかのようになったのを目撃したが、それは連合軍の爆弾が落とされる直前のことで、この爆撃は、原則としては、ルノー工場を破壊するはずだったのだが、実際にはかなりの数の民家に損傷を与えたり、破壊したりしてしまったのであり、翌朝、瓦礫のなかのあちこちで、土を掘り起こしたり、人命救助に従事したりする真似をして遊ぶ子どもの姿が目にとまったが、彼らはおそらくいままでになく楽しんでいるのではないかと見受けられた。

＊

この前の戦争の終わりのころに、連合軍の飛行機によってほぼ壊滅させられた際、ドレスデンでは、動物園——ブーローニュの森をどこか思わせる公園のなかにある——も手ひどい打撃を受けた。格子が壊れた檻を抜け出し、あまたの動物（なかには猛獣もいた）が森に逃げ出し、やはり避難してきた町の住民たちとそこで出くわした。その結果、いかなる不都合も生じはしなかったということなのだが、というのも、動物と人間の双方にのしかかってきた恐怖が、両者のあいだに地上の楽園の安らぎをもたらしたからだ。そして——ロマン主義的心情のなせる業か、あるいは言葉のあやか——たがいに身を寄せ合っていたとまで言われている。

数年前にドレスデンに立ち寄った折——このとき現地で、誰もが口を揃えて軍事的には無意味だったという、その空爆の詳細を知った——、わたしたちは中心街に位置するとされているホテルに泊まった。だがこの中心街とはどこだったのだろう。ホテルの周囲には、草木の茂る土地が広がっているばかりだった……。中心街という言い方が誤りでも嘘でもないとわかるまで少し時間が必要だったが、そこはたしかに中心街だった——ただそれは消え失せた中心街だったのだが。

わたしたちが訪れてみた動物園では、一匹の大きな類人猿によって恐慌が撒き散らされているといっても過言ではない状況になっていて、叫び、そして自分を閉じ込めている鉄の扉を拳で叩いていた（大砲の音に較べてもさほど遜色のないほどうるさく、扉が壊れてしまうのではないかと思われるほどだった）その類人猿は、檻の前の通路を埋め尽くしていた入園客に、いますぐ立ち去れと――そうすることで自分の食事を要求しつつ――そそのかしていた。獣たちがいつの日か――世界の終わりに――反乱を起こすことになるのではないかと、人間たちが漠然と恐れる気持がおそらくは引き起こした感情の爆発？

フィリプス・アウレオルス・ボンバストゥス・フォン・ホーヘンハイム、あるいは後世での呼び名ではパラケルスス、それは音を立てて溶ける塩が作り出す泡立ち、首の部分を締めるとサイフォン壜から飛び出してくるセルツァ炭酸水〔ドイツ産の天然鉱水〕のほとばしり、こするときらめくマッチ、圧力をかけられていたもののほとばしるがごとき始動。

パラケルスス、あなたの名前は——ちぐはぐにローマ化され——飛び立つ……さらに上へ《エクセルシオール》！ これ以上ない高みで、しかしまた地面すれすれで。鉱物界を薬物一覧表のなかに導入し、啓示を得た者たちにのみ解禁された暗号をすばらしい直観によって解読し、柄頭に馴染みの悪魔が棲み着いた剣を持つあなた、あなたは——先駆者として——ありとあらゆるもの（学説などとは無縁な細民の知恵、職人の秘訣、炭鉱で採掘するために地の精さながらに立ち働く人びとの経験、床屋や死刑執行人や羊飼いや精神薄弱者や浮浪者が蓄えた知識、さらに、学ばずに自然と馴染んでしまったもの、たとえば「馬鹿げた絵画、綴り字法に則っていないエロティックな本、古いオペラ」〔ランボーの『地獄の季節』からの引用〕といったものもある）を受け入れるように、ありとあらゆるもの（慧眼の者が自然のなかに見て取るごくごく微細な描線、肉体の皺、樹木や石の紋様、あるいは何にせよ図形を表わすものまでも）を観察するように、要するに、手がかりとなる観念や指標をことごとく集め、それらを目には見えない炉、わたしたち自身も小宇宙だがそのなかの狭い部分、つまりわたしたちの脳、まずはさまようにまかせてあらゆるものを火に入れ込むずだ袋、ついでそこから霊薬が滴り落ちてくる蒸留器、そうした炉の焼けつく熱さのなかに入れてやるように促したのではないか。

観念による思考者というよりも、イメージによる思考者だ！　遍歴の哲学者にして医者、ラテン語での授業というしきたりに反抗する教師、ああ、不安定だがとてつもないパラケルスス、とりわけ逍遥学派にしてパタフィジック学徒〔ジャリの造語で、一種の空想科学者を指す〕！

情熱的な支持者にもなると付け加えておこうと思うが、ピラトの役を演じる才はあまりなく、バーゼル——そこで教師をしていたわけだが——であなたは、何冊もの高名な著作の権威を不当だと断じ、焚書にした（一掃状態《タブラ・ラサ》にするとでもいうかのように）のだ。

⁂

ペルシュ馬〔大きくて頑丈な荷馬〕を止め、馬方——自身があまりにもけなされる存在なので、自分の馬を罵っては虐待するのではないかとこちらはいつも想像してしまう——は、積荷が出てくるように後方の重い板を下げたうえで、荷車を傾ける。歩道の端に佇み、ポスター、たとえば緑色の悪魔のような輩が自分の胸のなかにできたぼんやりとした大きなふくらみを押して火を吐いているといった発熱性コットン〔一種の温湿布〕についてのものをはじめ、ポスターの数々で賑わっている壁を眺め、そちらに気を取られていた子どもが、滑り落ちてきた砂に目を留め、この黄金色の細かい物質から引き出せるあれこれの喜びに思いを馳せてみる、

ありとあらゆる種類の砂山（あるものは、植木鉢を逆さまにした形となり、砂がぎっしり詰まった感じが好まれるだろうし、またあるものは、もっと洗練されていて、小さなお菓子や海星《ひとで》や貝殻の形になるだろう）を作るとか、

盛り上げられてマットレスのようになった砂の山で遊ぶとか、

そうした小山を手やシャベルで築き上げるとか、
ゆるやかな斜面に、さまざまな高さのところで山岳作戦や要塞攻撃を模してくれる鉛の兵隊や小枝を立ててやるとか、

掌に摑んだ砂を指のあいだからこぼれ落ちるようにしてやるとか、

盛り上げた砂をしかるべき場所に配置し、上げ潮ですぐにならされたり、音も立てずになだれを打って崩れ落ちるようにしてやるとか、
思いきってトンネルを掘ってみるとか、
顔だけを出して埋められた人の真似をしてみるとか、
いろいろな大陸を縮小サイズで作ってみせるとでもいうかのように、いくつもの島を形作るとか、
だがとりわけ、湿った砂の塊がもたらす——女性を思わせるというところまではいかないにしても、触るとやさしい感じのする——豊満さや新鮮さが、隙間のないようにぴったり合わせた両の掌に張りつくのを感じてみるのだ。

＊

ムーズ県〔ベルギーとの国境に接したフランス東北部の県〕のビールかカルシェ・ビール〔パリのカルシェ・ビール醸造工場で作られていたビール〕で、とにかくヴェズリーズ〔フランス東北部、ナンシーに近い町〕のビールでは絶対ありえないが、なみなみと注がれたジョッキを二つ、金髪がほつれ、笑みを浮かべた若きヘベ〔ゼウスの娘で青春の美の女神〕が手に持っていて、白いシャツの上に巻かれた彼女の婦人用胴着は、さながら剃刀で切られたかのように真ん中の溝で二つに分かれた胸のふくらみを引き立たせている。色鮮やかなポスターは、記憶が薄れてきても――わたしの子どものころから――褪せてきたりはほとんどしていない。

ジプティス〔ガリアの伝説的な王女で、船乗りプロティスと結婚し、現在のマルセイユの町を築いたとされる〕、
ああ、わたしの無垢な女神、
わたしにとっての清水、
あんなにもおいしいと思ってしまうわたしのギネス、
わたしが祝杯を捧げる女、
ぱちぱちと跳ねるわたしの液体、
わたし好みのキングサイズ、
わたしにとって裸婦以上の存在、
炭素を除去してくれるわたしの女、
そっくりそのままわたしのヴィーナス、
わたしの青春の家！

（ギリシアの船乗りはガリア人の女が差し出した杯を受け取ったが、粗くて分厚い白い生地のネグリジェで下から上まで女の身体は隠されていて、ただ顔と腕と足は別で、衣服に締めつけられず、軽く日焼けした素肌を見せていた。自分を孕ませる男をこうして衆目のなかで

選ぶのは、狂った処女の振舞いではなく、父である王の顔を縁取る雪のように白いごわごわとした毛の一本一本のみならず、慣習をも尊重するコーデリア〔シェークスピア作『リア王』の作中人物で、リア王の末娘であり、父親に忠誠を尽くす〕としての振舞いだった。）

「プチボンについては、キュトリであいつにぼくのビストゥールをフィショフするよ。」ほかにもあるが、こうした文を二、三人の仲間と一緒に、一九一四年から一八年にかけての戦争がすでに猖獗をきわめていたころに雑誌『イリュストラシオン』が掲載しはじめていた軍隊関係の文章の引用のなかでも気に入ったもののなかから、主要な要素を引き出して作っていた。関係者のひとりひとりが、証明用写真かそれよりも少し小さいサイズのポートレイトと数行の紹介文、そしてそれぞれの家族が出してくれたものだったと思うが、なにか資料を載せることができたのだった。

＊

サーカスのなにか恐ろしい場面といったたぐいのもの、これも同じ戦争の初期に目にした光景だが、当時、シャルルロア〔ベルギー中南部の町〕での敗戦に追い打ちをかけるドイツ軍の大進攻に際して、父がわたしたちをパリから遠ざけておくことに決め、兄と姉、姉の娘（まだとても小さかったが）、そしてわたし（半ズボンをはいた少年）は、列車でビアリッツ〔フランス南西部、大西洋岸の避暑地〕に向かうところだった。大きな駅、おそらくはボルドーかバイヨンヌで、わたしたちの列車が傷病兵用の列車とすれ違った。引き戸を大きく開けた家畜運搬車輛で敷き藁の上に男たちがいたが、赤いズボンをはき、上着はなしで、それぞれが身体のまちまちの場所に、程度の差はあれ血に染まった包帯を、ときには数か所に巻いていた。男たちの様子は汚らしく、全体に卑劣な犯罪か交通事故、そして脂臭いカーニヴァルを思わせた。

動員が始まってから数日も経たないうちに、いまになってみるとほぼ同じくらい汚らしいものだったと思える場面に遭遇したにもかかわらず、わたしはひどくおもしろがり、とことん称賛する気持になっていたのだが、それは夕方近くのルコント＝ド＝リール街でのことだったはずで、スイスではなくドイツの会社だと思い込んだ群衆に襲撃され、マギー乳業店が略奪行為にあったのだ。この略奪のことを思い出してみると、きわめて保守的な子どもで、こうした行為がいかに低劣な盲目的愛国心の性格を示していたか知らなかったわたしは、通りに散らばった残骸のなかから、おそらく容器か、あるいは牛乳を小売りするための装置の破片と思われる金属片を拾った。何年ものあいだ、わたしはほとんど形がはっきりしないこの金属片を小さな戸棚のなかの棚板に置いていたが、この戸棚には貴重な品がいくつかしまってあり、それは、とても密度の高い金属の小さな塊に見えるものの、実は、誰だか憶えていないが、人からもらった石質隕石にほかならないものとか、一九〇〇年の万国博覧会のものと思われる光景の写真が組み込まれたごく小さな双眼鏡とか、それに、徐々に溜まっていった戦争に関係する記念品で、たとえば、撃墜されたドイツ機の一部だった灰褐色の四角い布（戦闘の日付と場所、それに機体番号を手書きで記載したものが付されていた）、飛行機で使った小さな矢（いまでは、削られたり磨かれたりした石斧並みに有史以前のものに思える武器）、そしてモーゼル銃の薬莢といったものだった。

　距離を置いてみると、一九一四年から一八年にかけての時期は、カーニヴァルのように思えてしまい、奇妙に仮装した者たち――親類縁者もその列に多数参加した青灰色の制服の兵隊さんたち、「ドイツ野郎《ボッシュ》」という単語が先天的に珍妙で醜悪だと示していた全身灰色のドイツ人たち――が、赤十字のごてごてした飾りに身を包んだご婦人がたや、口髭や頬髯や勲章のほかには小物がついていないいくつもの仮面の目の前で、紙吹雪を投げ合うだけにとどめる代わりに、生死を賭けた戦いに身を投じていたということになる。

このカーニヴァルの別の一面として、大通りの近くの小さなキャバレー「セイレーン」に、十五歳のわたしは精いっぱいおとなのお洒落を真似して、あたかも悪所通いといった趣で足を踏み入れていたが、そこでは短いスカートをはいた端役の女の子たちの一団が、さえないレヴューの表向きは道徳的なプロローグとして、歌をうたっていた。

天空の高みから
わたしたちは地上を眺める
わたしたちは心配なの
あの哀れな人間どもが……

（異教徒の神のこうしたコーラスの最後の二行は、リズムを速くしながら歌われ、あたかも行進の最中に遅れていた者たちがほかの者に追いつこうと駆け出すかのようだった。）

このレヴューのスターは、なまめかしい衣装とおぼつかない声の女たちを登場させる口実にすぎないといっても過言ではなかったものの、名前を（いまでも憶えているが）ドレタと言い、一緒に来ていた友人とわたしは彼女のことをとてもきれいだと思っていて、あとになって舞台ではない場所で、正式な後援者か彼女の気を引こうとしている最中の人間なのかはわからないが、ブルジョワ然とした服装をして、ふっくらとした顔をきちんと剃った男が付き添っているときに見かけ、とても洗練された女性だとも感じた。かなり長いあいだ、わたしたちはこの女性のことを話題にしたもので、彼女は女淫悪魔のひとりと化し、夜、そして昼間にさえ、少しの抵抗も示さずにわたしたちの隠者めいた愉しみに参加してくれたのだった。

＊

抱擁（わたしたちはいささかもそれを望んではいなかった）めいたものは何もせず、腰や肩をやさしく抱くといったことすらなく、協力し合い（たんなる手助けとして）、手で相手の性器を快感へと導こうとした際、わたしの性器に較べ、大きさはたいしたことがなくてももっと張り詰めている彼の性器の硬さに感心していたものだ。普段はひとりですることを二人でやると一層煽情的になるというだけではなく、わたしたちはこうした共同作業が好きで、二人でいると、女たちの話をして、名前を出してその魅力を語ったり、こちらの女は二人のうちのひとりのもの、そしてあちらの女はもうひとりのものと決め合ったりできるし、たいていの場合、映画館のスクリーンの上で見た女や舞台女優だったりした想像上の愛人が目の前にいるように感じられたのだ。

まだ少年だったわたしたちのどちらもが、相手の手を借りて快感を得ようとしたことに、なにか仲間意識以上のものを抱いていたわけではない。しかし、わたしたちの気持の昂りが向けられているのが記憶のなかからその目鼻立ちを引き出してくる女性であり、わたしが彼に欲望を抱くとか、彼がわたしに欲望を抱くといった気持とは異なるものに満足感をもたらすべくあの簡潔な手の動きをする以外に愛撫めいたものは一切おこなわなかったものの、同じ夏のある晩、相手の少年の結婚適齢期に達した姉の寝室で過ごした、とても時計では計れない時間の流れのなかでわたしに起きたことは、それとは反対だった。言ってみれば、二つの相反するタブーが二種類の一対一の関係を決定づけ、わたしは、一方の場合には、わたしのに類似した性器を引き受けることはできても、もうひとつの肉体のことは埒外にあり、もう一方の場合には、肉体を、というか肉体の高貴な半分をなす胸を引き受けられるが、両の手のどちらも相方の性器のところまで伸ばしたりはできないのだった。

長い時間、並んで横になり、もっともベッドにいるのは彼女だけで、下着をちょうどそれなりのところまで降ろしていたので、わたしは友人の姉のふっくらとした形をした裸の胸を触ったのだが、彼女はわたしがキスをしようとすると唇と唇を合わせてくれ、それは、日中に、遠い稲光さながら注意を引かない砲声が響いてくる野原の真ん中で、干し草置き場にわたしと身を潜めていたときにしてくれたのと同じだった。仲間内のというより――少なくともわたしにとっては――恋人どうしの駆け引きだったが、ただきわめて無邪気なもので、というのも、わたしたちはシーツで作られる境界を尊重し、わたしの手がまだ処女だった彼女の全身をまさぐるとか、彼女の陰門やわたしの陰茎をたがいが愛撫し、行き着くところまで行き着いた恍惚状態に導くといったことがないようにしていたからだ。

まだ小市民的な道徳に背かない時間帯に（ネグリジェで頭から足まで包み、いまやよき仲間に戻った連れの少女のあとについて）庭の隅に行って小便をしたのち、自分に割り当てられた寝室に戻った段階で、欲情を控えぎみにしながらわたしにできたのは、「享楽的」だとみずからを非難し、約束をしてあってもそれにさらに制約を課すような、信心に凝り固まったこの愚かな少女に、ごく部分的に身をゆだねさせることだけだったのだ。上半身の豊満な二つのふくらみ以外に足場を持たないわたしたちの享楽的な祭りには、フィナーレも続きもなかった。しかし、女性的なものに飢えていたわたしに、今度ばかりは夢想の産物ではない肉体がもたらされたわけで、この純朴な放蕩――最後には気持を動転させてしまうといったこともなく、平凡な終わり方をした――は、少年二人が、心のなかで作り上げた婦人にお伴され、射精という終止符に至るまで実践したこと以上に、わたしを酔い心地にさせた。

　思い出が頭から離れず、わたしは思春期に経験したこのおこないに立ち返りかねなかったのだが、その一方で、いくら文章をもみほぐしてみても、人生ではじめてうっとりとしてもみほぐしたあの裸の胸を二度とその生身の白さのうちに甦らせてはくれないのだった。

笑いながら彼女自身が「手淫をしてやる女の手」と（おそらく、ブーローニュの森やシャンゼリゼの茂みでこっそりと仕事をする哀れな立ちん坊が、彼女と同じで、洗濯屋の木べらにたとえられるような手の持ち主だろうと判断して）呼んでいたその青白い大きな手、職業が想像させる以上に堅苦しい服を着て、少し骨ばった背の高い娘にありがちなその顔同様に、血の気がないが、肉づきはいい手、その手が十六歳か十七歳だったわたしの手に握られて、どれだけ柔らかでひんやりとしていたか、そして、パリのドヌー街五番地〔二区、オペラ座の近く〕のニューヨーク・バーでわたしたちが席について飲んでいた小さなテーブルの下で、その手の直の感触がどれだけ酔い心地にさせてくれたか、わたしは憶えている。

＊

それは白い雌鶏
納屋のなか
小さな卵を産むさ
お昼寝をする赤ん坊のために。
よくお休み、いとしい子、
よくお休み、いとしい人！

『黒人王マリココ』〔アンドレ・ムエジー＝エオンの戯曲、一九一九年にパリのシャトレ座で上演された〕の時代、愛し、そして愛される歓びにしがみついていたわたしは、アフリカのことなどほとんど考えず、もし上演を観たとしても、シャトレ座がそのために大々的な広告を打ったこの大スペクタクル劇のせいで暗黒大陸のことを夢見るようになったりは、絶対にしなかったはずだ。明らかにこのマリココは、糊のきいたカフスやシルクハットを腰巻か小さなスカートに合わせてみせる、白い歯の善良なる食人種といった古典的な人物像の焼き直しにすぎなかった。そうしたものには——感情を解き放つ前後に、たわいもないことでくつろぐとき、ときとしてわたしたちが、それ固有の人生を生きる小さな人物であるかのように、わたしの性器につけていたのと同じ名前を持つガラガラは別だが——何も、たとえば、しっかりと閉まった貝か繭のようなものを作りたくなったときに、シーツでこしらえた代物と同じで、わたしたちがそのなかに好んで身を隠した想像上の建築物の素材がどれほどおかしなものであっても、わたしの恋人とわたしを引きつけるようなものは、赤ん坊じみた言い方のその名前のほかには、何もなかった。

ジャズ（当時はこれが最後と言っていた戦争のあとにパリという舞台装置に組み込まれることになった、例のアメリカの黒人たちをとおしてしか、それはアフリカを喚起しなかったが）よりも遠くに感じられ、より神秘的（少なくとも、レコードで聴いたかぎりでは）で、よりやさしく、ココヤシを好む気持を掻き立てるのによりふさわしいのはハワイアンのギター——のちにはわかるようになったものの、当時はそれが観光客向けの胸の悪くなるようなシロップを作り上げるのだとは思っていなかった、そのめそめそしたような音色ともども——で、それがあれば、しばらくのあいだは、そもそもごく漠然としたものだったわたしのエキゾティシズムは充たされていたのだった。そのあとには、ロシア音楽への——もっと好事家的な——熱狂が生じたが、それは、もっと幼いころに連れていってもらったコンサートでたまたま聴いた曲に加え、当時パリに形成されていた亡命者のグループが聴かせてくれた曲がいくつかあり、同時に、わたしを大人にしてくれたと言ってかまわない女性が持っていたシャリアピン〔ロシア出身のオペラ歌手〕の『ボリス・ゴドノフの死』のレコードによってその片鱗を窺い知ることができたからだ。わたしはこの曲が好きだった。あるときは、痩せた土地とはいえ広大な牧草地にあって、自分の外套以外に身を隠すものがない羊飼いの寄る辺なさを、あるときは、聖画像の真っ赤な輝きを、あるときは、東洋風の市場の豊かな色彩を、どれも音で表現しているように思えたのであり、わたしはそこに、ある友人——その少しあと、わたしにいろいろな窓を開いてくれた年長の友人——がこの曲について語っていた「官能性」を十全に見出すことができたのだ。しかし旅の観念は、意味のない夢想といったかたちでさえ、一切もたらしてはくれなかった。スラヴ人の国、とりわけ、まだ当時は興味が持てるようになっていなかった、皇帝の支配から脱却したのちのあのロシアに、わたしは何をしにゆけばいいというのだろう。実を言えば、そうした疑問を抱くことすらしなかった。はじめてそのなかに自分自身も入り込んでしまった情熱がらみの火遊びは、数ある旅のなかでも群を抜いた途方のないものだったのではないだろうか。わたしはそのとき自分がいた場所以外のどこにも行きたいとは思わず、外でおこなわれているお祭り騒ぎにも、逃亡への加担よりは、むしろ近しい共謀者の女との新たな結託の機会を見出そうとしていた。

たしかに、魔法はいつか解ける。しかし、しばらくのあいだ——自分自身の思いを図々しくも人にも当てはめたりせずに、こう言えると感じるのだが——、わたしたちがそのなかに閉じこもろうとしていた共謀は、わたしたちだけが住んでいる島のようなもので、そこでは、拾ったり集めたりしようとするだけで、自分たちの肉体的かつ心情的実体が求めているものをことごとく見つけることができたのだ。何の心配の種もなく住んでいたころには溢れていた若々しさをこの島に保ってやるために、島の神話を作り上げ、衰弱する危険にさらされていると漠然と感じていたものに新たな活力を注入する手段とせねばならなくなったのは、おそらく、幻想が崩れはじめた時期なのだろう。この神話をわたしたちは長いあいだ受け入れていて、島の力を明らかにするためというよりは、恋愛についての自分たちの思いに刺激をもたらすためのものだとは、もちろん認めていなかったはずだが、神話の支柱をなしていたのはある絵本で、ほぼ正方形のその大型本は、いまだ手探りもいいところで、しばしば素朴な気取りが先行していたとはいえ、わたしのなかに芽生えつつあった芸術への好奇心に——わたしたちがその後に一緒に観たり聴いたりするほかのものと同じく——応えてくれていた近代挿絵本を集めた展覧会で目にとめたのだった。画家の署名があり、その後折にふれて目にすることになるエディ・ルグランの名前だったが、書名のほうは主人公二人の名前を対にした『マカオとコスマージュ』

で、古風な小説によくある例を真似て、「あるいは幸福の体験」と副題がつけられていた。

　無人というわけではないものの、少なくともあらゆる流通とは無縁な島で、エデンの園を思わせるような暮らしをしている白人――いわばロビンソン――と未開人の女、それが何点もの色彩画が挿絵として使われているこの物語の主人公で、挿絵は、あるときは食糧を調達しようとしている（熱帯地方の自然に周知のとおりに備わっている寛容さに鑑みれば、たやすい仕事）二人の姿を描き、またあるときは、遊んでいる姿を、そしてまた、ジャングルに好んで入り込む者たちはほぼ否応なく巻き込まれることになる数々の冒険のひとつから、被害にあうことなく脱した姿を描いていた。雲ひとつない空のもとでの一点の曇りもない幸福、それが続いたのは一隻の蒸気船が姿を見せるまでのことで、蒸気船の船長は、自分の船に乗せて文明の世界に戻るようにと――たぶん、自分が指揮をとっている船の示すすばらしい工業力以外には何の論拠も出せないまま――マカオを説得するのだ。最後のほうの挿絵の一枚は、見捨てられた女が岸辺でさめざめと泣き、一方、男のほうは、帝国の求める責務のためにいとしいベレニケを犠牲にするティトゥス帝〔ティトゥスは七九年に父の跡を継いでローマ皇帝になった際、市民の危惧を酌み、ユダヤのヘロデ朝の皇女であり、以前から愛人であったベレニケとの結婚を諦めたが、この逸話はラシーヌがその戯曲『ベレニス』（一六七〇）で題材として有名になった〕さながら、抗いはしないものの、悲嘆に暮れて立ち去っていく様子を描いていた。

　肉体的には、未開人そのままに裸でともにはしゃぎまわり、観念的には、そこにいれば死神の手を逃れられるように感じられる、エキゾティックで辺鄙な場所にわたしたちを連れていってくれる女性との愛を楽園のなかで見出す、そうした二つの面を有した――きわめて直接的で、きわめて幻めいた――欲望に、わたしのなかで例の神話は応えてくれていたのであり、この情熱、オアシス、あるいは、（セレスト〔天国の住人の意〕、ステラ〔星の意〕、シルヴェーヌ〔森林に棲息する人の意〕あるいはフロール〔植物相、あるいは花と豊穣と春の女神フローラの意〕同様に雄弁な名前の）コスマージュが出迎えてくれる彼の地同様に人里離れた島が、みずからの宇宙《コスモス》を支配する神さながらの揺るぎなさで、わたしが閉じこもってしまえるような完璧な世界となってくれるなら！　もちろんユートピアにすぎないが、わたしはそれを信じた、というよりも信じるふりをして、実際には、子どもじみた夢想にすぎず、その牧歌的な内容に安心していただけなのだと知りつつ、いい気になってそこに入り込んでいったのだ。夢想と言っても、すでに下り坂にさしかかりつつある完璧な愛ではなく、むしろそれを懐かしむ気持を表わすものだった。他意はないとはいえ偏った体系をなしていたわけで、悲しい結末を無視していたのだが、それに対し、共謀者となった少女は――もっと首尾一貫していて――ときにそれを参照して、コスマージュにではなく「文明」の魅力に敏感すぎるとわたしを非難したのだが、その「文明」とは、わたしたちの関係が疎遠になっていくにつれて、手を届かせたいとの思いをわたしが強めていたあの現代美術や現代詩のことで、いつかそれらが自分を阻むことになると彼女はすぐに理解した（とわたしは推測している）。

「マカオは賢者だったが、船長のほうが正しかった」、こうした曖昧さを残して物語は終わる。しかしながら、賢者マカオが船長の理屈に屈服するからには、賢明さは称賛に値するとはいえ、その賢明さが従わざるをえない強固な理屈が存在することを――結局のところ――意味しているのではないか、したがって、制約なき生――役に立ったり、重んじられたりする必要があるという締めつけがはずれた生――を称えておきながら、この物語が正しいとしているのは、理屈のほうなのではないか。ブルジョワ的な価値観をすぐには表に出さないこの教訓のことをわたしはよく思い出したが、だからといってそれを自分の場合に当てはめたわけではなく、わたし自身の理屈は順応主義であることをそれほど当然としておらず、つまるところ、反撃を加えるべき賢明さなどいささかもなかった――あったのは、倦怠期に入っていた愛だけ――のだ。

ホノルル、ワイキキ、タナナリヴ〔マダガスカルの首都の旧称〕、甘くささやきかけ、島の日向でのんびり過ごすという想像に駆り立てる、セイレーンさながらの名前、二角帽の出す音のごとくスイッチを入れてくれるマリココ王という名前にも増して気をそそるのに長けた名前であり、旅に誘うという内容の決まり文句かリフレインとなるが、実は、棕櫚の葉であおいでもらう無為安逸《ファリエンテ》のほうを好む輩が何度も繰り返し歌う子守唄にすぎない。だから、彼方にいるのだと夢見る歓びを——甘い憂愁を必要なだけ付け加えて——ここにいて味わえるなら、なおさら腰を上げることはない。おそらく一生涯、どんな角度から眺めるにせよ、その色彩に惹きつけられつつ、だからといって自分にとってのここを焼き払うまでには至らないものの、彼方を夢見て、わたしは過ごすことになるのだろうが、その彼方とは、通りすがりの異国人としての歓びをずっと昔に見出し、その輝きがわたしにいわば取りついたものの、すべてを抛ってそこに身を落ち着けようと心を決めるまでには至らなかった地中海沿岸の国や熱帯地方の国、それとは別に、かなり長期間にわたって政治的なお手本と見なしながら(中国、キューバ)、現地でその美しさをむさぼるように愉しんだのち、遠くから称賛するにとどめ、最後は幻滅を感じた国々、ほぼ避暑客として知っている程度にすぎないが、昔の元気もなくなってくるにつれ、ほかのどこでもなくそこに埋葬されたほうがいいという思いが、そこでこそわたしは生きるべきではないのか(厳密に言えば、アイルランドとイギリスのケルト地方のことで、ロマン主義的な風景に富むこれらの地で、ときとしてスタッカートで切ったような、ときとしてもっと沈んだ音域の哀しみに接すると、我が家にいる感覚を覚えつつ、自分を超えた場所に運ばれていると感じる)という、これまた空しい思いに、さながら音量を抑えた太鼓のごとくに取って代わり、数年前から、わたしにとって心の避難所となった、馴染みの風土の国々などで、それは、実際には備わっていない重みを自分の行為に与えられるのではないかと考えたにもかかわらず、いくぶん形ばかりの振舞いにわたしを導いたのがせいぜいというところで、以前からの流儀をいささかも廃棄させてくれなかったとはいえ、変革を求める気持につながるのだが、境を設けない愛とも関係があり、そうした愛を成年に達したころに渇望したものの、揺るぎない信念を持つことができないがために、そこに身を投じる代わりに、束の間の夢として体験することしかできなかったのである。

わたしを魅惑したが、根なし草にはしてくれなかった国々、習慣の詰め物は手つかずのままにしてしまった態度決定、愛そのものというよりは、愛の美しさをめざしての跳躍だった情事、気が沈んだとき——またしても愉しくなれない時間の話だが、この種の時間が増えると、それがわたしにとっての基準となるだろう——、わたしはそうしたものが、退屈さをまぎらわそうと口ずさむ歌や暗唱してみる詩句に較べ、どれほどの重みがあったのだろうかと考えてしまうのだが、因習から抜け出せと誘うこうした呼びかけの役割は、あまり金をかけずに、しかしもっと広く見えるように——中産階級向けの雑誌の家庭についての助言に素直に従って——内装を工夫する男女に倣い、自分の人生を構築し直すといったことまではせずに、ただ按配をほどこすといったのに較べれば、それをはるかに凌駕していた。ホノルル、ワイキキ、タナナリヴ、別のものを求めようとするわたしの欲求が表現された詩は、この種のたどたどしい語りをもっと巧みに、もっと複雑に変化させたとはいえ、たいして効果的になってはいないのではないか、そして結局のところ、小指一本動かす努力もせずに繰り返しうたうはやし歌に帰着してしまうのではないか。ところで、絵はがき的なエキゾティシズムを要約しているああした言葉はそっとしておき、もっと微妙で、さらにもっと昔からわたしに働きかけていた魅力のほうに向きを変えてみるなら、(言葉を融合させ、未知の世界へと心を開いて)探し求めてきたものの大部分は、けんけんとかよろめきながらの歩みのようなもので終わるある題名がわたしの耳に響かせた音楽に確実に結びつくかもしれないのだが、その題名は——言葉遊びというよりは、喚起されている素材に由来する気取りを伴って——、かつてはおそらく評価されていたが、いまではまったく忘れ去られた作家の作品を指し示すのであり、『往時《ジャディス》の翡翠《ジャード》の王女』〔ジェローム・ドゥーセ著（一九〇三）〕というその短篇集（とわたしには思われる）は、数百年前の極東が前世紀末のフランスの文人に霊感をもたらして結実したのであり、そのあまりにも華やかな装丁のことをわたしは憶えていて、父の蔵書にその書物も含まれていたのだが、父の蔵書は「モダン好み」にほかならなかったものの、本当のところはこうした本よりももっと刺激のある本を探していた思春期の少年の激しい欲求も、ときとして充たしてくれたのだった。

王女などではいささかもないし、ましてや往時《ジャディス》の女でも翡翠《ジャード》の女でもなかったのがコスマージュだが、現実的な姿においても神話的な姿においてもやはりそうだったのであり、熱帯地方を体現したあの姿が、数年後、型にはまったものでありながらも激烈なかたちでパリの公衆に示されたのが、バナナの腰巻だけを身につけてフォリー＝ベルジェールで踊ってみせたジョゼフィン・ベーカーだったのだ。むろん、この二つの姿のあいだの距離は大きい！　しかし、古代哲学よりも『ビリティスの歌』〔ギリシアの女流詩人ビリティスの作という体裁をまとっていたピエール・ルイスの散文詩集（一八九四）〕に鑑みて自分を「異教徒」と呼んでいた、薔薇色の肌をしたブルジョワの女の子が、わたしとともに白いシーツのなかに沈み込んでくれたとき、その距離は廃棄され、そして——彼女との情事のおかげでわたしは新大陸に接岸できるように感じていて、そうした最初のころは少なくとも——だいたいは昼でなく夜だったが、数時間のあいだ、穢れも死も知らない、原罪以前の生を体験していた。見かけは無邪気な自由のなかにあるこの数時間が、パッシー〔パリ十六区、セーヌ河沿いの地区〕のアパルトマンの綿に包まれたような不自然さのなかで、半ば秘密のしきたりに従って過ぎていったのではなかったら、とりわけ、連れの女性の願いに進んで従い、わたしたちの抱擁が果実をもたらさないようにみずからに課していた最終的な制約がなかったとしたら、そうした時間が、わたしにとって直接的な快楽以上に何を意味していたかを、自然とのあいだの情熱的交渉に触れつつ——

当時は無縁だった言葉を使って——喜んで定義してみせることもするだろう。だがこんなふうに語るとすれば、無知か誤用をさらけ出してしまうことになりかねない、というのも、わたしの身体と結ばれている身体が、わたしから見ると自然の総体に等しくても、この結合は、密室状態で成し遂げられ、わたしたちが閉じこもった部屋を無限の空間に変貌させ、ほかのあらゆるものをそこから排除する暗闇か、さもなければ和らげられた電気の明かりの慎ましさが求められる儀式であるばかりか、さらに——もっとたちの悪い術策として——最後の瞬間に、官能がうずく結末が切り詰められているというわけではないにしても、少なくとも、自然な帰結からは逸らされているからだ。おそらく子ども向けの本だったからだろうが、『マカオとコスマージュ』の著者は二人の主人公のあいだに打ち立てられた関係が正確にはどういう性質のものだったかということについては一言も触れず、もし蒸気船が突然やって来て興醒めさせるといったことがなかったとしたら、白人と未開人の女がおとぎ話の結末でそうなるようにたくさん子どもを作る幸運に恵まれただろうなどとはどこにもほのめかしていない。もうひとりのコスマージュともうひとりのマカオはどうかと言えば、彼らもこの問題を括弧にくくってしまい、自分たちの結びつきから子どもが産まれないのは当たり前で、二人のあいだの儀礼は非常に習熟したものになっているので、越えてはならない一線を越えることなどけっしてないまま、無拘束の極限にまで至れると信じていた。

この二人の結びつきは崩れ去ったわけだが、浮き沈み、和音と不協和音を経てわたしの人生ともつれ合い、アダムの骨格の一部にとどまっていた場合に、イヴが彼に属していたのと同じくらい、わたしの一部になってもおかしくないもうひとつの人生と組み合わさり、わたしの人生に土台ができたあとでも、コスマージュの神話は——もともととは違う方向にむけられていたとはいえ——その影響力からわたしを完全に逃れさせてはくれなかった。

家にとどまり、島にいるかのように我関せずの態度をとり、親しい友だちだけのあいで閉じこもってしまえるものだろうか。それについてわたしが、当時、少なくともこうした言い方で表明するつもりのなかった問題に疑問を抱かず、目をつぶって、実際に最初に出していた答えは、肯定的なものだった。目的に達するにはあまりに遠慮がちの接近をおこなったあとで、具体的に明かされたばかりのこと、つまり愛、おたがいに相手に陶酔し、その陶酔感の上昇曲線が砕けてただひとつの興奮状態に溶け込む瞬間に至る二人の存在の明らかな融合とは較べものにならないお粗末な代用物しか知らなかったとはいえ、それにわたしの目はくらんでいたのではないだろうか。だが、もし当時のこととして、幸福の体験について語れるのだとすれば、その種の幸福を短いあいだだがついでに体験したことは確かである。幸福が自分の手のなかで溶けてしまい、手が握っているのはその残像、段々と錯覚も抱かせてくれないようになる幻影なのだとわかる以前にすでに、わたしは、陶酔感は糧とはなるが、それだけで人生が充たされるわけではないと学んでいたし（あるいは、漠然と思っていたし）、さらに、難関や危険に喜んで立ち向かう覚悟のある恋人の役割を引き受けるだけの素質が、自分にはあまりないと推測せざるをえないという屈辱を味わわされたことがそれまでに何度かあったのだ。手に飛び込んできた幸福には、わたしの期待に反して、物事を変貌させる力がなく、うまく言い表わすことはできなかったものの、それは感じていて、慣習に染まって徐々に弱まり、しかもわたしの心配性のせいで、ほかの人の場合よりもおそらくもろさが顕著になっていたあの歓びを、なにか別の冒険のうちに探そうとするどころか、わたしはますます――そうすることで、あの島、そこで時間を忘れたいと望みながらも、手ほどきをしてくれた例の女性がわたしよりも早く色褪せる年齢だとわかっていただけに、時間の強迫観念をかつてないほど抱いてしまったあの島から遠ざかることになるのだとは思わずに――あの「文明」、コスマージュによって体現される自然の状態とは対極にあるあの温室の現代性に執着するようになったのだが、アヴァンギャルドと称される活動のなかに位置づけられた芸術家や詩人がめざしていたのが、事物のありのままの姿を称揚することではなく、自然の状態に較べれば悲惨さの減少した人間性を提示する、前代未聞の世界を創出することだとわたしには思えていたので、そのような対極性はよけいに明らかになっていた。

　マカオとコスマージュが登場し、剝げ落ちはじめていた金箔を一新してくれる以前、わたしはエデンの園に閉じこもれると信じ込んでいたのだが、もちろん、芸術や詩がそうしたエデンの園に匹敵するもの――愉しみと平和に充ちた不可侵の飛び地――をもたらしてくれると考えるほど無邪気ではなかったものの、たとえまやかしであっても幻滅に対するわずかながらの攻略をもたらし、危険があるとはいえ現実世界に較べてさほど差し迫っていないあの空想世界にこそ、わたしは事物のはかなさや死の観念に対抗するもうひとつの隠れ家を探し求めたのだとよくわかっていたし、同様に、作家の活動――閨房での駆け引きとは異なる活動だが、それもまた自室〔寝室〕にこもっておこなう活動であり、島の代わりになるのは机、さらには紙片だ――が自分にとって大きな救いだともわかっていたが、その救いを事あるごとにいつも頼りにしておきながら、そうした救いに頼ればわずかなりとも持たざるをえなくなる耽美主義的あるいは役人的精神をけなしたり、少なくともそうした精神を超えた心性において文章を書きこなすようにしたいと工夫を凝らしていた。

　最初のころに（たんなる言葉遊び以上の意味で、わたしたちの寝台《リ》が島《イル》だった当時）わたしが付与していた人となりを失って、コスマージュは徐々にほとんど抽象的な人物と化していき、島の住民であることから生じるエキゾティシズムも、その肌の色も、輝きを放つ黒い胸とはじけるような笑顔をたたえた美女とは無縁となったのだが、そうした美女は、たやすく手に入り、安上がりでなんら責任を負う必要のない情事を愉しめるかもしれないという餌で若者を誘っているだけに、その責任者の驚くほどの臆面のなさを示しつつ、かつてあちこち（駅やそこら）の壁で目にしたポスター「植民地部隊に入隊したまえ」に描かれていた。時代遅れの状況に結びついたものでありながら、森に住むやさしくてたくましい娘のイメージが、なぜわたしにとって何がしかの価値を保っているのかをいまになって吟味してみると、その理由は、恋慕の思いを抱いていたかつての日々のことを大切にしつづけるといった話だけでないようなのだが、というのも、このイメージは、わたしの両義的な感じ取り方に、二通りの仕方で長いあいだ応じてくれていたように思われるからだ。ひとつには、自由で野生的な人生への誘いであり、もうひとつには、自分がそこでは庇護されるような島のごときものとして、おそらく一度たりと立ち止まらずに、知的または感情的な側面での解放の試みという見せかけのもとではあったが、わたしが求めつづけてきたものの象徴だったのではないか、そしてその島のごときものとは、ひとりの女性、愛する土地、なんらかのイデオロギー、さらにはバルビツール酸系催眠薬による自殺まがいで落ち込む暗い穴――胎児の眠りへの文字通りの回帰――などによって表わされる母親の膝だったのではないだろうか。しかしながら、こうしたことを言い立て、コスマージュの顔立ちの下にマンマとかマミー〔それぞれ「おかあさん」、「おばあさん」の幼児語〕といった古典的な顔の仮面を見ることで、わたしはその人物像を歪めているのではないかと疑問に思う。わたしが自分をその立場に置いていた白人とフライデーの冒険に関して、当時、一番印象深かったのは、二人のあいだの非の打ち所のない友情であり、そしてまた、その島で、流れ着いた文明人と正真正銘の「異教徒」が、愛に裏打ちされた友好関係を土台にして、ただ二人だけで、基本的な健全さ、というか（わたしならむしろこう言うところだが）原初的健全さにかなった暮らしを、どのように営んだのかという点だったのだが、この原初的健全さという言い方で、かつてわたしは「太古の健全さ《プライミイーヴァル・サナティ》」――あるいはこれに類した表現――を翻訳しようと試み、原語にできるだけ接近しようとするのと同時に、度重なる破格用法によってドルイド僧や尼僧の時代以上に古風な時代への立ち返りを示唆しようとする、訳のわからない言葉に行き当たってしまったわけで、「太古の健全さ《プライミィーヴァル・サナティ》」というのは、記憶を欺くなにか得体の知れない指示に従ってわたしが捻り出したのでなければ、ウォルト・ホイットマン〔十九世紀アメリカの詩人〕が『草の葉』に収められた詩のひとつで使っていた表現である。

活発で率直な仲間といった感じが突出し、女神キュベレ〔ゼウスの母〕（その威厳は、森で起こるありとあらゆる偶発事に立ち向かえる、荒削りの若いガールスカウトといった、わたしが彼女に想定する性格にはそぐわない）にはとてもなれないコスマージュ――自分に物語の作中人物として創り直したコスマージュ――は、むしろ安物の飾りも免状も持っていないコーチのような存在で、わたしの知らない基本的なちょっとした技術をいくつも心得ていて、自分だけの秘密やゲームを有しているのであり、さらに、わたしが身につけている気取った知識などよりすぐれた天賦の知恵があるので、わたしを導き、的はずれの問題などに惑わされたりしない彼女がついていなければわたしなど途方に暮れてしまうはずの迷路になるばかりの場所を通り抜けさせてくれるのだ。いくら日焼けさせてもわたしたちの肌は、貧血とは縁遠い（とでも言えそうな）彼女の肌には及ばず、そうした肌の色は、彼女が自然のもたらすほてりと親和性があると示している（ように思われる）が、自然や、その自然が企む策謀――最後の最後での足払いも含めて――とうまく折り合いをつけるようにと、この若々しい人物はわたしを励ますのであり、マリココ風に誇張した要素を付け加えられ、台なしになっているということはまったくない。

その不幸な結末が削除されて、わたしと女友だちにとっての憲章になっていた神話の方向性でコスマージュのことを眺めるとき、わたしのいる世界に較べるとなんとも自然な世界に属していて、そこに近づくのは黄金時代に回帰することでもあると同様に、異国にいる気分にさせるわけで、息が詰まったりしないその世界が、たんに現実のものであるだけでなく、わたしの手の届くところにあるのだと教えにきてくれる、そんな存在として眺めるのであり、そのようにコスマージュを眺め、長いあいだわたしを虜にした、もっといかがわしい人物、すなわち、獣か悪魔のくったくのなさ（偏見に従うなら）に加え、エキゾティックな身体つきや、みずからが信じる驚異（キリスト教的な驚異などではなく、わたしの目にそう映るだけの驚異だが、それは、わたしたちがそのなかで育ってきた驚異、教わった道徳と切り離すことのできない驚異とは異なっているからだ）をこちらに浸透させてしまうその能力が魅惑的な黒人のキルケ〔太陽神ヘリオスの娘で魔術師〕に対置するなら、目覚めて見る、ゆったりと断続的に展開する夢の最中に優美な指導員となったコスマージュを、それとて他の絶対的崇拝に劣らずいかがわしい自然崇拝のイメージに仕立て上げるまでに理想化して、曲解してしまわないように気をつけねばならない。島々はわたしの足もとで崩れ去ったのであり（夏の大半を過ごすつもりでいた、まだほとんど観光化されていないバレアレス諸島のひとつイビサが、ちょうど杏の収穫が始まろうとするころに空爆の危機にさらされた、スペイン内戦の折）、いまでもときどきわたしが頭のなかにちらつかせて愉しむ地理の神話学は、もはや、避難所になりうるとは見なされず、ただじっくりと眺める対象としての地位へと退却を迫られたのだった。それとてかりそめの延命で、というのも、一九三九年から四五年にかけての戦争は、当初こそわたしに砂漠（そこでは、孤立した自分が、鉱物の海に取り囲まれたごく小さな島のように思えてくる）の美しさを開示してくれるものであったものの、わたしが自然に対して抱きつづけていた信頼に新たな打撃を与えたのであるのだが、完全な潰走に追いやられる少し前、アリエ県〔フランス中部〕からランド県〔フランス南西部〕まで武器弾薬を運ぶ列車を護送する任務につき、貨車で揺れに身をまかせていたわたしは、景色を眺め、緑の美しい季節ならではの装いに身を包んだ樹々に見とれながら、これはずっと残るのだから、敗戦によって何が生じようと、たいしたことはないと思っていたわけだが、のちに、占領時代となり、その影響で、知らぬふりを決め込むのは不可能なあさましい警察沙汰が起きると、それ——それに向けるわたしたちの視線——さえも駄目になってしまう（色褪せ、生彩を欠き、払いのけても湧き上がってくる胸の奥の思いのせいでさながら根元から切られてしまう）ような事態も成り立ちうるのだと徐々にわかってきた。だからわたしは、なんらかの景色を眺めることがどんな慰めになりうるにしても、自然というものが、他の枝がどれも折れてしまったときに最後にすがりつける枝になるとはもはや信じられないのだ。わたしたちの存命中にすら、この枝もそれ以外の枝も、腐ってしまいかねず、そのことだけで、枝に対して捧げる気になっておかしくない崇拝の念は、どれもこれも価値がなくなってしまう。そもそも、〈自然〉というのは、自宅のイギリス式庭園を逍遥し、自分たちなりのトリアノン〔ヴェルサイユ宮殿の離宮〕で鄙びた田園生活を多少なりとも味わい、あるいは、黒人奴隷の売買がおこなわれているというのに、善良な未開人を夢見たりする、そんな暇人が捻り出した考えにほかならないのではないか。そして、もし真の〈自然〉（たとえば原始林に見られる自然）が存在し、それに立ち向かうことに喜びを感じる人たちがいるとしても、そのとき生じる接触は、本人たちにとっては、自分の力を確かめる機会にむしろなってしまい、自然とのあいだに友好条約を結ぶ機会とはならないのではないだろうか。

　それでは、マカオとコスマージュの神話からわたしは何を取り置けばいいのだろうか、というのも、その土台をなす物語は一組の男女の田園恋愛詩的な、いかにもありふれた話で、出自の違いのせいで二人の結びつきが最後には破れてしまうというものだったからだ。おそらくは、もしそうしたことが教えられるものであるなら、人生と完璧な素朴さを全面的に好きになれ、という教訓を取り置くべきなのであり、その種の根本的な健全さは、他の地域に探しにいく必要はまったくなく（わたしがアフリカで学んだとおりで、旅行をしたからといって、必ずしも内面に変化が生じるというわけではない)、たぶんわたしに最も欠けているものなのだ。

活力や今日性を再び与えてやろうと努めながら、結局はただうつろな教訓にしてしまう——それほどまでに色褪せてしまっている——のだとしたら、ごく小さな子どもを読者に想定した本を土台としているこの神話は、タイトルが作品の子ども部屋的な側面を強調している「ゴリウォッグのケークウォーク」が入っていて、少なくとも表向きは英語特有の表現を使っているので、気取りたがり屋のわたしをいい気持にさせてもくれたドビュッシーの『子どもの領分《チルドレンズ・コーナー》』を、あたかも自分たちには通過済みのことのように聴いたとき、共謀者とわたし——子ども好きなどではまったくなかったが、いかにも子どもじみた愚にもつかぬことをするきらいがあった——を、音楽の熱心な愛好家どころか、うっとりとした心持にさえさせた性癖が生み出したもののひとつにすぎない、と見なさなければならない。したがって、それから身を引き離すのが嫌であっても、貝殻だけになってしまったこの神話を、まだたどたどしくしか話せない時期は過ぎてしまったのに、身動きせずに国を離れたつもりになってしまい、それでもって気持をまぎらわしていた一連のモチーフ同様、「備忘のために」と題した一件書類のなかに片づけるべきなのだが、その一連のモチーフとは、ホノルル、ワイキキ、はたまたタナナリヴ、ラ・フォンテーヌの寓話に出てくるモノモタパ、そして（一九二九年にムーラン・ルージュでブラック・バーズ〔ジョゼフィン・ベーカーが参加したレヴュー・ネグロ（黒人レヴュー）〕がそれでハーレムのみだらな香りを撒き散らした、ふらつき、それでいてテンポの速い曲）『ディガディガドゥ』のことだ。

個人的な悪徳、そうした悪徳がきっとあり、たいていの場合、自分ではわからないので、見出そうと努めねばならなくなるのだろうが、それは欲望や快楽を最高度にまで引き上げる煽情的な振舞いとか、演出とか、さらには筋書き全体のことで、そうした悪徳を各人に暴いてやることを目的にした——トランプ占いの女や占星術師といったたぐいが集まる——拠点。教育学の対象となる年齢に達するとすぐに姿を見せはじめるのが、女の子も含めた各人に対して、心理学の方法によって愛情生活をある一定の方向に導く、たとえばある者には異性愛よりむしろ同性愛へ、また別のある者（あるいは同じ者でもいいのだが）にはマゾヒストになるよりむしろサディストへと導いたりするのと同じような、一種の就職指導。そうしたことが、〔プラトン的な〕理想共和国ではなく、「各人は皆のため、皆は各人のため」という格言の後半部が十二分に適用され、新しい人間が——階層なしに、無数の多様性のうちに振り分けられ——束縛を受けずに花開くような、全面的に共産主義の社会でなら、実現するにちがいないだろう。

いまわたしが——いかなるテストの助けも借りずに——自分自身の悪徳について漠然と見えてくるのはどういったことかと言えば、筋書きはまさしく次のようになり、その場合、未来を占った手引書が、括弧に入れるべき序章にすぎないどころか、重要な要素ということになってしまうだろう。

きわめてブルジョワ的で、古ぼけた様式の家具が置かれた小さな居間における、占い師の女（占い師が男である可能性など考えられない)、分別盛りの年齢で、貫禄がないわけでもなく、飾り気はないが上品な服装をしている占い師の女による見立て。カードの語る声が聞こえた時点で、彼女はわたしをある寝室の戸口のところまで連れていってくれるのだが、その寝室にわたしは以下の類型のいずれかに属する、自分にとっての「クイーン」を見出すことになるだろう。

乳白色の肌で肉づきがよく(ハンス・バルドゥング・グリーン〔ルネサンス期のドイツの画家〕が描いた裸婦のいくつかがそうであるように)、赤褐色かヴェネツィア・ブロンドの豊かな髪の毛が肩を覆っている美しい身体。

並はずれて色白で、その白さが、巻き上げてシニョンに結った髪の墨さながらの黒色や、とても背が高くて実にすらりとした娘の豊かな体毛の髪に劣らぬ黒さと好対照をなしていて、胴まわりの細さに較べると腰と腿が過度にふくらんでいる(バルセロナのパラレロ街〔劇場街〕のよく知られたカフェ・コンセールのモリノで、ある晩に目にした、全裸に近く、黒いソンブレロをかぶったあの数人の「アーティスト」と同じ)身体。

かなりたくましいが重たい感じはなく、むしろ小柄で、手はずんぐりとして、男性的と言っておかしくなく、頭から足まで小麦粉がまぶされたブロンド女の身体。

カードをゆっくりと操った結果、今回、わたしが見出すのはこの三人の女のうちの誰なのかが示されることになるのだろうが、占い師の女はそれをわたしに告げる際、象徴(月、星、地球)、あだ名(魔術師、狩人、箕で穀物を選り分ける女)、洗礼名(オーレリア、アドリエンヌ、シルヴィ)、あるいは花の名前(黄水仙、ダリア、雛罌粟)でしか言ってくれないだろう。決まりきったやり方が定着してしまうのを避けるために、彼女はそのつど新奇な用語を使い、それはどんどん微妙なものになっていき、わたしのほうは謎を解き、ついで、示された名称に欺かれることなく、それをかいくぐって、前回の占いの際にすでに出会っていた娘だと認識することに歓びを覚えるだろう。もっともこれは、基本的な三つの類型ではあってもいかなる防水隔壁によっても仕切られたりなどしておらず、それらを組み合わせることで違った形がいくつもでき上がるのであり、そうしたヴァリアントは、いわば組み合わせの大本であり続ける三人の女のこちらとかあちらとかとわたしが同一視しつつも、その時点ではまだお目にかかっていない女性たちによって、具体的な存在となるだろう。

　この三人の女の支えとなるのは、最初の女に関しては、ルイ十三世様式の大きな肘掛け椅子（わたしがやって来るとき、女は横になっていず、坐ったまま夢見るか眠っているだろう）、二番目の女に関しては、黒いビロードで覆われたソファ、三番目の女に関しては、どんなものでもいいが、とにかくとても低い寝床だ。

　わたしはもうひとりの女を想像してみるが、その女は熊の皮の上にいるか、あるいは金属製の楯の上でその窪みに帆立貝さながらに乗っていて、髪は長いがとても色が薄く、眼も肌もまさに透きとおるようで、革紐がひかがみのところまで交差しながら巻かれているサンダルをはいている。この四番目の女を何と呼ぶかと言えば、それは、堆石、吹聴者、ガートルード〔『ハムレット』の作中人物で、ハムレットの母親〕、牡丹だ。腋毛を剃刀か軟膏で取り除かせたりしない野蛮さが彼女にもあるせいで、腿の途中まで灰白色の埃――あるいは泥が乾いてできた甲羅――で覆われ、あたかもこれまで毎日裸で藪を突っきって走っていたかのように、あちこちに小さな切り傷ができている。

　事がおこなわれるのは午後で、完全に閉めきった状態にされ（カーテンをしっかりと閉め、光も人工的なものにし、ひとり目には柔らかにした光、二人目には剝き出しのきつい光、あとの二人にはできるかぎり日中の陽光に近い光にする）、正確な時間やそのときの天候を示すものが外部から入ってくるということは一切ないのだが、そうしたことさえも、カードの扱いに引きつけられ、集中し、外界の細部の痕跡を無関心という消しゴムで自分のなかからことごとく消し去ることで、わたしは忘れてしまうだろう。思いがけない幸運があるとすれば、それは一番目か三番目の女（その代役のひとりということもありうる）が、睡眠薬を——抱擁のあとで、もしくは、申し分のない抱擁すらすることなく——わたしに飲ませ、自分でも飲み、ぴりっとした刺激をもたらす不安で活気づけられるものの、それ以上のことはない心地よさに包まれ、ともに虚無へと滑り落ちていくようにして、わたしと一緒に死ぬと決めてくれることだ。

これらの女のいずれもが自分なりの言語を持っていて（洗練されていたり、素朴だったり、それどころか田舎くさかったり、実に通俗的だったりする）、フランス語の場合も外国語の場合もあるが、わたしの好みはこの場合に英語となる。もしかすると、さらに言うなら、一番目の女の場合、無言でいるか話をしたとしても気取った言葉を使わないし、二番目の女、すなわち、わたしを待っているあいだ、汗のごくごく小さな滴までも飛ばしてしまおうと、自分の身体中に扇風機で風を当てたり、ソンブレロであおいだりしている褐色の髪の背の高い女に関しては、「だみ声」だ。この二番目の女の場合、やや胸が悪くなるような香水——かなり暑く、空気がこもった寝室がその香りでいっぱいになるような——をつけていても、一番目の女にはなく、あとの二人にあり、草や森の匂いと混ざり合っている強い動物臭を隠すことはできないだろう。

愛の行為を営むあいだ、最初の女からは言葉は出てこず、代わりに深い喘ぎ声が漏れてくるように思われるが、二番目の女は、卑猥な言葉か、ただただ好色な言葉を発し、わたしが愛撫するにつれて小麦粉の覆いが徐々に取れてきた三番目の女からは、純真で、やさしかったり、愛情に充ちていたりする片言が聞け、四番目の女の場合は、情熱的で、とぎれとぎれの叫びをあげるが、わたしの知らない言語でのことなので、あたかも、わたしたちのそれぞれが感じた快楽が相手の人間とは関係のないままであるかのように、わたしたちのあいだに距離が作られることになってしまう。
会話の切れ端。

三番目の女　わたしの犬……
わたし　わたしの燕……
三番目の女　皮を剝がれてわたしのものになった人体標本……
わたし　わたしの鍛冶屋、わたしの鍛冶屋、わたしをしっかり鍛えておくれ！
三番目の女　おまえのいい女《ひと》を肥育しなさい！
（そして、もう言葉は発せず、わたしは彼女を肥育する。）

もし各場面に伴奏音楽がついているとすれば、それは――四人の女の順番に沿って――ベッリーニかヴェルディのソプラノのための著名なアリア、自動ピアノのための古いラグタイム、ソナチネ、『ばらの騎士』〔リヒャルト・シュトラウス作曲、フーゴー・フォン・ホーフマンスタール台本のオペラ〕のワルツ、でなければならないだろう。
実際には、一定の経験を経たのちに、四人のうちのひとり――あるいはそのヴァリアントのひとり――がわたしの好みの女ということになっているだろうが、その女は、占いの儀典書を超えて、わたしの個人的な悪徳の直接的な欲求に応えるだろうし、わたしは彼女に出会えて幸福だと思うはずだが、それは、もし占い師の女がまわりくどい言い方で別の予測――さらには、より幸福な結果に至るはずの予測で、というのも、いい意味での驚きが待っているからだが――のほうへとわたしを導こうとしていたとしてもだ！　だがもしかするとそうした探究は途中で中断されてしまったかもしれないのだが、それは、わたしが一番目の女か三番目の女の差し出す睡眠薬の誘惑に負けてしまった場合のことで、しかも睡眠薬を差し出すのはむしろ別の女で、実のところ——他のどの女よりも、このささいな悲劇をわたしと演じるのに適していて——彼女が結果的にお気に入りの女となるのであり、それは、一度出会ってしまうと、さらに探す必要がもうなくなり、他の女の誰かとかかわり合う可能性はほとんどサスペンスの要因としてしか入り込んでこない（逆に、いつかあるとき、このお気に入りの女がわたしに毒を差し出してくれるだろうという考えが、もうひとつの、しかももっと苛立たしいサスペンスを作り出してしまうのでもないかぎり）ようにしてしまう女なのである。

ただ、最後までおこなわれるはずのショーがこのように中断されてしまうと、それは解雇というかたちで終わることになる。四人のうち二番目の女にだけは金を払う——見せかけだけであっても——必要が生じるだろうが、それは、他の三人とは違い、彼女は見るからに娼婦で、自分からそうした印象を人に与え、しかもがみがみとうるさいからだ。一番目の女に対しては、わたしは一言も言葉を発せずに足に接吻をすることになるだろうが、横になった身体のこの一番端の部分に、戸口から出ていく際に触れるというわけだ。四番目の女の場合は、その唇にわたしの唇を強く押し当てるだろう。三番目の女には、「またそのうちに！」と言って微笑みかけるだろう。この二人は、大人ではあるが、まちがいなく年下で、それに対して二番目の女は、老け込んではいないものの最年長で、というか、もうずいぶん前から仕事に慣れてしまっている玄人として、少なくとも過去の重みを他の女に増して背負い込んでいる。

いつかはその時が訪れるにせよ、すでに言及した中断が突然生じたりしなければ、そのつど、これらの女たちのなかのひとりとともに、身振りや言葉をとおしてどうにかしてわたしが書くことになるのは、かいつまんだかたちでの一種の小説だ。ところで、小説とはそのようにしてでき上がるものではないだろうか。眼前に現われ、みずから動き出し、自分たちを取り巻く状況をわたしたちに書き取らせ、わたしたちを条件づけしてしまう人物たちをめぐって。実のところは、実現したいという欲望が本当にあるわけでもなく、こうしたイメージによって、わたしという人間の核心を一時的にせよ変化させるに至る肉欲を自分のうちに呼び覚ますわけですらなく（それはおそらく、いまではあまり重くのしかかっている年齢のせいであり、すぐに勃起するということもできなくなっている）、そうしたもろもろのことを夢想するとき、もしかするとわたしはすでに小説の萌芽を書いているのであって、それは——もし取り組みさえすれば——結局のところ、大地、箕で穀物を選り分ける女、シルヴィ、または雛罌粟、要するにありとあらゆる女性的存在のなかで最も美化されていないものを女主人公とすることになる小説だ。

一度もわたしに起こったことはないし、おそらくこれからもけっして起こることのないこと、それを少なくとも紙の上で生じさせて歓ぶというのは、許されないことだろうか。

鷲の餌、
他の大部分は
すり減った甲皮にすぎないというのに
テシトゥーラがわからないまま〔テシトゥーラは歌唱可能な適正音域〕
廃材も出さず不透明なところもなく見分けられた
あの皮！

さながら頭蓋骨の下で十字になった海岸同志《フレール・ド・ラ・コット》〔十六世紀から十七世紀にかけて猛威を振るったカリブ海の海賊〕やどくろ軽騎兵《ユサール・ド・ラ・モール》〔フリードリヒ大王が創設したプロシアの騎馬部隊〕の二本の脛骨のように、教皇の三重冠（縮尺版のバベルの塔）の下で二つの鍵が交差している。ダブリンで、ある午後、同じ標章がわたしの目の前に現われ、それは赤と白のヘルメットをかぶった若いオートバイ乗りの暗い色をした革ジャンの背中にあったのだが、禅の哲学と現代におけるその布教家〔禅についての著作で知られる鈴木大拙を指す〕に対するほのめかし（とでも言おうか）として、その下にはスズキという語が書かれてあった。同じ日、それより前に、中央郵便局のホール――独立のための最初の闘いのひとつの舞台――でケルトの英雄クフーリンの銅像を見たのだが、銅像のクフーリンは、馬に乗らず、致命傷を受け、（フィリ〔古代ケルトの吟唱詩人〕が語るところによれば）立ったまま岩に身体を縛りつけていて、そうすることで、鴉がその肩にとまり、身体を引き裂きはじめて、すでにそれが屍だと明かすまで、敵たちを恐れさせることができたのだ。

スズキまたはホンダといった会社に加担したオートバイ乗り、どくろ軽騎兵、そして古くは、黒旗を広げてみせる海岸同志《フレール・ド・ラ・コット》は、それぞれの仕方で、かつて日本にいたサムライにおそらく似ているのだが、それには驚くべきところなど何もなく、自分自身のために死に立ち向かうにせよ、他人に死を押しつけるにせよ、死を物ともしないという意志を明確にすること、それが彼らに一様に与えられた運命だ。

いかにも古く、いかにも清廉で、いかにも雄弁であり、いかにも敬うべき父なる神に関しては、その父なる神を、たぎり方もさまざまな血を受け継いだ異教徒のあの封建体制に、紋章学的に言って近づけてしまうカンティング・アームズ〔図柄で家名を表わす模様〕の働きを、まちがいないと信じ込むべきだろうか。バベルの塔であるにせよないにせよ、倫理を述べているにせよ偽善の塊にすぎないにせよ、神の教会は——十字軍よりもはるかに年を重ね——さほど熱い性質を帯びておらず、白くなった骸骨の特徴を有しており、最近でもまだほぼ天文学に属する領域と受けとめられていたあの西暦二〇〇〇年が過ぎてしまうと、いかにも不吉な鳥たちでさえその上を飛んだりしなくなってしまうだろう……。

❈

「オーギュスタン〔パリでのレリスの住所はグランゾギュスタン河岸で、「オーギュスタン」の文字が含まれる〕からオーギュスティーヌへ。」このように――偶然をうまく利用し――グループツアー向けの宣伝用語を使いつつ、毎週土曜日（夏休みは除くが）わたしがサンティレール〔パリ近郊で南西部のエソンヌ県エタンプ郡にあった旧サンティレール修道院の建物をカーンワイラーが購入し、別荘として改装したのち、一九五四年から、義理の妹とその夫であるレリス夫妻ともども、週末を過ごすようになっていた〕に赴く移動を名づけてもよさそうなのだが、そのサンティレールは、麦やクレッソン畑や監視付狩猟地のおかげでまだまだかなり田舎めいた町であるものの、近いうちにどこにもある郊外のひとつになってしまうのはまちがいないと思える兆候がどんどん増えつつある。それが自分たちの別荘だと言うのももはやはばかられてしまう「こぢんまりした家」は、聖アウグスティヌス《オーギュスティーヌ》会所属の修道女たちがいた小修道院のあとを引き継いだ建物ではないだろうか。

この家は、もう二十年ほど前から妻とわたしが所有しているものだが、家がわたしを受け入れてくれるまで数年かかったし、いまそうであるような家、つまり、ほとんど健康上の必要から生じたと言っていい駆け引きにおいてわたしへの加担者になるまでには、さらに数年かかった。もうひとつの生活環境が相変わらず同じようなものだし、基本となる生活環境と同様にこちらもエキゾティックでないにしても、生活の場を定期的に変えるというのは、眠りについたり、寝直したりするために――夜、シーツで作られた我が家のなかで――一方に寝返りを打ち、また反対側に寝返りを打つのと同じくらい不可欠だと思える（もっとも、住居の交替の場合は、逆に、わたしをおおむね目覚めさせてくれ、悪しき無気力状態に陥らないようにしてくれる効果があるのだが）。

オーギュスタンでは騒音、オーギュスティーヌでは静寂。この落差はきわめて重要だが、わたしはのっぺりとした静寂がとくに好きというわけではなく、零にあまりにも近い静寂はわたしを脅えさせさえする。一番わたしに合っているのは、おそらくはわずかな物音で、それは、虚無に沈み込んでいるような気分にならず、何かにしがみついていられるためにちょうど必要なものなのだ。オーギュスタンの喧騒に煩わされないオーギュスティーヌで、わたしは少なくともそうしたささやかな物音を頼りとするのだが、それは静寂を破るというよりも鋲を入れる物音であり、そのおかげで、耳を介してのいかなるつながりもなくなると必然的に起こるめまいに陥ることなく、自分自身に対して耳を傾けていられるのだ。

視線をさえぎる垣根となる建築物などひとつもなく、ずっと遠くに見える地平線、目の前の光景において幾何学的形状が担う役割の少なさ、大部分は自然の事物のものなのでよけいに鮮やかに見える色彩、当然ながら産業界を構成するさまざまな機関からの排泄物でさほど汚染されていない空気、ナポレオン一世の時代にまで遡るだけに、パリのアパルトマンより古い家の室内装飾そのもの、こうした長所――静けさの点でまさっているだけにとどまらない現実的な利点だ――にもかかわらず、パリの住まいよりボース〔パリの南西に広がる穀倉地帯〕の住まいのほうが好きだとは言いがたい。それに、あまりにも多くの思い出があるのでパリに愛着があり、考えが煮詰まって悪い方向にむかい、突発的ではないにしても、よその場所に腰を落ち着けたいと夢見たりするときに、同じことばかりぐずぐず思い煩うのを避ける手立てが、パリでは手の届くところに（そのことを知ってさえいればいい）いくらでもある。

唯一これは確かに本当だと言えるのは、わたしがこの二つの住処の一方からもう一方へと移るのが好きだということ、二つのうちのどちらの場合も――都会も田舎も、慌ただしい生活も怠惰な生活も

——、そこから動かなくてよくなってしまうと、わたしはすぐに不安で息が詰まってしまうだろうということだ。

＊

雌犬ディーヌのいた時代、あるとき夕暮れ時にその犬と散歩をしていて、次のような光景を目にした。

周囲に木立のある野原が静まり返っているなかで、優に十二羽ほどはいる野兎か繁殖地に放たれた飼い兎（いずれにせよ、ウサギ科のグループの構成員）が、ほぼいずれも坐り、数羽だけ走りまわっていたものの、急がず、仲間からあまり離れずにいた。円陣を組んで――あるいはほぼそうなって――討論会か家族会議でも開いているかのようで、あまりにも関心がそちらに行っていたらしく、わたしと（少なくとも人間の目からその顔つきを判断するなら）不穏な黒い鼻面をした雌犬が近づくのをそれほど警戒する様子もなく、だいぶ遅れて逃げはじめた。ディーヌとわたしが野山を横切っていく散歩の途中、野兎や飼い兎（狩人でも田舎の人間でもないわたしは、両者の区別があまりつかず、ただ、野兎のほうが大きく、耳も長いということを知っているだけだ）に出くわすことはよくあったにもかかわらず、同じような光景はそれまで一度も見たことがなかったが、こうした集会の目的は、いったい何だったのだろうか。

魅力的な齧歯目が、もしかすると身振りだけで成り立つのかもしれない言語で何を語り合っていたかが少しもわからないということを除けば、わたしは不思議の国に近づくアリスになっていた。薔薇色の舌をだらりと垂れ、美しい歯を白く輝かせた犬のほうはと言えば、綱を引っぱりながらわたしと一緒にその光景を眺めていたわけだが、非常に温和であるとはいえ、肉食の本能がほとばしるとわたしにはなかなか抑えきれないのが常だったこの獣は、文字通りうっとりと涎を垂らしていたのだ。

力のかぎり水平に伸ばした前腕の先の右手の掌の上に、わたしは石目のある大理石の円柱を支え持っているが、その円柱は、ローマ時代のフレスコ画に着想を得たルネサンス期――あるいはさらに時代が下った時期――の舞台装置に出てくる書割の円柱に似ている。丈の高い円柱の威圧するような重さとその平衡を保つことのむずかしさに苛まれ、いまにも叫びをあげんばかりになるが、わたしの動揺に気づいた伴侶が起こしてくれる。それからまもなく二十年が経とうとしているが、あの晩、あまりにも過酷な負担を課された天秤の皿さながらのその手で量ろうとしていたのは、わたしにとっては永遠の課題となるジレンマのずしりとした重みだったのではないだろうか。

　同じ晩のもう少し早い時間に、知り合いの誰かが運転する自動車で、グアドループと思われる島の中を走りまわっていたわたしは――ずいぶんと回り道をしたあげくに――家長が旧植民地生まれの白人《クレオール》である家の玄関前にたどり着いたのだが、それは「住宅」と呼ぶにはあまりに豪華で、閉じられた扉はとてもどっしりとした木製であり、重さがあるにちがいない金具がいろいろとついていた。この広大な邸宅を通り抜けなければならなかったのだが、というのも、それが唯一の便利な経路だったからで、わたしたちはいくつもの部屋や庭――『美女と野獣』の物語に出てくる怪物の住まいと同じでひと気がない――を通り抜けて外に出たものの、そこは玄関の前で、あたかもわたしたちが一歩もなかに入らなかったかのようだった。そのときになってわたしたちは、それが一財産築いて隠遁した鍛冶屋（民間信仰では多くの力があるとされているあの鉄と火の人）の住まいだと知った。
ゴールドコースト〔アフリカ西部のイギリス植民地で、一九五七年に独立し、国名をガーナとした〕のエルミナ城を思い出させる、海賊の出没した時代の美しい城塞が、同じころのある夢に出てきた。おそらくはエルミナ城のことが案内書か折り込み広告で触れられていたり、写真が載ったりしていたのを目にして、わたしは、イギリス領のアンティグア島——その貧しい、しかし奇妙に心地よい、辺鄙な側面は、当時終えたばかりのアンティル諸島めぐりのなかでもわたしの心に強い印象を残した——に寄った際に、この歴史建造物を見にいきそこねたことに気づき、ひどく後悔したのだが、後に、この城を、それもやはり夜中に突然出現した海辺のもうひとつのすばらしい城に似ていると思うようになったのであり、そのもうひとつの城も二十年ほど前の時代のまた別の断面なのである。

重すぎてとても支えきれない、すばらしい円柱（おそらくは宮殿の内装の一部）、サン＝ルイ島やマレ地区のかつての貴族の館のいくつかと同じ時代の邸宅の玄関を守る金具、不注意で訪れることができなかった城塞、こうしたイメージによって告発されているのがわたしの弱さなのか、わたしとは無関係の障壁なのか、それともわたしの軽率さなのか、それを知ることはあまり重要でないが、それらに共通の消極性が明らかにするのは、途方もない欲望がつねに中途半端なままでとどまり、果たされずにいるということではないだろうか。

それからずいぶんと年月が経ったある日、妻とわたしは、田舎道を車で走っていて城（あるいは広大な屋敷）があることに気づいたが、通りがかりにかなり離れた場所から目にとめただけであった——車を停める余裕がなかったのだが、それは車に乗っていたのがわたしたちだけではなかったからだ——ものの、わたしたちは魅せられてしまった。その慎ましやかさこそが魅力的なこの城を、再び目にすることはついになかったのだが、問題の道はよくたどる二通りの道のひとつで、その後も週末に出かける際の行き帰りによく通り、季節もさまざまだったのであるからには、城が、葉を落とした樹木の後ろから一度姿を見せたものの、葉が茂ってまた見えなくなってしまったのだと考えるわけにもいかなかった。しかし、夢を見たわけではないのも確かで、それだけに、姿を見せたことは疑いようがないものをこうして二度と目にはしなかったというのは、わたしたちにとってささやかな神秘となっている。

⁂

その〈品物《オブジェ》〉は白い紙で包まれた箱だろうか、
クリスマスのプレゼントのように、
何枚もの白い紙で包まれた？

それともチョコレート味の燧石だろうか、
カフェ・オ・レの色をしていても？

それとも蠟製のレコード、
わたしを唸らせる音楽が入った宝石箱だろうか、
どこでとは憶えていないものの、その音楽をすでに聴いたことはあるにしても？

その〈品物〉は密度が高く、
それでいて多孔質の堆積だろうか、
眠りの皮のように？

その〈品物〉はわたしが一度も
歯で嚙んだことのないものの一切れ
——一片、切れ端、薄片——だろうか？

わたしの口のなかの
雷も、
それが少しでも馴染んでしまうと、
ほかのものより美味ではなくなるだろう！

⁂

そうでしょう？

つっけんどんになるということはあまりなく、だいたいの場合、せがみ、ほとんど甘えるような感じになるこの言葉は、疑いをほのめかすと同時に、その疑いが消えるだろうとの確信を含み込んでもいる。

そうでしょう？

合意を求める簡潔なささやきであり、たとえ相手が「ええ」とつぶやくことさえしなくても、たしかにそうだと認めさせようとしている。

いわば……

というのは、言われたことが言われたそのままではないということを意味していて、言われたことと言いたかったことのあいだに一定の余白があり、相手は——文字通り理解するなら——この余白を考慮に入れなければならないことになる。あと一歩に迫り、すぐ近くまで来ていて、あたかもうまくいったという感じだが、それでもやはりこれでもうよしではなく、自分自身も相手もほとんどわかったとなるためには、そのちょっとした不足分が示される必要がある。

このことを、たいていは湯が熱すぎる風呂で部分的にだがじっくりと考えたわけだが、毎朝そうして入る風呂でわたしは遊蕩者を気取り、自分の精神がふらふらとさまよい出し、考えを探しにいく、というかなんらかの考えを作り出すのにふさわしい言葉を探しにいくのを放任するのであり、そのなんらかの考えというのは、いわば影にすぎないのだが、結局のところ、それにだいたいの形を与えてやろうと腐心するだけの価値はある、そうでしょう?

＊

刑期をつとめあげ、刑務所から出たせいで途方に暮れている受刑者のように、
あまりに仕事に熟練してしまったために、暇な時間を持てあましてしまう退職者のように、
戦争しか知らないだけに、休暇中に気がふさいでしまう兵士のように、
貞潔の誓いから解放されたものの、性的不能だとわかってしまう修道士のように、
寄港地で飲み歩いたはいいが、またたくまに迷子になる船乗りのように、
殴るので見棄てた男のもとに戻ってしまう女のように、
早く大きくなりたいと思っている子どもだった時代を取り戻したがっている大人のように、
手にした大金をいったい何に使えばいいのかわからないでいる成金のように、
世界一周旅行をするのは出発点に戻ってくることだとわかる旅人のように、
ここにいようが彼の地にいようが、つねに爪はじきにされるのだとはっきり知ってしまう移民のように、
甦ったために――オスカー・ワイルドの言うところを信じるなら――泣いているラザロのように、
入水したのちに「助けて！」と叫ぶ者のように、
権力を奪取するために闘っていた時代を懐かしがる国家元首のように、

自分がやりたいと思っていたことをそっくりそのまま成し遂げて意気阻喪した芸術家のように、

真実を隠すヴェールにようやく穴を開けてぎょっとしてしまう形而上学者のように、

戯れているあいだは幸福でも、恋愛では不幸な結果にたどり着く男のように、

もう一度目にすることができたら涙なしにはいられないだろうと思っていた存在や場所を、乾いた目で見てしまうことに心を痛める人のように、

こうした人たちのいずれかのように、ということは、誰もがそうであるように。

⁂

以下の夢を見たのは六月のある晩、バーデン＝バーデンでのことだが、この湯治場はずいぶんと古くからあるので、新古典主義様式のカジノや一八七〇年の戦争の少し前にベルリオーズの『ベアトリスとベネディクト』が初演された劇場——庭園の縁にある建物で、その庭園には、急流ではあっても充分に制御された川が流れ、美しい芝の上に聳えた樹々が、ずっと上のほうに重たげに葉を茂らせている——に加え、ほとんど地下納骨所のように見えるローマ時代の風呂の廃墟もあり、その廃墟は、あらゆる種類のホテル（超高級からペンションまで）、教会（そのうちのひとつはロシア正教の崇拝に捧げられた巨大な菓子）、店舗、別荘、公共建築、さらには、規格通りとはとても言えないものの、あまりにもありふれているのでほとんど目にとまらない建物の列、そうしたもので溢れている都市的な区画のなかのどうといったことのない一角に位置している。

わたしは盗みを犯した。そのことについて街角で二、三人の仲間と話し合っていて、そうした事態になってしまったからには、自分にできる最善のことは、自首することだと仲間もわたしも考えている。それに警察は、わたしがそうするものと見越している。おそらく三か月の禁錮に処せられるだろう。

わたしたちがいる広場は、大きな町（地方の都市か北または東ヨーロッパの小国の首都）の中心に近いあたりだが、そこにあるとわかっていながら、警察署の入口がなかなか見つからない。名所旧跡的な性格はなく、時代遅れか蚊帳の外といった佇まいが魅力となっている、ほぼ円形のこの広場の周囲には、小売商やその他の商売関係の店が入った建物が多く、陳列台や屋台がいくつも並んでいるが、警察署らしきものは何も目につかない。何度もあちこち探した末、目立たない二軒の店のあいだに挟まれた小さな扉に気づき、なかに入って、狭く長い階段を降りる。するととても広い（中央郵便局を思わせるような）部屋に出て、そこにはカウンターがいくつもあり、だいたいは、中年で容姿も平凡な女性が控えている。問い合わせ、職員のあいだを何度かたらいまわしにされたあげく、背が高く、髭は剃り上げ、グレーのソフト帽をあみだにかぶり、ゆったりとしたオーヴァーを身にまとった警官の前に来る。彼は、アメリカ映画の古典的な人物像のひとつである、厳しいが感じのいい警官を思わせる。わたしたちの対話は、結局、非常に心のこもったものになるだろう。

この男は、尋問のおこなわれる部屋のほうにわたしを連れていく。その際、彼は、駅で手荷物運搬に用いるようなモーター付きの小さな運搬車で（だったと思う）わたしを移送する。わたしたちはこうしてあまりはっきりしない形をした中庭を突っ切ることになるのだが、それは卸売市場並みの広がりと活気のある倉庫か建設現場のようだ。整理役を任されている彼にとっては困難な仕事が生じていて、彼は――ほとんど建築家のように――物理的な整備を手がける必要があり、駐車場、物置、作業場、さらにその他の場所を割り振り、あるものは露天、別のものはガラスと金属でできた広い屋根というか庇の下を指定してやらねばならない。込み入っているけどおもしろいですよ、と彼は言う。マルセル・プルーストにおける「秋の葉」みたいなものです、と付け加えるが、こうした比較をするのはわたしが作家だと知っている証拠で（もちろんそのためにわたしは誇らしい気分になる）、目が覚めてから、わたしは――葉がうっそうと茂った大樹が何本もある公園への散歩から戻ったときに――そうした比較はもしかすると少しも突飛ではないと考えるようになるのであり、プルーストは（ある書簡でだったと思うが)、『失われた時を求めて』は大聖堂の仕方で構築されている(内陣、交差廊、後陣、等々)と書いていて、誰もが認める探究者であり、体系的な分類ファイルの生きた見本でもある人間がおこなった、いくらかなりとも建築的である区画配置の仕事は、一見すると馬鹿げて見えるああした比較にふさわしいのではないだろうか。

その警官が質問をしてくる前に、わたしのほうから口火を切るが、それは、もう一度最初から事態を見直すため、自分がしたことを告白しなければいけないからだ。しかしそう簡単なことではなく、いったいどんな悪事を働いたのかさえ――わたしに罪のあることは疑う余地がないものの――もうわからなくなってしまっている。それだから警官に、どんな盗みだったのかはっきり言ってくれと頼む。この質問はただ空しく響くのみなので、わたしは徐々にまた希望を抱くようになり、告白すべき盗みなど何も働いておらず、警察で一夜を明かすといったことすらしないうちに釈放されることもありうると考える。そのように勇気づけられて、わたしは目覚めに向かい、すっと目を覚ます。

これは最初の眠りのあいだに見た夢で、わたしは苦もなくもう一度眠ることができた。しかし朝になると、なにか不快な気分にとらわれた。

わたしにとって、たしかに興味深い出来事だったが、警官が解決しなければいけなかった配置の問題と同じくらい複雑で、わたしの頭のなかに張られた蜘蛛の巣のように居坐り、少しあとで大聖堂のおかげで投げかけられた光明を浴びても、消えてしまいそうにない……。

(いまでは、距離を置くことができるので、もっとはっきりとした説明も頭に浮かんでくるものの、あまりに建築的で、本当に満足のいくものではないが、その説明とはこうだ、つまり、ふさわしい場所を与えてやらないといけないさまざまな活動、最小限の時間でひとつの仕事から別の仕事へと移動させなければならない人びと、時間や空間の求める複雑さや厳密さはあるにしても、予測を立て、玉突き衝突を起こさぬように実現しなければならない、不正行為の分散や経路の錯綜、そのようにして行動、時間、場所によって警官の精神のうちに形成された組織網は、プルーストの思考の猛烈なまでに位相幾何学的な展開に呼応したりはしないだろうかと疑問に思えてくるが、そのプルースト的思考を、鑑賞者がある一定の道筋や時間に従って移動するときに関係性が変化して見えるだけに美しい、三つの鐘楼を描いたからくり画が示してくれるわけだが、あたかも時間というのはさまざまな感覚をある点から別の点へと運ぶ運搬車にすぎなかったようで、別の場所や状況で再び体験する同じ瞬間に較べればよりははっきりと示すものの、その差はわずかでしかない、つまり、コンブレーとパリで体験した同じ味による同じ歓び、ヴェネツィアとフォブール・サン＝ジェルマンのホテルの中庭で、舗装面の段差による同じつまずき、停止した車輌の連結を確かめるハンマーの打撃と食堂で皿の底のほうにぶつかるフォークかスプーンによって生じる同じ音、――ひとつの歴史的次元においては、青年が散歩でそちらに向かったスワンとゲルマントという二つの「方」によって地図上に規定される二つの社会領域が、時代が変わり、隔壁が崩れ落ちたと証明する結合の働きによって、最後に相互浸透を果たしたと明らかにする展開。）

そもそもプルーストの名前がことさらに出されていて、山査子の咲く春めいた垣根ではなく、ユゴー――あとから浮かんだ別の省察――にとっては分別盛りを象徴し、したがって時間の過ぎ去りをあからさまに示唆する「秋の葉」〔ユゴーには『秋の葉』という詩集がある〕がプルーストに帰属させられている以上、たしかに『失われた時を求めて』が（もしかすると水の都の古めかしい性質によって導かれて）下地のひとつとなっていた夢。しかしながら、ジャン・サントゥイユの冒険物語〔プルースト初期の未完作品『ジャン・サントゥイユ』〕よりは、外の出入口が意地悪く消えてしまうオフィスだとか、わたしの事例に困惑している役人だとか、窓口から窓口へのたらいまわしとか、何かに対する罪悪感、自分に罪があると確信しつつ、何についての罪なのかも——非常に漠然と窃盗の罪と受けとめるのでなければ——正確にはどんな汚点がついてしまったのかもわからないという感覚といったもろもろのこと、さらに、実際にはわたしより若いのだが、兄のような振舞いをするあの警官にわたしを結びつける、愛情に溢れたといっても過言でない関係のいかがわしい側面のせいで、カフカの物語にむしろ近い夢。

秋の葉、それは、哀惜ないし追憶というよりも、汚い埃に結びついた悔恨の堆積、逃げ腰またはどっちつかずの態度、はっきりと言うべきだったのに声にしなかった言葉、すべきだったのに控えてしまった行為、アリバイや出口が自分にはあるときの満足感、後知恵といったたぐいではないにしても遅ればせに訪れる急激な発露や（充分ではない、を前にして、過度にを表わすささやかな行為であるが）下劣なためにまたたくまに抑え込んでしまう願い、聞いている人からよく見られたいとか、相手に調子を合わせるためにいった言葉、ちくりと刺すだけでたいして影響を及ぼさないものの、狭い料簡から発せられた言葉、あるいはまた、それに劣らず品位を落とさせる、気持がこもっていなかったり偽善的だったりする、ぞっとさせるような親切心——違法というわけではないにしても、もしかすると大罪よりも鼻につき、わたしはちらりと盗み見るだけのことしかけっしてしないまま、自分のうちにその残滓を眠らせたままだったありとあらゆること、だがさらに不安も付け加わっていて、というのもわたしは人生の冬を迎えているからで、それだけで背中を、あたかもいまにも空が頭の上に落ちてくるかのように、丸く曲げさせてしまうそうした不安に対する嫌悪感も含まれている。

黄ばんだ腐敗、たとえば『シラノ・ド・ベルジュラック』（子どものころにわたしはこの戯曲が好きで、耳を傾けてくれる人、この本の場合だと、日曜いのかたちで両親が毎週来させていた年配のお針子に、読んで聞かせるほどだった）の最後を鈍い光で照らす、女主人公が隠遁した修道院の小道をうずめつくした枯葉、しかもそれは——夢想を誘う原因となり——いまでは侯爵か元帥になったかつての求婚者のひとりが、年月を経て野望を実現できたとはいえ、自分の一歩一歩がささやかだがあさましい行為に埋もれてきたのだと感じてしまい、そうした行為と重ねて見てしまう枯葉だ（ためらいがちに足で脇に除けたり踏みつけたりするが、恥じる気持ばかりか憂鬱な思いも引き起こしてしまうささやかな障害物）。

もっとひどい悪臭、つまり、その周辺にあってより健康的なシュヴァルツヴァルトなどではなく、バーデン＝バーデン湯治場のひっそりとした雰囲気にふさわしい、薄明かりのなかのこの夢に、臭気を撒き散らし、いかなる風によっても一掃されない、嫌悪感、不安、悔いをこねまわしたせいでわたしが浸されてしまう、聖水盤か告解室の臭い……。

だがこの夢は、いかにも悪党らしい風貌だという点で――しかしこれは、あまりにも癪に障る問題なので、何度も先延ばしにした末にようやくわたしはそれに触れている――、ああした家柄につきまとうとわたしも知っている不吉な影を宿した人物にふさわしいのだが、その人物とは、網の目作戦〔危険地帯を小区域に分けて要員を配置する作戦〕と拷問で「アルジェの戦い」に勝とうとした屈強な男〔ジャック・マシュ将軍〕であり、ライン地方で高い公職についていた家の出の彼は、展覧会（フランスの現代画家）のオープニングに出席してもおかしくはなかった――幸運にも彼はそうはしなかった――が、その展覧会のためにわたしたちはバーデン旧大公国に来ていたのだ。ギニョール芝居風の騎士長であり、どんなことがあろうがその手を握るまい――石ではなく、堅い肉でできたその手で忌まわしい糸を引いていた――とわたしが思った荒くれ男は、牢獄か取り調べ室の黴くささと熱心な釈義でその朝に、さらには、それからずっと時が経ったのちもわたしを困惑させた夢を介して、過度なまでに快適なホテルのわたしの部屋で、最終的にはけっして吸収されることのない波動のなかで、わたしに追いついてきたことになるのではないか。

その人の存在をそっくり危険にさらしてしまう窃盗のように、きちんと言葉で説明できず、ただ察しがつくだけで贖いようがない過ち、それは、もしそこに両眼をまっすぐ、我慢強く向けていけば、わたしの全人生が（思い出せるかぎりではあるが）層をなしながら、吐き気をもよおさせるまでに痙攣するのをそこから――奥底までは至らないにしても――見ることのできる穴。

この過ち、というかむしろ欠陥は、何かを決めたり、他人を責めたりするたびに、それについて漠然と意識してわたしが気詰まりに感じるといったものだが、それでもここでその性質を示すこと――指標は出せるともったいをつけているだけで、それ以上のものは何もないが――は可能で、それを受けて、自分自身からわずかなりとも真実を引き出すための尋問《グリリング》ということになるが、そのわずかながらの真実とは、道徳的な正しさという仮面（典型的な事例として、拷問者とかかわり合いになるのを嫌がるという、威厳のある、しかし取るに足らないわたしの拒否の姿勢を参照のこと）を空しくつけたその下に、ひどく軟弱なところがあるということで、たとえばそのせいで――広い市場からも、倉庫のたぐいからも、夢を鎮静化に向かわせる転車台さながらに中心に置かれた操車場といったものからも、呼び出されてはいなかった「秋の葉」が物語る、憂愁に充ちつつ瞑想に耽るという性質も同罪だが――公権力に身をゆだね（わたしひとりで下した決断ですらないが）、善意を見せつけようとしたり、窓口から窓口へと不安に駆られて走りまわったり、さらに、育ての親とまではいかなくとも助言者に姿を変えた警官《おまわり》に対して小さな男の子のような態度をとってしまい、そして歯車装置、わたしにとっては通りに面して構えた立派な家、例の男にとってはオリーヴの枝〔アメリカ独立戦争の初期に第二次大陸会議からイギリス国王ジョージ三世に宛てて出され、植民地を大英帝国のなかにとどめることを求めた請願文書を指す〕、さらに全体を概観すれば、さまざまな立場の人びとが笑い合う、優雅な家具の置かれたサロン、そうしたものででき上がった歯車に、文学によって唐突に油を差してやるはめになるのだ……。

正鵠を射た指摘だが、あまりにも曖昧で、この軟弱さがどの程度のものにまでなるのか——それが、逆説的にも不正行為にまでかかわってくるなら、そうした軟弱さを大理石に仕立て上げてみたい——、そして、物事の根本を揺るがす詐欺という考えがわたしの心にどれほどまでに取りついているのかは、判断できない！

✳

ミラノから十五キロ離れたところで開かれたのは、『アイーダ』だったり、スカラ座から持ち出されてきたそれとは別の歴史一大絵巻だったりではなく、キリスト教徒が心身を憔悴させることになる闘技場での本物のスペクタクルであり、それをどうやらエンジンの轟音が告げていて、決定的な始動となる前に、エンジンの回転音はひどく甲高いものになる。熱帯地方で、ときとして、鳥類、哺乳類、両生類、昆虫などありとあらゆる種類の動物が関係する突然の叫びが湧き起こるときと同じくらい棘々しい、動物小屋の頂点に達した喧騒……。ついで、大音響が轟き、モンツァ〔イタリア北部ロンバルディア州の都市〕の自動車グランプリを競う密集した集団の出発。しかし、耳を聾すると同時に勇壮な狂乱へと誘うこの瞬間のすぐあと、集団はたちまち間延びして、騒音は細かく砕け、すると関心が低下することになるのだが、というのも、あれらの車全部のなかで、どれが先頭集団で、どれが最後尾の集団なのか――数台の車が先行して周回していたこともあり――もうわからなくなってしまうからだが、車は、どれも強烈な色彩で染められているものの、ラベルが巻かれず、ただ白地に黒で番号が貼られた金属の美しい葉巻、みずからの巻き起こす風によって全速力で前に押し出される操作可能な小さな風船、ヘルメットというよりは僧帽をかぶった上半身がかろうじてそこから上に出ている筒状の浴槽、たんに臀部脂肪蓄積症なのではないブッシュマン〔アフリカ南部のカラハリ砂漠に住む狩猟採集民族で、現在はサン人と呼ばれる〕が休息のときにさえ自分の一物をそのように保っている（とされる）水平な状態の羨むべきペニス、その二重の車輪が、古代ギリシア＝ローマの人間をかたどったいくつものいたずら書きや記念建造物で男根を飾っているただ一対の翼を想起させる魚雷、といったところだ。

完璧に滑らかのように見えるが、目には見えないつなぎ目のせいで明らかにレーシングカーがその上で飛び跳ねるコンクリートのコースの端で、消防車、赤十字の付いた救急車、スータン〔カトリック聖職者の通常服〕を身につけた司祭が観覧席のほうを向き、左から右に、救助が見込まれる非常に合理的な順序、すなわち、技術的、医療的、そして最期の瞬間には精神的救助の順序を示している。

炎が出たりはしなくても機械類の損傷は起きたが、人的な被害は一切生じなかったこのレースをほぼ最後まで観ているあいだ、わたしたちは有名なレーサーのジム・クラークにとくに関心を傾けたのであり、それは宣伝広告でよく目にしたという以外の理由はなしにある製品を選んで買うのと少し似ている（たとえば、あるとき、どの旅行だか忘れたが旅先で歯磨き粉がなくなり、たんにその名前をずっと昔から知っていたというだけの理由で、ロボット並みの受け身の態度になり、コルゲートを買ってしまったことがある）。

その後、あのときわたしたちに同行していた若いイタリア人が、乗り慣れていたはずのポルシェに、ある日、裏切られて、運転中に亡くなったが、そのポルシェは、湖畔の博物館――ほとんど寺院――に、電池をはじめ、物理学者ヴォルタの遺品が収められているコモ〔イタリア北部ロンバルディア州の市〕でレストランを営む両親から買い与えられたものだった。充たされていたが軽率なところのある息子は、自分のポルシェを誇りにしていたが、当時下火になりつつあった英国ファッションではなく、自国のファッション（較べたときにこちらのほうが擁護しにくいとする根拠など何もない）に合わせた洋服も誇りにしていた。そうした衣服一式は、彼の話を信じるなら、細かな部分に至るまで完璧な正統性を貫いているということで、彼はわたしたちにそのひとつひとつを見せびらかし、産業の直近の進歩がもたらした商品を持ち上げる売り子か、読み書きのできない輩を啓蒙する夜学の教師さながらに、最新流行の服だと断言していた。

モンツァでレースをずっと引っぱった末にリタイアしなければならなかったスコットランド人のジム・クラークはと言えば、レース中に事故で亡くなったのだが、世界各地のマスコミはこぞって彼のことを称賛し、比類なきドライヴァーで、電子機器とは無縁であっても、国旗を自分の名刺代わりに月の砂漠に置いてこようとしている宇宙飛行士に較べてもなんら遜色のない輝きを備えたスポーツマンにふさわしく、うぬぼれたところはいささかもなく、付き合って楽しく、あらゆる点で見本とすべきほど礼儀正しい人間だった、と褒めそやしたのだ。

一九六六年五月に……

ランカシャー〔イギリス北西部の州〕の高速道路で、快晴の日に、わたしたちの車を追い越したばかりであり、長いまっすぐな道ですぐ前を走っていたターナス〔ドイツ・フォード製の車種〕が、急に制御不能になったように見える。何度かジグザグ走行をしたのち、わたしたちに垂直の向きになり、それから横転してぐるぐると回る。そこに突っ込まないように、強くブレーキを踏まねばならない。

ひっくり返った車から乗っていた人たちが出てくるが、見たところ怪我はない。しかし、わたしたちと同じように車を停めた他の旅行客たちが、事故にあった者のひとり——若い女性——に手を貸して車道を横切らせ、道端の草の上に横たえると、彼女はそこでじっと動かないままだ。ターナスの近くで、小さな女の子が壊れた人形を前にして暴れ、叫び、泣きじゃくっているが、人形はもはやその形だけの命も奪われ、道の真ん中に横たわっているだけの役立たずの品にすぎない。

救助を求めにいったのは褐色の長い髪を垂らしたごく若い娘——潑剌そのもの——で、別の車から出てきた彼女は、ほとんど遮られることのない光で華やかに飾られた朝の空気のなか、大急ぎで公衆電話のほうへと走っていく。

ホームスパン、ハンドウォウヴァン、家で紡ぎ、手で織られた。

――生活の機械化によって方向づけられる流れに逆らい、こうした二つの美点を評価し、ましてや、ナイロンやダクロン〔アメリカ製のポリエステル系合成繊維〕やテルガル〔フランス製のポリエステル系合成繊維〕をはじめとする、一から十まで大工場で生産されるたぐいの布地を軽蔑するように仕向けるもの――タイプライターよりはボールペンで、ボールペンよりは万年筆で書きたいとわたしに思わせるあの手仕事的なものへの好み――を、どこまで推し進められるのか。

――王がいた時代、さらには、詳しいことはわかっていない人間たちが、いまでは観光客の好奇心の的になっているカルナック〔フランス北西部ブルターニュ地方の町で、新石器時代の巨石群が残る〕やストーンヘンジ〔イギリス南部にある先史時代の環状巨石柱群〕などの意味不明の集合体を建てていた時代を、もしかすると懐かしみ……。

すっかりすり切れた山が、まだ花の咲いていないヒースで覆われた荒野よりは濃い、褐色の色調をまとっているスコットランド高地地方で、わたしのお気に入りはとても静かでなだらかな曲線を描いている谷だったが、そこでいまから三百年ほど前、キャンベル氏族の男たちが（誰もがまだ憶えているが）罠に引き寄せられた敵たちを虐殺したのだ。口当たりはきついが味わい深いモルト・ウィスキーに香りを与えているとされる泥炭層が多いこの地方をあちこち歩いたわたしは、その代表的なものは、ほとんど水牛と同じくらいの角があり、原牛《オーロックス》〔絶滅した牛で、家畜牛の祖先とされる〕以上に毛深く、頭も体も、あまりにも長いので、ここまで豊かに生えるのは、むしろいたるところから垂れてきて、何世紀も前から伸びつづけている髪の毛ではないかと言いたくなるほどの毛で身体を覆われた――ノアの洪水以前と思えてくるような――生き物の種類に属するウシ科の動物に出くわすたびに、やはり歓びを感じたのである。

ロマン主義的なスコットランドであり、わたしの目から見ると、哀しみとあまりにも完璧に調和しているので、哀しみもこの地ではもはや憂愁となってしまい、味わいがありすぎて、それから解放されたいと望んだりはしなくなる。

しかしこの土地は、ただ眺めることができるだけの美しい過去をもたらすのだ。道を開こうとする代わりに、古い慣習、古い家系、古い地質学によって形成された地平を堅固に守ろうとしているかのようなこの地方で、真に支えになるものとして何を見出せばいいのか。外に広げられたのではなく、内に折り返された地方であり、唯一の存在理由は、羊毛、亜麻、さらに季節はずれの麻を紡ぐ、色とりどりの服を着たパルカたち〔生誕、一生の長さ、死をそれぞれ司る運命の三女神〕が手から出した包帯で身体を巻いたミイラとでもいうような、その怪しげな魅力であるように思われるのだ。

＊

ハバナを構成する少なくとも三つにはなる街——ひとつはアメリカ風の街で、そこここに高いビルがかなり広い間隔を置いて建ち、そのせいで、海沿いの道を通りながら眺めると、不規則なギザギザ模様が見え、もうひとつはスペイン風の街で、前世紀〔十九世紀〕末頃のニューオリンズにあったような（ジャズの揺籃地となる植民地風の都市〔ニューオリンズ〕を描写する際にラフカディオ・ハーンが話題にしていたのがたしかにこの種の家であるなら）、鉄製のバルコニーのある古い家が並び、最後はさらに別物のハバナとなっているミラマール地区で、熱帯植物があるおかげで住宅街につきものの陳腐さをかろうじて免れている——、並んで存在するこれらの三つの街のうち、最初のものは、海岸通り沿いに広がっているのを目にする者に、その鋸歯状の形が封建時代の現代版を連想させるような横顔を見せ、一方、第二のものは、かつて港の防御のために建てられ、キューバ革命が、帝国主義の脅威に直面し、たえず警備に当たる必要があるだけに、いまも残されている正真正銘の要塞と化している。

ゴールドコーストの沿岸地帯にあるエルミナ城塞、さらに、夢でわたしがアンティグア島に付け加えた城でさえも、ハバナのこうした建築集合体、とりわけ、すばらしく甘美な夕日を背景に、ある夕べ、奇妙な図表を描いてみせたギザギザ模様に較べれば、何ほどのこともない。エルミナでは、要塞のどうやら昔と変わっていないあり方——遠隔の地に根を下ろしたヨーロッパの波瀾に富んだ過去——に心を奪われ、しかもそうした気持は長く続いたものの、あの場合、皮相な感動を少し無理をしてふくらませたような感じがあった。ところが、ハバナのことを思い浮かべる際にやはり気詰まりを覚えるとしても、その気詰まりはなにかもっと奥深いものに関係しているのであり、なんら価値のあるものに至らない魅惑的な外観に自分の心が奪われたとわかったというのではなく、人並み以上に自信喪失や気後れになりがちな自分が、このハバナがその要となった、人間を完全に新しいものにするという英雄的な企みに対して、哀れにも身構えていると感じたからなのだ。

そのことは、帰国してから二週間ほどが経ってから、文章にすることで意識しはじめたのだが、当時、わたしはまだかなり奇妙な状態にあり、極度の疲労といくらでも眠りたいという欲求——いわゆる寝ぼけ眼になっていて——、固定観念に関係しないものへの注意はいかなるものも断ち切ってしまう遮眼帯をしているようなほとんど身体的な感覚があり、しかもその固定観念自体が物質的なもので、身体の内側から額や両のこめかみに重くのしかかり、わたしの脳が正常に機能するのを妨げているような気がしていたのだが、同時に、まぎれもない熱意、錆が落とされたような感覚、長いあいだ沈み込んでいたあとの再浮上、再び湧き出してきた喜び、取り戻した若さといったものも感じられ、ただ、その疲労のほうは、さまざまな用がたくさんあり、移動は必ずしもいつも快適だったわけではないのでたしかに無理はないものの、以前にこうした旅行のために生じたような疲労に較べると、はるかに重いものになってしまっているとわたしには思われた。

ほかにもたくさんの人が招かれていたが、わたしも七月二十六日にキューバに招かれたのであり、この日は、十五年前にフィデル・カストロと二人の女性を含め一握りの仲間が、サンチャゴの中心部にあるモンカダ兵舎に、物理的にも大損害を与えたが、なによりも精神的に重大な影響をもたらした襲撃を仕掛けた記念日だった。キューバ革命のことを考えると自分自身をひどく恥じてしまい、後ろめたい気持にさせるその原因を心のなかのペンの一引きで抹消してしまったり、夢想してみるだけの毒にも薬にもならないものの列に押しやって厄介払いしてしまったりするような日が、絶対に来てはならない。最も悪しき血の染み、それは、自分がそれに見合う高みに達していないと自戒せざるをえないのはあまりにも辛いがゆえに、信念を手放したり、骨抜きにしてしまったりすることなのだ。

⁂

キューバ、そこでは、あらゆることを解読可能な生きた寓意のうちにほぼ一瞥で要約できる。ハバナで、パリの組織委員会から派遣された第二十三回サロン・ド・メ〔一九四三年、パリの前衛作家たちが創設し、四五年の第一回展以後、毎年五月に開かれる展覧会〕が、街のなかをそれこそ縦横に走っている幹線道路のひとつに沿った、見たところは手つかずのままで、非常に起伏のある公園の近くで開かれた。フィデル・カストロの要請で、数頭の雌牛と三、四頭の雄牛（そのなかには、人工授精で数えきれないほどの子牛を産ませる目的のためにカナダで購入された巨大な牛も含まれている）が、人の手で造られた作品を置いてある木造のパヴィリオン——出航の準備ができているように見える、広いが軽いノアの箱舟——から数メートルのところで、牛舎に入れてあった。開幕の数日前、壮大なポスター代わりに入口を飾るものとして、大判の油絵の制作が開始されたが、この祝日の時期にキューバにいた美術家や作家が完成をめざしてそれぞれ協力することになっていた。それは日没後、スポットライトの光を浴びるなかでのことだったが、制作中の油絵とランバ〔ハバナの中心地区〕の反対側に集まった群衆のあいだでスペクタクルが展開され、どちらかというと大衆的な楽曲と一連の歌、そしてそれに先立つすばらしいバレエの披露であり、そのバレエは通りのただなかで美しい踊り手たちによって舞われ、白い肌のダンサーもいれば黒人もいて、ほとんど衣服を身にまとっていない者や、（一番色が白く、すらりとしたダンサーの場合だが）金髪の北欧の船乗りの装いをして、お腹は裸のまま出していたりした。展覧会開催の晩、これも展示の一部になっていた書物のスタンドから遠からぬところで、本物の砲兵が取り巻いた対空砲が空へと向けられていた。

芸術と文化、地方の生産物、都会の娯楽、これらが一堂に会したわけで、そのように一所に集められていたという事実は、この困難な時代にあってこれらすべてを保護するためには武器がいるということも示していたし、象牙の塔ではなく公衆の面前で活動してみせた、結局は百人近くにものぼった作者の手によって仕上げられた油絵のおかげで、世界が変わるのを目の当たりにしたいという漠然とした欲求は少なくとも共有している人たちの途方もない広がりの協力が必要だと想起させてくれていた。このように、イメージによる教訓のなかで本質的なことが語られていたが、それは、人間のあいだの隔壁同様、人間の活動のあいだの隔壁も廃棄されねばならないということ、知のエリート層に属すると見なされる者が、知の平民と距離を置いたりしていてはいけないということ、より自由な活動を前にしたとき、ただちに有用性を発揮する作業――平和的なものであれ、戦闘にかかわるものであれ――は冷遇されるべきものなどではないということだ。

「熱帯と革命を彩る薔薇、キューバへの友愛」と、この油絵の上方に割り当てられた区画にわたし自身は黒と赤で記したのだが、絵の構図は中心から螺旋状に広がる形で、その中心部分を描いたのは、絵具のチューブと筆を手に、足場に最初に身を置いたわたしの旧友のウィフレド・ラムで、彼はただひとりで「第三世界」というあの広大さを要約しているのであり、それというのも、キューバ人である彼は、その先祖が半ばはアフリカ人である母親と、中国人の父親から生まれたからで、それは、わたしがパリのブルジョワとしての生涯を――ひどく生彩を欠いた環境のなかで――歩み出した一年後のことだった。

青または赤、どちらがこの家の色なのか。あまりにもあからさまに化学的な染料で塗られているので、その正面が全体の調和を乱していたのをわたしはよく憶えている。だがそれ以上のことを言うのは無理で、スペイン風の植民地様式の建物にすでにたしかに備わっていた厳格さをさらに強調するような、どこか異端審問的趣をもたらす鉄格子が一階の窓に付いていたりはしなかったと断言することさえできないのだが、慣例よりも（どういった伝統の名においてだったかをいまでも疑問に思っているのだが）ずっと早めにこの地ではおこなわれるカーニヴァルと七月二十六日の革命記念日とで二重に沸き立っていたころだったとはいえ、その日の午後は静かだったキューバのサンチャゴ街で、通りがかりにその家を目にしたのだ。

装飾についてもわたしの記憶ははっきりしないのだが、それはおそらく、うまく思い出せないこの家を自分に対する額縁にすぎないようにしてしまっていたある人間が、他のものからわたしの目を逸らしていたというか、少なくとも他のものをたんなる引き立て役にしてしまっていたからだ。それが人間というのも、しかしながら、そもそも仮説かもしれないのだが、それでいてわたしは、充分に長いあいだ見つめ、玄関のすぐ右側に開いている窓の後ろでじっとしていて、坐っていたにちがいないと思い出せるし、さらに、二つの黒い翼の先端部のようにきちんと整えた髪に挟まれた、やや容色は衰えたものの美しいムラート〔白人と黒人の混血〕の顔、年齢のせいで痩せ、以前からあった厳めしさがおそらくは強調され、まだみずみずしかったころは誇り高く夢見がちな少女の憂愁であったはずのものが、潤いを失うとともに、きつく結んだ唇に変わってしまった、ほっそりとした顔立ちを思い出せるのだ。

　ガラスの入っていない、彼女を通行人からほとんど隔てていない窓の後ろで、このムラートは、というか、あらゆる亡霊がそうであるように、生の世界にも死の世界にも属し、そうした二つの相反する世界への帰属が二つの民族への帰属に付け加わり、二重の意味で混血のこの幽霊は、ぼんやりと何を考えていたのだろうか。彼女が生きているということを、わたしは——実を言えば——一瞬たりとも疑ったことがなく、幽霊などと言うのはたんなる比喩で、なぜなら、彼女に関して生じてくる唯一の謎はその社会的身分であり、中間的なものだろうと推定できるが（心ならずも貢献する立場になったアフリカのおかげで住み着く人が増えたこれらの島々において、生まれながらに黒人と白人のあいだに位置づけられる人びとの大部分に授けられる境遇）、もしかすると文字通り真ん中だったかもしれず、というのも、噂を信じるなら、「高級娼婦の世界《ドゥミ＝モンド》」〔原語を文字通りに直訳すれば「半分の世界」となる〕がその構成員のかなりの部分を調達するのは、いわば双方から等距離になるこの階層からということになるからだった。

　家の塗装に関するものに似た迷いが生じるのだが、窓辺にいたのは暇を持てあましたり、あまりに暑くこもった空気を逃れる欲求を感じたからというよりは、職業上の必要からだったのではないかとわたしが想像してみるこの女性は、浅緑色、空色、あるいは同種ではあるが別の色の服を着ていただろうか。わたしはそう考えるようになってきていて、いずれにせよそうであってほしいと願っているが、記憶にとどめた日焼けした肌がその場合には、薄紫色やピンクやサーモンピンクや黄色の服の場合（服の布地はまちがいなく明るい無地で、それだけにこれ以外の仮定はいずれも排除される）よりも引き立つからだ。この服——おそらく絹かサテンの生地——の色がたしかにライトブルーか淡い緑、あるいは青緑色ならば、家のほうはたぶん赤というかむしろかなり強いピンク色だが、それはパステルカラーの青の一種と同じことで、建物の正面の色合いの問題を（あまり深く掘り下げたりせず）考えてみたときに実のところわたしが思い浮かべた色調であり、もしあの正面の部分の色は青だなどと言い放ってしまったら、同時に、服もレモンイエローということになってしまうだろう。実際、絶対にこれという色調の代わりに、いくつかの色調の関係性が生じていたのであり、それがわたしに取りついていたといっては言い過ぎになるが、執拗に脳裏に甦ってきて、あたかも若干のコントラストをなす——それ以上ではない——色調の全体が、中心に小麦色の肌のムラートがいる、光に満ちてはいるがやや捉えどころのない絵画において、作用しているかのようだったのだ。

一階の窓の向こうで、彼女は何をしていたのか、何に思いを馳せていたのか、といってもその窓がショーウィンドー代わりになっていたとわたしが考えているわけではなく、彼女はどちらかと言えばくつろいだ面持をしていて、かつて主人が奴隷を思いのままにしたように通りがかりの男に自分を好きに扱わせようと、陳列台に毎日のように身を置かざるをえない不幸な女の顔つきではなかった。こうした与件を軽視すべきではないが、だからといって、彼女が男におもねる環境にあったという仮説を棄てることもできない。たんに程度の問題で、かなりの贅沢を享受し、誰かれなく身を売らざるをえないなどということはまったくない高級娼婦、彼女がそうした存在であったり、それどころか、商売から足を洗った高級娼婦——娼家の女主人ということだってありうる——で、自分にとってのよき時代、容姿や洗練された物腰で大いに評判を呼んでいた時代、彼女のような女性が高い地位につけた時代、サイクロンよりもたちの悪い革命というあの大変動以後、完全におしまいになったわけではなくとも、終末に向かいつつあった時代を懐かしみ、いまでは物思いに耽る女であったりしてもおかしくはないのではないか。しかし、ああして身動きしないまま、彼女は本当にそうしたことに思いを馳せていたのだろうか、このように解釈しようとして物思いに耽っているのは、自分の無気力状態とあまりにも釣り合いのとれたこうした夢想のせいで無駄にした時間を前にして憂愁に耽ってもいるのは、わたしひとりなのではないだろうか。

ブルジョワか高級娼婦か。それは微妙な違いの問題で、結局のところ、決着をつけることはさほど重要ではない。否定しがたく思え、それだけは記憶にとどめておく価値があるのは、どこか幽霊を思わせるその女性が、世の中の新しい動きを悲しげに窓辺で眺める、最近実在した人物（と要約できるだろうか）であるにもかかわらず、生ける時代錯誤であったということだ。これはなんというカーニヴァルだったことか！　いつの日か、男女を問わず各人が、自分の番が来たときに、砂糖黍畑に行って自分の身体を酷使したり、それとはまた別の農民としての仕事に骨を折ったりし、同時に、拳銃か軽機関銃を持ち、全身をオリーヴ色の服に身を包んだ民兵として警備に専念しなければならなくなるなどと、言いえた者がいただろうか。美しき女性、それもいかばかりの美しさか、そして、過ぎ去った時代の名残を示すその女性の佇まいは、見る者を惹きつけずにはおかなかった……。しかしながら、黒すぎる肌や波打つ髪がもはや悪しき運命の印とはならない現代社会には、あれほど愚かに自尊心を顕示せず、それでいてまったく遜色のない美しさをたたえた女性がほかに何人もいるのではないか。それでもやはりそうした女性たちは、都会や田舎の道ですれ違う男にとって、心を惑わせる存在であるが、というのも、彼女たち——彼女たちも、そして例の女も——の輪郭をすっかり明らかにするのは人間業《わざ》では不可能だとわかっているからで、そのことは、一見すると謎のない内面のいかなる点についても不確かさが生じてくるのであろうと、かつてないほど変化してきた新しい生き方に彼女たちがいかにためらいなくかかわっているのであろうと、変わりはないのだ。

＊

　二人の若い黒人の女がいて、そのうちのより魅力的なほうが話しかけてきたが、瞼を伏せていた（アフリカ在住の多くのアフリカ人には馴染みの、品のある慎み）ので、微笑みに少し偽善的な趣が表われてしまう。二人とも薄手の作業着をまとっていて、その下には頑丈な生地のぴったりとしたズボンをはいているが、ひとりのズボンはやや褪せた濃緑色で、もうひとりのは赤みがかった色だ。折り返し付きのブーツから、そこに押し込まれた作業手袋がはみ出しているが、それは彼女たちが考え出したちょっとしたお洒落で、休憩時間に人ごみに埋もれないための簡単な方法というか、むしろ、一石二鳥を狙ったやり方で、実用的な配慮のためにおこなっていることが、彼女たちの場合、優美さをかもし出していた。このかわいらしい娘のいずれもが小さな麦藁帽子をかぶっていて、それは頭の上にちょこんと乗っていたが、あまり無造作に傾けられていたので、前側の縁が額を隠す一方で、うなじ側では髪の大部分が外に出たままになっていた。この季節に強烈になる陽射しから身を守るのに必要な最低限のことしかその帽子に求めない彼女たちは、畑で働いているときにせよ、強情なウシ科の動物を捕まえたり、言うことを聞かせたりしてくれる投げ縄を鞍に積んで馬で移動したりするときにせよ、キューバで農民が普段かぶっているあの大きな帽子の二つを、おそらくは裁断してそれを作ったのだ。なんとも巧みに流行の婦人帽に変身させられた田舎の帽子をかぶった二人のうち、より活発で痩せたほうの女は、自分の帽子の藁に短い羽根を挿していて、そのせいで、ブーツや手袋のもたらす効果もあり、シェークスピアが自作の喜劇で若い騎士に変装するさまを好んで描いた、いささかも不実ではないがかなり抜け目のない女主人公、といった風情になっていた。

ほかにも種々雑多な女たちや、なかにはまだ思春期の者もいる娘たちが集まっていたなかで、二人は苺やアスパラガスをはじめ、温暖な気候の地域以外では育てるのがきわめてむずかしいさまざまな果物や野菜を栽培しにきていた。不安定で骨の折れる請負仕事——二人の態度や、言葉の壁を越えるべく食堂のテーブルについているその仲間たちとわたしたちが交わしたわずかな会話から判断するに——だが、肌の色も年齢もまちまちのままに集められた夥しい数の女たちは、実に潑剌として上機嫌でその仕事に没頭しているようだった。

沸き立つような状態にあるキューバにおいて、社会主義が取り入れたその自由気ままな振舞いで面くらわされた衒学者たちがどう思おうと、重苦しさとは無縁のこのスタイル——目的を反映させる唯一のスタイル——においてこそ、革命はつねに遂行されねばならないのではないか、ちょうど人が誰かを好きになったり、踊ったり、なにかのスポーツの辛い練習に没入したりするように、そして、悪天使の鼻面に手袋を投げつけたからには、辛かろうが危険だろうが成し遂げねばならぬことを立派にやってのけることが、将来の成果のためだけでなくそれ自体においても、大事だというかのように。

＊

キューバの南海岸の非常に湿度が高くてとても暑いこの場所には、以前もそれなりの数のカイマン〔南米生息のアリゲータ科の鰐〕がおそらくはいたのだろうが、いまでは何千もの数になっている。青緑色をして、小胞状突起があり、油断ならないこの危険な生き物は、石のように眠っていたかと思うと電光石火の敏捷さをいつでも発揮でき、進む先にあるものを何でも片っ端から摑み取り、砕いてしまう農業機械さながらに強力な、縦長の顎が備わっているので、絶滅させるか、さもなければ動物園に追いやってしまうのが賢明だろうと、最初は考えてしまいかねない。しかしこの地では、あらゆる手段を用い、自力でできることは何でもやってみようと工夫が凝らされていて、最近まで少なからずカイマンに荒らされていた場所が半ば陸地、半ば水辺の囲い地とされ、繁殖したトカゲ亜目の生物の臭いが立ち込めているのだが、そのカイマンは飼育業者に皮を提供し、それは靴やハンドバッグなど数々の品を作るための原料となるのである。

　災いから益を引き出し、あらゆることを試し、人間の力を高める、そして、ごくわずかな資源も活用でき、うちに秘められた可能性が自在に発揮されるような事態にまで達する（たとえそれが化け物で、医学においてあまたの毒の有害性を利用するように、その残虐さが有効活用されるのだとしても）、そうしたことをするのでないのなら、まずは小さな手術でやり方を学び、ついで大きな手術もできるようにしていくべき革命の外科医療は、何の役に立つというのだろうか。

「真実は、一度目覚めたら、再び眠りにつくことはもはやない。」三つの部分に分けられて、ホセ・マルティ〔一八五三―九五〕のスペイン語の文は、石板に刻まれていたのだが、その石板は、ハバナのなかでアメリカ人たちが途方もない摩天楼を残していった地区にあり、わたしたちが泊まっていたナシオナル・ホテル、立派ではあるがどちらかと言うと古くさくなってきている超高級ホテルからほんの目と鼻の先の、どんな部局または組織が入っているのかわたしにはわからない現代的な建物の張り出し部分の陰にできた涼しい安息所の奥で、ほとんど歩道すれすれのところに固定されていた。

　フィデル・カストロが「使徒」と呼び、独立のために闘って軍の指導者として戦死した、予言者の器を持った詩人であり諷刺作家でもあったホセ・マルティの丸彫りの肖像が、碑文の右にあり、斜めになった奇妙な台座の上に置かれていたが、台座は長い首のようで、わずかに波打っているさまは、地面から姿を見せ、人間の頭を冠にしたなにかの神話の蛇を思わせた。キューバのいくつもの町で印象に残ったやり方だが、胸像にすらなっていないこの肖像は、せいぜい人間の目の高さに置いてあり、あたかもこの国では、対等の高さ、つまり対話のできる高さにいなくてもいい英雄や偉人などいないと了解されているかのようだった。

　その肖像は、非常に自然主義的な造りでありながらも、使徒であることを表わしていて、少し窪んだ両頰、広い額、大きな口髭が刻まれていたが、おそらくは思慮が足りないために、わたしはそれを

——尖った感じの横顔や震えているように見える鼻孔ともども——、いかなる犠牲も厭わない並はずれた理想家が、ステファヌ・マラルメによって詩に新しい意味がもたらされていたのと同じ時代に呈していた顔立ちに属すると見なしてしまうのだが、ロマン主義以来の西洋にはそのさまざまな例が生まれてきている。言ってみれば、いまでは時代遅れとなった型の人間だが、そうした人間がかつて実在したこと、そして、我々の国ではほとんど名を知られていないホセ・マルティはそのすばらしい見本となっていたように見えるということを、あまりにも合理的で、同時に、まったくと言っていいほど合理的でない現代において、思い出しておくのも無駄ではないだろう。付け加えておくべきは、理想家の見本とは言っても、マルティは夢のような話にうつつを抜かすといったことからはほど遠く、アメリカ大陸の諸民族のあいだに団結が必要だとする説の輪郭を作り、普遍的な解放へと至るための闘いを、たんに言葉だけでなく肉体で遂行したということだ。それに彼はかなり人間くさい男で、そのためなかには、彼が無類の酒好きだったとためらうことなく伝える者や、いささかも禁欲的ではなかった人だとして情欲に溢れた一生を語る者もいるほどだ。

壮大とはとても言いがたいこの記念碑を構想するという任を授かった彫刻家の思惑がいかなるものであったかわたしは知らない。もしかすると、作家の頭のなかで醸成された偉大な思想が軽々しいものなどではなく、しっかりとした絆で大地、すなわち、我々自身にとっての台座、我々が徒歩で進むときに日々踏みしめている台座によって象徴される、疑いようのない現実に結びつけられたものだと示すことだったのだろうか。

しかしながら、この人物像の提示の仕方にいかなる意味づけをするにしても（そして、つまるところは規範を打ち破りたいという欲求だけが基になっているだけに、このやり方には、念入りにまとめ上げられた意図などいささかも含まれていないということはありうる）、一度読むと、例の格言はわたしのなかで再び眠りにつくことはなく、そのため、眼前に姿を見せてくれたものの、こちらの無気力と懐疑心が結びついた結果、眠りの淵に沈むがままにしてしまった真実がおそらくはひとつや二つではない、と考えざるをえないようになってきている。そうした真実は実際数々あり、あの格言によってそのうちの少なくともひとつが目覚めさせられたが、その際、あたかもホセ・マルティが、悲観主義に屈してしまい、ほかの人たちの耳に「真実」という語を脅威として響かせる代わりに自分自身を疑って、「真実は、一度目覚めたら、再び眠りにつくことはもはやない」と書いたかのように、格言は警戒を促す役割を演じたのである。

詩と革命がひとつに溶け合うような地にたどり着くこと、以前にわたしが他の人びとと一緒に自分に定めた目標はそうしたもので、それは、言葉やイメージで世界を作り変えるのはうわべだけの変換にすぎず、世界に対して課すべきなのはもっと現実的な革命なのだとわたしたちが悟った時期のことだ。ところが、キューバにおいては、わたしが読んだもの（大半は吹きさらしの大きな掲示板に印刷され、ときには道端の石にペンキで書かれていることもある、ホセ・マルティやフィデル・カストロやチェ・ゲバラの簡潔だが啓示的な文章）や目にしたもの（銃を立ち並べた形で積み上げて、ゲリラに敬意を表するためにホテルのホールに建てられた高い装飾塔のたぐいだったり、あちこちで白や灰色のキジ目の鳥が途方もないほど激増し、風景の広がりのほぼすべてを覆い尽くしているといった、食料に関する主題につながる田舎の光景だったりする）によると、少なくともこの島では、革命と詩が容易に手を携える関係になるのは明らかだった。そのため、まどろみから引き出されたわたしは、あらゆる芸術家や作家に提示される――というか、提示されるべき――第一義的な課題をより直接的に感じ取れる力を取り戻し、自分にとって、決定的な問題は長いあいだ曇ったりかすんだりしていたが、手つかずのまま甦ってきたと考えるようになった。

ある人たちは背いてしまい、別の人たちは、これから解決すべきことなのに、処理済みの問題と思い込み、空しい捉え方をしてしまい、多くの人たちは、つねにつきまとわれるので、安息を邪魔されたり、認められたいという欲望を邪魔されたりして、脇に置いてしまい、さらにまた、社会主義があまたの国で呈した失望を招く成り行きのせいで反撃の的となったこの真実は、わたしたちが直感し、注目の的としていたものであるのだから、いろいろと不都合が生じるのでその達成はユートピアでしか可能ではないという口実で、わたしがそれをなおざりにしていいものだろうか。解決不可能な問題であろうがなかろうが、この目標をいったんみずからに課したからには、もはやそれを退けることなどできない。いっそ、二人の人間が完璧に融合するのは不可能だから愛に対して心を閉ざすとか、絶対知に到達するのは無理だから、蒙昧主義に身を投じるといった言い訳をするほうがましだ。

たしかに、思想の平面から行動という起伏のある場に移ることが問題になれば、自分が哀れな男で、ゲリラ兵などにはほど遠いとすぐにわかってしまう。だが、そうした欠陥が議論の核心をどう変えるというのだろう。革命のための死を賭した闘いに自分がどう見ても向いていないと認めるのは、自己批判であって、革命を批判しているのではない。だからわたしは、それを口実に何もかもまどろませ、力のかぎりの物理的な援助をしないままの状態に甘じることはできず、さらに、自分に一番関係のある領域において、なかでも、詩の思想と革命の思想、生き方をただちに変革しようともくろむ思想とわたしたちの生の社会的な縛りとなっているものを打ち砕く道への準備となる思想をどう合致させ、どのようにたがいを磨き合わせるようにするのかという問いに答えようと試み、論理的な分担を担おうとするといった、そうした努力にまで背を向けたりはできないのだ。

回避せず、遠回りせず、まっすぐな考えを持ち、そこに描かれる線をたどる、それがホセ・マルティの教えから——情け容赦なく実践に移すという目的で——わたしが引き出しうるように思えることだ。「誠実なジャーナリストは王以上の存在だ」とも彼は断言している。そして、稀にしかないが単純なものである精神の清廉さへのこうした呼びかけ、完全な逐語訳ではないにしても、ここでその実質的な内容は翻訳できていると確信している呼びかけを、わたしは、『グランマ』の事務所と印刷所があった建物の玄関ホールで、プレートかパネルに書いてあるのを読んだのだが、『グランマ』というのは共産党の日刊紙で、その名前は、八十三名がそこから下船して、そのうちの生き残りの数人が民衆の支持を得て三年足らずのうちに島の指導者となったごく小さな船の印のもとにあるのだ。

しかし、この数人が革命を取り扱った仕方は、歩きながら運動の実在性を証明したギリシアの哲学者〔ディオゲネス〕をどこか思わせはしないだろうか。頭のなかで考えていたことを実行するのが、彼らにとってはそれを言葉にするのに匹敵するやり方だったのだ。自分が詩人としてずいぶんと昔から探究している、槍の穂先さながらのこうした真実を、わたしもおそらく同じように取り扱うべきなので、それについて長々と論じたりせず、ただちに火花を放ち、捉えるように努めねばならないのである。

……ただ、もしそれをおこなったら、もうやることが何もなくなってしまうと思うと、自分のなかで真実をまたしても元の眠りにつかせてしまうのだが。

＊

「革命はまたたくまに進行する……。」

そう言っていたのは、わたしより二十歳若いスペイン出身のキューバ人だった。バティスタ〔元大統領のフルヘンシオ・バティスタ〕政権下で彼は拷問と牢獄を体験したし、ゲリラ戦の時代には山岳地帯にいたフィデルに合流し、反政府ラジオの指揮をとった。彼の指摘は、星のまたたく午前二時に、兵士やわたしのような外国人が少人数集まったなかで、わたしが党首に対して述べた反対意見に応えたものだったが、外国人たちのほぼ全員が、まだ寝入ったばかりのころ、ご要望通りに会って話をしたいとフィデルが言っているからと、若い通訳たちに起こされたのだった。フィデルは総合施設の落成式を夕刻に執りおこなったのだが、その総合施設には、住居、学校、無料診療所、ほかにも、これまであまり人が住まず、舗装道路から未舗装道路、さらには騾馬の通る道を使って来るしかなかった島の極東のこの地域に住み着くことになるであろうコーヒーの木の栽培者たちに充てられた場所がいろいろとあった。

半年もしないうちにハバナにありとあらゆる分野のさまざまな国の人びとを集めることになっている文化会議についてのさりげない言及があったので、わたしは、作家や芸術家、そしてあまたの学者が招待されるその会議を準備するために用意されている期間がひどく短いように思えると述べたのだった。ためらうことなく危惧を表明したのは、キューバ革命とその指導者に対する誠実な気持からで、それに、その指導者は完璧なまでに親切（そう形容するのがふさわしい）で、演説家として見たり聞いていたりしたのに較べると驚くほど柔和で、威圧するような体格——興味津々でよく動く眼をした、非常に上背があってたくましい態といった感じで、内気というか自分の身体を窮屈に感じている様子であり、こころもち左右に身体を揺すり、それこそ旋律を奏でるかのように、歯切れよくむらのないスペイン語で話しかける——にもかかわらず尊大なふうが少しもない人間なので、すぐに信頼するようになるし、自分を抑えたりせず、思ったことを遠慮せずに言うことができるのである。

即座に、カルロス・フランキの指摘は異議を受けつけないものだと感じ取り、わたしはそれ以上固執しなかった。あとになってやっと——というのもわたしはあとになっていい知恵が浮かぶたちなので——、あらゆる努力をするように人びとに求め、いささかも形式主義に陥ることなく、革命はまたたくまに進行するとしても、今回のことに関しては、それとは別のリズムで生きている人間、とりわけ、自分の仕事を一歩一歩進めていくしかなく、いろいろな責務の網の目に捕らえられていて、不意にそこから抜け出すのはむずかしい学者たちが相手なのだと答えることができたのではないかと思いついた。しかしながら、さらにあとになって、ああした簡潔な指摘には底意が込められていたわけではなく（発言したのはいかにも誠実な男だ）、その正当さを、何が根拠になっているかという細かい点においてではなく、少なくとも、こうしたたぐいの会議の準備などよりももっと広い視野から見た場合に、認めざるをえないようにする背景が備わっていたと思えてきた。

そう、革命はまたたくまに進行せねばならない。生きるか死ぬかの問題であり、ヴェトナムでは帝国主義が大手を振ってまかりとおり、いたるところで手はずを整えるありさまで、半年後、それどころか数週間後に世界がどうなるか誰にもわからない。頭の上にぶら下がって見えるダモクレスの剣〔シラクーサの僭主ディオニュシオス一世が宴席で廷臣ダモクレスの頭上に馬の尾毛で吊るした剣〕など一振りもないわたしたちは、急かされていないという贅沢を享受している。しかし、革命のためには、一分たりとも無駄にできない。だいいち、不公平、飢餓、貧困、そのほかにも絶望や早世の原因となるいろいろなことをなくそうとするときに、どうしてぐずぐずしたりするのだ。さほど切迫していない文化の領域においても、与えられている猶予はあまりなく、精神がかたちづくられる鋳型であり、威信を増して力を高める花形装飾であり、意見を育てる沃土であり、自分たちでどうにかするので無遠慮な庇護者などいらぬなどとたわけたことを言い出す民衆を正気に戻すべく、大量生産並みの規模で殺戮をおこなう輩たちが、その野蛮な行為によってあまり物議をかもさぬよう、迂回せんと結局は腐心する障壁でもある文化は、革命にとってひとつの目標（人間の既得権の幅が断然広くなっているような社会への入口）であるだけでなく、先を越されぬように素早く行動することを迫られた戦略家の立場になって扱うべき闘争手段でもあるのだ。

すぐにも起きてしまう出来事を前にしたとき、革命に必要とされる速さ。それはわたし個人が適応しなければいけないリズムであり、相変わらず古い借金を払っているような人間ではもういたくないなら、そして、ある一定の時期に言わなければならないと考えたこと（たとえば、いま現在、わたしをキューバに結びつけているもの）を、自分の見方が時代遅れになり、物事に対するわたしのかかわりが違うものになってしまったときになってはじめて言うようなことがないようにしたいならば、わたしがしているすべてのこと、わたしが書いているすべてのことというごく限られた領域において、そうしたリズムに従うという教訓を活かすのだ。不可欠だと思われるのは二重の速さ、要請にすぐさま応え、しかるべきときに耳を傾けてもらえるという二重の速さで、その結果、何度もやり直すということはなくなるのであり、鉄を熱いうちに打ち、練り上げ、磨き込み、生気を欠いたものになった、堅苦しいと言ってもいいような仕方ではなく、壊れたような、唐突な仕方で――斧や雷のごとく――書く、さもないと気持の高ぶりは消え去ってしまう。

わたしがここに集めている断章は、短くて簡単に切り離せてしまえるものであり、本になるのは、わたしに働きかけた外的あるいは内的な出来事とそれらの断章のあいだで、ひどく距離が開いてしまってからかもしれない。それでもかなりの成果だ。しかし、こうして形成されつつあるモザイクのひとつひとつの要素はひどくゆっくりと作られるので、途中で活力をすっかり失ってしまう。こうしたあまりに凝りすぎたやり方に代わるもっと鋭角的なやり方があり、たとえば警句を次々に爆発させるように放つやり方がそうで、ごく短い言葉で表明され、使われる素材を真っ赤に熱くしたままに保てる一文やいくつかの文の集まりだが、もしかすると、文そのものが破裂する（何人もがすでにやってみせたように）ことだってありうるのではないか。机上の錬金術であるが、それに向けて——万が一わたしが成し遂げられたらの話だが——、世界的な規模の錬金術、すなわち、人びとや事物がそこで変貌を遂げる火を燃え立たせる革命が、わたしを後押ししてくれるのだ。

＊

「それでも《エプーレ》、それは動いている《シ・ムオーヴェ》！」ガリレオであれば、突如として尋問者に対して怒りが込みあげ、さらには、地球の回転運動に関するコペルニクスの説への信頼を否認してしまったばかりでもあり、おそらく自分自身に対する憤りにとらえられて、そう叫んだことだろう。

地球上には、辱められた人や侮辱された人があまりにも大勢いて、そうした状況では、徹底的な大変動が唯一の治療法で、その大変動に至るには暴力なしにすますわけにはいかない。そう考えて、わたしは革命家の肩を持つ。わたしは革命を支持する考えを抱いているのだ。しかしながら、だからといってわたしが革命家だというわけではない。心配事や習慣にどっぷりと浸り、敵対者を前にして簡単に武装解除してしまい、辛辣きわまりない攻撃よりも威厳に充ちた年寄りとしての悠揚たる拒絶をしたがるわたしは、革命家だと自負すれば嘘をついていることになる。こうしたことを考えているからこういう人間だとみだりに結論づければ、血の染みがつくことにもなりかねないので、気をつけねばならない。

ほかにも染みがつくことはありえて、たとえば、自分の家にいて、革命が早く起きるようにと望みつつ事実上何をするわけでもないか、それに近い状態なのに、当の革命のほうは進展し、広がっていくといったことだ。いくらわたしが、ここでは革命はまだ起きそうになく、もし革命が起きるのを目の当たりにするようなことになっても、自分の選択は正しいと言い立ててみても無駄で、どちらかと言えば脅えながらの待機の状態と本来なら身を焦がすはずの待ちきれない気持のあいだを分かつ溝が生じている。いくら屁理屈をこねてもどうにもならず、わたしにはこの染みがついてしまっていて、それはとりわけ、わたしのなかで、世界を思い描く仕方と世界で行動する仕方のあいだに大きく口を開いた断絶の印なのである。

本物を、半分しかそうでない人やまったくそうでない人から見分けるための試金石が、大きな文字で印刷されているのをキューバでよく目にする文章のひとつである、「あらゆる革命家の義務は革命を遂行することである」というフィデル・カストロの言葉によってもたらされている。革命を遂行する、言い換えれば、革命が少しでも早く起こり、成功し、そのあと行き詰まりになったりせぬよう、できるかぎりのことをするわけだ。

そうではあっても、わたしが革命家の数に——正直なところ——入らないからといって、革命家の肩を持つのが見せかけだけというわけではない。何ひとつ欠陥はないのに、直前に公式に否定してしまった確信を、ほとんど自分でも思いがけなく肯定することで、ほんのわずかにではあるが体面を保った高齢の天文学者以上に、わたしは決定的な瞬間においてうまく振る舞えるだろうか。

慎ましい願いだが、どこまで誠実なものかは疑わしい、というのは、きわめて血なまぐさい結果を招きかねない過失のひとつは、自分の可能性にはっきりと限界を設けて安心することではあるまいか。

＊

ガリ《ガ》レオ=《リ》ガリラ《レ》ヤ、男性名詞ではトスカーナ州出身の例の男、女性名詞では、福音書をとおしてわたしも知った、半ば神話的土地〔ガリラヤは古代パレスティナの丘陵地帯で、イエスやその弟子の多くの出身地〕。

〈ガリレ〉、水差しやテコラッタの壺を表わすようにも思われるが、それはおそらくガレ〔アール・ヌーヴォーを代表するガラス工芸家〕——あのもうひとりのパリシー〔田園風陶器と呼ばれた独自の技法を完成した十六世紀の陶芸家〕——およびずいぶんと長年にわたって高名を博し、結婚や誕生日や正月などのプレゼントにされるその花壜のせいだ。

〈ガリレ〉、大壺に罅の入る乾いた音にも聞こえるが、〈ガリレ〉は、あまりに暗誦しすぎた「壊れた花壜」〔十九世紀の詩人シュリ＝プリュドムの代表作〕よりも、年齢を重ねて生じる——彼が悩まされているらしきあの吃音も含めた——肉体的かつ精神的な罅割れ（二重になってしまう視界、関節症の始まり、首の縮まり、脳の影響での口ごもり）にむしろ近い。

✲

ゴンドルマルク、オッフェンバックによって糸で操られる奇人が所有する男爵領〔オッフェンバックのオペレッタ『パリの生活』〕。

ゴンダル、幼少よりエミリーとアンのブロンテ姉妹が考え出していた島。

ゴンダール、そこでわたしは、自分の主人となる精霊に跨られてしまうと痙攣し、わめき散らすエチオピア人たちと数か月にわたり交流した。

その溜まり水をゴンドラン社に、ひいては、ゴンドラほど尖った形をしていない運送用小舟に貸し出したヴェネツィア《ヴニーズ》。

バイエルン地方のどこだかにあるヴィースの巡礼教会、あのロココ様式の傑作。

根底《グルント》、シェリングによれば、本質《ヴェーゼン》と区別されるもともとの根拠。

ゴンドルヴィーズ？　グロンドヴィーズ？　グルエンデヴィーゼ？　ある夜、おそらくは夜明けが近づき、すでにほぼ眠りから覚めてしまったときにわたしが夢見た、地図にはない小さな町……。


長いあいだわたしのなかの地下に横たわっていたものの、最近になって表面に浮き上がってきた「ヴィーゼングルント」は、その小さな町の名前の模範となりうるような語だが、それをイニシャルにして、哲学者で音楽学者でもあるテオドール・W・アドルノは自分の名字の前に置いたわけで、もともとはたしか女性歌手だった彼の母親の名前だった。ともに抱いていた情熱（それに取りつかれた者の一方から他方への反射によって白熱し、共有された熱狂《アフィシオン》の効果）の記憶が、セリー音楽に劣らずイタリア・オペラに熱狂していたこの男の肉づきのよい姿に結びついているのだが、あるリハーサルの朝にスカラ座のほとんどひと気のない観客席にそっと入り込めて嬉しく思った折に一緒だった友人で、いまはやはり故人となった男の家で、ある晩、アドルノが『アイーダ』の最終幕の閉じ込められた二人のデュオを歌うのを耳にしたが、彼はひとりでソプラノとテノールを担当し――恍惚として半ば正気を失い――ピアノに合わせてやや滑稽に頭を揺すっていたのだった。

＊

完璧に身体をまっすぐにして、相手を挑発して攻撃させようとほんのわずかずつ移動するマタドールのように、とでも言えばいいだろうか、自分の身体のラインを気にしつつ、犬がもう一匹の犬の前で戦闘の踊りを披露する。後ろ足であまりにも高く立ち上がっているので、綱を引いて抑えようとしすぎると、仰向けに倒れてしまうのではないかと心配になるほどだ。そんなふうに飛び跳ねようと興奮しているので、震える二本の足——ヴァイオリンの弓そのもの——は、壊れないようにとても頑丈な木で作られているにちがいないとでも考えざるをえなくなる。最初の犬が前に出るともう一匹は後ずさりし、今度はこちらが出ると、最初のが下がる。さんざん吠えて、二匹はたがいに芝居がかっている。しかし、あまたの芝居の場合と同じく、これも勢いを失って見苦しいものとなりかねず、あまりに激しく飛び跳ねてバランスを失うと倒れてしまうかもしれないので、争う二匹のうち、綱につないでいるほうを連れ去ったほうがいい。自分の気持をわかってもらえない犬は、愚かなまでに頑なな主人のほうを振り返り、怒りのまなざしを投げかける。すると、たしかにこの犬の知らないことをいくらでも知ってはいるが、犬がよく心得ていることを知らないでもいる自分は、犬が身振りで示すところを信じるなら、熱く血をたぎらせたこの連れが楽しむというすばらしい技に身を捧げるとき、いつも俗人として振る舞ってしまうことになる、哀れで情けない奴にすぎないと感じられてくる。

輪になって踊るのを邪魔するあきれた男ではなく、むしろ、少し鈍いところのある友人としてぜひとも自分のことを見てもらいたいとわたしが望む相手は、パックと呼ばれているが〔パックは本来イギリスの民話に出て来る妖精を指す名称〕、正式の名前はピレックスという黄褐色のボクサー〔ブルドッグに似たドイツ産の番犬の一種〕だ。ジターヌとマキ・ド・ラ・バナーヌの息子であるその犬は、父方の祖父母にジュノン・ド・ボダン・マンとエルコ・デ・バイヨネルを持っていて、このエルコはカリ・ラ・ラヴァジェーズとブーム・ド・カルロヴァックのあいだに生まれている。

犬の場合も、アルマニャック〔フランス南西部の地方〕の犬やブルゴーニュの犬、モンタギュー家の犬とキャピュレット家の犬〔モンタギューとキャピュレットは、『ロミオとジュリエット』で敵対する二つの家門〕が存在したりするのだろうか。

❋

役者であり、求められる資質（堂々とした風貌、ことさらに気にかけずとも漂ってくるほど繊細な貴族風の様子、道化師の快活さと造作もなく結びついたダンディの沈着さ、肉づきのいい人なら誰でも出せる澄んだ声、演劇人の香りがぷんぷんと漂ってくる震え声だとかさまざまな声の抑揚）を天賦の才か習得によって手にしているなら、わたしはマキューシオの役を演じてみたいものだが、この役とわたしのあいだにわずかでも似たところがあると思うからではなく、それとは逆で、マキューシオはわたしに欠けているものを明らかにしてくれるという理由でだ。マキューシオ、自分の人生にほとんど頓着しない、軽薄さそのものの男。

　モンタギューでもキャピュレットでもなくスカーラ、つまり大公家の出でありながら、その空想力のせいで妖精の女王マブ〔アイルランドの民間伝承から生まれた妖精で、人間の夢を創り、操る夢魔の一種とされる〕の一党に属するマキューシオは、ヴェローナを血で染める分派どうしの争いから手を引くこともできるはずだ。「おまえたちの家門などくたばっちまえ！」と、友人ロミオの一派とそれに敵対する一派のどちらの肩も持たずに、彼は言うことになるだろう。だがそう言うとすれば、それはすでに皮肉きわまりないものになっていて、虚勢を張るキャピュレットの輩から自身が致命傷を受けているわけなのだが、彼は、その剣の名手から挑発された連れに対して誠実さを示したというよりも、相手を言い負かし、自分が当然勝つと思っている者にその考えを改めさせる歓びのために闘ったのだ。

物議をかもすマキューシオ、駄弁を弄する男、犠牲的精神などにはいささかも動かされていないし、正しいものだろうが正しくないものだろうが、いかなる大義のために身を捧げて行動するのでもなく、ただ賭け〔ゲーム、演技〕によって身を危険にさらす反英雄！

＊

定住化した大道芸人であり、ピンデル・サーカスの動物小屋の責任者を務めたのち、エタンプ〔パリ南方の郡庁所在地〕の近郊に犬の飼育場を開いた男のもとでパックが受けているのは、夏季大学講座といったところだろうか。庭師夫妻はいまでは夏の最初の時期に休みを取るので、犬を預かってもらわねばならなかったのだ。前回は、リヴリ＝ガルガン〔パリ北東部の工業都市〕に設立されているある「犬の教育機関」に頼んだが、今回は、わたしたちの家の近くで、大それたところは少しもないものの、動物が――わたしたちが聞いた話では――非常にやさしく扱ってもらえる場所にいてもらったほうが便利だろうと判断した。

　パックのほかに、そこには二匹の牧羊犬（数日前から預けられていたが、その二匹も、見世物専用の犬ではなかった）、雪のように白い色をした半ダースほどのきれいなシベリア犬（犬の飼育場の所有者が飼っている犬だったが、まだ訓練期間にあった）、一頭のポニー、ギャビーという名の熊と子熊二頭で、そのうちの一頭はミシェルという名前だった。子熊たちの飼い主であり、見世物師でもあって、自分のキャンピングカーを地所の一部の入口に近いところに停めているイギリス人女性によると、母熊のほうは調教済みだが、子熊はまだ訓練中ということだ。檻の格子のあいだから突き出してくる鼻面を撫でてやりたいという気持を抑えるためには、いかにも朴訥な様子をしていて、いつもやさしげな目を向けてくるように見えても、こうした動物に絶対安全ということはないという事実を本当にわきまえていなければならない。

わたしたちが最初に会ったときはショートパンツをはいていて、いかにもクリスマスのパントマイムのために仮装した女芸人といったいでたちだったそのイギリス人女性は、本人が言うには、「特別上演」に出演するということだ。わたしは、軽いステッキを手に、満面の笑みを浮かべ、華奢な感じで、おそらくは強烈な緑色か、別の色調にしても光をうまく引きつけ、パートナーの濃い焦げ茶色の毛並みとは対照的な生地にスパンコールをちりばめたイヴニングドレスに身を包んだ彼女が、得意の出し物を演じる場面を想像してみる。このパートナーに対し、彼女は丁寧に「あなた」と呼びかけ、いかなる封建領主《ロード》も準男爵《バラニット》も貴婦人《レディ》も非難できないような洗練された礼儀の裏に、並みのものではない毅然とした態度を隠すのだと考えてみたい。

騒々しい妖精の名前をつけられた我らが頼もしきパックは、どうやらとても聞き分けがよかったらしく、それは、あれほど一貫してキャラヴァンの精華であった妖精、何世紀にもわたって海を支配した民族を堂々と代表するあの愛すべき妖精が傍らにいてくれたおかげだと考えたくなるほどだ。わたしたちの家（そこに週末のあいだだけ連れ帰ったのだ）に着くとすぐに、パックは開いていた扉から鶏小屋に侵入し、その結果、闘牛めいた追いかけっこが起こり、中庭や芝生やテラスを経めぐりつつ一時間以上も続いた。捕まった大きな白い雌鶏は、パックがあまりに興奮していたために止めようもないうちに、むごい仕打ちを受けたが、奇跡的に生き延びた。最終的には、義理の兄が、幸い怪我はなかったものの、二度にわたって転倒し（それにしてもなんでまた、先にゴムの付いたステッキで罪のない略奪者を叩こうとなどするのだろう）、さらに、最初に被害にあった雌鶏ほど抵抗力のなかった哀れな雄鶏が死んで、事態は収まった。

噛まれるのが嫌なばっかりに、足と牙で痛めつけられている二羽の鶏を助け出すのを諦めたことで、わたしは――それなりの努力はしたにもかかわらず――、現代フランス法によって「危難にある者の不救済」と称される罪を犯してしまったことになるのではないか。そしてまた、妻や妻と一緒にいた女友だちには、犬がなかに入っていけないようになっているかどうか確かめるのを怠り、鶏小屋の扉を開けたままにしておいたことで、一種の過失致死の責任を負わせねばならないのではないか。

ひとつ明らかなことがあり、驚くほどでもないのだが、それは、パックが軽業師のところから戻ってくるとともに、小修道院の跡地に建てられたわたしたちの古い家に、サーカスがわずかながら入り込んできたことで、元の小修道院ではアウグスティヌス会修道女たちが権勢を振るっていたのに、フランス革命で追い出されたのだし、その革命のせいで、エタンプにあったいくつもの教会の正面入口に置かれていたあまたの彫像の首が斬り落とされもしたのである。

ついこの前わたしたちの番犬を預けたときは、軽業師たちは誰も彼も巡業に出て留守で、宿泊の面倒を見てくれたのは獣医だった。もしかすると、動物小屋の以前の責任者がこの地方に戻ってきて、前とは違う場所に養犬所をしっかりとしたかたちで営んでくれるかもしれない。それでいて、聞いたところでは、誰もあの華奢なイギリス人女性とはかかわり合いがないのだが、わたしなら――もし彼女が頼めば――おそらく熊のように彼女の前で踊ったことだろう。

何も石化させない。何も凍らせない。たえず確認する。そうしたことを気にしないでいいのなら、わたしは、自分たちが占拠したソルボンヌ〔パリ大学文学部〕や他の場所の壁、さらには街中の都合のよい外壁にまで、一九六八年の反逆的な学生たちが書き込んだ文章を、ある程度の数、混ぜて、自分にとっての黄金の詩句〔ピタゴラスの作とされる格言詩〕、エメラルド・タブレット〔錬金術の基本思想が記された板であり、ネオ・ピタゴラス派の哲学者、ティアナのアポロニウスが発見したとされる〕あるいはモネルの言葉〔モネルはマルセル・シュオッブ『モネルの書』のヒロイン〕を喜んで作り上げることだろう。

彼ら学生のうちの一番過激な連中によって、革命思想がほとんどいたるところで陥ってしまった官僚的精神と対置されたあの自発性の領域にある噴出。そのうちのいくつかは、落書きならではの才気や機知に富んだ表現や毒舌めいた言葉を超えているのであり、そのように簡潔な警句にたどり着きたいとずいぶん前からわたしは願っているだけに、満足させてくれる金言だ。

**知識人よ　もうそこから卒業する術を学べ**。サンシエ別館〔サンシエはソルボンヌから分かれた新ソルボンヌのある場所〕大学四階にあり、学生＝作家行動委員会が集会を開いていた三四八教室の壁のひとつに、走り書きの大きな文字で記されていたこのスローガンに注釈は一切不要だ。

**現実主義者であれ　不可能を求めよ**。同じ教室で、ある命題を敷物の上に投げ出し、各人がそれに次々に手直しを加えて仕上げていくという一種の室内遊戯の要領で練り上げられたこのスローガンにも、やはり注釈は必要ない。

**人生　速く。**わたしの住まいからすぐ近くのマゼ街の学食の真向かいに、やや紫がかった赤――緋色かそれに近い色――で書かれた二行。改行が句読点の代わりになっていて、「速く」という間投詞が、自分の前についに真の人生が開けてくるのを見たいという激しい欲求を示していると容易にわかる。のちに別の場所で、同じ要求が〈速く〉の一語に縮約されているのを見つけたが、それはあたかも、言いたいことをわかってもらうのには、急ぐ気持を表わせば充分で、何を渇望しているかを明らかにしたり、どちらを指しているかを示して矢印を重たいものにしてしまう必要はないといった趣だった。

**もう二度とクローデルは御免。**言い換えれば、ときには霊感を受けた羊飼いの少女、ときには植民地のお偉方風の色彩の強いエキゾティシズム、ときには優等生的な神秘神学といった仮面のもと、ブルジョワの現状《スタチュ・クウォ》の堅固な支えとなって、言葉を巧みに操る巨軀の男などくだらん、というわけだ。（少なくともわたしにはそう見て取れるのであり、ナンテール〔パリ西部の郊外で、パリ第十大学（ナンテール大学）があり、五月革命の拠点となった〕でかくもきっぱりと表明された拒絶の理由がそうしたものではなかったと考える理由はわたしにはいささかも思いつかない。）

**飛べ　滑空しろ　愉しめ。**これまでのものに較べて不可解に感じられたのが、サン＝ジェルマン界隈で道の曲がり角にあるのを読み、その後、いろいろな場所で再読することになったのがこの警句だ。しかし、やはり興味を引かれたという人がわたしに言ったところによると、これはたんにLSDを摂れという挑発的な誘いのはずで、「滑空する〔トリップするの意もある〕」とは、この化学化合物を使用して生じる状態について愛好者が使う用語のひとつだということだ。

**残酷であれ**は、河の左岸を上流から下流に向かってたどると、石でできた手すりの裏側――河岸側――に記されている――この忠告が妥当であることを、人間が他の人間に対して狼となるような世界は、自分自身が牙を用いなければ変わらない以上、どうして否定できようか！

ときとして、内容は何もないが、そのレイアウトのおかげで価値あるものになっている落書きもある。たとえば、〈意識化〉がそうで、パリの幾多の歩道で通行人のために置かれているような、背もたれが垂直の古典的な二人掛けベンチのひとつで、栗色の座席の片方の幅いっぱいに白く大きな文字で書かれていた。不注意からか、スペースが足りなかったのか、綴りが苦手だったのか、規則を破りたいという意志の表われなのか、「意識（conscience）」という語で普通ならば二つ目のcの前に置かれるはずのsの文字が省かれていたのだが、その落書きを見たのは、そこもまた騒然とした状態になっていた人類博物館から帰宅するために乗ったバスがソリフェリノ＝ベルシャッス駅からほど遠からぬあたりに来ていると思われたときのことで、サン＝ジェルマン大通りのベンチのひとつの車道側の座席の上にあるのを、わたしは右を向いていて見つけたのだ。数日前、わたしの乗ったバスはそのあたりで、黙ったまま行進する少人数の男女の隊列とすれ違ったのだが、彼らは忙しくしている人のようにかなり速足で歩いていて、先頭にいたメンバーのひとり――若い男に見えたが、仲間の男女たちと同じくくすんだ感じのありふれた服を着ていた――が、どこかの駅長から奪ってきたのかと勘繰りたくなるような、その場しのぎの目立たない赤旗を持っていた。

**骰子一擲はけっして偶然を排しないだろう**。大衆によるデモでのスローガンのように、手を叩きながら四・二、五・二のリズム〔フランス語での音節数が形成するリズム〕で声を合わせて口にされるマラルメの衝撃的な格言をどれほどわたしは耳にしてみたかったことだろう！　だがどうすれば敬うことができるのだ、**肉食の社会となってしまい、いかなる花束も不在となる**ことを。

＊

一九六八年五月二十四日から二十五日にかけて……

その夜、台所で何度もわたしは流しの蛇口を開いたものの、手を洗うためではなく、三つの容器のあれやこれやに水を満たすためで、まずはそのひとつであるプラスチック製のたらいを、自分たちの住む五階から建物の入口までそっと運び、ひとりの若い女の子に渡したわけだが、濡れたハンカチで中国風に顔を隠した（催涙ガスに対する備え）その女の子に水をくれと頼まれたからで、彼女は濡れたハンカチの場合と同じ理由で、ドーフィーヌ街とポン＝ヌフのちょうど前のところに築かれたもろそうなバリケードの仲間に水を持っていこうとしていたのであり、もうひとつのプラスチック製のたらいとやはりプラスチック製のバケツ、さらに最初のたらいが戻ってきたあとはそれにもまた水を入れたが、こんなどうでもいいようなものを——大騒乱となっている以上——返さないのは当たり前だと思っていたので、いささかも期待していなかったのに、借りた女の子はわたしがそれを渡した場所まで持ち帰るという心遣いを示してくれたのだ。これらの容器で汲んだ水を、自宅の窓のひとつ（わたしたちが一緒にいた書斎の窓）から何度も歩道に撒き散らしたのだが、それは、一般に思われている以上に過酷なあのガスの散布を邪魔し、通りで機動隊の攻撃にさらされていたデモ隊をガスの効果から守るためだった。

事の発端は下から届いてきた呼びかけ——「ミシェル！」——で、そのときわたしは、暴動のざわめきと攻撃用の榴弾が炸裂する大音響に注意を引かれ、妻や義理の姉と窓から外を眺めていた。友人のアメリカ人女性と彼女の男友だち、そしてもうひとりのアメリカ人女性、さらに細身のズボンと平たい靴をはいた学生が、わたしたちのアパルトマンのある階まで上がってきた。多少の談判はしなければならなかったが、管理人の息子を説得して、逃げ込む場所が必要な人がほかにも来た場合のため、建物の玄関を開けさせたのだが、実際、全部で三人の知らない人（騒動にはまったく関与していなかった）がわたしたちの最初の客に合流することになったわけで、それは、本来なら警察の攻撃を免れさせてくれる白い帽子をかぶり、カメラを携え、わたしたちの部屋の電話で伝言を送った『フィガロ』紙のジャーナリスト、それから、ホテルに帰る道すがら警棒で殴られてしまったイタリアの観光客の若い夫婦だった。

わたしたち自身にかかわることとしては、ガソリンを満載していると思われる巨大なタンクローリー車が、一部炎上したバリケードに行く手を阻まれ、わたしたちの部屋の窓から見下ろしたすぐそこのところで立ち往生してしまったせいで、数分のあいだ不安な気持になった。しかし、赤旗を持った若い男女が即席の交通巡査となり、タンクローリー車をUターンさせてくれ、同じように停車したすべての車も引き返させたのだった。

ヴォードヴィルの作者に掘り下げてもらうのにふさわしいテーマにもなりそうで、それは、騒乱がもたらした偶然のたぐいでブルジョワのとある住居に一時的に居合わせることになった者たちのあいだに、出くわすのはこのうえもなく好ましからざる人間が——騒動を起こした人間にせよ、そうでない人間にせよ——何人かいる、といったテーマだ。

＊

投擲された舗石、裏返しになった車、壊された柵、掘り出された太い管、切られた樹木、炎、泣かせたり息を詰まらせたりするガス、雷鳴さながらに轟く榴弾、警棒での殴打、これらは、この前の春にパリで、統語法を嘲ってみせた、いかにも見た目が派手な言葉だ。数々の壁に繰り広げられたものより荒々しく、粗野な、こうした言葉は、あまりにも饒舌で水のように流れ去るわたしの言葉を無に帰させてしまった。

## 最高入札者に

※

芸術《アール》＝熟した《ミュール》＝ルリ。〔アルミュールリは兵器製造所〕

接吻《ビーズ》＝尻《キュ》＝虐殺《チュリ》。〔ビスキュットリはビスケット製造業〕

泥《ブ》＝議長《シェリ》。〔ブシュリは肉屋〕

球《ブル》＝アンジュリ。〔ブーランジュリはパン屋〕

共同の《コ》＝整頓術《オルドヌリ》。〔コルドヌリは靴屋〕

首《ク》＝加工仕上げ《タイユリ》。〔クーテルリは刃物店〕

垣根《エ》＝小便漏れ《ピスリ》。〔エピスリは食料品屋〕

外の《オル》＝住居関係《ロジスリ》。〔オルロージュリは時計屋〕

遊べ《ジュ》＝よそで《アイユール》＝リ。〔「リ」は名詞の接尾語。ジョアイユリは宝石店〕

自由な《リーブル》＝わめき術《ブレリ》。〔リーブレリは本屋〕

主婦《メ（ナ）》＝性悪女《ジェール》＝笑《リ》つて。〔メナジュリは動物小屋〕

高級娼婦《エタイル》＝小作農家《メテイエ》＝リ。〔メテリは小作地〕

パペーテ＝リ。〔パプトリは文房具屋〕

防ぐ《パル》＝煙《フユメ》＝笑《リ》つて。〔パルフュムリは香水店〕

非世襲貴族《パトリス》=リ。（パチスリは菓子屋）
ポルシエ《ポルシユ》=リ。（ポルシユリは豚小屋）
四分の一《カール》=触ること《トウシユリ》。（カルトウシユリは弾薬貯蔵所）
元気づけ《ルカンケ》=イユリ。（カンカイユリは金物屋）
ゾエア《ゾエ》=小鳥《ウワソ》=羽《エル》=リ。（ゾエアは十脚類の幼生。ウワゼルリは小鳥販売店）

## わたしは要求する

わたしがそこで命を落とす煤色の海を鎮めるために、すてきな船を讃える歌を、
重量はないが、わたしの悲しみなどものともせず、わたしに夢を見させてくれるようなワインを、
誰もけっしてわたしに投げ与えてくれないような花を、
わたしを陶然とさせる甘美なひとときを、
ささいなこと、そよ風、ささいなことを、
涙と恋の歌《ロマンス》を滴らせる柳を、
わたしの頭のクモ膜下槽のなかで、ヴェールもかけないまま、七人のヨカナーンよりも巧みに説教
をしてみせるサロメを、
地の果てにいて、立って踊り、つねに金色である子牛〔旧約聖書『出エジプト記』には、ヘブライの民たちが黄金で子牛像を作って神の偶像とするという逸話がある〕を、
わたしのクマシデの葉陰にいる何羽もの鳥を、
四〇〇五もの感覚を持ったデリラの心持で、恋心を抱き、音のない歌をうたい出す希望の春を、
いかなる物語にも毒されていない聖杯を、
霧のどの息子も鋳造しえないような指輪を、

魔笛を、
恋の妙薬を、
王なきイス〔フランスのブルターニュ地方の伝説の都市で、洪水で海に没したとされる〕を、
オレンジの樹がいつまでも花咲きつづける国を。

※

## フォストロールの発明〔フォストロールはジャリの小説の作中人物でパタフィジック学者〕

言うことを聞かない犬をたとえ霧の出ているときでも帰ってこさせる発光性の砂糖菓子。

自殺し、葬儀を開き、そして報道機関に知らせるのを同時に可能にするスウィッチ。

カーボン用紙に、一ダースの異なる抗議文を一気に書き込めるように紙の高さを調節する装置。

病気でも悲しみでも破ることのできないような補強扉。

あまりに長いあいだ覗き込んだ者には、左右の頬に平手打ちを見舞う鏡。

シーツで身も心も白く清めてくれるベッド。

いつでも消費できるように冷凍にした欲望(持ちのよさの保証付き)。

お好みで、その階全体を水浸しにしたり、建物を吹き飛ばしたりできるトイレの送水装置。

朝の蜘蛛を夜の蜘蛛に変えてしまう殺虫剤。

無駄に過ごさなかった時間しか記録しない掛け時計(一度ぜんまいを巻く必要あり)。

人が消沈していると再びふくらむようにしてくれるポンプ。

公現祭〔東方三博士が幼子イエスのもとを訪れたのを記念する祭り〕の祝い菓子に入れる十字架に掛けられて光輪のついた陶製の小人形をなかに含んだ聖体のパン。

身体の線が出るほどぴったりなので、それが似合うようにするには体重を落とさざるをえず、痩せるようにしてくれる服。

＊

二重ガラスについたごくわずかの靄の向こうに、
手すりの唐草模様。
水平線ではない横線の下の硬くて黒い渦巻模様の向こうに、
左右対称ではない鉄細工の枝。
枝のねじ曲がった樹木の向こうに、
流れているようには見えない河。
海のほうへ向かっていると推測できない
密やかな流れの向こうに、
不規則な鶏冠状の突起をつけている家の列。

対岸で移動中であったり動きを止めたりしている
人や車は背景にほとんど活気をもたらさないが、
その背景をわたしは層を剝がすように解体し、そして再構成するわけで、
それは時を止め
のみならず、化石化するためだ。

⁂

肉体同様、住まいには高貴な部分と低俗な部分があり、頂点に来るのは客間（少なくとも、ブルジョワのアパルトマンなら必ず客間があった時代には）、底辺にあるのが台所、そしてそれに対をなし、そこには召使が働くあの場所で用意されたものが――品位を落とした形態で、溢れるばかりの水の流れに運ばれて――呑み込まれていくトイレだが、台所は「部屋」のひとつと見なされる資格すらなく、レンジや炊事道具（たとえ近代的ではあっても、浴槽やさまざまな洗面用の設備といった、わずかにでも洒落っ気が込められ、それどころかエロティシズムの趣まであって品位が高められたものに較べ、より庶民的であり、非常に屈辱的な意味での家庭用品にすぎない）のせいで、やはり部屋ではないあの「浴室兼洗面室」よりも下に置かれている。

「ろばの皮」〔驢馬の皮をかぶり、王女の正体を偽って家畜小屋の世話係として暮らしはじめた少女を主人公にしたシャルル・ペローの童話〕の台所、そこから、たとえ食欲を起こさせるにしても、上等ではない香りがしばしば漂ってくるのだが、よくよく考えれば、脂やソースやそれ以外の食品添加物は、石鹸や髭剃りクリームやオーデコロンや練り歯磨きやローションに較べれば、それほど嫌悪すべき目的に貢献しているわけではなく、後者の主要な役割は、わたしたちから垢を取り除き、わたしたちも動物界に属するという事実を――体毛を除去し、もっと自然のものではない香りに置き換えるべきだと考える人が大勢いて、体臭を消すおかげもあって――隠すことだからだ。

現在では、えてして実験室か発電所のような様相を帯びてくるが、わたしたちの住まいでは、都市における工場のごときものにはけっしてならない台所、というのもあまりにも根っから田舎じみていて、本来の役割からして、牧畜や農業といった田舎での活動による産物のなかでも、肉や野菜に結びついているからだ。封じ込められた感じはするものの、工業地帯の郊外の生活より、農民の生活に近い台所、それは、住みたくはないが――あまたの都会人がそうであるように――息抜きに出かけたいと思う田舎と同じく、わたしに両義的な反応を引き起こさせる対象だが、同様に息抜きができるという意味では、ひと気のないときに台所にひととき身を置く歓びをわたしは感じることがあり、寝る前に、あたかも山のなかの泉よりも冷たい泉であるかのように冷蔵庫にすがることはしばしばだし、台所で――機会があるといつも――テーブルについて気取らずに食事をとるのも楽しく、その場所にはいかなる騒音も届かず、例外は、平日の就業時間帯で、中庭を挟んだ向こう側にあるパリ交通公団のオフィスからざわめきの波が打ち寄せてくるのだが、このオフィスの上には高いアンテナが立っていて、陽気のよいころになるといつも、とてもかわいい歌い手である鶫がそのまわりを回転しにやって来たり、ときには止まったりもするのだ。家のなかで見つかる他のいかなる避難場所にも増して、この台所にいると穏やかな心持になるのだが、それはおそらく、わたしという存在がより染み込み、同様に心配事も浸透してしまっている壁に囲まれた場所に較べ、さほど亡霊がうろついていないからだ。

その赤いタイル床と換気用フードはもはや思い出にすぎなくなった台所、そこには――わが家では――たんにレンジだけが置いてあるわけではなく、その反対物ともいえる冷却器と洗濯機も設置してあるが、（まだ濡れているシャツやタオルが、劇場でハンガーに掛かった舞台装置のようにぶら下がっている隣の納戸には）ボイラーとボイラー調整器と乾燥機もあり、そのうちのあるものは太い大砲を、またあるものは――高いところに付けられた筒型の枠の薄さ、操作用の桿や綱のせいで――船の索具類のふんわりとした軽さを想起させる。

さまざまな力を持ち、慎ましやかな火を燃やす台所、それは――不当にも片隅に追いやられているものの――炉の火〔家庭のこと〕のうち生き残ったわずかな部分を表わしているが、その炉の火は我々の住まいでは雲散霧消し、暖炉（まだあったとしても）の前に集まるといった習慣はなく、頭を空っぽにさせる狡猾な機械であるテレビの魅惑的な画面が中心にあるとはいえ、もはや――その名が示すように――周囲で家族の構成員のあいだの交流が日常的に営まれる地点を形成する場ではなくなっている。

年代不詳で、設備のわりには手作り的な台所、それは容器や箒や布巾や床雑巾やワックスがけの用具一式や道具箱などに関してはさほど控えめではなく、おばあちゃんさながらにいくつもの物語を子どもに語って聞かせる屋根裏部屋や物置が持つ、けっして尽きない魅力を発揮してもおかしくないのだ！

＊

田舎の家の若き女性管理人は、家の裏の上りの斜面にある雑木林で兎を殺してしまうというので、雌猫を手放したがっている。その雌猫が二か月近く前に産んだ子猫のうちの一匹が、遅くとも昨日には、犬に殺されてしまっていたのだが、犬は、骨の塊が近づいてくるのを目にし、自分の餌を侵入者に取られるのではと心配して、噛みついてやろうと身構えたのだ。犬と子猫——子猫は二匹で、一匹は雌猫が出産のために身を隠しにいった屋根裏部屋で、もう一匹はその屋根裏部屋のすぐ下で、管理人が見つけた——、この犬と子猫はしかしながらよく気が合い、喜んで一緒に眠るほどで、ときには、子猫の一匹あるいは二匹ともが、体の大きな犬の乳を吸う振りをして、犬も気にせずされるがままになっているということもあったのではあるが。それに、少し前に、わたしたち自身もホロホロ鳥を食べたのだが、ことさらそのために飼っていたわけではなく、その鳥がひどく攻撃的になり、雉を殺してしまい、鳥小屋のなかのほかの鳥にとって危険な存在になったからだ。あたかも、わたしたちの家の上を血の色に染まった雲が通り過ぎたかのような、殺戮の連鎖……。

もちろん感傷癖に身をゆだねるのはよしとしないが、この一連のささやかな悲劇は非常に不快だと認めざるをえない。鼠（それを皆殺しにするのが猫の仕事なのだから）より図体の大きな獲物を襲わせないように雌猫を追い出す、気はいいが乱暴な犬が自分の餌を守るためにすてきな仲間を死に至らしめる、鳥小屋の家禽が猛禽並みの振舞いをする残酷さをその羽の下に隠していること、そうしたことは、菜食主義者でつねに左の頬を差し出す用意があるばかりか、命を尊ぶあまり、自分を刺す虱を爪でつぶすことさえ拒否する——バラモン教であろうがそれ以外であろうが——ような神秘家たちからも同意を得られる性質のことだ。

長年にわたって闘牛を愛好してきて、フランス革命の残虐行為を水に流して革命を正当性のあるものと見なし、非暴力の理論を排斥するわたしではあるが、自分が支配する相手を殺したり、場合によってはむさぼり食ったりすることまでして幅をきかすのが——おのおのの種族の構成員にとって——規範となっているような世界に属するという考えは、大方の人たち以上に耐えがたく感じる。そこにはどうにもおもしろくない矛盾があるものの、それは、わたしという存在の全体にかかわる、これまたばかばかしい逆説以上にひどいものだとは思われないのだが、その逆説とは、自分は圧制者の階級にいるにもかかわらず、虐げられた人びとの味方になろうとしたり、書くのは自分を解放するためだが、書くとはわたしにとって束縛であり、しかもその束縛がゆるんだりするのを欲していなかったり、血の染みを恐れる一方で、自分が快適に暮らせるのはほかの人たちが流す汗や、それどころか血のおかげだということを受け入れたり、つまらない人生だと考えながら、そうした生き方から抜け出す努力をほんのわずかしかしなかったり、きわめてブルジョワ的な暮らしをしながら、愛や詩について語ったり、自分は骨の髄まで頭でっかちな人間だとわかっていながら、積極的行動を夢見たり、いかなる超自然的な力の介入も信じないくせに縁起かつぎ(たとえば、幸福を知らせると災いを招き寄せる、といった)をしたり、あたかも目に見えない審判所から報告を求められでもしたかのように、できるかぎり説明のつかない過ちを犯さないようにしたりするのだ。

※

わたしの書く文章のなかに入り込み、
自分の巣穴にいる鼠、
鎧に身を包んだ騎士、
鞘に収められた短剣、
ドレスで着飾った艶っぽい女、
グラスに注がれたワイン、
牢獄につながれた囚人、
あるいは、奥の間に引きこもった気むずかし屋のごとく?

＊

あまりにも彼がわたしを友人扱いし、同等に見なす（そのことをわたしは素朴に喜んでいたが）ので、手に負えなくなってしまった。彼が感情を爆発させ、まさにわたしが従ってやるしかないようになるときに、言うことを聞かせるなど論外だ。いまでは、わたしたちが道ですれ違う人たちに彼が飛びかからないようにするのもやっとで、全力で妨げようとしてもかなわなくなるのもまもなくだろう。

もし事態が悪化すれば、このとても親しい友、かけがえのない無二《アルテレゴ》の友が害をなさないようにする必要に迫られ、わたしは――ペスト患者のように隔離するなら話は別だが、それはさらに残酷な仕打ちになってしまうだろう――彼に死刑を宣告するしかなくなってしまう（甘やかしすぎたせいで素行が悪くなった息子を、法を尊重するがゆえにギロチンに送った判事と同じく、情を抱きながらの死刑宣告）だろう。どれほど高くつこうと、まだ間に合ううちにこの憂慮すべき相棒を手放せる機会があればいいと願っていて、もっと力強い手をした新たな飼い主――彼のそばに一週間のうちの数日しかいられないわたしの場合に較べ、もっと彼をかまってやることもできる飼い主――が、おこないを改めさせることはできなくても、強力な攻撃手段を備えた存在から得るべきものを、もしかすると得ることができ、閉じ込めたり殺したりせずにすむようになるかもしれない。

再教育をほどこすには年をとりすぎていて、どう考えても危険だとなり、そうなるのを恐れていたとおりにこの犬に注射をするはめに陥る、それはわたしにとってはまぎれもない痛手であり、あまりにも柔《やわ》であったために最悪の事態を招いたわたしの手では拭い去れない染みのように思えてしまうだろう……。

✻

それは頭のなかにいるわけではなく、
　心臓のなかにもいず、
　　性器のなかにもいず、
　　　手足のなかにもいず、
ましてや地下室や屋根裏部屋にもいない、
だがしかし、
一階よりもむしろ中二階に
無断居住者《スクワテール》として居着き、
追い出そうとしても、それ自身が
——あるいは似た者が——
また戻ってきて住み着くのだ。

もしこの望ましからざる相手と折衝できれば、もしかするとすべては丸く収まるのだろう……。だが、わたしのなかの奥深い場所に居着いているにもかかわらず、その相手の存在はわたしにとっていかにも馴染みがない——ロープでとぐろを巻くようにしたり、身体を丸くさせたりした塊になってはじめて正体がわかる獣の存在——ので、そいつとのあいだに対話を始めることができたとしても、てんで勝手な議論をする、といった程度にも至らない。

長い期間にわたって、そいつは——不在か、不在と思わせるまでに動きがなく——ほとんど忘れられたままでいる。しかし、そのようにしてでき上がった空虚に立ち向かうのは、そこにそれがあるとただ感じているだけに較べればさほど胸をむかつかせないので、ついにそいつが自分の隠れ場所を離れ、わたしの喉元に上がってきて、その狭い通り口を抜け、たんに解き放たれるだけにとどまらない変異を遂げて、言葉の形をとるようになってほしいと願うのだ。

わたしたちの別荘以上に静かな別荘に入れてもらうことになりかけた（それは、三人の獣医が口を揃えて、そうすればおそらく興奮が収まるだろうからというので去勢する、といった事態にならないようにするためだが）ほど彼が取り乱したのは、『二人の主人を一度に持つと』〔カルロ・ゴルドーニの一七四五年作の戯曲〕をそれとは異なるかたちで――ただありのままにわたしのピラデス〔ギリシア神話に出てくるオレステスのいとこで忠実な友〕やホレーショ〔シェークスピアの『ハムレット』の作中人物で、ハムレットの友人〕を演じる代わりに――演じなければならなかったからで、二人の主人とは、平日の庭師と、日曜日や祭日のわたしだった。

しかしながらそうした演技に彼はどうやら向いていなかったようで、それは、ほぼ全身の毛色が鹿毛色一色だったからというのではないにしても、少なくとも、木槌のように太くて粗野な前足のせいだったが、とりわけ、いまではごま塩風になっているものの、長年にわたって、複数の色の寄せ集めの生地でできた服を着た道化師がつける革の仮面のように黒かった、その鼻面のせいだった。

✻

田舎の動物誌

尻＝噛み、
コース料理にかぶりつき、
足の生えた背中、
白い下痢、
糸を引く毛皮、
復活祭＝温め器、
眼＝に落ちる＝糞。

パリの動物誌

うごめくものども、
さまよえる花、

棒の大揺れ、
足＝なしの＝疾走、
民衆の＝引きつけ、
舗石＝押し、
雌牛＝扉、
炎＝銹、
血膿＝うのみ、
死者＝売りさばき。

パックの物語、それは、わたしたちに馴染みはあるが、炎を思わせるような活気が感じられるためにあまり望ましくない刻印をパック自身に押してしまったように思えるその名前が、結局のところ、彼におとぎ話のなかで生きる運命を与えたのだと証明するようなかたちで、幕を閉じるのだろうか。

　非常に神経質で、改善をほどこすなど問題外の禁欲状態（というのも、わたしたちが受けた説明によると、長年連れ添う伴侶がたとえいたとしても、彼をより攻撃的にするだけなのだ）に置かれているためによけいに興奮していて、動物好きの人に譲っても、悪さをして（ある人を二度も嚙み、別の人も嚙みそうになり、居間の家具に尿をかけ、カマンベール・チーズとキッシュ・ロレーヌを盗み取った）返されてきた彼は、去勢をほどこされる寸前だったのだが、その去勢をおこなっていれば、いつの日か、異端者を物理的に除去する権威的な政府のように彼に対してわたしが振る舞わざるをえなくなる不安は、少なくとも遠ざけられただろう。ところが、摂理のなせる業か、以前縁日の興行師をしていた人が引き取ってくれることになるのだが、それは、イロクォイ族まがいのわたしたちの犬をおとなしくさせて家に預かってくれたことのある人たちの知り合いであり、アルパジョン〔パリの南約三十キロのところにある町〕のあたりに半ば動物園、半ば犬小屋のような施設を開くことを計画していて、種つけのために手元に置きたいと言ってくれたのだ。

　人間の職探しの場合はだいたいにおいてそうはいかないが、それに較べて、動物の場合でうまくいった職業指導の典型的な事例……。

※

そうしたパフォーマンスができるほど秀でた愛好家だから、準備もなしにオーケストラを指揮してみせるとわたしは言っておいたのだった。演奏することになっていたのは――まちがっていなければ――ヴェルディの『レクイエム』だった。わたしは、コンサート・ホールではなく、かなり広く、幅よりも奥行きのほうがややあり、楽員たちが一番低いところに陣取り、聴衆は高い位置にいられるように床に傾斜がついている部屋に入る。指揮壇に上がろうとして、まわりに幕(灰色の厚ぼったい幕)があり、わたしが手を広げようとすると邪魔になるのがわかる。その幕を片づけさせる。だがそのときになって、指揮壇の向きが、あるべき方向とは逆であり、オーケストラに向き合うのではなく、背を向けてしまうように置かれているのに気づく。そのため、指揮するのは諦めるが、楽員のひとりが代わりにその役を担い、すっかりうまくいくだろう。しかしながら、そのように自分の務めを果たせなくなったことにやや当惑の念を覚えてしまう。

澄んだ清水のように明快で、読み解く鍵や心理学者は一切いらない夢。夢のなかで見た失敗がどんな性質のものだったかは重要ではなく、今後自分はありとあらゆる種類のしくじりをするように、とりわけ致命的ともいえるしくじりをするように運命づけられているという受け入れがたい考えが、わたしのなかの地下室にさらにもぐらが掘るような穴を開けてしまうのだが、というのも、そう考えるだけで十字架に掛けられてしまう以上、知的なものであろうが道徳的なものであろうが、内心で審判を下す必要などまったくなくなるからだ。

エフェソスの七人の眠り男〔小アジアにあるイオニアの古代都市エフェソスには、七人のキリスト教徒が迫害から逃れて眠り込み、目覚めたら二百年が経ち、キリスト教が公認された時代になっていたとされる洞窟がある〕、眠れる森の美女、リップ・ヴァン・ウィンクル〔十九世紀アメリカの小説家ワシントン・アーヴィングの同名短篇の主人公で、彼が山中で奇妙な男たちからもらった酒を飲んで二十年間眠りつづけ、下山したときにはすべてが変わっていた〕。伝説とは異なり、人生で一世紀先、二世紀先に目覚めるということはないが、ときには二十年後、二十五年後、さらにはそれ以上経って目覚めることもある……。パリ解放は昨日のことのように思えて、その当時に妻とわたしのあいだに産まれていたかもしれない息子か娘は、いまはもう成人して、もしかすると父親か母親になっているのだとは、とても想像できない。あることについて、それがわたしたちに共通の歴史的体験に属する知識のひとつであるかのように、自分よりはるかに若いとわかっている人間に向かって語ったのちに、実のところ、その当時あなたはまだとても小さくて、そのことを憶えていないにちがいないと――よく考えてみた結果、わたしたちのあいだの年齢差をやはり無視するわけにはいかないと示すために――口にするのだが、聡明たろうとして言ったそうした訂正もやはり無邪気なもので、というのも、話題にしている出来事は、わたしの話し相手がこの世に生を享ける、たとえば十年前に起こっていたりするのである。

自分の家にもともとあり、ある日、持っていたことに気づくといったものがよくあるが、そうしたものも信じがたいほど古び、すぐにでも役に立てる目的で取っておいたのに、もう無用の長物になっていて、たとえば電話帳とか、時刻表とか、カタログとかがそうで、そうしたものを開いても、もともとはかなりの確率で探すことができたはずのものを何も示してくれず、しっかりと改訂していないカード索引や手帳に残ったままになった故人の住所と同じくらい不吉な残余物となっているのである。

おそらく、考え方といったことについても多くの場合に同じことが言え、一掃されてしまうのでも、修正をほどこされるのでもなく、わたしたちのなかで手つかずのまま残っているのだが、それは永遠にというわけではないにしても、少なくとも、古い考え方がいまの現実とこすれ合い、ひどい軋轢を起こして、それがもう時代遅れだと感じられるようになり、神秘のヴェールが剝がされるまではそのように手つかずのままなのだ。

そうとは思いもしないうちに大変なお荷物を抱え込まされていたのだと突如として気づき、そのせいで平衡を失うだけに、乱暴に目を開けさせられ、どうしていいかわからなくなってしまう目覚めだ。

ヘブライ人にとっての約束の土地、インディオにとっての悪なき郷……。汚れも欠損もない国がどこかに存在する（あるいは形をなしつつある）、そうした信念を失うなら、人生はわたしにとってもはやどうしようもなく頽廃したものと見えてしまう。

その国が他の国々に囲まれた小島にすぎないとしても、わたしは次のことがあれば満足するだろう、すなわち、どんなものが訪れるかわかったものではない災厄——戦争、封鎖、警察の攻撃、人心操作、脅迫、裏切り、内部での断絶——を掻き分けて道を切り開くことができ、さらに、これまで歴史や地理のなかに位置を占めてきたいかなる文明よりも高尚で賢明な文明を、現に備えていないまでも、少なくともその先触れになっている国だと認識できるような道案内的な知識があれば、ということだ。

そうしたものを望むと、もしかして救世主頼みになるかもしれない。それに、そうした特権を持つ国について語るのは、理想国家について語ることにほかならないのではないか。そうした革命に取り組む一握りの人間——男だろうが女だろうが、また、どんな地方の人だろうが——がこの世界に存在するというのは、それだけで可能性を保証してくれるし、さらには（わたしがどうしてもしてしまいたくなる楽観主義的な軽い一押しを加えるなら）ひとつの兆しなのではないだろうか。

直截な願いだが、それでもわたしは、そうした人たちが、最初はたんなる邪魔者でも、権力を握るようになり、しかも、維持に汲々としすぎると存在理由そのものがなくなってしまいかねない権力というものの危険を回避できるのだということを知りたいのだ。そうした確信が持てれば心強いだろう！　しかし、将来、わたしたちの正当性は認めてもらえるにちがいないと安心して、その安心感にしがみつき、何人かの聖人（パトリス・ルムンバ〔一九二五―六一。コンゴ民主共和国の政治家で、独立期の指導者〕、マルコム・X〔一九二五―六五。アメリカの黒人公民権運動活動家〕、チェ・ゲバラ、ホー・チ・ミン〔一八九〇―一九六九。ヴェトナムの革命家・政治家で、植民地時代からヴェトナム戦争まで、ヴェトナム革命を指導した〕）を崇めれば事足りるといった弱気を抱けば、恥辱にまみれかねないので気をつけよう。こうした人たちが単独で戦ったなどというのは受け入れがたいが、自分は彼らとともにあると主張するにとどまるなら、それはつまらない静寂主義〔外的活動をせず、瞑想をとおした神への献身を追求する神秘思想〕のたぐいに閉じこもることになってしまうだろう。

楽園、神の国エルサレム、エル・ドラド、豊穣の地、あるいは昔、それを基にわたしたち二人で神話を作り上げた挿絵入りの豪華な本で読み、そして眺めたあの島、その島では、商業主義にまみれた文明からの規則遵守の警告さながらに蒸気船が接岸する以前、白人のマカオは彼にとってはフライデーになぞらえられる存在だったコスマージュと愛を確かめ合っていて、コスマージュは女中を思わせる黒っぽい、ほとんど裸の身体をした、陽気で頑健な未開の女で、マカオは大農園主か徒刑囚がかぶりそうな大きな帽子で頭を覆い、ゆったりとした白い布の服を着ていたのだが、それらの世界は、わたしが未来の社会に対して抱くのと似ていて、ひとからげにしてしまいかねない夢であり、もししっかりと装備して取り組み、その夢のことしかもう考えなくていいというようなことにでもなったら、いつの日かそれを現実に変えてみせるために――ひょっとすると――貢献できるかもしれない。

……だが、

そうした夢が現実になるとして、そのために尽力しているように思える人たちのうち、どの人がまさに斥候となってくれるのだろうか、それにもし――たちの悪いもうひとつの疑問――わたしが本当にそうしたことに身を捧げるとしても、模範と見なすべきその斥候はたしかにわたしが思い描くとおりの人たちで、わたしの思い描く仕事（だが、わたしのように「革命家」と呼ぶだけでは不充分なら、その仕事とは正確には何になるのだろう）をしているのか、とはいえ、そのようにはっきりさせると、わたしが諦めたくないと考えている仕事とは相容れず、それどころか、わたしがどうしても抗議せずにはいられなくなるような方法を用いて品位を落としているのが明らかになるかもしれないのだが。一見したところでは真摯なものであることが疑いようもないと思われたそうした独り言は、まったくもって形だけの言明――勇敢さを示す要素もいろいろあるのと同時に、何の拘束力もなく、慎重さを露呈させる一要素になってしまうような態度表明――なのか、はたまた有効な意味を担っているのか。要するに、ただそこにないといけないので置かれている決まり文句、たんに一「要素」としての役割を果たすのではなく、端的に意味があるのだろうか。漠然とした主張で、少しも具体的でない、もったいぶった一般論であり、コートハンガーか脚付き衣装掛けにぶら下がった、まだ製作されていない燕尾服の型のように、伝統墨守だ。こうして思いをめぐらし、ペン先を紙に押しつけても、わたしはできなかったのだ――そうした言い方には偽りがあり、というのも、生彩を欠いたこの駄弁はわたしの背後に過ぎ去ったものだとされるのはあくまで原則上で、読み直しては果てしなく手を加えることになるのだが、一方で、この駄弁に対する批判的な言辞にこうした括弧を付け加える際、言葉に跨って進むわたしの歩みは、このページではまだ最初の数歩のところにすぎないが、すでに終わってから、季節を示す文字盤では針が二周以上は回っているのである（しかし、自己を語り、百パーセント真実を述べたいと願い、自分の証言に、その証言をめぐる物語をさらに付け足す作家は、屑籠に棄てたいと思っていた事柄を再出発の土台として使い、さらに、道のりをもっと先まで行ってからそこに引き返し、引用の対象とすることで、記録文書の扱いをしたからには咎め立てできないはずのこの文章に、仕上げのために細心の注意を払うことなく、偏執的なまでに細心綿密であるがゆえに、ひとつひとつの文に目をとめて、それを廃棄したり、書き直したり、完成したと確認するために再考の対象としなければならなくなるのではないか、たとえひとつひとつの文は文の塊が過去のなかに囲い込まれているという前提のうちに成り立ちえていて、その文の塊の上にペンを立ち戻らせ、もしかするとさらに何度も書き直しもして、すると、本質的な部分は何も変わっていないにしても、文章のいくつかの細部が変更され、その結果、事実上は変わっていなくても、既定のものとなって、もう未来とはかかわりのない資料の一部として結晶化されたわけでもないこの文の塊について、語ることができなくなるのだが、その困難さのせいで、ほのめかしだけではすまずに説明を加えるようにと論理的な要求が生じてきたり、状況に起因する困難さという側面はあまりないだけに、完了形も未完了形も表わさず、潜在的な未完了あるいは完了と見なされる未完了を示す、「非絶対的過去」や「先取り未来」といった動詞の特殊な時制で単純化するという発明が正当化されかねない）――わたしはできなかったのだ――あるいは、おそらくもっとふさわしい言い方をするなら、わたしはできない、できないだろう、したくてもできなかった――本当のことや知覚できることを何ひとつ浮かび上がらせることができなかったのだ、そしてそれは、それ自体が有名無実のコートハンガーとは別でも、肉体には着せられていない服、折り返し襟や刺繍をほどこされた装飾といった服の飾り、あるいは、台所の場合のようにきわめて非個性的な壁を背景に光る磨かれた鍋についてさえ、そうだったのだ……。壁またはページ、あるいは（立体感のある）ショーケース、籠（それはわたしの頭のなかに設置されている）、さらにいいのは鐘形ガラスケース（博物館の備品であるだけにわたしにはより馴染みのある道具）で、それは釣鐘形潜水器や大きな鳥籠ではなく、もったいぶった感じのする冷却用の半透明の収納庫で、高さも幅もあるガラス面が直角に交差し、私的なものである必要が生じた場合には、屋根裏部屋さながらにあからさまに記憶に充ちた、親密なものとなるのであり、その片隅には、幼年期の道端に咲いたなにかかわいい花、ついで、激しい恋愛感情が大きく花開き、茸状に広がった光（ロイ・フラー〔アメリカ人舞踊家で、布と光のうねるような動きを強調したダンスで有名〕を思わせる美しい写真にうつった、核爆発かスペインのバレリーナのふわりと広がるアンダースカート）、そして最後に、すぐ近くにあるのは、憂鬱を祭る仮祭壇――おそらく花壜のための背の高い台か、一九〇〇年頃の写真にうつっている偽の円柱――で、わたしはこうして考えをめぐらせるためにそれに肘をつくが、そのわたしは、熱に浮かされた数日を過ごすうちに押し流されて、遊戯――のちになって何度も繰り返された夜のめまい――に突然夢中になったが、それをするようにとさまざまな状況のせいで促されたのだ（どうやら、後世という、実際には形も色もなく、したがって寓意的な存在でしかない審査員が作成する入賞者名簿に自分の名前も入るのか、入るとすればどんな賞あるいは次席賞なのかを知りたいという滑稽な欲求をただひたすら勝手気ままにさせて）が、その遊戯とは、キリスト生誕場面の模型やなんらかのジオラマについてならそうできるように、自分自身を記念するショーケースを想像したり、その配置構成を考えたりすることだ。

年代記と理論が神話的に溶け合い、わたしの人生を要約するような一連の物や説明が、模範的な価値とまではいかないにしても、説得的な意味合いを持つようなこの空間において、〈わたし〉、つまりそれを中心にありとあらゆるものが結びつくこのわたしという人物とは、いったい何者なのだろうか。デコレーションケーキに載っている小さな男（大きなヴェールをかぶった花嫁を授けられた黒ずくめの衣装の花婿か、それはおかしいというなら、蠟燭を持ち、腕章をはめ、はじめて聖体拝領する子どもといったところ）、おそらくは、型にはまったそうした小像が、昔の閑静なオートゥイユで色褪せた低層の家（そこにいると簡単に正気を失ってしまうような家のたぐい）が並ぶ通りを写した古い絵はがきを背景に佇むのを、目にすることになるのだ。

こうしたことすべてが、眠れない夜に身をもたげ、伸び上がり、広がって、居坐りつき、そして、ところどころ驚くほどのきらめきを放つ波形模様をなしていく（たとえば、仮面をかぶった男か、白いサテンのほっそりとしたシャツを身にまとった俳優が胸に垂らしていた、思わずまばたきするような緑色のスカーフをわたしは思い出す）。長い物語の蛇行さながらに、白墨で描いたような点線――親指太郎が歩いた跡――がショーケース全体を横切って走っているが、それは小さな男が置かれた目立たない隅から、どういった性質のものかはよくわからないが、波打ち、縁がぎざぎざにされたモノクロの書類が皺くちゃになり、いわく言いがたい苦悶の美を形づくっている角まで延びている……。

下のほうの角のひとつには、わたしの最初のアフリカ旅行の主なアクセサリー（スーダンの肩掛け鞄、蠅叩き、古典的なコルクのヘルメット）、傍らに、北京で祭日に買った革命家のかぶる青い帽子、さらに、キューバのサンチャゴでカーニヴァル（伝統的なお祭り騒ぎと革命が陽気に足並みを揃えて広場や通りを練り歩くように思われた）の際にわたしが着た――荒々しいまでにさまざまな色が雑多に混ぜられた布切れでできた、いわばアルルカン風の――上っ張り、あちらこちらに生えていて、ショーケースを昆虫のいないガラスケースか魚のいない水槽に仕立て上げている、乾いて黄色くなった草の茂み、その草の茂みでは、散歩に連れ出してやると、田舎でのわたしの子分である犬のパック――この光景と距離をとり、それを過去の出来事とすることで徐々に消し去ることになったりするのが嫌で、思い出を現在形に保っているのだが、文章で綴るこうした夢想に登場したとき、あまりに横柄なこの犬は、実際には同じくらい扱いにくい別の犬に替えてしまっていた――、そのパックは、寝そべって長くなり、地面に全身がくっついたようになって、鼻面をじっくりと突っ込み、そうした田舎ならではの阿片を大きな音を立てて吸い込むのであり、飽きることなく口に詰め込み、すっかり酔い心地になったところでようやく（とでも言えそうなのだが）引き離すことができるのだ。

違う場所には、敬虔な気持が注がれたかつての品――ノートル＝ダム・ドートゥイユの時代――があるが、それはどの品だ？　宗教とは無縁だが、敬虔な気持にまさるものを抱かせる品、それは妻が誕生日か正月にくれたもので、なぜだかわからないまま、他の贈り物以上にわたしが執着心を感じているものの、ネクタイの結び目の下でカラーを留め、さらにはリゾートウェアのときにはシャツの下で首に巻くことがあるスカーフを留めるために毎日のように使ったのち、もうずいぶん前から身につけなくなってはいるのだが、その金のブローチ――いかにもありふれてはいるがイギリスのもので、したがってわたしが抱いてしまう先入観のひとつに寄り添っている――を、しばらくのあいだは、やがて墓に入れられる装身具と思い、現代の（考古学を超えた）フィブラ〔古代に服やマントを留めるために使った装飾のある留金〕として心のなかで愛でていたのであり、相対する二つの縁を近づけるとか、隙間なく閉めるといった接合の用途よりも、貴重でみごとなその仕上げの精度のせいで意味深い品となっていた。あるいはまた、収集家としての虚栄心のせいもあって忘れられず、すでに数年前にわたしの人生が通り過ぎた危機的な時を示す里程標のようなものとなっている友情の証、それは陰茎勃起の情景で飾られたライターだが、その情景を彫り込んだのは、他のいかなる芸術家にも増して革命的な作品をつくり、わたしたちの世界観を根底から覆した男で、彼はその愉快なお守りのごときものをわたしが外科手術を受ける際にくれたのであり、その手術でわたしは、たんに物理的な中心といったものをはるかに超えるとわたしたちには見える身体部位に打撃を受けたのである。

本、事務用品、さまざまな書類の山（カード、うんざりするほど手を入れた原稿、ひどく衝動的な感情に駆られて自殺を試みたことを思い出させる病院の証書類）、そして、手に入らなくなっているのがひとつや二つではないとは思いもしないまま数え上げてしまったのと同類の品々を、凝ったやり方で持ち出してくれれば別だが、がらくた（もはやそのなかで宝のきらめきが見られることなど一切ない金庫を削って残った最後の屑）のようなものだったりで、美術品でも、なにか力を秘めているのではないかと考えてしまう縁起物でもなく、あるべき場所に置かれているとわたしがより安心できるにすぎないもの――「奇妙な戦争」のせいでサハラ砂漠に滞在することになったことを示す大きめの砂漠の薔薇、一九三四年三月二十日にニームで殺された闘牛用の雄牛「ラ・コルテ二六四一」（この戦利品の寄贈者が観た闘牛《コリーダ》のなかでは五番目のものになるにちがいない）、自由への希求ゆえにレジスタンスに殉じて命を落とすことになるシュルレアリストの友人からもらった海星、自宅での工事の際に（おそらくそこらの残骸と一緒にごみ箱に入れられ）行方不明になってしまったのでただ参考までに挙げるにすぎない火山石、ヴェネツィアの近くのトルチェッロ島で子どもたちが観光客に売っていたのと同じような乾燥させた海馬《たつのおとしご》、さらにわたしが寝起きし、仕事をする部屋のどこかに田舎でもパリでも（昔ながらの迷信に譲歩して）置いてある馬の蹄鉄を除けば、――ああした品々、ただその品々に二つのイメージを付け加えておくべきで、ひとつは最近も話題にしたにもかかわらず忘却されたままのイメージで、もうひとつは、あまりにも何度も見直し、修正し、付け加えたために、文の展開とその文が再現すべきものと見なされている思考のぎくしゃくとした歩みとのあいだを引き裂く不調和が生じ、それにほとんど生理的な不快感を覚えるまでになっているこの文章の下書きよりもあとのイメージなのだが、最初のものは、一九二八年に鉛筆で描いたデッサン「わたし自身によるわたしの生」（左側には、右のほうのピラミッドを見ているわたしの横顔があり、一方、半ば頭をのけぞらせ、わたしとは反対の方角を向き、くっきりと描かれたその波打つ長い髪がピラミッドの硬質さと対比をなしている、女性の横顔らしきもののこちらに見える唯一の眼から放たれた視線が、わたしの横顔のほうに上がっていっている）、もうひとつのものは、テレビのニュースを撮った（わたしは所有していない）写真で、その写真にはイヴリーで警察車輛の近くにいるわたしの姿が映っているが、大半はわたしよりも年下で、わたしが彼らの祖父だと言ってもおかしくないような連中が何人も含まれている二十人ほどと一緒に逮捕されたところで、わたしは、家賃不払いストのために不通にされてしまった水道と電気をマリ人の労働者が寮のようにして住んでいるあばら家に復旧させてくれと、いかなる手続きも尊重しないままに彼らとともに要求したのだが、そうした二つのイメージをいまになってわたしが付け加えようとするああした品々を除くと、――大半は、わたしとか、陰鬱にインクを消費し、知的ながらくたを愛好するさまざまなタイプの人間にとってしか意味のないようなこうした品々（文書ではなく、文が書かれているにしても断片的な性質のものであり、図版資料だったり、手作りの品だったりする）を除くと、このほんのわずかなもの（そこらに散らかしたままのものにすぎない）を除いてしまうと、いくらあたりを探しても無駄で、ああしたショーケースに飾れるようなものは見当たらないのだが、そのショーケースの――アイデアというよりは――構成がわたしの頭に浮かんだのは、アジア産と言われるウィルスのせいでインフルエンザに罹ったあとであり、ある展覧会のために夢中になって仕事をしていた時期のことで、その展覧会に、わたしたち人類博物館の数人とそれに加わった若手の何人かは、この前の春に車道の上に花開いた異議申し立ての活動を反映させたいと望んでいた。

わたしたちの文明や他の文明における成熟の年齢への移行、それが展覧会のテーマであり、展示のためにわたしに課せられた仕事は、あるショーケースの構成を（理念が具体化する空間を詩的に整える役を担った者も含め、二、三人の仲間に手伝ってもらい）おこなうことだったのだが、そのショーケースは、論証的ではなく、修辞学的な表現を用いた語り口で――言葉よりも事物が声高に語るものの、事物は言葉の慎ましやかな支えを必要とし、事物どうしの場合と同じように明確に言葉とつながらなければならない――、若者をしつけ、社会生活に組み込むのは、加入儀礼の場合だろうが、学校での教育だろうが、失敗に行き着くか、拒否に出くわしかねないと、示すことになっていた。わたしたちの国でその明証となっているのは――そしてそれをわたしは軸に設定したのだが――規範から華々しいまでに逸脱してみせた反抗者の存在で、たとえばサド、ラスネール〔ピエール＝フランソワ・ラスネール（一八〇〇―三六）、フランスの詩人で、盗みと殺人のために死刑に処せられた〕、ランボー、あるいはわたしが知り合った他の人たち（並はずれて明晰な狂人アルトー〔アントナン・アルトー（一八九六―一九四八）、フランスの詩人・劇作家・俳優で、若いころはシュルレアリスムに参加し、晩年は精神病院で生活を送った〕と生まれながらの自殺者リゴー〔ジャック・リゴー（一八九八―一九二九）、フランスの詩人で、ダダに参加したが、アルコールとヘロインにまみれ、最後は自殺した〕で、二人のうち一方は、鏡に自分を映して見る素描家がそうであったにちがいないように、恐れを知らない視線を投げかける自画像の複製によって、もう一方は、その『遺稿集』の冒頭に置かれた美しい横顔の写真と、ショーケースの透明な壁を額か拳で壊して、怪我する危険を冒してすべすべとした表面の上に上半身を乗り出すような者だけが自分の姿を映せるのである以上、生あるものは何ひとつ映り込んでいない、傾いた平面となっている枠のない四角の鏡によって、その姿を偲べる）。こうしたさまざまな、しかしいずれも極端な事例――革命という視点から眺める者にとってはおそらくあまりに特殊だが、その奇抜さ（それは、わたしの同僚が考え出した、投票所のような堅固な仕切りをそれぞれの人物に作ることで強調された）に比例しただけの強い印象をもたらす――、そうした事例、つまり規則から大幅に外れた異例のものをわたしは選んだのだ。ところで、わたし自身も人間の見本として検討の対象となるなら、わたしの履歴書はどういった意味合いを示すだろうか。詩、民族誌学、社会の進歩への配慮といったものが混ざっているにもかかわらず、かなり平凡なものばかりで、結局、既知のものの上に胡坐をかくことにも、自分についての幻想を抱くことにも同様に感じる拒否の念に結びついた精神のある種の広がり（称賛に値する長所だが、はるか遠くまで進んでいくためには、ある固定観念に身も心も駆られてしまう必要があるとわかっているだけに、不充分な長所だと自分でも考えている）を超えるものは何も、列聖されないにしても、少なくとも、ありありとイメージが浮かぶような「事例」のリストに登録され、自分の存在価値が生じてくるかもしれないようなものは――いくら敗者復活の試みを繰り返してみても――何もない。先に挙げた人たちがたどる運命は、光を当てられる必要があるというよりも、みずから光を放っている……。

ベニヤ板の大きな仕切りで内側が垂直に並ぶ棚に分けられている現実のショーケース、テーマの異端さとの釣り合いをとってくれる乾いた雄弁さと飾り気のなさをわたしたちが求めたそのおもしろみのないショーケースから飛び出してきていたのは――もうひとつ別の箱から生み出され、わたしが思い描いていた多くの事柄にそれを象徴する図柄を付ければ、そのせいで活気がもたらされたであろうような箱――幻想のショーケースで、それひとつだけでなくほかにも幻想のショーケースはあり、夜ともなるとわたしは、切り抜かれた仕切り壁を、やがて物が入るはずの空虚を枠づけているギロチンの堅い縦木が間隔を置いていくつも並ぶといった具合に、――ダイヤモンドの上と言いたいところだが――島影の点在する海が浜辺を見棄てるがごとくにわたしを取り残して去ったばかりの熱情の上に、直に立てていたのだ……。

見渡すかぎり広がるこの浜辺は――雨天だろうが晴天だろうが――わたしにとって乾き、不安、推測、連禱の場であり、さらには頼りなげに旗を広げる場だ。わたしのサヴァイヴァル冒険物語――藁小屋のごとき――のほかには骨組みなど何もなく、ひと気のない浜辺。

……だがわたしは――気取り、偽善的態度？――動詞の時制の正しい用法に関して傲慢なまでの厳密さをひけらかし、表現についてのごくささいな問題を良心の問題に仕立て上げ、少しでも不正確なものがあって身が穢れるのは御免だという純粋派になりきって、その問題を解くのに何時間も費やし、真の問いに取り組もうとしないのだ。あたかもそれ自体が目的であり、そこから離れられないといった具合に、わたしはすでに装飾過多になってしまっている物語をふくらまし、凝ったものにするために毎日毎日を過ごし、磨いたり、歪みを直したり、視界を広げるどころかしばしば曇らせてしまう考察を詰め込んだりする！

ところが、大事なのはそうしたわたしの物語なのか、それよりもむしろ、この物語の土台なのではないか、つまり、言われなかったか半ばだけ言われたこと、ときとして（発見されなかったか、まだあまりにも萌芽的な状態のままで）言葉にすることすらできなかったことではないか。あまたの人びとがスターに捧げるたわいない崇拝の念に比せられるような、並はずれた人物に対する狂信的な好み。諦める一歩手前だと感じているのに、勝負を棄てたくないという欲求。知識人としてのわたしがまぎれもなく肉体的な面で示してしまう数々のためらい。これこれの宣言に対する同意、拒むのはおかしい支援、その場かぎりの行為、たとえば、二つの戦術のうちどちらがよいのかという、困ったことにわたしが臆病であるために内心で困難な道をつい警戒してしまい、それだけに誠実に決着をつけるのが困難になるジレンマに直面させる行為、あるいはまた、人びとが議論をしている問題のひとつひとつについて、感情的ではなくむしろ理性的な態度をとるために、必要な情報を努めて集めたりするわけだが、それはわたしにとっていかにも面倒なことで、いかにも時間の無駄になるのだが、それでもその要請に従うという行為、ともかくそうしたことをわたしが政治的に乗り越えようとするのを妨げる――きわめて崇高な理由とは必ずしも言えない――ありとあらゆるもの。それでいてわたしは、時間を無駄にしてしまう原因のひとつである意志の弱さについてなかなか語れないままだが、たとえ軽いものであっても危険を冒すのを受け入れると、そのせいで不安ばかりが頭を占めてしまうのだ。逆に、ささいなことで自分自身から引き離されることがたびたびあり、結果的に——たとえ電話を介してのことにすぎないにせよ——ある程度は善意があり、他の分野でもすぐにあれこれ親切にしてしまうと知られているわたしという人間の存在が刈り込まれてしまうので、わたしは厚かましくも苛立ちを示してしまう（というか、苛立ちを示していた、というのもすでにタイプで打ってあるこの原稿を読み直しているいま、自分はまだしつこくつきまとわれる人間のひとりだと見なすなら、自慢していることになってしまうだろうから）ことがある。そうした自分自身からの引き離しに対して、パリでは、わたしはほとんど無防備で、そのために——くわえた骨を離そうとしない犬さながら——配慮が必要となり、毎週田舎で、あまり煩わされることなく過ごせるほぼ丸々の三日間（たしかにそれほど確立された方式ではなく、しなければいけないことがまぎれ込み、本来なら優先されるべきわたしの余暇を充分に愉しむのをしつこく邪魔する厄介事になることもある）を大事にしようとする。ところが、もし自分の人生を捧げる気があまりないままで闘士になっていたりしようものなら、受けとめる覚悟をしておかなければいけないのは、もはや侵害といった程度ではなく、侵略といったものになってしまうだろう……。

それは偽善的な手口であり、革命に対する信奉を明らかにし、詩（あまりにも貴重で、手をつけただけで放置してはおけないわたしの人生の一部分）を担ぎ出してきておきながら、文章を書いていると、足踏みしてばかりの省察に陥り、それどころか言葉を不毛にこねくりまわすだけにすぎなくなり、行動に出た場合も、たとえ別の種類の卑劣さに至るにすぎない（だが誰がそう断言できるだろうか）にしても、いまある卑劣さを廃絶するという効力があることは——どんなに醒めきった人間でも——否定できないあの革命のために、ほとんど何もできない。わたしは遠慮がちな支持者にすぎないとはいえ、頭にこびりついて離れず、思考に拍車をかけるどころか重くのしかかってくるあの革命は、それが急激に盛り上がるとさらに問題をはらんできてしまう……。

それぞれ違う年代のわたしを写した何枚かの身分証明用写真が、雑多なものが積み重ねられている場所の上のほうに画鋲で留められていたり、あるいは（切り取られるばかりでついに自分の形を見つけることができないままになる存在だという考え方をもっと過激に、そしてより美的にも表わすやり方で）ぽっかりとあいた空間の無益さを打ち破ってくれる細かい仕切りが年代順に続くかたちで並んでいたりする、そうしたものがおそらく、わたしが依然としてあの風変わりな計画を夢見ているような場合に、私的なショーケースの構想となるはずのものだろう。

……だが

身から出た錆とはいうものの、何よりもまず自分の落ち度に由来している物語がどうしてあんなにもたくさんあるのか、というのも、どんな分野にせよ、わたしはけっして（というか、けっしてと言ってもおかしくないくらい）、人間の条件につきものの悲惨さを乗り越えさせてくれる代償を払おうなどとはしなかったのだ。

改心させることができたかもしれない悪によって、言葉が首を絞められるとき。

わたしのなかの男の部分が、その声が広がっていってもおかしくなかった女を押しとどめるとき。

＊

栗毛の馬が、農耕用の馬並みに、重たげに走るとき。
結び目をほどこうとしてさらにもつれさせてしまうとき。
酔いが先に訪れるのを吐き気が待ってくれないとき。
あまりにきれいでありたいと願ったばかりに薔薇がしおれるとき。
いまにも破れてしまうのではないかと思えるほど空がすっきりと磨き上げられるとき。
肌が――名前を変えられて――もうけっして自分が裸だと感じなくなるとき。
松明が、竿の腐った旗となるとき。
「さあ賭けてください」が「そこまでです」と混同されるとき。
倒れた木にもはや枝はなく、根だけになってしまうとき。
雷鳴が裏返しになった傘になるとき。
悲しみが、雨に姿を変える代わりに、灼熱の太陽と化すとき。
歩みはじめたばかりの思考が一足の古い靴になるとき。

大理石の石目が紙粘土のなかに埋没するとき。

どのようにを探るあまりにどうしてがもうわからなくなってしまうとき。

それだけが活発な頭が、あまりにおとなしくなってしまった性器に裏切られるとき。

色好みが食通に席を譲るとき。

鎖を切ろうとしているのに、ただ鎖の環を数えるだけになってしまうとき。

干からびた葉が槍の穂先に取って代わるとき。

自殺にまで至ってもおかしくない苦悩があっても、もはや愛の行為を交わす気持になれなくなるとき。

かつて身体を入れる聖櫃であった腹が、たんなる袋になるとき。

言葉では正午なのに所作では真夜中を指し示しているとき。

頭蓋骨の内側も脱毛症にかかるとき。

爪を伸ばした手に続き、マニキュアをした手が登場するとき。

餌をもらうためにしか犬が吠えなくなってしまうとき。

正反対の人間どうしの結婚がちょうど中庸の人間を生み出すとき。

中を刳り抜かれた唐辛子が色まで失ってしまうとき。

火器が楽器に変貌するとき。

血の染みがあまりにじわじわと浸透してきたので、それを目にとめなくなってしまうとき。

すでに不在同然となったわたしの顔を照らせるのは、もはやわたしが無闇に書いた文しかないという状態にほぼ陥ってしまっているとき。

蛇が鱗のついた包皮を脱ぐようにして、自分の疲労を脱ぎ棄てられる時期が終わったとき。

怠惰が、いくら水をかけても洗い流せない垢となるとき。

努力をしたいと思うようになるためにすら、努力が必要となるとき。

自分が残すことになる痕跡のことが、ジャンヌ・ダルクの馬の名前と同じくらい、どうでもいいと思うようになるとき。

他の人なら指に息を吹きかけるように、自分に残されたものに息を吹きかけるとき。

内部の空虚、外部の空虚、この両者のうちどちらがどちらを生み出すのかと疑問に思うとき。

人生はあまりにも馬鹿げたものだということが明らかになり、死が近づくにつれ、もはや笑う（心から笑うのであり、「おまえらなんかみんな糞くらえだ、そこらじゅうで糞を垂れてやる」などと言うわけではない）しかなくなるとき。

おとぎ話が終わってしまっても、悪い魔法を解けないままでいるとき。

時間が足りなくなってしまい、「わたしはオフェリアを愛した《アイ・ラヴド・オフェリア》！」と叫ぼうにも声が出てこないとき。

「言う」という語が、「いわば……」とか「言い換えれば……」の場合と同じで、もはや空虚な語にすぎなくなってしまうとき。

計画が、振り出しに戻るほど屈折してしまい、もはや計画の計画にすぎなくなってしまうとき。

「書く」と「行動する」のあいだの溝があまりに深いことが明らかになってしまい、辞書全体がその溝に呑み込まれてしまうとき。

口腔科医が歯にくつわ《ル・モール》を嚙ませ、口にひどい苦痛《ラ・モール》をもたらすとき。

「のちほど」でもってわたしたちに約束されているのが、もはや子どもらしい歓びではなくなっているとき。

退屈が活力剤にはならず、たんなる退屈になってしまうとき。

針がないために、羅針盤が空転することすらもはやできなくなってしまうとき。

それを言ってしまえば死んでもかまわないという言葉が出てこないままで口が閉じられてしまうとき。

嘆くに足るものなど何ひとつないという考えが新たな嘆きの原因となるとき。

太陽がもはやささやかにしかそのドラムを叩かないとき。

立会人が先に死んでしまい、決闘をひとりで続けるはめになるとき。

燃料がないので、滑空での降下を試みる（ただ熟練の技を披露したいがゆえで、というのも、何をしようが、大事故はもう目と鼻の先だから）しか手がなくなってしまうとき。

まわりを見渡しても、かつては自分のお伴をしてくれた言葉をもう見つけられないとき。

いくら上に伸び上がっても、パリでわたしが住んでいる五階の高さを越えられないとき。

死によって両手が洗い清められ、骨まで剝き出しになるとき。

「これ」のもたらす嫌悪感から解放してくれるかもしれないのが、どの「それ」なのかもうわからなくなるとき。

最近まで人物像で装飾され、棟に渡されていた空想の梁が、もはや蜘蛛の糸にさえなってくれなくなるとき。

ありとあらゆる炎が消されて、大地はたんなる床、水は濡らしたり飲まれたりするもの、空気は気にもかけないまま吸い込むものにほかならなくなるとき。

ほとんどひとりきりでいて、世界が期待した方向とは逆の方向にむかうのを見て、高いバルコニーの手すりが消えうせたかのように、めまいにとらわれるとき。

その向こうでは、なくした鞄、盗まれた金、どこにあるのかわからぬパスポートだけが自分の持ち物になってしまう境界線の直前にいるとわかっているとき。

共通の道が分岐して、自分が開拓者ではなく、最後に残った枡目にいる数人のうちのひとりだと気づくとき。

取るに足らないとはいえどんな音楽がいまだに自分の頭のなかで鳴ってくれるのかと考えてみるとき。

自分の鞄の中身を空にしておきながら、鞄の底がどうなっているか知らないとき。

すでに活気のない人生になってしまっている以上、いつの日か完全に人生に別れを告げねばならぬと嘆いたりするならば、ひどく意固地だということになってしまうとき。

＊

書きながら、わたしは白いページに避難所を求めているのだが、藪に頭を隠している駝鳥のように、というよりもむしろ、あたかも紙が厚みのない世界となっていて、そこには死が入ってこられないかのように、そうするのだ。しかし、お決まりの三つの次元のうちのひとつが欠けたその世界は、死の世界に匹敵するのではないだろうか。そうなると——すでに死後の存在となり——わたしは、駝鳥のようにではなく、グリブイユ〔避けようとした厄介事をみずから招いてしまう間の抜けた人物の名前〕として行動することになるだろう。

書きながら、そして外部の何物にも注意を払わず、わたしが生活し、仕事をするこの部屋の見慣れたインテリアにさえ目を向けず、世界を腐敗させるありとあらゆる汚れを自分の手から洗い落とす。しかし、そうするうちに、どうしても指にインクの染みをつけてしまう。どんな方策を用いれば、この染みも回避できるようになるのだろう。

グリブイユあるいはピラト、もしくはその両方、そうした存在が、書くことで巧みに窮地を脱した気になっているときのわたし、そして、後ろ足で立った犬のパック並みに、笑い物になってしまうにちがいないほどの真剣さで神聖な踊りを舞っているときのわたしなのだ。

⁂

海に投げられた壜
美酒の入った壜
インクが詰まって混沌とした壜
それともライデン壜〔ライデン壜は静電気を蓄える装置〕？

＊

権威などほとんどなく、いかにも頼りないので、きわめてありふれた闘いの場において、わたしはあのささやかな勝利を収める力すらない、すなわち、誰に対しても愛想がよく、ほとんどわたしにしか（原則としてわたしが主人である以上、たしかにその気分のむらに最もさらされているわけだが）逆らわない犬に、いくぶんなりとも言うことを聞かせるという勝利を。

なんとも馬鹿げたどたばた騒ぎで、わたしが革紐を振り上げながら襲いかかり、相手のほうは――ぐるぐる回って逃げ、前に来たり後ろに下がったり、跳ねたり伏せたりして威嚇しながら――こちらの手の届かないところに身を置く、なんとか抑え込もうとするわたしの試みが行き着く先はこうした事態だが、それはわたしがティフォンに向かっ腹を立てたときに起きることで、ティフォンは、額を縦に走り、顔の右側全体に亀裂のように広がる長い縞模様に加え、かなり濃い色の斑点がある服を着せられ、白い手袋と胸当てを付けさせられたボクサー犬だ。

舐めたり、噛んだり、まだわずかに残っている尻尾を振ったり、先が尖る形で切れている耳を立てたり垂らしたり、物思わしげに眺めたり、ぐるりと回転し、跳ねまわり、わたしの胸に太い前脚（その爪で腕をひっかかれることもときどきあるが）を投げ出したりするこの動物のそばにいると、餌をもらえるときが一日のなかでも最も大事な時間のひとつと見なし、視覚や聴覚がわたしにもたらすのとおそらくは同じくらいの繊細な歓びを嗅覚から得ているこの四足獣の傍らにいると、あるときは外出や遊びを要求して、またあるときは（わたしがお仕置きをしようとすると）まあとにかくやってみなとかそいつはやめてくれと言おうとしてわめくこの駄弁家の傍らにいると、不満な気持がくすぶるとうなり、何か足りないものがあるとうめき、快適な姿勢で眠ろうとしているときには安堵のため息を漏らすこの哺乳動物の傍らにいると、自分に似ていて、もっと簡潔な反応やもっと単純な言語、さらにはその一生も、たとえゴールの標柱にわたしのほうが先に着くことがほとんどまちがいないにしても、もっと速やかに過ぎ去るだけに、わたしという人間を凝縮したかたちで——人間の特権である笑いが一覧表には欠けるとはいえ——表わしている存在、じっと見つめているとどうしても心が動かされてしまう要約形を示している存在と一緒にいるのだという気分になるのだが、それというのも、伝記を書いても短くなるはずで、大人になっていても、子どもに備わっているとやや軽率に見なされている一種の無垢さを保っているこの存在は、装飾をすべて取り除き、一目でそれとわかるかたちで、生きるとはどういうことかをわたしに示してくれるように思うのだ。同様に、わたしたちのあいだのもめごとは、わたしが直面するありとあらゆる困難を要約したものに見えてくる。そして、相手に畏敬の念を抱かせることができない——それは、良性ではあるが、病的であるように感じられる——ので、わたしはどこまでも話に尾ひれをつけることになる……。

空しく揺れ動く。振りをする。行動するよりも話すのが得手で、さらに、直接的な言葉よりも——もっと距離を置いた——文学的表現を好むわたしと現実のあいだに、できるかぎり防御物を置く。そんなことをしてもその向こう側には何も（あるいはたいしたものは何も）ないという滑稽な状況を心得つつ、ときとして横柄な態度をあらわに示す。怒りのせいで普段とは違う裏声が出てしまう人のように、無理をしないとあまりにも低くなりすぎてしまうというただそれだけの理由で、一オクターヴ高い声音にする。いつの日か、わたしは化けの皮を剝がされるのだろうか。わたしのことを知っている人たちが勢揃いして見守るなか、がっくりとくずおれるのだろうか。なんとか切り抜けるための努力の数々を書き記してみたものの、それは、人をたぶらかしたり、最初から予見されていた破綻をできるかぎり遅らせたりするための方便ではなかったのか。

しばらく前から、毎朝、どうにかこうにか気持を支えてくれるカプセル――それを固体にするとほとんど予測不可能な要素に帰着するような媚薬――を呑み込む前に、そして、言葉にしようといかなる試みをおこなっても一時的にせよ親しみやすいものにすることができない、いわく言いがたい事柄を前にして腹を立てるような場合に、壁に頭を当てて割りたいような悲しみを溶解させてくれるもののなかでも最も効果的な手段を奪われた者にとって唯一の方策として現われてくるのが、そのおかげで嗚咽に取って代わりオルガスムを生じさせるための手段であり、毎朝かそれに近い頻度で、往時のような感情の吐露を懐かしみ、そうした感情の吐露ができなくなったことで、それが生み出す苦痛に対する真の頼みの綱を失ってしまっただけに、よけいに苦しみつつ、わたしは心のなかで涙に暮れるのだ。

おそらく、現実に流す涙のほうが、こうした心のなかで生じる崩壊現象、つまり、そのときにわたしの顔に陰気な、あるいは気むずかしい様子が現われるだけのことでわかってしまう一種の船酔いのようなものよりもましだろう。湧き出してくれば、涙は少なくとも現実の厚みを手にし、それ本来のもの、悲惨な事柄を表わす記号になり、あの毒物のごときもの、非物質的なままにとどまる涙の虚構の湿り気によってわたしのうちに作り出され、大きささえも定かでない沼から吐き出される毒気とはならないだろう。

ほとんど体質的に(以前からそれでわたしとわかってしまい、肉体に課すいかなる訓練によっても変わらなかった身体の輪郭がたぶん示しているが、というのも、もしわたしが弓を射る姿をシルエットで見たら、わたしの身体は肩の太い横線からエジプト風に細くなってくる台形というよりも、むしろ菱形で、あまり男性的な部類には入らないからだ）わたしは非暴力的で、声高に力強く話すことも、ましてや激しい非難を浴びせることなどけっしてできず、もし自分の人生を嘘の上に築きたくないなら、自分の使命はそのままの方向に進むことだと認めざるをえない人間だ。

しかし、発言権を得るのは人食い鬼やロボットや猫をかぶった絞殺者や人の脳みそを台なしにする輩ばかりとなっていく世界で、任務放棄とならずに、非暴力の大義を支持するためには、いったいどうすればいいのだろうか。

＊

イメージといったものですらなく、二つの端を結び合わせるという着想の周囲を——幾晩ものあいだ——回転するありとあらゆる種類の漠とした考え。

「二つの端を結び合わせる」、それは家計を気にする主婦の比喩的な言葉使いではなく、文字通りの意味であり、月——その地に降りたち、驚くほどの身軽さで動く潜水夫といった体《てい》の者たちが、そこで観察と予想をおこなった——から放たれた動体が、こちらは軌道をはずれていなかったもうひとつの移動中の動体に接近してはまり込むことになるといった具合に、離れ離れの二つのものが結びつくようにしておこなうことだ。

いかなる端を結び合わせるのか。おそらく、さしあたりは、ピカソについてわたしが書いている文章の主導理念と、この理念を打ち倒してしまうように思える事実確認とを両立させることであり、そうなると、調和させたり、修正したり、合致するようにしてやるか、あるいはまたすべてを最初からやり直さなければいけなくなるが、その場合、どんな基盤の上に築けばいいのか。もっと一般的な問題としては——わたしの人生やいまの仕事においてだが、後者については、わたしの人生の進路を左右するような行動原理《ガイド》になる見込みはもはやなく、むしろそのおかげで、興味のある人はわたしの人生がどういったものであったかということを見極められるような『ブルー・ガイド』（ベデカー〔小型旅行案内のシリーズで知られるドイツの出版社〕の古代版の代表例と見なされたパウサニアス〔スパルタの将軍で、ギリシア連合軍を指揮してペルシア軍を破った〕のあの『ギリシア案内記』と同様、パノラマであり、反映である）となり、切迫性を失ってしまった——還元しえぬ以下の二つのものを融合することだが、その二つとは、いかなる計算にもいかなる道徳にも無縁な詩、そして社会問題への参加である。

半睡状態にあるわたしのなかで、二つの端を結びつけるという考え——考えなどというのもおこがましく、むしろ妄想してみるにすぎない行為——は多様な側面を示していて、取り扱うべきさまざまな対がいくつもあり、目覚めてから考えてはじめて接合なのだとはっきりわかる操作も多数ある。それはあまりにも複雑で（すでに述べたように）ひどく漠然としているので、再現してみようという気にすらならない。しかしながら、こうしたジレンマのひとつは、ロック歌手のジョニー・アリディ〔一九四三年生まれのフランスの歌手・俳優〕に生じた問題——正確にはどういった性質のものだったかもうわからなくなっているが——だったことをわたしは思い出すのであり、アリディは自分のアーティストとしての活動を続けていくうえで考えられうる二つの選択肢に引き裂かれていて、二つの可能性は正反対のものなのでなんとか組み合わせることができればそのほうがよかったわけだが、彼に代わって長い時間をかけて骨身を惜しまずいろいろ考えてみて、目的に達したという印象、ついに一方の端がもう一方の端に入り込むようにできたという印象は随時抱いていたにもかかわらず、実際にはそれを成し遂げることはできなかった。

二つの端を結びつける？　その本質を抽出するなら次のようになるだろう、すなわち、宇宙工学のレベル以上の困難に打ち勝つこと、そして、そのせいでいつもわたしが二つの椅子のあいだに坐るはめに陥る、同じひとつの縁なし帽の下に入ったあの二つの頭を——なんとか——厄介払いしてやることだ。

※

取り換え可能なセット〔移動可能なゲーム〕をなす
二つに割った梨、
山羊《シエーヴル》とキャベツ《シュ》、
少しと、だが多すぎず、
前でもなく、後ろでもなく、
防火帯と贖罪、
素直さと怒り、
飛翔と落下、
坑内ガス爆発とそれに続く蠟燭消しでの消火、
歩み寄りと撤退、
告白と撤回、
交互に浴びる湯と水、
無分別と理性、
希望と絶望、
庶民の家と幽霊の出る城の塔、

肯定と否定……。

おそらくは中身の濃いセット〔手堅いゲーム運び〕。だが、実のところ、二股をかける以外に、このセット〔ゲーム〕は成り立ちうるのか。

「アリゴ・ボーイト」、岩のように荒々しい感じの堂々とした名前、シェークスピアに由来するヴェルディ作品のなかの二つ、『オテッロ』と『ファルスタッフ』の台本を書いた自由主義者の名前、――とりわけ『メフィストフェレ〔メフィストフェレス〕』〔一八六八〕を作曲した者の名前であり、このオペラがどのようなものかあまりわからないまま、まだ子どものころからその存在をわたしは知っていたが、ある日曜日の午後にナポリのサン・カルロ劇場の満員のホールで――ポスターが告げるところでは「庶民的な《ポプラリシム》」値段で――その上演を観たのだ。

　古典主義をロマン主義に、そしてギリシアの古代を我々の中世末期に結びつけようとしたゲーテに匹敵する野心に駆り立てられたボーイトは、題名を見てもわかるとおり、あまりの傲慢さゆえに破滅した神の手下に直截に捧げられているこのオペラのなかに、恐れを知らず、ありとあらゆるものを詰め込もうとしたようだが、それはヴェルディ流とヴァーグナー流、つまりイタリア・オペラとドイツ・オペラだけでなく、二通りの『ファウスト』の双方もであり、しかも、青白い雲の幕が消え去ったのちに、悪の精神の役割を担ったバスがその暗い声で曲を歌いはじめ、それが天使の合唱とひとつになる「天上でのプロローグ」も忘れてはいなかった。いかんともしがたい貪欲さにおそらくは裏打ちされ、脚色者としての並はずれた意識が働いた結果、作家はゲーテ的なプロローグである「演劇について」までも含んだ第一稿を書いたのであり、その第一稿の中身をばっさり削ってようやく第二稿にたどり着いたのだが、第二稿もやはり豊穣であり、演出力の発揮を強いるものになっている。常軌を逸した企てであり、あまりにも激しい創造意欲を示しているので、啞然としてしまい、その結果がすばらしいのか、突飛なだけなのか、言えなくなってしまう。最初は顰蹙を買ったものの、成功の扉をこじ開けた企てであり、とてつもない作品『メフィストフェレ』は、たしかにイタリア以外ではさほど上演されることはないが、生誕の国においては多くの観客を得ている。

　ヴァルプルギスの夜に捧げられた場で、メフィストフェレスが一瞬、巨大な半透明の玉を抱え、ひどく白い偽の骨を付けて踊る死の舞踊——形而上学的示唆を含んだ不吉な代償——がアントレ〔場面の始まり〕のひとつとなり、象徴好きはその玉に世界を表わす球体を見て取ることになるのだが、あれは何事にもたじろがないボーイトの意図だったのか、それとも、あのサン・カルロでの上演の際の演出家の意図だったのか。中世のジュストコール〔男性が着た身体にぴったりした丈長の上着〕姿のメフィストフェレスとファウストを、古代ギリシアのチュニックを着たバレリーナや大理石模様の襞のあるゆったりとしたドレスをまとったスパルタのヘレネ風の女（その日は、半ばキルケ、半ばジプシーといった感じの豊満で褐色の髪をした女）〔ロシア出身のバレリーナ、イダ・ルビンシュタインの演じたヘレネのイメージを引きずっていると思われる〕とぴったり並んで——地中海の熱い日光の下ということで、照明をいっぱいに浴びさせて——舞台に立たせるようボーイトがしたのは、ただ元の作品を尊重したからなのか、それとも、なにかパタフィジック的な悪魔が加担した企みになっていたからなのか。だが、わたしがフィナーレに言及するとしても、それには皮肉は込められていず——そしてむしろ、奇妙な夢のなかに出てきたエロティックな挿話を、いまだ未練を断ち切れないままに語るようにしておこなうのだが——、そのフィナーレとはファウストに対する最後の誘惑の場面であり、舞台装置の背景が消え去ると、ファウストの眼前に、メフィストフェレスが呼び出した半裸の女性たちが（気を持たせるような姿勢で）現われ、次いで——ファウストが誘惑に打ち勝ったために——天使の姿をして、長いトランペットを手にした女の一団が代わりに登場することになり、それはさながら生きた人間が積み上げられたかのようで、ベルニーニや同時代の他の芸術家によってイタリアのあまたの教会にほどこされた啞然とさせるような彫刻を思い起こさせるのだ。

　自分の性格や流儀からして、野心を抱きすぎないようにしているし、それよりも何よりも、極端に自分の領域を広げたりするのを警戒しているものの、『メフィストフェレ』の作曲家兼台本作家と同じように向こう見ずな計画に心を燃え立たせ、夢中になりたいものだとときには思ってしまう。情熱を抑えがたい男ボーイト、その最後の作品――他の人間たちの手で完成され、もはや彼には聞く力がなくなっていたときになって演奏された――は『ネローネ〔ネロ〕』で、このオペラの最中に観客は、うわべを装った皇帝さながら、あの一般受けする壮大なスペクタクルを目にして興奮する（ように思われる）のだが、そのスペクタクルとは炎の餌食となったローマだ！

「自分の無垢さがとうとうわたしには重荷になってきた……。」

『アンドロマック』〔フランスの劇作家ジャン・ラシーヌ作の一六六七年の悲劇〕でそう口にするのはオレスト〔ギリシア語ではオレステス。妻クリュタイムネーストラとその情夫アイギストスによって殺害されたギリシア軍総大将アガメムノンを父とし、復讐の旅に出たミュケナイの王〕で、それは、ギリシア人たちから派遣された使者としての務めを愛のせいで蔑ろにする決心をして、殺人にまで導かれる道に入り込み、これまで長いあいだ神から不当にも疎まれてきた彼が、そうした扱いにふさわしい一歩を踏み出すときのことだ。いかなる罪もないのに罰を受けるのだとしたら、無垢なままでいるのは愚かしい。

だが無垢さというのは、簡単には厄介払いできないものだ。血でみずからを汚しながらも、オレストは無垢なままでいるのだが、それは彼のとった行動が大失策で、王の殺害を喜んでくれると思った女性が彼に敵対する結果となるからであり、また――良心の呵責なく殺人者になるにはまだあまりに青二才すぎて――フリアエ〔復讐の三女神〕の餌食になるからでもある。

永遠に無垢だろうが、永遠に罪深くあろうが、なにものもわたしから無邪気さを取り除いてはくれないのだが、その無邪気さのせいで、解放されたと思っていても罪の観念につきまとわれ、愛にせよ、邪心のない行為にせよ、文学にせよ、どんな前線においても勝利を収めるまでには至らなかった、つまりは自分勝手をして、それでいて、三人だけでわたしからあらゆる勝利の可能性を奪ってしまうフリアエに襲いかかられたりすることもない、というわけにはいかなかったのだ。

愛人（過去形でしかそれについて語れないとは認めたくないテーマ）であるなら、不倫――誓った約束への違反――という観念がわたしを束縛するのだが、それは、大小はともかく、自分が捏造しなければならなくなる嘘で必ずやつまずくという予見のせいで身動きがとれなくなるのと同じだ。革命家（この語がひどく濫用された結果、わたしたちの第一の存在理由はまさに革命だということが前提にならなくなっている場合）であるなら、行動を起こしたいとは願うが、わたしは――誤りを恐れるあまり、というかただひたすら恐れにとらわれて――、自分のすることを半ばしかおこなえず、全身全霊を捧げることもできなければ、後ろめたい気分に陥らないようにかなりゆとりのある防火帯を作っておくこともできないのだ。作家であるなら、白い紙と告解室をもはや混同しないようにしたいと切望するのだが、みずからの足枷をはずそうとある日書きとめたあの文、「これほどまでに多くのことがもっぱら頭のなかで、あるいはただそらんじるだけで起きるというのに、なぜ事実だけを述べようとするのか」という文にいくら立ち戻ろうとしても無駄で、いまではわたしにとっても重荷になっているにもかかわらず、それでも真実を語ろうとする性癖、完璧な正確さと真摯さを求める厳格な執着心を、そうしたことだけでは追い払えないのであり、その執着心の支配力は非常に強く、やがてエリーニュス〔ローマ神話のフリアエに相当するギリシア神話の復讐の女神たち〕に襲われるのではないかという恐れがわたしのなかにしっかりと根を下ろしてしまっていたので、自由にペンを走らせようとしても、想像力は働きを止めてしまうのだが、それはわたしが心ここにあらずといった状態になるからだ。

我が身を引き裂き、行動を抑止する秘密に、事の始まる以前からしつこく悩まされるわたしは、大道芝居のオレストにほかならず、ラシーヌではなくモリエールによって意地悪く動かされているのではないか。

（何もかもが混沌としていた時代に思いを馳せ、ときには、自分のことを激しい情熱に身を引き裂かれるラシーヌのオレストだと見なし、悦に入ったこともあった。それではあまりにも悲劇的になってしまうが、わたしはむしろ狼狽したピエロといったところで、鋼の筋肉をした英雄などではなく、月の色をした上っ張りを着た木偶の坊なのだから、悲劇には見合わず、比較は成り立たない。だがオレストとラシーヌを追い払ってしまうのは、彼ら抜きでは思いを馳せたりもしなかったはずの重くのしかかる無垢さを追い出すことになりかねず、その無垢さは、わたしにとっての一角獣を打ち砕く手助けをしてくれる中心観念で、それに加え、文章でできたこの心もとない建築物を支えてくれるのであり、自分が造り出したものを破壊する気にはなれぬ労働者として、わたしはその建築物を壊れないようにしておきたいと願う。だから修正をほどこすにとどめたいのだが、ラシーヌとオレストを犠牲にするのは嫌で、照明――アトレイデス〔アトレウスの子孫、とくにアガメムノン、メネラオスを指す〕を思い出すと射してくるあの深紅の光――を変えるにとどめ、高貴なラシーヌを照らすライトを、われら公認の喜劇作家モリエール、太陽王の時代のもうひとりの花形であり、学校で習うもうひとりの偉大な古典作家であるモリエールへとずらしたのだ。文体の統一性と品位の保持に腐心する、国語のクラスの優等生の順応主義。古き時代の栄光への執着でもあるが、それには子どもじみた言動がつきもので、わたしは自分に対する批判の余地が減ったと期待し、強くなった気でいたが、それというのも、オレストになりきり、蜜蜂の群れのごとき美しき怪物の一団に追いまわされて、文化の天上界における後ろ楯が自分にはあると思っていたからのようだ。オレストを引き合いに出す、しかし、惜しみなく身をまかせて次の言葉を口にしても、それが誰に――あるいは何に――ついてなのか、激情のあまりというよりは途方に暮れてわからないうちは、唐突に誇張するだけのことになってしまうだろう。

「そしてわたしはついに、むさぼり食えと自分の心臓を差し出してやる。」)

名づけるのはいつまでも控えておかなければならないし、遠回しな言い方で語らなければならないが、それもなんとかできるかどうかといったところのもの……。


目に見えないようにしてくれる兜、だが隠してくれるのは涙だけ。

魔法の指輪、労苦を強いられる驢馬を、労苦を強いられる人間に変えてみせる。

永遠に輝くランプ、みずからの墓碑しか照らさない。

巡礼者の杖、元帥杖よりも節が目立つ。

水脈占い者の占い杖、発見するのは測定できないものばかり。

水晶玉、透明すぎて何も見えず、ただ目に映るのはこちらが想像するものばかり。

空飛ぶ絨毯、織工の操る杼さながらに、時空のあいだを往復する。

攻撃を仕掛け、相手を切り裂くが、同時にあなたの腹も切ってしまうナイフ。

地球一周をする必要もなく、あなた自身の腰に突き刺さる矢。

際限なく結び直されるゴルディオスの結び目〔ゴルディオンの神殿に奉納されていた戦車の轅の結び目のことで、アレクサンドル大王が一刀のもとに断ち切った〕を断ち切る剣。

見るのも控えたほうが賢明な、空地の前の立て札。

燭台に載せるや否や炎が揺れ出す蠟燭。

その質問にどのように答えようが、虎穴に入らざるをえないように仕向けるスフィンクス。

十字架も風見鶏もなく、聖水盤も聖櫃もない教会。

虚空に穿つ穴、それはもうひとつの穴が創り出す虚空を避けるためのものだが、そのもうひとつの穴は永遠に穿たれたままだ。

飲めないものを飲用に適した黄金に変容させる石。

⁂

金属（あるいは他の素材）でできた一種の強大な楔――片端が斜めにカットされた円筒または平行六面体――で、色は黒に近く、並はずれて密度が高いとわたしにはわかっている。左から右へ持ち上がる態勢にあり、斜断面が上を向いたその物体は、堅固でかなりしっかりしていても、密度が劣り、色も薄い空間のなかに置かれている（そしてそれがわたしに言えるすべてなのだが、というのも、この物体がわたしの前に現われてきたとき、周囲の空間が正確にはどういった性質なのかといった疑問は浮かんでこなかったからだ）。

まちがいなく比類のないその密度のせいで、この楔は美を――これでもかというほど詰め込み、「等価の」とか「同義の」といった形容すらも不適当にしてしまうようなごくわずかな距離化を含んで隠匿し、さらにありとあらゆることをしつつ――明示しすぎなほど明示していた。暗示でも、象徴でも、代替物でもないそれは――実体的に――美だった。語るべき出来事は何もない。わたしが見立てた異様なまでの重さでこうして価値を付与され、混濁してばらばらになった思考の一種の核として作用する楔のイメージがつきまとうばかりだ。

この夢の深い源泉というわけではないが、きっかけとなったのは、年若いアンティル諸島人の女友だちと交わした会話で、その女性は東洋語学校での勉学を終え、ニジェール共和国のフラニ族の一派のウォダベ遊牧民における美的感情についての論文を準備していた。彼女は、芸術的な表現が非常に乏しいあの遊牧民が実はいかに美に敏感であるかを示す、自分が収集した事実や談話を、わたしの考えでは――充分に説得的なかたちで――つなぐことができていなかったし、彼らにとって美とは何かをしかるべき明確さで描けてもいなかった。その日の朝、わたしは彼女の論文に対する二度目の批判をおこなって、一日中、わたしたちが話し合ったテーマが頭について離れなかった。

おそらく、眠りで一拭きされたにもかかわらず、わたしは――ウォダベに関しては――彼らが美に対して抱いていて、その輪郭をはっきりさせる必要がある観念について思いを馳せたのであり、そしてまた――わたしの年若い友人に関しては――説得的な論証となり、彼女の博士論文の要となったはずのものに欠けたままの確実さあるいは密度に思いを馳せたのだ。しかしながら、学者ぶった考えを排し、多少は味気ないにしても民族学ほどではない見方をすると、もっぱらそれだけで夢が構成されていた例のイメージは、根底において、それを望む気持がわたしを心底苦しめた当のものを具現化していたし、同時に、もはやそこまでたどり着けそうにもない黄金律が――未解決の問題となって――、さらには、それによって自分の書くものを鍛え上げてもらいたいものだと望む美点が――差し迫った不安と化して――わたしのうちに突き刺してくる棘を形にしたものと、やはり思えるのだが、そこでも問題になっているのは冷めた熱さとでも言うべきものだが、その材質が、冶金術にかかわろうがかかわるまいが、火の作用を受けて緊密な組成をなしているものを思い起こさせる、美しくて密度の高い事物であるせいで、わたしはそう名指ししたくなったのだ。結局のところ、このイメージについては、ネガとポジが絡まり合う形象であり、欠如を穴としてではなく、ひどく嚢腫化した固体の形で表わしていると（やりすぎを承知でなら）言えそうだが、そうした固体はまさに手に入れなければならないものであり、欠けていると、取り返しのつかない災いとなるのである。

いかなる道理からもはずれたまま、わたしたちが書くことで何よりも求めているのは――新しいイデオロギーにいくばくかの灯りを献じたいというわたしの願いとは無関係に――悪を捉えて変容させるといったことではないのか。わたしにとっては、欠如に対する根本的な回答となっているこの文章が、なにか特別な瞬間には、そうした欠如を表現することが、欠けているものを所有することと同じ価値を持つ地点に到達してほしいものだ……。

それは燃えるような瞬間（しかし散発的であり、いかにも疑わしい！）であり、あの夢と同じ歓びをわたしにもたらしてくれるのだが、問題の夢は簡潔さ、濃密さゆえに――わたしの目には――きわめて美しく映り、注釈なしにひとまとめで一挙に次のようなものがもたらされていたと思わせるのだが、そのもたらされていたものとは、なにか黒い偶像のような――もちろん！　想像上の――ものであり、それは、最初は盲目的崇拝《フェティッシュ》の対象で、やがて木偶の坊《ファントッシュ》になり果てた神――もちろん！　粉砕された――の不在によって穿たれた空虚を、埋めてくれるかもしれないのだ。

✻

「ニッケルめっきをした」という語に、ニッケル——数あるなかでも代表的な金属——はどんな役割を果たしにくるということになるのか。

まだ小さかったころ、わたしはこの語が好きで、輝き、清潔さ、気取りを感じ取っていた。それはニッケル硬貨には欠けているが、たとえば、銀色のきれいなホイッスルがわたしの耳だけでなく目にももたらしてくれていたもの、あるいは騎兵の兜、甲冑、トランペット（そのやや甲高い音が絢爛たる祝祭には組み込まれていた）がもたらしてくれたものだ。それは、青年になったわたしが、バーだとか（強い輝きを放つ罎やグラス、いささかも水蒸気で曇っていないアイスペールやシェーカー、輪郭のはっきりした家具、ワックスで磨かれて木には見えなくなってしまった板張り）、ジャズの楽器の光沢や鋭い音だとか（黒い漆をかけられたピアノ、雹の降ってくるような音を出すバンジョー、金管楽器、パーカッション）にまた見出したものだ。それは、いまわたしが——はるかに別の道を歩きまわったあとでは、より一層——書くことでたどり着きたいと願っていることだ……。

その語を灯台や回転扉にして旋回させると、一度も所有したことがなくても本当のところはどうでもいいと思っている星形のシルクハットと同じ、冷たい輝きを投げかけてくれるあの「ニッケルめっきをした」という語がかつては垣間見せてくれた、手をつけられるものならつけてみろと言わんばかりに堅く滑らかで、それだけに純粋なもの——厳格きわまるギロチンの刃——といった側面が、死には備わっていて、がらくたなども抱え込んでいないのであれば、もしかするともっと澄んだ眼をしてわたしは死に近づけるかもしれないのだ。

燕尾服を着込み、エナメル靴に白いネクタイで夜の街を徘徊する男、そのイメージ――それがファントマ〔ルイ・フイヤード監督による映画化もされた、ピエール・スーヴェストルとマルセル・アラン共作の連作小説の主人公の怪盗〕のイメージになるには、黒ビロードの半仮面だけが足りない――にはいまでもときどき夢見心地にさせられるが、それは、オートゥィユ界隈の子どもだったわたしが、ブールヴァール劇風の華やかな人生には千夜一夜物語の魅惑が備わっていると見なしていた時代の痕跡だ。赤い踵の靴をはいた放蕩者、頭蓋骨でパンチを飲むバイロン風の遊び人、いかがわしい店に通うラルスイユ御前《ミロード・ラルスイユ》〔十九世紀初頭のパリにいた若き富豪につけられたあだ名〕あるいはドリアン・グレイ、そういった人たちの二十世紀版。善良な人びとが眠るころに蠟燭を両端から燃やしつつ感じる快楽の化身。わたしは夜宴《サバト》を想像してみるのだが、そこでは、祝祭と弔いをともに表わす装いである黒と白の甲殻をまとったあの虫けらのような者たちの隣に、明け方まで運試しをしてから、一財産を（まもなく崩れるのだが）築いたり、無一文になったりして人の輪を離れる賭博好きや、夜になると変身し、そのあと自分自身に戻って夕食ではなく夜食をとる舞台芸術家や、夜を昼に、昼を夜に変える売春婦や、太陽が照ろうが月が輝こうが気にしない麻薬中毒患者といった連中がいるだろう。

　こうした人物たちにわたしが詩的価値を見出すのは、昼の人生の裏側に位置した彼らが道徳の反対側にも姿を見せるからで、その道徳なるもの――公正さであり、なんらかの理想の名のもとに行為をしかるべく抑制すること――は、無為のうちに時間が流れ、幻想と誘惑の扇が開いてしまうだけの余裕がたっぷりあるようなときには対応が困難だし、そもそも道徳というのは、不意に感じてしまうようなはかない喜び、さらには、賭博でのもうけと同じで即座に生じ、それなりに長い期間をかけて到達しようとする目標を見据えたりせず、その瞬間に作用する詩的把握、そうしたものとは反対に、計画立案をつねに前提にしているのではないか。そしてまた、燕尾服を着て夜の街を徘徊する男のシルエットがあのようにわたしの想像力を刺激しうるのは、わたしがあのシルエットに、このうえもなく安定した富の肖像というよりは、真の贅沢、持っている金を、あるいは持っていない金までも浪費するという贅沢、時間を無駄にし、他の人たちはブルジョワ的に睡眠で元気を取り戻すのに充てている時間をくだらぬことに費やして、自分の精力を浪費しているという贅沢の象徴だからではないか。

ごろつきの場合は、攻撃してきても、リヴォルヴァーか仕込み杖、あるいはサヴァット〔フランスのキックボクシングの一種〕や柔術の心得があるというだけでも、首尾よく身を守れるし、屑拾いに対しては、そうした連中とつるむのを好み、そこらの店のカウンターに連れていって赤ワインの一リットル入り大壜を飲ませてやるし、帽子をかぶらない女〔十九世紀には、帽子をかぶらない女は下層階級を意味した〕はと言えば、ときにはそのうちのひとりを連れ込んで、いかがわしいホテルの一室で、箪笥の上にシルクハットを置き、もしくは慌てて肘掛け椅子の上に投げ捨ててから――恭しく、あるいは謎めいた仮面で身分を隠して――愛の営みに励むこともあるだろう――以上のような者たちがこの人物の引き立て役だが、その彼は、逆説的にも彼らと接触することでしか存在意義を持てない。

小説の作中人物ですらないが、それというのも彼は厚みのないシルエットにすぎず、オスカー・ワイルド作品の主人公に見られるような彷徨を繰り返すと示唆して、見かけだけでもいいから存在感を与えようとしても、かろうじてできるかどうかといったところだからだ。サディスティックにも、彼は自分より運のない者たちに贅沢を見せびらかし、マゾヒスティックにも、そうした贅沢の誇示で招き寄せてしまった罵詈雑言や悪事に身をさらすのだが、しかもその贅沢そのものを――なんたるスキャンダル！――ためらうことなく汚辱にまみれさせるのであり、優雅さと堕落、そのあいだを豪勢な道楽者になったり醒めきったダンディになったりして揺れ動く彼は、大げさな服装のせいでやや不気味な趣を呈するハムレットといったところで、その服装は、ハイチのヴードゥー教において墓場の主とされている幽霊のサムディ男爵が陰気に着飾る様子に、誇張したかたちで反映されていると言えよう。

時代錯誤的な人物であり、もしかすると永遠の時代錯誤によってしか、盛装した夜禽といった時宜を失した性質によってしか生きられず、エピナル版画〔通俗的な伝説や歴史を題材とした色刷り版画〕のようなかたちでしか結局のところ価値を持たないのだが、エピナル版画がたとえば示すのは詩人のはみ出た面や歪んだ面であり、詩人は悪魔の一団と分かちがたいわけで、実際、その使命が自己超克に取り組むことである以上、邪悪な影響力を有した輩との付き合いも必要で、それがないと、善の柔順な僕《しもべ》として、有用性や常識に従ったままになりかねないわけで、芸術家として見れば淫売、歴史家としては自分の狂気を掘り起こす狂人であり、司祭や指導者というよりは半ばいかさまの魔術師で、大貴族であると同時に不可触賤民であるような存在として、貴重きわまりない宝でもありとてつもなくくだらないものでもある驚異をポケットから取り出し、ひけらかすといったこともありそうだ。人生が変わるのを見たいという自分の欲望がより明快になるにしたがって、わたしの理想は相対化したため、道徳をことさらに歪めたい、さらには、〈悪〉（というか、少なくとも公教要理を習っていたころに悪と教え込まれたもの）と徹底してかかわり合いになり、道徳から逃れたいという考えに代わって、人びとの暮らし向きの改善に尽力したいという考えが生じてきた。

「無限という語がふさわしいのは、ルイ十三世様式風に毛皮を着た金髪の若き貴族の口から発せられるときのみだ。」わたしがマラルメのこの断言〔実際はヴィリエ・ド・リラダンの言葉で、マラルメはそれを友人に向かって引用してみせた〕を思い起こすのは、髭を剃り、燕尾服を着て、エナメル靴をはき、白いネクタイをした若きジェントルマンがわたしの目には保っているように見える威厳を理解しようとするときで、そうしたジェントルマンにとって近年のモンマルトルのキャバレーがルイ十三世時代の城の代わりとなり、同様に、自分では払いのけることのできない倦怠が無限の代わりになっているのである。

※

青く泣き、
黄色く笑い、
赤く怒る。

紫、藍、緑、オレンジ色を愛する。

白く夢見て、
黒く叫ぶ。

＊

もしわたしの書くものが、記憶を補い、わたしの溶解を妨げてくれるとしても、その書いたもの自体が、現在そうなってきているように、わたしの記憶のなかでかすんでくる以上、この件で果たす役割などなくなってしまう。

白い鶫さながらの稀有な例としてあるのは、少なくとも本質的な事柄を——蒸留して——入れてあるような、短いが忘れがたい文。

＊

それは、わたしが知らないでいた意味を担って、わたしの人生の一段階などではなく、ある局面をそっくり丸ごと予告していたのではないか。

まだ年端のゆかないころ、台本は『ヴィルヘルム・マイスター』〔ゲーテの小説〕の一挿話から（かなり間接的ではあるが）着想を得ているオペラ＝コミックの『ミニョン』〔一八六六年に初演されたアンブロワーズ・トマの歌劇〕に出てくる「卵の踊り」の場面を、姉が語ってくれたのを聞いて同情してしまったのだが、そのむずかしい踊りが自分に課せられた場合にほぼ匹敵するほどの不安を、わたしは感じていたのだ。その踊りを見せればもらえるいくばくかの金を欲しがったロマ人の団長たちに強制され、かわいそうな少女は、卵があちこちに置かれた狭い空間で、卵をひとつも割らずに動きまわらねばならないはめになり、もし割ろうものなら、ひどい虐待を目にすると怒るような人がその場からひとりもいなくなったとたん、すぐに叩かれてしまうのだ！

やろうとした芸当をしくじっても、わたしがいかなる体罰も受けることがないのは確かだし、わたし以外の誰もわたしを精神的に鞭打ったり、叩いたりはしない。だがそれでも、眠っているときでさえ、わたしは自分の内的な曲芸を最後までやり遂げられないのではないかという恐れに悩まされるのだ。

＊

アムステルダムのなかでも船乗りがやって来て飲み歩きする界隈に、女の子のいる二軒のバー、「バタフライ・コンサート」と「カフェ・トラヴィアータ」が、ひっそりと、しかし建物の正面をまばゆいばかりに照らして、並んで建っている。コペンハーゲンでは、公園のすぐ近くの岩の上に、海から上がってきて一休みしているといった風情で、アンデルセンの童話の人魚姫がここでは実物大でいて、ほとんど巡礼の対象となっており、車は止まるし、歩行者は寄ってくるし、日本人や日本人以外のアジア人が、そのごく飾り気のないみずみずしさのうちに示され、人間とは異なる半身の部分も非常に忠実に再現されているので、鱗の数まで数えられそうな若い娘の裸の身体を写真に撮っているのが目につく。ロンジュモー〔パリ南郊の町〕の小さな広場には、ブロンズで鋳造された生き生きとした御者〔後出のアドルフ・アダン作曲の歌劇『ロンジュモーの御者』の主人公〕が、円錐台の帽子（「リヨンの郵便配達」〔十八世紀末にパリからリヨンに向かう郵便馬車が襲撃された事件で、それを題材に映画や戯曲が作られている〕のスタイル）をかぶり、折り返しのついたブーツをはいているのであり、かなり忘れられてしまった人物だが、ここでは、土地の有名人として台座の上にしっかりと立っている。南仏の少なからぬ数の闘牛場では、オープニングの『カルメン』が、オーケストラ曲としてではなく、本物のスペインのメロディとして、正統的な闘牛の曲として演奏され、闘牛用の衣装を身につけた男たちの行進の伴奏となる。栄光のもたらす輝かしい効果だ！　自分の作品の少なくともひとつが、たとえ地方の町の限られた枠のなかであっても、アンデルセンやビゼーやヴェルディやプッチーニ、そして彼らに較べるとそれほど著名ではなく、わたしが名前を思い出せないでいるもうひとり、たしかに一時代を築いたが、わたしにとっては題名が記憶に残っているだけのオペラ＝コミック『ロンジュモーの御者』（わたしはこの歌劇が上演されるのを一度も観たことがないし、その一節を耳にすることがあったにしても、何という曲なのかおそらくはわからないままだっただろう）の作者のように、伝説的な領域にまで達したいと望まない芸術家や作家がいるだろうか。

どのようなものにしろ、ひとつの作品が芸術の地平を去って、生活に混じり合ってくること、それはいいことだ。だがそれよりも望ましいことがある。ときに、小説家や劇作家やオペラ作家の頭から生まれ出たことが非常に影響力を持ち、出発点においては、一から十までというわけではなくても、大半は虚構だったという性質がほぼ忘れ去られてしまう。程度の差はあってもいずれにせよ想像の産物である筋が展開するとされる舞台（一から創造されたか、伝説などから借りてきたか）だった場所が、きわめて歴史的な場所に変化し、あたかも、その筋が事実となり、いまでは地理的な現実のなかに堅固な根を伸ばし、それを変容させてしまったかのようだ。

こうしたわけで、マルセイユでは、イフ島の城塞の名所として、モンテ＝クリストの独房を見学し、長崎では蝶々夫人の家を訪れる。ローマでは、サンタンジェロ城のバルコニー——警察の手先に追いつめられたトスカがそこから身を投げる露台——で、マリオ・カヴァラドッシが銃殺された壁を眺めることになる。シチリアのヴィッツィーニでは、『カヴァレリア・ルスティカーナ』〔ピエトロ・マスカーニ作曲のオペラ〕の主要な舞台となる教会と田舎家が向かい合わせに建っている広場を写した絵はがきが売られている。フォンテーヌブローの森では、ケルトの国で見られるような巨石を想起させる岩が両側に続く道が「ノルマ〔ベッリーニのオペラ『ノルマ』の女主人公〕の道」と呼ばれている。ヴェネツィアでは、大運河の水上散歩を楽しむ客に向かってゴンドラの船頭がデズデーモナ〔シェークスピアの戯曲『オセロ』の作中人物〕の家なるものを指し示すのだが、それはルネサンス様式の小さな宮殿で、数年前からその所有者となったグランド・ホテルの経営陣は時代がかった様式の家具が置かれた部屋を二つ用意させた。マントヴァ〔イタリア北部ロンバルディア地方の都市〕には、侯爵邸の近くにリゴレット〔ヴェルディのオペラ『リゴレット』（一八五一）の主人公〕の家とされる建物があるだけでなく、非常にフランス的な戯曲『王は愉しむ』〔ヴィクトル・ユゴーの戯曲〕がヴェルディに着想をもたらしたオペラがこの地に根づいたことを示すもうひとつの証として、河の対岸にあるスパラフチーレ〔『リゴレット』の作中人物のひとりで、殺し屋〕の田舎宿もあるが、羊がこのあばら屋のまわりで草を食んでいて、人里離れていることや廃墟めいたロマン主義的な佇まいのほかには何ひとつ、ユゴーによってサルタバディルと名づけられ、パリに住まわされた刺客が、妹と営んでいた不吉な魔窟を思わせるものはない。ヴェローナでは、シェークスピアの悲劇が町のいくつもの地点に根を下ろしていて、ロレンス修道僧の僧院は、第二次世界大戦中に爆弾で破壊され、再建されたもので、そこには鳩が飼われていて、建物の明らかに新しい状態にもどうやら少しも困惑せず、恋人どうしが何組もその白さを愛でる視線を向けているし、愛し合う二人を老修道士が秘密裏に結婚させた礼拝堂（ついでに言っておけば、バロック様式）も存在し、ジュリエットの墓と、別の地区になるが、彼女が手すりにもたれたバルコニー（観光協会が事務所を置いた建物の二階）があるかと思えば、さらに別の場所には、ロミオの家なるものまであり、わたしがヴェローナに行ったときに、ある懐疑的な都会人が、宣伝用の最新の思いつきだとそれとなくわたしに打ち明けたものだ。デンマークのヘルシンキ（『ハムレット』の舞台エルシノア）では、城塞に二、三世紀前の「砲台」があり、エリザベス朝の時代にすら遡らない城壁のこの部分を、暗殺された王の亡霊が復讐を請うてさまよったということになっていて、そこには歩哨もいて、見物客が現われると、きわめて正確に、そしてなんとも厳かに砲列の説明をしてくれるので、よそ者のほうは、シェークスピアにとってもすでに遠い過去だった時代に送られて、自分があたかも二人の兵士マーセラスとバーナードのいずれか、それどころか主人公である王子、その友人ホレーショあるいは幽霊そのものとなったかのように敬意を表されていると考えたくなってしまう。そして最後にライプツィヒでは、ゲーテの『ファウスト』のおかげでいまでは有名になっているアウエルバッハ居酒屋が、奇妙にも円環を描くカード・ゲームの枠組みになっているといった感じであり、配られる主な札がどのようなものかといえば、絵画、特定の場所に深く根ざした伝説、文学、そしてまた絵画、となる。内壁は、かなり最近の大きな作品数点で飾られていて、それらはゲーテの二部仕立ての戯曲からとったさまざまな挿話を描いているのだが、その戯曲はファウスト博士の伝説に（誰もが知っているように）基づいて書かれ、冒頭近くには、ありとあらゆることを知りたいと渇望する哲学者が、まさにこの居酒屋で、彼の連れの悪魔の魔法のおかげで望むワインをどれもこれも振る舞ってもらっている酒飲みたちの仲間入りをする場面があるわけだが、その後に今度は多数の芸術家や音楽家が題材とする作品を書いたゲーテ自身は、この場合、民間伝承がもたらしてくれた豪放磊落な印象を与える細部を跳躍台にしているにしても、伝承にあったその要素の源には――ある意味では偶然にだが――芸術作品があったのであり、それというのも、アウエルバッハ居酒屋で昼食や夕食をとる現代の観光客は、メニューに添えられた簡潔な由来説明を読み、詩人が酒盛りの場面に活かした伝説がどのように生じたのか知るわけで、広告のために居酒屋の装飾をすることになったある画家が、すでに半ば神話的な英雄となっていたファウスト博士が酒樽に馬乗りになってバッカスさながらに盛大に飲み食いするさまを示すのがよかろうと判断したのが始まりだったからだ。したがってこの場合、伝説が芸術に接ぎ木されたのであり、芸術が伝説に接ぎ木されたのではなくて、創意に富んだ画家がこの穴倉のような場所でファウストの肖像を描こうと思いついたから、庶民はアウエルバッハ居酒屋へ足を運ぶファウストを話題にするようになったのだ。ついで、ゲーテの登場で専門家による創作が再びおこなわれるようになり、その最終段階として古風で型にはまったつまらない絵が何枚か描かれ、それらをわたしは、この有名な店でただ一度食事をとった際、やや陰険な歓びをいくぶんかなりとも感じつつ、眺めたのだ。

芸術（art）、伝説（légende）、現実（réalité）……。この三語をわたしはアルファベット順に書いたが、列挙に際してどのような法則に従って優先順位を決めるべきなのかわからないからだ。ライプツィヒの居酒屋という現実が、せいぜいのところ人目を引くといった程度にすぎなかったにもかかわらず、伝説の輝きに包まれたわけだが、そのような格上げは、もともと、看板やポスターと同様に商業的な目的で描かれた絵画のおかげであり、そうではあっても付け加えておくべきは、その輝きも、もしその後ゲーテの芸術がそこを通過していかなかったら、まちがいなく消えていただろうということだ。シェークスピアによってあらためて取り上げられたことで、ジュリエットの物語は墓まで特定されるほどの現実となったが、実はそれは、いまだに名前のわからないままの往時のヴェローナの若い娘のものとされる墓なのだ。実際に統治したことが年代記に記載されているものの、無数の記述のなかにまぎれてしまいかねなかったマクベス王についての記憶がいまも残るようにしてくれた劇中の人物がいなければ、インバネス〔スコットランドの都市〕を訪れる旅人は、駅の近くで、いまは住宅地になっている高台に赴き、王位簒奪者の城のひとつ、礎石のひとつすら残っていないものの、マクベス夫人の手についた血の染みと同様にその地に執拗なまでに痕跡を残しているように思える城が建っていた場所を見ようと考えたりするだろうか。しかしながらシェークスピアは、財産や権力と引き換えに悪魔に魂を売ったりするのと同じで、自分自身の人生と引き換えで、作中人物を奇跡かと見まがうほど生き生きとさせるように思える生き方のほうをもしかすると選んだのかもしれない。彼が溢れんばかりの天才ぶりを発揮し、人によっては、目立たないひとりの役者にこれほどの才能がもたらされるのかと驚き、同じひとりの人間が成し遂げたことなのかと疑わしく思うほどなのだから、みごとなまでに生き生きとした作中人物をあんなにも創り出した、あの尋常ならざるシェークスピアであってみれば、自分が実在すると信じてはもらえなくなるようなはめにもなったのではなかろうか。

　しかし、芸術作品が最後に達するかもしれないそうした現実、つまり、時代や場所を必ずしも尊重せずとも、創作者自身の人物像以上に堅固な輪郭を備え、以後は事実のなかに書き込まれた創作、それはまがいものの現実で、ときとしてたんなる甘い罠として選ばれるありふれた材料にすぎず、その上にわたしたちの夢想が跨って、ダイヤの輝きをもたらすのだ。

　その本性からして夢想に誘うのが習いになっているため、より本物の宝石と言えるのが、ダカールの動物園で、ちょうどいい大きさに掘られたと言いたくなるような池にいて、まだ本来の自分の環境から完全に抜け出てはいない動物らしく不確かな形態をしていたマナティーであり、変態中の大きなオタマジャクシといった感じで、鱗や毛で覆われる代わりに全身に苔が生えたように見える不器用な巨大動物だが、実は、海豹《あざらし》と同類の哺乳類で、もしかするとウンディーネ〔北欧神話に出てくる水の精〕やセイレーンやルサルカ〔スラヴの神話に出てくる水の精〕の父親か母親であり、「水の母」でもあるのだが、というのもアフリカでは、髪の長い魅力的な若い娘に変身し、末なし川の静けさを乱す者——漁師であろうがそれ以外の者であろうが——の命を奪う水の精とされているからだ。

　創作にも夢想にも一切頼らず、死の領域に入ったとはいえ、いまも魅惑的な自身の現実を実在のイメージとしたものにすぎないが、申し分のない傑作、それは、聖人並みに防腐処理をされ、モスクワの赤の広場の霊廟に低温で保存されているレーニンで、彼は私服の黒い背広を着ていて、そこらの課長などと同じで、伝説にふさわしいいでたちなどしていない巨人だ。

あまりにワックスがかけられ、念入りに磨かれ、わたしの叫《クリ》びもはじ《ク》けるよ《レ》うな音《ピ》を立《テ》てたりはしなくなっているこの文章《エクリ》！

ぼろぼろになったわたしの記憶《メモワール》をうまく繕ってはくれないこの覚書《メモワール》！

いくつもの鍵を身につけ、いくつもの扉を揺さぶりつつ、わたしが試み《エッセ》、そして再度試み《レッセ》るこの随筆《エッセ》。

＊

言葉を選り分け、愛撫し、結びつけてやり、ときには皮を剝ぎ、ねじ曲げ、壊してしまう。気取っているわけでも、嘲っているわけでもなく、宿命を手なずけたり、迂回したり、砕いたりするための――言うまでもなく空しい――方法。わたしたちの内側のどこかに、掌握するのが可能な部分がまだあるとほのめかすための方法……。

実現不可能なことなど願いたくはないが（というのも、どんなことをしても廃絶できない悪があり、詩だけがそれに立ち向かう助けとなりうるのだから）、もし自分のような輩がまだいるのであれば、そのような輩がこうした手管を必要としないような社会の成立を望みたい――わたしが体験しない未来に対する希望――ものだ。

＊

理想ホテルでは、メイドはあなたの話す言語がわからないが、それでも自分の言葉で巧みにあなたの機嫌をとる。そして電話交換手は、さらに能力が高く、ほんの少しのおしゃべりを交わすだけの時間もない場合でも、あまりにもやさしい声で話すので、あなたに向けて言われた数語が長々と続く愛情に充ちた話しかけに匹敵する。

ホテルのレストランでは、孤独を恐れる独身者には会食用テーブル（会食者の数によって大きさは異なるが、会話がしやすいようにいつも丸い）があてがわれ、メニューに目を通す必要もなくて、夕食だろうが昼食だろうが、小さいテーブルだろうが大きいテーブルだろうが、「シェフの特別料理」が――必要に応じてあなたの苦手なものを省いて――出され、つねに満足させてくれる。

理想ホテルでは、あなただけでなく、従業員も休暇中なのではないかと錯覚しそうになる。どの従業員の顔にも笑みが浮かび、いかにも親切に、急いだ素振りも見せずにサーヴィスしてくれるので、何か頼まないと、信頼していないのだと――意地悪く――示すことになりかねない。

何階に泊まっていようが、部屋の窓がどちら側に向いていようが、理想ホテルでは――申し分なく近代的で機能的な新館でもだが、歴史的建造物に指定された旧館でもそうで、旧館はその上品きわまりない荒廃ぶりが好まれるために、そして、理屈に合わないような片隅も含め、とくに用途が決められていない広い部屋がいくつもあって、好きなだけ空間を浪費できるために一番人気なのだが、建物全体は思いがけない高低差で分断され、いかにも奇妙な外観を形づくっていて、高いところに十字枠のガラス窓もあり、その向こう側を姿のはっきりしない人影がときどき通るので、地元のつましい身分の人びとは、白い貴婦人やら無愛想な修道士やら血まみれの修道女やら、ありとあらゆる幽霊が住み着いていると想像してしまう――昼も夜も空を眺めることができる。地震にも洪水にも台風にも火事にも乱されない世界のこの一断面の眺めを、あなたが安心して愉しめるようにと、管理人は郵便物を渡さないように気をつけていて、例外はあなたが受け取りに署名してことさらにそれを求めるときだけで、その場合でも小出しにするのであり、それほど、悪い知らせをもたらす使者になってはいけないと考えているのだ！

戦争や革命といった動乱の反響があまりにはっきり轟くと静寂が乱されてしまいかねないこの施設に、新聞などめったに持ち込まれない。離れにあるサロンにはたしかにテレビが置かれているが、もちろん――どこに落ち着いていいかどうしてもわからないままあちこちさまよう連中のなかの――どうにも暇を持てあました数人、そして篩にかけられ、無味乾燥になるまで滅菌された情報の愛好家である数人しか、このほとんど知られていない場所に行ったりはしない。

理想ホテルでは、ナイトテーブルの引き出しを開けてみると、聖書の代わりに、あなたがいままでに読んだことは確実になく、はじめて読んで嬉しくなるような、未知かほとんど知られていない本が見つかるだろう。もしそうでない場合は、図書室に――たとえ深夜であっても――頼ることができ、電話で話を聞いただけであなたの求めているものを割り出すほど心理読解に長けた室長が、喜んで助言をしてくれるだろう。

このホテルでは、読書室に行くと、ページをめくって見るだけで愉しい雑誌が豊富に揃えてあるのに加え、書き物をするための道具も十二分に備えてあり、万年筆、ボールペン、さまざまな種類のタイプライター、あらゆるサイズ、重さ、色の用紙（レターヘッド入りもなしもある）、そしてひどく気取った人のための包肉用紙〔もともと肉屋に販売されていたクラフト紙の一種〕さえあって、さらに、とてもきれいなのでどれも見たくなり、そのために滞在を延長したくなるような絵はがきの実にさまざまなセットも置いてある。その一方で、辞書や文法書も充分に揃っていて、どんな言語で書くにせよ、綴りまちがえをしないですむようになっている。

理想ホテルでは、客の好みに応じて（とはいえ、身体を使った活動にいそしめる程度に成長した男女が想定されているが）、ひとりでやったりグループでやったりできる、ありとあらゆる娯楽が用意されている。自分のしたいことを少しも口にする必要もないうちに、朝食を運んできてくれるルームボーイがその日のスケジュールがどうなるか教えてくれ、そのスケジュールは、あなたの文字の見本（あなたが必要事項を記入したカード）が到着早々に明敏なる筆跡鑑定家に届けられてあり、その文字からあなたについてわかるすべてのことに適応するものになっている。そして当のスケジュールは、あらかじめ立てられたスケジュールにふさわしくいかにも妥当ではあり、なんともにこやかに伝えられるので、拒否の自由が自分に残されている、もちろんだ！　とはいえ、それを行使しようなどとあなたは一瞬たりとも思わないのだ。

敷地内で、あるいはどこか近くで、理想ホテルの客は好きなゲームやスポーツに没頭できる。しかしながら、プールにはいまだに解決されていない問題があるのだが、それは、利用者にとってプールはホテルに隣接しているほうがたしかに好ましいのだが、そうなると、その水着姿が他の客にはホテルの美的水準を損なっているように見えたり、それどころか場合によっては、裸の自分が鏡に映っているのを目にするときに嫌でも気づかされてしまう真実をみだりに思い出させてしまう人たちを、どうやって排除したらいいのか。

身体そのものと、同様に精神も健やかにするエクササイズ、たとえばスウェーデン体操やヨガ、さらには、清貧誓約回教僧の舞踊や種々さまざまなトランスや瞑想などに充てられた部屋の準備も検討中である。

理想ホテルでは、バー兼ディスコは一晩中開いていて、不眠症の客がパジャマにガウンをはおってそこで酒に酔うのはごく当たり前と見なされており、何人もの給仕がそうした客を担架で医務室に搬送することまで任じられているのだが、客がまたバーに連れ帰ってくれと言い出すような場合には、医務室から客室に戻すことになるだろう（まちがいなく温情主義の精神に則ってとられる処置だが、いかにも巧みに実行に移されるので、関係者の誰ひとりとしてそのせいで気を悪くしたりはしない）。

理想ホテルでは、もしあなたが悪夢を見て、恐ろしい叫び声をあげても、何も外には漏れず、客室の整備は完璧なので、その客室のなかで起こったことについて隣の部屋の客はあえて知らない振りをするといった必要もない。翌日、外出の前に鍵を預けるとき、気が向けば、あなたは管理人に前夜のことを語って聞かせることもできる。管理人という業種ならではの聖霊降臨の恩恵を若いころから受け、バベルの塔のありとあらゆる言語を使えるようになり、塔の管理人となって、ひとりひとりと呼吸を合わせられるという傑出した能力を身につけたその男は、あなたの話に耳を傾け、もしかすると憐れんだりおもしろがったりする言葉をかけたり、あなたの夢の意味を見極めるための助けとなる自分の国の格言を何か引いてきたりするだろう。表から見るのとは違い、本当のところはさほど雑多な人間の群れというわけではない集団のこの案内役は、だからと言って、賭け事でひどい負け方をした者を元気づけ、自殺をしかねない輩を救うこと——国籍には関係なく、打ち明け話のあるなしにもかかわらず——に関して他の追随を許さないというほどでもないのだが、自殺などといった事件が起きてしまえばホテルの名前に傷がつきかねないし、それに、たんに客が亡くなったというだけでも問題になるので、そのために包み隠すよう努める必要が生じ、もし物故者に近親者がいるときは、よく礼節をわきまえた人びとにこうした場合に期待しうるような控えめな振舞いを必ずしてもらえるように外交術を披露するのである。

理想ホテルでは、どのような理由づけがある場合にも、チップは禁じられていて、ただあなたが示すことができるにこやかな表情――如才なく示さなければならないが、というのも、やりすぎても足りなくてもいけないわけで、要するに素っ気なく見えたり人気取りと感じられたりしないようにちょうどいい匙加減が必要となる――だけが、あなたが特別に受けた細やかなサーヴィスに対して返せる礼となるのだ。

勘定書きに関しては、あなたが常連であったり、常連の友人であったりした場合は、好きなときに払えばよく、あなたがごくありふれた客であっても、勘定の支払いは金銭の付与であると同時に謝意の表明となる。

理想ホテルで、あなたは、悔恨や気苦労から解放されて一生を過ごしたいと思うだろう。しかし、何の用事もなく、数週間以上滞在を延ばしていると、支配人がやんわりと――たとえば、新しい客をまもなく迎えるのが愉しみだとあなたに話したり、さらに巧妙なやり方としては、あなたの到着を歓迎したときと同じ花束を部屋に用意したりして――、エゴイズムの塊になりたくなければ、場所を他の人に譲って立ち去るべきだとあなたにわからせる。アンテナを欠いていて、そうしたほのめかしを理解できなかったり、立ち去る際に胸の思いを書くように民主的に誰もが（文章の上手下手にかかわらず）求められる記念芳名帳を差し出されても、頑固に聞く耳を持たなかったりする者は、ある日の夕方、部屋に戻ると箪笥が空で、荷づくりがすんでいるのに気づくといったことになりかねない。強情で、荷をほどき直し、持ち物を元あった場所に返すような輩は、きわめて巧みに変装し、なんとも魅力的で非常に熟練した看護師の女によって、何をされたのか気づきもしないうちに麻酔注射を打たれ、意識を取り戻すのは——だがそいつは本当に意識を取り戻すのか？——家に向かう飛行機のなかということになるが、場合によっては、移住〔原語は「転生」の意にもなる〕を許されるという恵まれた人もときにはいて、最初のところからはるか遠く離れた、一度も行くことを考えたことがないような場所にある同系列のホテルで目を覚ますのだ。

あらかじめしておいた取り決めに従って、同じような注射を、どうしても括弧を閉じなければいけないという恐怖を重く深い眠りで逃れたいという者に打ってやる、ということもありうる。

ひとり旅の人間が頑強に抵抗する場合は比較的単純だが、夫婦だったり、さらには子どものいる夫婦だったりすると、問題は複雑になる（というのも、そうなると、誰ひとり疑いを抱かぬようにしたままで複数の人間に注射を打たなければならないからだ）。こうした場合に用いるべき方法とそうした人たち自身をそっと扱う方法にはついては、現在、研究中だが、もしかすると、看護師にグループを組ませて同時に作業をしてもらうことになるのかもしれない。

＊

今度は白人たちの番で、彼らも大きな子どもと見なされるようになるとき。

わたしたちにとってファラオ〔古代エジプトの国王の称号〕がそうであるように、社長たちが歴史に属するようになるとき。

女が――どのようなマントルピース用カヴァーの上で？――もはや男の対でしかなくなるとき。

刑事《でか》が実に高貴な仕事をするようになるとき。

兵士が大仕掛けの芝居の端役になってしまうようなとき。

主任司祭がたんなる葬儀屋に甘んじるようになるとき。

狂人が臣民全体から持てはやされる道化になるとき。

悪党が度しがたいいたずらっ子に見えるようになるとき。

工員や農民がスポーツでしか疲労困憊したりしないようになるとき。

売春婦が孤独な人間を慰める聖女となるとき。

死が誕生以上にひどい悲劇ではなくなるとき。

いままでは「詩人」と呼ばれていた者が「長期的には安楽死賛成派」と言われるようになるとき。

ひとりひとりが自分固有の辞書に則って話し、しかも理解してもらえると確信するようになるとき。

子どもを作るために交尾するのが比類なき悪徳となるとき。

ベッド以外のいかなる場所においても愛が交わされるようになるとき。

広告がどんな商品も提示しないまま欲望を掻き立てるだけになるとき。

鎌と槌が十字架に取って代わったように、方位盤が紅の星に取って代わるとき。

✻

『ル・モンド』紙で一、二か月前に読み、そのなかの一文にひどく心を打たれた記事の著者が、その日の唯一のマタドールとして六頭の雄牛にとどめを刺し、引退闘牛を終えたばかりで、旧知の間柄の闘牛士を迎え入れた部屋を、どのように描写していたか（彼が描写していたらの話だが）もうよく憶えていない。マドリードの中心部にある、非常に広く、天井も高くて、かなり暗い部屋をわたしは想像してみるが、それは打つ手のなくなったフェリペ二世〔十六世紀、スペイン帝国最盛期の王〕あたりが、夜の孤独がかもし出す悪しき香気に抗しつつ瞑想する――エル・エスコリアル〔マドリード州にある自治体〕の自室で漆喰塗りの壁に囲まれて夢想するのをヴェルディが『ドン・カルロ』〔一八六七年初演のオペラであり、フェリペ二世をモデルにしたフィリッポ二世が登場する〕で見せてくれたように――のにふさわしい、さらには、黒いタイツ姿で直立し、ほとんど姿勢を変えず、周囲を包む深夜の闇を凝縮したような孤影の時代を超越したその姿を見ただけでも、「生きるべきか死ぬべきか」という有名な言葉を発していそうに思えてくるイジチュール〔マラルメが書いた未完の哲学的小話『イジチュール』の主人公〕の瞑想にもふさわしい舞台装置だ。

迎え入れた相手に闘牛担当記者は、これからは何をするつもりかと訊ね、引退した闘牛士は、「もはや何の価値もない者になれるようにしたい」という、それにどう反応していいのかわからなくさせるような言葉で答えたのだった。兄のマノロ――引退の年齢に達するずっと前に悪性の病気に倒れた――ほどの傑物ではないが、アントニオ・ビエンベニーダは、何度も大喝采を受けたのち、いまではもはや稀となってしまった、非常に繊細で巧みな闘牛士だったという記憶をあとに残したわけだが、たしかに、彼の全盛期の姿はほぼ手つかずのままになりうるはずで、それは彼があざやかに引退してみせたからだ。その日、とどめを刺す役をことごとく引き受けると申し出ただけでなく、さらには——記事のなかの注釈的な部分から判断すると——対戦した六頭をきわめて優雅に、そして実に的確にあしらい、それが本心からこれで終わりと幕を閉じた経歴の締めくくりで、わずか数年のうちに、金が必要になったり、猛獣と向き合い、観客の要求に応えるという試練が懐かしくなったりして、経歴の続きがみだりにまた再開されたりするのではないか、などと考えてみる必要は微塵もなかった。

以後、彼はもはや何の価値もなくなり、そのことに甘んじざるをえなくなるだろう。黄昏の思考であり、カトリック教義の普遍性が染み込んだこのスペイン人にはおそらく馴染みがあった、「わたしは塵埃のごときものにすぎない」といった思いにきわめて近い（と感じられる）が、彼は同業者の大半がそうであるように健全な思想の持ち主で、闘牛場《プラサ》に入っていくときはいつも、悪しき結末を避けるために十字を切っていたと想像されるのだ。しかしながら、もはや何の価値もなくなることに慣れねばならないと考えるのは、最近まで自分は価値のある存在であったと考えることではないのか、そしてそこには、ありとあらゆる存在を待ち受ける宿命に対する屈服というよりも、市井の人に戻ったとはいえ、一時は庶民を超えた存在であったことをけっして忘れない人間の誇りが示されているのではないか。

おそらくアントニオ・ビエンベニーダは、そうした言葉を口にしたとき、キリスト教精神というわけではないにしても、謙遜の気持を示したつもりだったのだろう。だが、心の奥では彼の考えは別の方向にむかっていたのではないか。その気ままな回り方次第で、王位を剥奪された王になったり、過ちを許された犯罪者になったりするし、更迭された指導者になったり名誉を取り戻した裏切り者になったりもするルーレット盤。最強の競技者もいつの日か命運が尽きるはめになる決闘場のごとき世界。移ろいやすさと気まぐれが捉えがたい基調となっている場所。それはまた、誰もが——いかめしかろうが、おどけていようが——借り物の声で語り、暗闇の世界へ戻る日まで、たまたま自分に与えられた役柄に応じて動きまわる人形劇でもある。一見すると混同されかねないが、聖書の格言によって鳴らされる弔鐘は、どんな資格にせよ高い地位についた者が物事の進み具合を眺めたときに目に映るあの皮肉な光景とは、かけ離れている。

拍手喝采を浴びてきた男は、仕事で成功して贅沢に暮らす者にふさわしく、無名の人間にすぎなくなることを喜んで受け入れていた。簞笥にしまわれた闘牛用の衣装と、そのおかげで——山と積まれるような新聞や写真に加え（と想像されるのだが）——若いときに栄光に輝いた、壁に飾られた何頭かの牛の頭、それらだけが彼がかつて傑物だったことを物語っていた。だがそうした雄弁さも彼の家における非公開のもので、自身と家族だけに向けられるにすぎない。持てはやしてくれた人びとによって靄のなかに遠ざけられ、彼はやがてたんなる長老になってしまい、せいぜい取り巻きに尊敬され愛されるにすぎず、それでも後光は消えてしまい、以後は何ひとつ求められず、のしかかってくる脅威を血祭りに上げたり、勝利を収めたりすることも期待されなくなる。最悪なのは、おそらく、もう何も身辺に起こらない人間になってしまい、待ち受けるのは、なんらかの天災地変で誰だかわからないほど押しつぶされたりするのでなければ、ただベッドでの死か事故での死だけだ。

しかし、ルーレットが回ってしまい、あとはもう年齢の階を一番下まで降りるしかない、世の中の動きから取り残された人間になるということ——アントニオ・ビエンベニーダが言う意味での何の価値もない者になっても、これに較べればまだまだ価値を保っている。衰退——ありとあらゆる芸の達人は、それに直面し、その観念を容認せざるをえない——の極みは、まさしく次のようなものとなる。

もはや記憶のなかでも生きてはいなくなること、
もはや眼の後ろにも耳の窪みにも存在しなくなること、
ひとりきり以下になること、
もはや明日も、今日も、昨日もなくなってしまうこと、
貸してもらったものをことごとく返し、借りはすっかりなくなること、
掛け時計の文字盤を巧みにすり抜け、他にどうしようもなければ——すべての色彩がたがいに否定し合う白さのうちに——汚れなき無垢さを、ひとりの人間が、村の白痴にすら比較できるほど、ただ何も知らないままの、何もしないし受けとめたりもしないだけの存在となっているような無垢さを、再発見すること、

不確かなまま、誰にともなく話す、というよりもむしろ、それが帯びる形がどんなものであれ痕跡によって、過去形で——まだ過去があるかぎりは——話すだけになること、

古文書（それ自体が灰となれば、誰についての記録にせよ、忘れられることすらなくなってしまう）によってしか、もはや自己を示さなくなること、

激しやすい人であれば、はねつけかねないような観点から眺められる（あたかも、鯉が兎に品定めされるといった感じで）ようにまたたくまになり、ついで、いかなる視線もなくなり、もはや見られることもなくなってしまうこと、

段階を踏んで堕落し、最後には叡知によってのみ認識できる残り物が何もなくなり、それに加えて、なんにせよ何かを理解しようと努めるなんらかの存在すらももう欠いてしまうだろうということ。

したがって、自力であれ、仲介を経てであれ、もはや存在しないこと。在るという動詞の外側で在

ること、同様に、外側でという言い方の、そして言説のあらゆる歯車の外側であること、何かを表明する相手がどこにもいなくなると言説は廃棄される——そして、電子世界のジャングルでとらえられた叫び、砕けた語のかけら、唸るような音、猫の鳴き声さえも——のだから。あらゆる地名学に逆らう地点に到達してしまった（少なくとも観念的に把握できるようにその地点を描写する試みも含めて）ということ、その二音節も、イメージを描いてくれる円も奪われた雫だけが——幻の都市の幻の武器——示しうるような地点に。男らしさへのあまりにも醒めた別れであるこうした歩みによって、そして、さほど隔絶的ではない死の敷居をそれほど恐ろしいものではなく感じさせるもろもろの手前側によって開始された、長い段階の果てにあるのは、

——片言であなたの言いたいことを理解してくれた人たちが、なんらかのまとまりごとに失われていくこと、

自分のことをわかってもらおうと努力すると起きる息切れ、

真っ新《さら》で愛した（あるいは実践した）ものが民俗学に属するような古物に移行すること。

包帯で巻かれたミイラのようにがんじがらめになり、あるいはその根本の原動力を切り取られてしまった削除、欲望の廃墟。

肉体的荒廃。

直るのを不安げに待つことになる鉤裂き（これこれの名前を忘れたことで生じる穴、言いたいことがあると述べるには遅すぎるころになって戻ってくる語の逃走）をあらゆる瞬間に頭に見出すよう誘う風化作用、さらに、終夜灯のようで直接把握することができなくなっている眼（靄があいだにあるかのようで距離を置いて見てもあまり捉えきれない）、怪しい眠りで重くなった瞼、錆ついて、ぎくしゃくした動きでしかもはや進まず、完全に遮断される間際にすでにあると感じられる思考——

階から階へと下り、彼岸とのあの最後の境に達してしまったということ、わたしたちの遺骸を預かるこの世界そのものも衰えているが、結局のところわたしたちを運び去ってしまい、あとは完全な空しさ、立会人もいない空虚、蝿の一匹も飛んで乱したりはしない沈黙、そして、何者でもなかったか何者かであったかがもはやどうでもよくなるように、想定される観察者にとって、黒板消しの一拭きで黒板から除去された複数の方程式のあいだの違いも、あるいはムレータ〔闘牛用の赤マント〕のさばきやいろいろな技《スエルテ》を、ひと気のなくなった闘牛場の——いまは平静を取り戻した——空気に残るその余韻から、称賛するか非難するか判断する際の分け目となる違いも、もはや重要ではない……。

しかし、純粋に社交的な会談のあいだに放たれたアントニオ・ビエンベニーダの言葉が、砂漠について、それが本当に砂漠になるためには砂すらも足りないような砂漠についてハムレット的な瞑想をするようにと、苦い誘いをしていたかどうかは疑わしいように思われる。あの「もはや何の価値もない者になれるようにしたい」という言葉がわたしたちに何かを教えてくれ、だからといって彼は、輝きのない人生の暗闇に落ち込むのが——かつて花形であったか、そうだったと思っている男にとって——、あるいは思い出や化石化した残骸ですらなくなるとわかっているのが——物事をはっきりと見たがっている男にとって——どんなに辛くても、打ちのめされる代わりに、何事もなかったかのように振る舞うように一切強いられていないとしても、人間の識別を可能にするもの、あるいは識別されうる要素を、この世界（あるいはそれに取って代わる想像もつかない世界）がもう厳密には何ひとつ含まないようになるのは、いつのことなのか。

もはや何の価値もない者になれるようにしたいと彼が話していたのは、まさしく、そうなれるようにするのが彼にとってはむずかしいからだろうか。お金の心配や、それどころか、稼ぎになりそうだという誘惑があるだけで、彼の決心は揺らいだだろうか。懐かしい思いにほだされたりしただろうか、あるいは、礼儀を重んじて一時的に引退を取りやめ、儀礼に則って若い闘牛士を聖別すると承諾したりしただろうか。翌々日の一九七三年八月五日、マラガで、アントニオ・ビエンベニーダがその道の後輩二人、ミゲリンとカンプサーノとともに儀礼的な闘牛に参加すると、わたしは『フィガロ』紙で知った。

一九七五年十月八日、訓練中に雌牛の角で突かれてアントニオ・ビエンベニーダが亡くなったとラジオが報じる。

「訓練中に」というのにわたしは驚いた。ところがすぐあとでわたしが知ったところによると、それは、その収益が闘牛場にとって好ましいものになるだろうと期待される牛の闘争意欲を（選別の目的で）試す選定《ティエンタ》の際に、引退した闘牛士に起きた事故——ほとんどまぎれもない不運——だったのだ。

＊

もしわたしたちが蔓植物かクリスマス・ツリーの蠟燭なら！

もしわたしたちの舌が槍であり、心臓がトランプのハートのように赤かったら！

もし魂が、そっくり言葉でできていて、わたしたちの口に咲く花であったら。

もしわたしたちの生と死がオペラでのように歌にしてもらえたら！

もし胡椒と塩が対になるように、苦しみが歓びと対になったら！

もし、一日の初めにベッドの皺が、グラスに注いだときのシャンパンの泡のように、目にさわやかに映ったら！

もし、自分に役立つようにと共有財産から取り出してきた言葉が、伝染性で、わたしに永続性を浸透させるなら！

もしわたしたちの肉体が、死骸の猥褻さで徐々に曇っていかずに、最後までエロティシズムの彩色装飾に適したままだったら！

＊

身体と身体を近くからぶつけ合っても相手の性器を露出させるには至らなかった長い取っ組みあいののちに、クロリンダに致命傷を与えたタンクレディ〔トルクァート・タッソ作のバロック叙事詩『エルサレムの解放』の主人公で、クロリンダはムスリム軍の女戦士〕は、女だとついいましがた気がついた敗者から、自分をキリスト教徒にしてくれと——ほとんど声にもならない声で——頼まれ、彼女の兜で水を汲み、炎に包まれた塔の近くで洗礼をほどこすことになる。異教徒の女に立ち向かったこの十字軍兵士にとって、鎧の裂け目から露出した乳房は、ブリュンヒルデ〔北欧神話に登場する半神ワルキューレのひとりであり、ヴァーグナーの『ニーベルングの指輪』では、オーディンの命で眠らされたブリュンヒルデをジークフリートが見つける〕を目覚めさせようとしたジークフリートが、火の円陣の中心で眠る戦士を覆っていた楯を持ち上げたときに目にした乳房に匹敵するものだ。だが二人とも乳房だと気づいたときは遅く、騎士の心は、愛のみならず、哀しみと恥辱によって引き裂かれたのだ。

詩を書いたタッソにとって、そしてそれを楽曲にしたモンテヴェルディにとって、愛とは、弓矢の寓意、そして皮肉な目隠しの寓意を文字通りに示している、分別を欠いた〔盲目の〕殺戮だったのではないか。

アマゾン族と同様に強靭であるとはいえ、一対一で立ち向かったわたしに、とどめの一突きというかデスカベージョ〔闘牛で牛に致命傷を与えそこねたときに最後に急所を突く十字剣〕をもたらした女性（しかもこれは、比喩などではほとんどなく、というのも、以後、わたしがその女性に会うのは幽霊のような状態のときだけにほぼなってしまったからだ）は、宿命の女でも男勝りの女でもない。女闘牛士《セニョリータ・トレラ》とか、さもなければ女騎手というよりも、アングロ＝サクソン系の女教師然としていて、優雅だが気取りすぎであり、顔に少し皺があって、人を惹きつけようという欲求に劣らず、知性を発揮させるという意思で張りつめているので、作り笑いをしたりするのだ。このわずかなイメージを、自分の過去に属する何かにつなげようとして、わたしがかつてベルリッツ・スクールで教わったかなり魅力的な英語教師とそれがどこか似ていると気づくのだが、その英語教師は、どうも、もうひとりの女教師と交換可能で、もうひとりのほうは、もっとずっと背が高く、褐色の髪をして、やや滑稽なところのあるオールド・ミスだった――ような気がする。

傷ついたわたしは、接触を持ったためにこちらが傷つくはめになった当の女性のことを恨む。だがそのようにわたしを打ちのめしたのは、本当に彼女だろうか。あるいはわたしは、親密さの感情が高まっていったそのとき、たとえ人並みはずれた熟練の闘牛士であってもファエナ〔闘牛の最終段階で赤い布と剣を使う一連の動き〕に引き込めない、瀕死の雄牛だったのではなかったか。器質的な疲労にはまり込み、日ごとに増していく現実の、ないしは思い込みの義務にがんじがらめになり、自分の人生を根本的に変えるのでないかぎり、この粗筋のなかで自分なりの演技——貧相な演技——を見せるためには、一週間ずっと編み上げていかざるをえなかったような偽りの口実の網目を前にして、力も湧かないままだったのではないか……。怠慢の唯一の理由をそこに見ようともせず、まったくその反対で！　わたしは非難することになるだろうが、非難するのは、そのようにして自分の内側に下降していくこと、つまり考察、予想、時間割ないしカレンダーの計算などのことで、それらは目の前にあるものからいつも少しだけ気を逸らせ、わたしは他の何物にも注意を払わない愛人になるべきなのに、その場所やその瞬間から気持を引き離してしまう。だが、もし陰険さをそこで放棄して、物事をあえて正面から見つめるようにしたら、二重の重大な罅割れがわたしの目に映るようになってしまう。その相手に自分のことを認めてもらいたいとこちらが熱望するような人間の濃密な存在としてというよりは、一連の駆け引き（断続的に続き、原則的には、抱擁で締めくくりになる愛撫であり、絶え間なく無数に繰り返す愛撫を含んだ盲目の抱擁ではない）と引き換えにおたがいにとっての快楽を生み出してくれる繊細な装置として認識された他者の肉体、けっして脇に置いておけず、必要以上に栄養を摂取してしまった——憂鬱な確認——と感じられ、腹が出て、胸も肉がつきすぎで、感じやすくてもろい皮膚でほぼ表面のすべてがすっぽりと覆われているような、筋肉も神経もない身体であり、他はすべて消し去って、どこか一点でしっかりと——より深いところで——確認されるべきものを犠牲にしているわたし自身の肉体。もしかすると障害をなくしてくれるかもしれないのに、熱情にとらわれ、ありとあらゆることに没入したりせず、細部にこだわるというわたしのもっともらしいやり方で明らかになる、汚れきった見通し。（その障害というのは、精神的なものであってほしいとわたしは望むのだが、精神的なものであれば、それをわたしだけの一存で廃棄できるわけで、密かに動くときですら——運がいいときを除けば——現実離れしていて、幽霊めいて抽象的なままのあの性器ではなく、頭の水準で説明可能となり、さほど屈辱的でなくなると考えるからだ。しかしながら——それが理由なら——何が暴かれるということになるのか。激情の不足、屈託のない態度をとれないこと、加齢の兆候で増してきた肉体上の困惑以上に恥ずべき狭量。「もしわたしが望んでいたら……」そう思うことで逃れた気になるが、望まないということが最も重大な欠陥であるかもしれないのを、そして、そもそものように望む気持、結局のところ、よく眠れずに追いつめられている人間ならではの物腰で獲得しようとしているその望む気持は、創り出していかなければいけない——欲望を充たすというより、欲望を目覚めさせなければいけない——というのを忘れているのだ。)

一晩ならず、しかもその姿がまだわたしの目にこびりついているときにさえ、彼女は夢のなかでわたしに会いにきた。ところが、まさに彼女が見た夢のことを——あるいは遠い国で知り合って、その影が母親のように記憶につきまとってくる別の時代の女性のことを——、最初に並んで腰かけて言葉を交わした際に（六十三番のバスのなかでのことで、それは通常はわたしにとって読書室となるのだが、避けられない、または避けたくないと思うような出会いがあるときとか、つながりの弱い観念連合に怠惰に思考をゆだねるときとか、車に乗っている人たちや通りに並ぶ人たちなどをどうしても視線で追ってしまう場合は別だ）わたしたちは話したのではなかったか。夢あるいは強迫観念、それが彼女の存在を知らしめてくれたわけだが、彼女もまた傷つき、不安になっていたのであり、どちらかといえば小さいのにがっしりとした輪郭を示し、血管も太く浮き上がっている手がその指標とも言えたかもしれないエネルギー、のちになってわたしの称賛の的となったあのエネルギーにもかかわらずそうだったのだが、ただ、彼女の昆虫のような硬い眼は、巣に追い立てられる前に窮地に陥れられた獲物のごときわたしをその尖った角《つの》で引き裂いてしまっていたのだ。

もし、彼女という人物の描写をしてみたいと思いつつ、言葉を連ねすぎると陰口を（台所の脂の染みや臭気と同じで避けるべきなのに）招くことになりかねないとわかっていて、その存在感を復元させるような言葉を探してみると、あの硬さ——彼女自身の硬さという以上に、わたしがぶつかって打ち砕かれる壁の硬さ——は、石の名前「瑪瑙《アガト》」あるいは人の名前「アガト」を連想させ、それは最悪でかつ最高である彼女の気取り、つまり、作った皺、しな、だいたいにおいてぱっとしないが洗練された味わいの服装、だが同時に、磨き込まれた清潔さ、時計さながらの動きの正確さ、北半球でも南半球でも捕らえられず、あらゆるものをすり抜けてしまい、みだりに手で触れるべきでない山椒魚並みの稀少さ、そうしたものに似合っている。「アガト」、それはわたしに彼女の眼を思い出させるし、アガウエー〔ギリシア神話に出てくる女性であり、気が触れて自分の子どもペンテウスを八つ裂きにしたとされる〕かユディット〔旧約聖書外典に出てくるユダヤ人女性で、アッシリアに従わなかった諸民族を攻撃に来た司令官ホロフェルネスを酒で酔わせ、彼の短剣でその首を斬り落とした〕が、貞淑な処女の部屋の白さのなかに不意に入り込んでくるのを——音声的に——表わしているように感じさせる。

わたしの運命がすでに決まってしまっているのに、彼女が口にしたと想像してみた言葉。

（宮廷人）

——駄目よ、あなた……。わたしはあなたを、まるできれいな小石を見るように眺めているの。

（ひどく臆病な恋人）

——狼になれない場合、わたしはいつになったら、メェーと鳴くあなたの子羊になればいいのですか。

事態が望遠鏡で見た出来事のようになってきたときに創作した最後の言葉。

（神様に仕える天使）

——わたしに二度目の性の手ほどきをしてくれたあなた、かつてはみごとに開かれていた世界が、以後わたしの前で扉を閉じてしまうだろうと示してくれたあなた！

※

ひとりでなく、ひとりでないというわけでもなく、
皆と一緒ではなく、何人かと一緒というわけでもなく、
ここでもなくあそこでもなく、
内側でも外側でもなく、
死んでいるのでも生きているのでもなく、
誰かというわけでもなく、誰でもないというわけでもなく、
わたしでも彼でもなく、
暑くも寒くもなく。

＊

意図的ではないが、靴をはいたわたしの左足の左の端が、やはり靴をはいた彼女の右足の右側の端に触れてしまう。靴底がもう一方の靴底に軽く当たるにすぎないにせよ、こうして靴に触れられるというのは、自分はとても嫌だと彼女がわたしに注意する。そう指摘されたのを受けてわたしは足を離すものの、そのとき肉体的に窮屈な感じを抱いてしまうのだが、それというのも、わたしたちはかなり詰めて横に並んで坐っていて、またわたしの足が彼女の足に触れて不快な思いをさせるのではないかと、ひどく心配になるからだ。それでいて、剝き出しのわたしの左の掌を、わたしと同じで手袋をしていない、わたしに近いほうの太腿に載せた彼女の片手の上に長いあいだ置いておくことは、逆らいもせず受け入れてくれる。

こうしたことが起きたのは、参加していたツアーがもうすぐ終わりになろうとするとき、船の甲板か（おそらく、夕暮れどきにカフェのテラスが、紙提灯か花電球、あるいは葉叢越しに輝く別の照明器具、そうしたもので照らされるのと同じような光のなかにあった）戸外のどこかでだ。たぶんそれは――何年も前から知り合いでありながら、たまにしか会うことがなかった彼女とわたしのあいだの――以前より思いやりの深まった友情といったもので、旅行が終わったあとにもっと親密な関係が生まれるとわたしが考えてもおかしくないような戯れの恋などではまったくなく、過去において起こらなかったことがいまになって起こるようになったりはしないのだ。わたしは、別れる前に――他の人たちを放っておいて――わたしと妻もその一員である少人数のグループと一緒に夕食をとらないかと彼女に訊こうとする。

だがそれはできない、というのも、自分はこの夕刻に帰りの船に乗らなくてはいけない旅行客のひとりだと彼女がわたしに言うからだ。ぶしつけとまではいかなくても、きわめて無遠慮なことに、彼女は急にそのことを知らされたのであり、そこからわたしは、その種の知らせは受けていないので、自分はもっとあとになってからしか帰路につかないのだろうという結論を導き出す。彼女の出発が近づいているのを残念に思いつつも、自分にはまだ時間が少し――おそらく明日まで――あり、気持を落ち着かせ、お祭りは終わったと思うことに慣れ、そう思うことに慣れたところで、必要以上にわたしが重視している細々とした事柄をいくつか片づける、たとえば、軽率にもクリーニングに出してしまった下着を取りにいき、荷づくりをして、何も忘れていないか部屋のなかを一通り見直すといったことができるとわかり、嬉しく思う。

「去りゆくは死に似たり」と格言にある。そしてわたしは、旅行についての、さらに旅行のあいだに深められた友情についてのこの取るに足らない夢を、そうした明かりのもとで眺めてこそ、なぜ――その細部のいずれもが昔の少女のための三文小説の心地よい限界を超えていないのに――夢で染まった（たしかに蛇足的な色ではあるが）不吉な色を自分の心から洗い流せないのかが、理解できるように思うのだ。

＊

頭が——怠惰で？　疲労で？——ギアのニュートラルのようになって何も考えが浮かばないように思われると、わたしはよく、さまざまな種類のさまざまな判型の本やそれ以外の出版物（時代が違えば、諷刺文書、反駁文などと呼ばれたかもしれないものも含め）を整理する。時間を浪費するとはいえ、いずれにせよそれは悪いことではなく、購入したり、送ってもらったり、贈呈されたりして、パリと田舎のわたしたちの家にはいったいどれだけの印刷物があるのかわからないくらいで、義理の兄は意図的に、わたし自身は一歩を踏み出して何度も望みながらも、気が滅入ってできない試みに手をつける勇気がなく、山積みにしてしまったのだが、その結果、わたしたち自身がそのなかに埋もれてしまいかねない……。

わたしの仕事と名づけているブリコラージュを、物質を扱う別の種類のブリコラージュで置き換え、それも、共感の働きのおかげで、後者が前者をそのなかに導くと期待しつつ、せっせと機械的に時間を過ごすやり方？　もしかすると同時に、わたし自身が文化的なものを作り出す状態に知的にはなっておらず、それどころか、所有している本のどれかを読むには必要となる集中力を発揮できないときに、文化の産物を手で扱いたいという漠然とした欲求？　長い期間で考えれば、手に取り、ページをめくり、できるかぎり正しい場所に置いた（必要に応じて書棚の配置を変え、こちらの家からあちらの家へと移動をおこなって）ので、読まずに終わったものも、そうしたやり口で少しはわたしのなかに染み込んできたと思ってみる権利があるのか。あるいはまた、自分の内側にあると確かめうる空虚が一種の死であるので、終わりが近いと感じて「身の回りの物を整理する」人間をあくまで外側だけの身振りで真似ているのか。

✽

血の染み。自分についた血ではなく、人の顔から噴き出している血、ファン・ゴッホは切断した自分の耳を売春宿の女に贈ったのだ。(何をかはよくわからないが、おそらく何かを贖いたいと願った狂人の血が跳ね返ったのは、その女にではなく、彼に圧倒されているわたしたち、自分は耽美主義者とは違うと断言していても、芸術作品を料理して食べているわたしたちにだ。)

黄色い太陽、黒い太陽、そして染みの化学的な変化とは無縁の赤色……。

＊

芸術というゲームにおいては、その実行をどんなかたちで正当化しようとするにせよ、捕まえ、串刺しにするといったことが必要になるが、猫が鼠と戯れるのにも少し似て、迂回や飛躍や宙吊りがある。犬――言ってみればブルジョワ、あるいはブルドーザーのように突っ込む田舎者――の傍らに置いてみると、猫は（よく言われてきたことだが）貴族か芸術家だ。

闘牛の美、闘鶏の美。そうした美を感じ取りつつ、逆向きであるが、猫が鼠に対しておこなう駆引きの残忍さに対してもわたしは同じくらい敏感で、これも大がかりなゲームではあるが、おそらくは犠牲になる側が無害であることがあまりにも明白であるために、それを目の当たりにするのが耐えがたいのだ。

思慮に欠けた――というのも、そう主張する際、わたしの頭にあったのは猫の機敏な、しかし控えめで繊細な仕草だけで、そうした仕草の優雅で慎み深い室内楽が浮き模様のようになっていても、その下にあるのは、掌の窪みに入れてしまえるほどの存在の責苦で、そのちびりちびりとおこなわれる殺戮は、ポケットサイズの規模のせいで恐ろしさをかえってよく推し量ることができる、というのを忘れているからだ――比較は、宙に浮いた言葉にすぎない。

だいいち、書いたり描いたりすることで、猫と同じくらい残酷な王侯貴族のつもりになるなら、芸術を血の流れる領域として――安易に――扱い、滑稽にも威張りちらすことになりはしないだろうか。

それどころか、わたしの戦略は、死をもたらそうとするというよりも、むしろ悪意ある爪から逃れようとするものであるだけに、もし物事を頑なに悲劇的な角度から見ようとするのなら、猫よりも鼠に自分をなぞらえるべきなのだ。

＊

粉砕される粒あるいは罠に捕らわれた獣となり、完全に反対の二つの動きに翻弄されること、つまりは、自分を蝕む時の流れを止めたいと望みながらも、時間が素早く流れ、自分が恐れている何か、そのせいで煩わしい気持になっている何かをしなければならなくなる日がほどなくやって来て、過ぎてしまえばと、ほぼ絶え間なく——この種の願いは次から次に湧いてくるので——望んでしまう。

＊

　年齢に起因する破滅に、歴史的な規模では、否応なしに自分も関与している文明の崩壊が、さらには、これこそ最高の破滅だ！　あとを引き継ぐかもしれない文明がいまより不可解なものにはならないだろうという幻想の消滅が加わる――そうなると老いを二重、三重の理由で思い知ってしまうが、それはどうにも耐えがたい――そう言っておきたい――ことだ。しかし実際には、わたしはなんとか持ちこたえているのだ、狂人にもならず（少なくともわたしにはそう思える）自殺もしていないのだから。

＊

わたしは大半の時間を地下で過ごすと言ってもいいのだが、それというのも、人類博物館のわたしのオフィス――おかしなもので、退職したにもかかわらず、最古参者で建物の名誉ある頂華〔建物の頂部を飾る装飾彫刻〕といった資格で使わせてもらっている部屋――はトロカデロ宮の庭園よりもやや下に位置している。

机の前に坐り、頭を左に向けると、わたしは――防犯のために窓に入っている鉄格子越しに――エッフェル塔の上半分を見ることができるが、雑多な木々で半ばその姿が隠されていて、そうした木々とは長いあいだ親密な関係を保ってきたにもかかわらず、その名前を知らず、もともと（おそらくあまりに都会人であるため）ほぼどの木の名前も知らないのだ。忙しいときも暇なときもそこでこなしていた仕事は――長いあいだそう信じ込んできたように、民族学は、ありとあらゆる文化に負っているものをその文化に返すことで、わたしたち西洋人の傲慢さの基盤を取り除いてくれると考えながらだったが――野戦要塞の構築作業のようなもので、そうした仕事に取り組むのにこの隠れ家ほどおあつらえ向きの場所はなく、瓜二つの並びの部屋ともども、もっと広いがはるかに物で溢れているホールに面していたが、それは「ブラック・アフリカ部門」で、隣接した箇所と同様に、やや曲線を描く廊下の先にあり、日が当たらず人工照明で照らされるその廊下の一方の端では、エレヴェーター二台（すぐに故障する）の右側に置かれた大時計が蠟燭色をした八角形の形で聳え、もう一方の端は薄暗がりの先にあり、そこには、大きな荷物だとかかなりの数の人間をそのよく軋む小さな空間に収めて運べる業務用リフトが鎮座している。

ときには、もっといいオフィスが使えないのかと同情されもした。だが実際にはこうだ、つまり、わたしはほとんどいつの場合もこの場所が気に入っていたわけで、静かだし、自宅と交互に使えるのがいいのだが、違う場所だからとか、普段とは別の考えが湧いてくる場所だからというわけではなく、というのも、自宅で民族学者としての仕事をあまりしないのと同じで、一方の壁には扉があり、向かい合ったもうひとつの壁には、集中暖房装置の配管より上方で、中くらいより高いところに窓が付いていて、右側と左側だけが機能的な要素とは別の働きをしている四つの壁に囲まれているときに、作家の仕事をすることもあまりないからだ。壁のひとつ、普段わたしがそれに向かい合って坐っている壁の上には、マリの仮面が掛けられていて、それには羚羊《れいよう》の角が三つ付き、装飾が貼り付けてある(貝殻、コイン、ヨーロッパ製の手鏡)が、尖頭アーチを逆さまにした形の下部には木がそのまま使われている。別の壁には、イシスの神話に関係する場面を描いたナポリ美術館所蔵のポンペイ様式の絵画を模写した前世紀〔十九世紀〕の絵が掛かっているが、制作した側(おそらく資料を作成する意図しかなかった)の気持としては、たしかに忠実に描いた模写であるものの、丸みを帯びたかたちで描く大時代な作風になっていて、わたしたちから見ると古くさく、元の絵との関係では異様に見えて、そのため、二重の意味で時代錯誤的になり、素朴ではあるが巧緻でもあるこの作品には、独特の魅力が備わっている。

この二つの品は、慎重に検討した末に壁に掛けられたわけではない。ひとつは、わたしが心情的に愛着を抱き、現地にはじめて行った旅の初めのころに手に入れ、自分自身で分類カードに記入もおこなった仮面だ。もうひとつは、いまのように人類博物館になる以前のトロカデロ民族誌博物館でくだらないと判断されたがらくたが一掃されるということになった際、焼却処分からわたしが救い出したものだ。とはいえこの一対の品は、わたしの特徴を、いまだに週に何回も足を運ぶ建物に定められた研究分野のひとつを専門としている人間として捉えようとする場合には、手がかりとなるかもしれない。思い出の品としての価値は別にしても、その仮面がわたしを惹きつけるのだが、理由のひとつは、ヨーロッパからの借り物（安物の鏡、コイン）のせいで、逆向きの一種のエキゾティシズムによるバロック的な色合いが入っている一方で、そのアフリカ的な見た目は手つかずのままだし、彫刻家が影響を受けたかもしれないということではどうやらなく、わたしたちの産業が生み出した品を彼が無造作に利用したらしいということを示しているようで、そのためヨーロッパよりもアフリカが一歩先んじるかたちになり、商品化された平凡な品物を圧倒されるような単純さの木彫りに結びつけ、この仮面を介してアフリカの儀式の軌道面に引き入れることで、それらの品物を高貴なものにしえているのだ。それに対し、悲しいまでに古色蒼然とした模写においてわたしを惹きつけるのは、思いがけない地位向上などではなく、取るに足らないもの（「馬鹿げた絵画」や「古いオペラ」といった感じ）になってしまっていることであり、この模写のなかでわたしにとって最も印象的な細部は、いろいろ人物が描かれているなか、ひとりの黒人が裸同然で頭に葉の冠をかぶり、小さな劇場のようなところ（おそらくは寺院の入口）で踊っていて、その場所まで上がる階段の登り口に聖務週番の修道女が跪き、豊満でヴェールをかぶった姿で踊り手に向けてシトラス〔古代エジプトの打楽器〕を振りかざしていて、近くにある祭壇の周囲で二羽の大きな鳥が餌を漁り、祭壇ではどうやら生贄が燃やされているらしいという点だ。絵画的には話にならず、さらにひどいことに、諸文化の科学を馬鹿にすることにもなっていて、というのも、善意の模写画家がローマ時代のすばらしい名残を『魔笛』の下手な演出のための模型にしてしまうことになったのだとすれば、わたしたちの社会とは距離のある社会を観察するという仕事はどれもこれも同じ事態に陥りかねないと考えてもおかしくないことになり、そうした社会のひとつに似せて描いたつもりでも、もしかすると自分たちの様式に従って解釈したにすぎず、その様式が変わってしまった時点では滑稽に見えるイメージをもたらすだけなのかもしれないと思えてくるのだ。

三つの角がある仮面と焼却処分を免れた絵画が、やや狼狽もさせる一方で、わたしにもたらしてくれる歓びにおいて、アイロニーが一役買っているのは確かだ。仮面のほうについては、人によっては堕落(ヨーロッパの明らかな安物の混入)と見なすかもしれないもののおかげで、わたしを感動させるのであり、その感動は、仮面が古代美術品の純粋さを備えていて、道化師が愚か者の象徴である鈴を付けようとするような場違いな感じなど一切ない場合に感じるはずの感動に較べても、より繊細な性質のものなのだ。イシス神の情景画のほうは、もともとの絵に類似しているかどうかという疑いだけでなく、見るとすぐさま感じられる滑稽さと真剣さの奇妙な混淆のせいで力のある絵になっていて、はからずもパロディ風になっているその様子がカーニヴァルのようにわたしをおもしろがらせるが、同時に、イシスの神秘の偉大さをわずかながらも感じ取らせ、しかも、そうなると空しい神秘主義に陥ってしまう恐れもあるわけだが、仮装のおかげでそうした恐れで尻込みしたりすることもないまま、感動させてくれる。それがわかっていれば、人類博物館関係のわたしの職歴を分析しようなどという人がいた場合、その人は、まだわたしが職業上の理由で旅行をしていた時期に、アフリカとヨーロッパの合流点であり、文化上の奇妙な交雑が多々生じた場であるアンティル諸島がなぜわたしの好む土地になったのかなどと、——そしてまた、憑依状態で信者が神の真似をする信仰、俳優と観客のあいだに観念的なものも含めて柵のないままで上演され、各人が原則として突如として神の来訪を受けることがありえて、したがって、他所への好みに突き動かされつつ、しかるべき合理主義者でもある民族誌学者も、そこに完全に参加しえて、観察するという役割を棄てるわけではなく、別の人格を背負うわけでもないものの、どの端役とも同じ資格で芝居に組み込まれてしまうような、体験型の演劇になぜわたしが興味を持つのかなどと、疑問に思う余地があるだろうか。

民族誌学研究での自分の領域やテーマを選ぶ自由があるかぎりは、どうやらアイロニーを秘めていて、そうした内在的なアイロニーのあり様が気に入っているような研究対象へとわたしは向かってきた。二つの文化が絡み合い、いかがわしくも魅力的な抱擁をなすのは、おたがいにもっと明白なかたちで否定し合うためにすぎないこと、神々を招来してもその公現が仮装行列になってしまうこと、そうしたことが、諾と否に根拠を与えたいという（めったに治まらない）わたしの欲求、崇高な美よりも、自身をけなしているとでも言われそうな美、あるいは、見かけは軽いが、それだけによけいに悲痛で、ただ逆に、極端に悲劇的なせいで、美的感覚があまりにも冷笑的に、あるいは無邪気に蔑ろにされるので、かえって陽気と言ってもいい気分にさせることもある美に執着するわたしの欲求、——あるときは——わたしが素朴に熱狂してしまわないようにしてくれている洒落っ気を超えたものになると——両義的なものか逆説的なものしか好まないという倒錯的な傾向を示すように思われ、またあるときは、対立するものの結合は形而上学的に登りつめることができる最高峰だという考え方によって神聖化されたように思われる欲求を、満足させていた。

諾と否。普通は六十三番のバスに乗って（退屈というよりは気晴らしを感じつつ）わたしが片方からもう片方に向かう、たがいに異なる役割分担のある二つの場所は、片方が「諾」でもう片方が「否」ということになるだろうか。自宅での仕事と人類博物館での仕事を交互にするのが好きなのは、もしかするとある意味では、黒で失った分を赤に賭けて取り戻そうと期待する人のようなものかもしれないが、別の意味では、この往復運動に恒常的に含まれるアイロニーのせいかもしれず、場合ごとに、たとえばわたしが文学を実践しているときは民族学と、民族学のほうを向いているときは文学と距離を置き、そして（いかにも理論上のものなので、自分の時間割をもっと厳密に検討したのちには、一枚岩的な諸にふさわしくなくなってしまうこの図式に従うと）時刻によって方向を変えつつも、つねに例の二つの活動のどちらかに足先を向けているのだが、その二つのうち、旅立つようにと何度もわたしに呼びかけたほうの活動でさえ、いまではわたしにとって資料と脆弱な知識を型通りに使うおこないにすぎなくなっている。

＊

最近、雌犬のディーヌが自分なりのやり方で参加できずに苛々していたのは、飼い兎か野兎かはわからないが、その兎たちの寄り合いだ。今回は、わたしたちから数歩のところの下草の茂みですてきなバレエが繰り広げられているのを目にして、ティフォンがリードを無理に引っ張り、立ち上がって、うめき声を長々と漏らす。

最後に逃げてしまうまで、消えてはまた姿を現わすといった具合に、野兎の雌と（わたしが見たところでは）雄が、追っかけっこをしたり、ぐるぐると走りまわったり、対戦するかのように向き合って（ボクシングめいた恰好で双方の両の前脚を突き合わせ）立ちどまったりしていた。灌木の茂みに隠れ、矢のように戻ってきて、新たな対戦のためにしばしの静止というこの円環運動――それは優に数分間も続いた――は、わたしにとっては、かわいらしい恋愛遊戯と見えたが、犬にとっては、二羽の獲物がひどく動揺している様子に見て取れたにちがいなく、放たれでもしようものなら、自分もそこに加わり、野兎の喉を嚙み切りたいという希望を抱きつつ、飛びかかっていったことだろう。

冷酷な耽美主義者然として、わたしは動かずにその光景が終わりになるのを待ったが、自分がそこにとどまり、犬も引きとめることで、パ・ド・ドゥ〔バレエの見せ場で繰り広げられる二人の踊り〕の優雅さを好むようなディレッタントではない我が相棒に、欲しいものが目の前にありながら手に入らない苦しみを課すことになってしまっていたのだが、そのことにはあまり配慮せずにいたのだ。

＊

その短い場面がたとえ削除されていなくても（それによって筋に付け加えられる部分が何もないという馬鹿げた口実で、あまりにもしばしば削除がおこなわれるのだが）、姿はもともと見えないのだし、さらに、声が聞こえたにしても、あまりにもかすかな声であるか、あるいは、わたしの記憶がひどくおぼろげなせいで、そうしたうめき声が実際に舞台裏から漏れてきて、オーケストラ・ボックスから立ちのぼる音に一瞬混じったのだと、断言はできないだろう。

　まがいものの岩（それを持ち上げなければならないとなったら、おそらく、軽さのあまりにめまいを起こしかねない）、ねじ穴など少しも必要とせず、平らだったりへこんだりしている木々、色褪せた葉、どんなに柔らかに踏み込もうが、そのつど足の振動で床から舞い上がるのだろうと想像される小さな埃、――細部は、それどころか正確さも、たいして重要ではなく、こうしたあれやこれやは、サロン・ドートンヌ〔一九〇三年に創設された、秋に開かれるパリの美術展で、フォービスムやキュビスムの拠点になったことで知られる〕で見る時代遅れの作品といったところで、人工的な薄明かりのなかを行ったり来たりし、年齢も性別も正確には限定できないような仮装した小さな人物を、そのなかに囲い込んでいる。

　小さな人物は、なくした玩具を黄昏時に探していたわけだが、その一方で、大勢いて、たがいに押し合っているのが目に入っている動物たち――わたしたちからは見えないが――、その鳴き声に対して彼が注意深く耳を傾けている動物たちは、どれだけ彼の気持を惹きつけていることだろう！　そして、動物たちが突然静かになると、どれほど心配するだろう！

わたしは、不安でいっぱいのこの子どもであり、同時に、彼の質問に遠回しの返事をしている、舞台上にいない牧童であり、さらにまた、その晩歩かされている道は、家畜小屋に向かうのとはまったく異なる道だと気づき、——『ペレアスとメリザンド』〔ベルギーの作家メーテルリンクの戯曲で、それを台本としたオペラをドビュッシーが作り、一九〇二年にパリで初演された〕の第四幕で——鳴くのをやめ、沈黙してしまっている、あの当惑した羊の群れでもある。

取るに足らない気がかり（書かねばならない手紙やかけなければいけない電話、やっておくべきちょっとした働きかけ、実行しないといけないわずかな移動）でできた針穴から、不安だらけの世界がわたしのなかに入り込んでくる――それが原因であらゆることが問い直される、といった具合にそのささいな行為がつきまとい、死活問題並みに重要視するはめに陥るかのようにして――のと同様に、それに劣らずごく微細な事柄がきっかけで、不安がそっくりなくなってしまうようにも思えたりするのだが、その微細な事柄というのは、なぜだかよくわからないがわたしの心を打つ場所の眺めとか、束の間の出会いとか、散歩をしている人はそこらあたりのあれやこれやを楽しんでしまうものだが、それと同じで現実的な影響力をあまり持たないような外界の出来事とかだ……。驚くべきは、不安の巨大さとそれを引き寄せたり押しやったりするもののくだらなさのあいだの不釣り合いで、あたかもこうした場合、量的な価値は機能せず、何であれ数量化されるようなものとは関係のないままで、悪い結果や良い結果をもたらす性質だけが問題となるといった具合だ。

長いあいだ、わたしは一瞬の純粋な幸福がもたらされるという体験（繊細でやさしい波が連続的にわたしの胸や腹に広がり、重くのしかかってくるありとあらゆるものを追いやってくれる）をしてきたのだが、それはよく通ったパリからエタンプまでの道で*ジュル*と*ブリュヌオ*という二語を（帰り道の場合は、逆の順番で、道の左側でなく右側に）読み取るたびに起きた。太い大文字で書かれたこの二つの名前は、エタンプ近くで、おそらく一キロか二キロの間隔を置いて建っている二軒の番人用の家の正面に記載されていて、(パリから来た場合に)最初に見えるほうは古めかしい外観を呈しているのに対し、二番目のほうは見たところそれほど古くなく、一番目との釣り合いが悪いといった感じで、もっとごつごつとした形をしているし、乾いた材質で、名前を記した文字にも品がなく、色合いも温かみに欠けていて、それに較べると、文字の連なりが短いほうは、示される語に含まれる粗野でいて同時に輝かしい性質におそらくは混乱させられるせいか、わたしには干し草か古い金貨の色に見えてしまうのだが、脇にもっと小さな窓が二つあり、上には半月形のステンドグラスがあるといまではわかっている、ほぼ四角の窓の下で、ジュルという語を形づくっている。ずんぐりしているが、おそらく第一印象よりは広々としているこの最初の家は三階建てで——これまた徐々にはっきりしてくる細部であり、さらに眺めているとわかってくることがあるのを考慮に入れ、見直して修正を加えねばならなくなるだろう——その最上階は屋根に押しつぶされたような外観を呈しているし、家の左側面にはどっしりとした柱のある二種類のテラス=ヴェランダが上下に重なっていて、わたしには人が住んでいないようにしか見えないのだが、メロヴィング朝や十字軍の時代、それどころか百年戦争の時代にも遡らない過去のささやかな名残であり、建物の古風さと、産業としては栄えていても、開発による環境破壊などとはまだ無縁だった中世の農民の香りがする名前のせいで、わたしの想像力は、「旧体制《アンシャン・レジーム》」と呼ばれる時期のなかでも、十八世紀よりもはるかに過去へと遡ってそれを位置づけるように誘導されるのだが、樹木の生い茂った広大な地所(そこでは、列車で旅するときのほうがよく見えはするのだが、模造の古代寺院や城の一部だとかすかに見て取れる場所へと、広い道が延びている)の門口に置かれた石塊や煉瓦は、建築の観点から見た場合、十八世紀の特徴を示しているように思われるのだ。

ブリュヌオという語と奇妙に対にさせられ（対のそれぞれが広大な空間の奥にあり、手前には樹林が立ち並ぶものの、少し先では部分的に木を取り除かれ、給油ポンプだとかもろもろの氾濫する近代的技術の兆候が現われていて、森の佇まいが残ったままの景観を背景にして、色とりどりの玩具の陳列が浮き立つかのようだ）、おそらくその影響を受けて、ジュルという語はわたしにはいつも場所の通り名というよりは人の名前のように思えてしまった。人名としては奇妙だ、というのもそれが示すのは家そのもの——家の主人である領主ではなく、プチ・ブルジョワの別荘として愛の証に家を献上されたどこかの女性でもなくて——と思え、年齢不詳のこの家にそのようにして個性を与え、自分の名前が呼ばれたときに耳を立てることができる身近の動物とまではいかなくても、船体に読み取れる洗礼名のおかげで魂を有した大型船か、さもなければもっと貧弱な小船並みに、固有の生を持つ存在であると見なしているかのようであるからだ。

どちらの方向にむかうにしても途中にあるこの地点で、ジュルという語とそのただひとつの音節に引きずられるがごとくに孤立する建物の眺めがわたしにもたらした歓びは、もともと源は無価値であっても、あまりにも大きなものだったので、その歓びを書きとめようと決めるまでずいぶんと迷ったのだが、それは、束の間のものを永続的なものにするどころか、不器用な試みのせいでそれを壊してしまい、本来とは違う姿を与え、歪めることになり、記憶にまで損傷をもたらし、取り返しのつかないほどねじ曲がったものにしてしまうのではないかと恐れていたからだ。だがわたしが——危険はほぼ取り除かれ、機が充分に熟したと判断し——その作業に着手したとき、この二軒の家屋について語る際に大失策を犯しかねないという考えにすぐに悩まされるようになり、『フランス・ブルー・ガイド　一九七二年版』に当たり、何か言及されていないか見ておいたほうがいいと考えた。ところが、このガイドブックの第二十二節「パリからエタンプおよびオルレアンへ」を読んでわかったのは、二つの家屋はまったく対になどなっておらず、別個の所有権に属していて、しかも、つけられている名前も、その邸宅のもので、身分を与えられた人物さながらに邸宅を扱ったりするための名前というわけではなく、二つの地所の名前で、つまりはそれぞれの領主の名前だったにすぎないということだった。問題の道路についてガイドブックの執筆者が書いた記述には、実際、その道路を「上り方向に行くと、ジュイヌ渓谷の左岸を遡るかたちとなり、左手のジュル城とブリュヌオ城の庭園に沿って走る」とある。

そのことを知ってから、そして、本物そっくりに描写したいと望んで、その前を通るときは前よりも注意深く二軒の家屋を眺めるようになって（そのせいで、最初の家屋の描写を何度となく変更することになったが、それは正確さをめざす馬鹿げた追求で、というのも、手を入れて描写を複雑にすればするほど、気持がすり切れ、理性的には近づいているのに逆に遠ざかっていくことになってしまうからだ）から、その家屋の最も明白な魅力をなしていた特異性が――徐々に非神話化され――わたしにとっては失われたものとなってしまったが、その特異性とは、ほとんど人間と同じような資格で存在し、同じ主人を取り巻く雄犬のジュルと雌犬のブリュヌオとでも言いたくなるように、対をなしているそのあり方だった。

ジュル、それはその名を不当に手に入れた家であり、かわいらしい窓には留紐のついた白いカーテンが二枚掛かっているのをわたしは発見したばかりだが、それは、わたしには聖遺物にも見えてしまうほど古びたこの建造物に人が住んでいる証拠であるものの、得意気に城の入口を示す家が、城の番人という端役から解放されたとはどこにも記されていない。

ジュル、それは歓びであり、（数年のあいだわたしを引きとめた漠としたタブーを尊重して）そのささやかで断続的なあり方が穏やかに続くようにしてやったほうがよかったのであろうが、それというのも、新たな活力をもたらすために言葉で表現してやろうとしたばっかりに、わたしはその歓びを台なしにしてしまい、その家のことを――おおよそのところであり、貧弱なかたちではあるが――説明した、というささやかな矜持以外の見返りを得ていないからだ。

※

麦畑の雛罌粟。
立ち込めた霧のなかの円形小窓のごとき太陽。
港を離れる瞬間の船。
前の跳躍と次の跳躍のあいだに小道で立ちどまる野兎。
両手で服を脱ぐとき、服を頭の上に舞い上がらせる女。
騎乗者も馬具もなく、たてがみを波打たせて速足ないし駆け足で走る馬。
青地に白く浮かび、飛行機が描くよく見えない矢印にしがみついた綿雲の長い列。
勢いを盛り返すときの炎と勢いをなくすときの噴水。
屋並みを押しつぶさんばかりに大きい月。
夜の初めか終わりに、ただひとつ見える星。
牧草地に散らばり、時間の感覚をなくしている大型の家畜。
取り壊された建物の壁に残ったままの、花柄の古い壁紙。
熱帯地方で、最初は翅のある昆虫とまちがえられる蜂鳥が起こす振動。
レーダーのように身を揺らして輪を作る孔雀。
うろつき、それから深い溜息をつきつつ丸くなって寝る犬。

照明をつけて、平野を縦列で走り抜ける列車。

蟋蟀《こおろぎ》の鳴き声と蟬の鳴き声。

鳥のピイピイという声がちりばめられた沈黙。

あらゆる場所であらゆる季節に、どこからともなく突然聞こえてくる音楽。

ロンドンの船渠《ドック》で薫る紅茶の匂いと西インド諸島で収穫の時期に薫る砂糖黍の匂い。

村の学校の生徒の気分にさせる温かいパンの味わい。

たったいま裸にされたばかりで、大理石さながらの光沢を放つのに、どうしてそんなに柔らかくなるのかと不思議に思ってしまう肌。

狭い道。木々のトンネル。ベッドにできたばかりの窪み。

遠くから見ると暗い小島で、なかに入るとこちらを薄明かりで浸してくれる密生した森。

音は聞こえないが、そこでは草が動いている小川の秘めやかな呼吸。

＊

夜明けだと思うが、シーツにくるまったまま目覚めに近づき、漠とした夢想に襲われるものの、それはイメージのレベルにも、さらには思考のレベルにすら（いわば）達せず、かろうじて生理的感覚よりも高い位置に来られるかどうか――非常に漠然とした感覚で、描写はできないにしても、せめてそのうずくような性質を示すために「不安」と名づけてみようかと思う――なのだ。

さまざまな形をとるのだが、そのなかでも最も単純なのは、どうしても明確に言い表わそうということであれば、紋切り型のせいで饐えた味になった陰気な考えとして――ベッドから出て、紅茶の入ったカップを前にして坐り、わたしが明晰さを取り戻したときに――現われてくるものを、口ごもりながら咀嚼することだが、その紋切り型とは過ぎ去りゆく日々ということであり、要するに、わたしたちの友人がひとりまたひとりと亡くなってまばらになっていく（ついには毎日受け取る郵便も少なくなり、心臓の鼓動が速まるといったことも一切ない実用的な手紙や印刷物ぐらいしか入っていないようになってしまう）恐ろしさであり、妻にもわたしにも未来――同時に片がつくという驚くべき幸運が生じるのでないかぎり、わたしたちのどちらかが孤独になるという結果に行き着くことが決まっている未来――はまだあるが、どんどん薄っぺらになっているということだ。

ときおり、この不快感――悲壮さなど一切ないものだが――は、わたしがもてあそばれている幻想の曖昧さ、さらに、その幻想が明らかにしようとしているもの自体が不明確であるという事実にもっぱら立脚しているように思われるのだが、たとえば、見たところは同じようでも違っている——正反対とは言わないまでも——とわかっていて、交互にだったり二者択一的だったりといったかたちで現われ、その両方のうちのより具体的で実感のこもっているほうが、同じように姿かたちははっきりしないにしても、もう一方よりもよいというような、なんとも説明しようのない二つのものが、密やかに、だがごく身近に存在するせいでわたしが感じる深い困惑がそうだ。

よく起きることだが、どれもこれもうんざりだと思いながらも、これからやって来る日々にやらなければいけないことに直面して感じる嫌悪——どのような順序になるかはわかったものではないが——を引き継いで、物書きならではの妄執が、わたしのなにやらいかがわしいまどろみにつきまとうのだが、その妄執とは、構築しなければいけない文（しっかりと築かなければいけない文という考え方は、通常は、解かなければいけないが定式化できないなにか独特の問題とか、実行せざるをえない謎の策略といったものに形を変えるとはいえ）、文や本だけでなくあらゆることが救い出されるように、文のなかに——一種の救命ブイとして——しっかりと係留しておかねばならない語の連なり、わたしの不安をその反対物にしてしまうような、あるいはもっと正確には、その操作のあとでは（柔道で、相手の攻撃がその相手自身の敗北を導く手段となるように）、回収された不安には次のような意味、つまり、不安に含まれた毒の処理の仕方——わたしが問題にしているまさにその瞬間においては、文学的なものだとは明らかになっていなかった操作——次第で、普通に幸福を生み出す源泉になるという以外の意味は、もはや何も含まなくなってしまうようにさせる変更（やらねばならない微妙な作業）の可能性——ひとたび立ち上がり、やっと垢を落としたわたしの脳にまた距離をとる能力が戻ってくると、そんなのはユートピアだ、と認めかねないが——である。

＊

気晴らし、アリバイ、清めの儀式、そこからなにか法則が生まれてくるのではないかと期待していたこの著作は、そうしたものにすぎず、わたしが何かをする手助けにも、わたしという人間を作り上げる手助けもしてくれない（というのも、まさしくそれをしつづけることに自分がこだわっているという事実以外、ほとんど何も生じてこないからだ）。

営々と文字を書き連ねていくが、この著作は、意地悪くわたしを消耗させるばかりで、鍛えてくれたりはしない（というのもその執筆が、わたしにとって主要な、ほとんど唯一の活動となったからだ）。

物語、絵画、あるいは注釈のようなものでもあるこの著作は、わたしの人生に糧を与えてくれるというよりも、むしろわたしの人生のほうから糧を与えてやっているものだ（というのも、その素材はわたしの人生から引き出されてきていて、著作のほうは副産物だからだ）。

高みと低みを測り、空転する機械であるこの著作は、わたしに何の支配力ももたらさず、わたしはその主人ですらない（というのも、密かにわたし抜きでこの本を作り上げているのは、この本を抜きにしたときのわたしの生き方やわたしがしていることであるからだ）。

## 題名、ただ題名だけ

※

肉体の複数性についての対話。
飢餓の残骸。
存在したこと。
持ちもせず。
ずっと以前から。
我勝ちに。
絶対奪格〔ラテン語で分離などを表わす格〕。
音量いっぱいに。
ほぼ。
空しい訴え。
少なくとも言えることは。
ああ！
にもかかわらず。

究極の人工補綴。
ホールド・アップ。

ニュートンの林檎、ガリレイのシャンデリア〔シャンデリアの揺れを見て振り子の等時性の発見に至ったとされる〕、標章の地位にまで昇格した些末な形象。

＊

劇場では、『トスカ』〔プッチーニのオペラ、一九〇〇年初演〕に意味を付与するのは、燃える二つの松明と死体に名誉をもたらす十字架像であり、『サロメ』〔オスカー・ワイルドの戯曲、リヒャルト・シュトラウスがオペラ化し、一九〇五年に初演〕を明示するのは、皿に載せられた首であり、『ドン・ジュアン』〔モリエールの戯曲、モーツァルトがオペラ化し、一七八八年にウィーンで初演〕を物語るのは、歩く彫像であり、『守銭奴』〔モリエールの戯曲、一六六八年初演〕を要約するのは、ただ劇中で話題になるだけの小箱であり、『ハムレット』〔シェークスピアの戯曲、アンブロワーズ・トマによるオペラ化作品は一八六八年初演〕の概要となるのは、両手で抱えられた頭蓋骨である。象徴ではなく、状況や人物の性質をたちまちのうちに感じ取らせ、ほとんど催眠状態に近い状態を作り出すだけの力があるイメージだ。

自分の人生を探って、この種のイメージを何か見つけられればいいと思うのだが、そうなれば、聖ゲオルギウスにとっての打倒された龍、あるいはカエサルにとってのルビコン川とまではいかなくとも、少なくともわたしがそこにしっかりとしがみつける指標となってくれるだろう。

＊

すべてが無駄で、できたこともできなかったことも意味がなかったと考えてみても悲しみは和らがず、自分の人生で記憶に残る価値のあるようなことはたいしてないと彼は思っていた。至るところで失敗を重ねていて、作家として失敗したが、それは自分に向ける視線を超えた境地に至ることがほとんどできず、詩に到達したのはごく稀にすぎなかったからだし、さらに、絞首刑や狂気、さもなければ永遠に帰ってこられない旅立ちといった宿命を背負った人間の器でないと自分でわかっていたからで、反抗者としても失敗したが、それはブルジョワの快適さをけっして避けなかったからだし、さらに、革命家となる意志を漠然とながらもずっと持ちつづけてはいても、暴力も犠牲も嫌いで、闘士の資質はまったく持ち合わせていないと認めざるをえなかったからで、愛人としても失敗したが、それは彼の人生のなかで恋愛に関する部分はきわめて平凡で、恋の激情はすぐに衰えたからで、旅行家としても失敗で、というのも、母語である唯一の言語に事実上閉じこもり、たとえ自分の国にいても、生物にしろ無生物にしろ何かを前にしてくつろぐのは誰よりもおそらく苦手だったからだ。民族誌学者という職業から彼が引き出したのは、ほんのわずかなことだけで、スーダンの秘儀加入者の言語に関しての、そしてエチオピアの儀礼的憑依に関してのきわめて特異な研究、「黒人芸術」についての間接的な研究と、恭しい意図を抱いてのものではあっても、たいして力を持たない反人種主義的な方向にむけられたその他の研究、そして最後に（これこそが、最も記録しておくに値する自分の業績だと、ひどく陰鬱な気分に襲われたときに彼は考えていたものだが)、民族誌学を、西洋の科学のためではなく、第三世界の人びとに役立つものとするという意思を示した何本かの論文があり、その意思はいかにも素朴なもので、それというのも当事者たちはもっと別のことを心にかけていたからだ……。

非常にうつろな虚空のなかにあっても、自分を総合的に評価した場合に、いずれにしてもひとつはよいおこないに分類できるものがあったとそれでも考えることが彼にはあったが、それは、子どもを作るというおこないの否定だった。骨の髄まで反抗者であったわけではないが、少なくとも協力はしなかったという点を自慢にして、当時は誇らしく感じることのできた行動回避。

＊

考えを行為にまで高めず、その考えを正当化して意識を穏やかにする体系を自分のために作り上げること、考えに従って生きるのではなく、自分の人生で体験したことに従って考えること、おそらくそうしたことが最もたちが悪く、多くの人を汚す欠陥であり、わたしはなんとしてもそれを避けねばならない……。

何かを信じていながら、それがはらむ危険に正対しなかったのを恥ずかしく思うものの、実践の欠如というかたちで応じてしまったものを理論上では無効にしないようにしなければならないし、さらには、もっと心穏やかに手を引けるからといって、そうした考えはまちがっていると言ったりするのも控えねばならない。

何も否定しない一方で、わたしの弱さのせいで思考と人生のあいだに穿たれてしまった溝のなかを少なくとも探るくらいのことはできますように！

（ひとつの釘を入れると、もうひとつの釘が出ていく。何事も最初の一歩が厄介だ。うまく跳ぶためにいったん後ろへ下がる。わたしがその危険にさらされている別の欠陥、それは、謙虚な姿勢を示したので罪が赦されると信じ込むキリスト教徒のように、自分自身の告白の上に胡坐をかくことだ。）

※

最後の言葉、

（リゴー風）「おれを笑わせるな！」
（空威張り風）「肝に銘じておけ！」
（アルパゴン風）「おれの小箱！」〔アルパゴンはモリエールの『守銭奴』の主人公〕
（慇懃風）「どうぞ帽子はそのままで……」
（電話風）「切らないでください！」
（ざっくばらん風）「乾杯！」
（半狂乱風）「人殺し！」
（哲学者風）「遅れてもしないよりはまし」
（軽航空機操縦士風）「すべて棄てなさい！」〔軽航空機は気球、飛行船の総称〕
（カジノ風）「賭け金の受け付けはそこまで！」
（政治家風）「審議は続行……」
（お人よし風）「なんとも間が抜けている！」
（哀歌風）「死の女神よ、死の女神よ！　わたしをそんなにきつく抱かないでくれ！」

ソープルーフ、シャークスキン、ヘリングボーンズ、チョーク＝ストライプド。耐棘性、鮫の肌、鰊の骨〔杉綾模様〕、白墨線の縞模様。

テーラーという職業に固有の哲学がある、それは当然のことで、というのも、哲学を持たない職業などないからだ。自由業についてなら自明のことで、その名が示すように自由に選ばれているだけに、仕事は、それをおこなう人たちの世界を一定の仕方で表わしたものに呼応していると考えられる。そして、その直接性の彼方で、当事者が抱くなんらかのアイデアを始動させないような仕事は、どうやらほぼ存在しないと言ってよく、いかなる製造業者も、詐欺師でないかぎりは、自分が作るものの価値をそれなりに信じていて、自分が公共の利益に多少なりとも役立つと考えているし、いかなる販売業者も、顧客に適したものを見分けられるような心理の洞察家であろうとするし、いかなる実業家も、世界の歩みを反映する市場の状態から教訓を引き出す戦略家ないし策士を自認しているし、いかなる指導者も、控えめにであれあからさまにであれ、命令権への絶対的信頼を胸に抱いているし、役人は、いかに自身は気力を欠いていても、官僚主義的な形態の信奉者にならずにはいないし、芝居に出てくるもったいぶった墓掘り人さながらに、清掃作業員は、自分の地図に属する建物で営まれる生についての塵《ごみ》が明らかにしてくれることにはたぶん自分なりの見解を持っているものの、自分が扱う材料をその溢れ方とか重さといったただひとつの視点から見るためには、とくに専門的ではない操作がおそらくあるだけのことなのだ。しかしながら、疑いの余地がないように思われるのは、人間の外見に直面したテーラーが、身体のなかで起きていたことの刻印が概して外観に現われてくる事態に直面した医者と同じで――つまりは、明らかだと思われるのは、わたしたちの服を裁断する者が、わたしたちが自分自身について（自分がどのような人間であり、どのような人間になるべきか、といったことに関して）抱いていた考えを取り入れ、同時に、彼自身がわたしたちの容姿やファッションの要請について考えていることも盛り込むなかで、哲学に直接つながる存在となっているということだ。こうしなければいけないという必要性と好みを入れるという自由のはざまで微妙な調整をおこなわなければいけないことに加え、その活動領域は必然的に実在と仮象の境界に位置づけられるのではないか。

　もしかすると、たわいもないことなのだろうか。テーラーでの仮縫いのあいだに退屈したということが一度もない……。さまざまな具体的な細部、わたしたちの身体を理想的とも言える幾何学的図面に重ねる仮縫いのデッサンとか、ときとして職人が準備の整ったばかりのミシンから引き出す音（それは自分がぼろ着を身にまとっているという印象を唐突にもたらす）とか、こちらを絞り、あちらを緩ませるといった彫刻家並みの仕草とか、たとえばあとでボタンを付ける場所に素早く打たれる針とかが、わたしを惹きつけるのだ。しかしそれ以上に魅惑的なのは、時宜を得てテーラーが発する言葉で、それは往々にして、人や物、ひとりひとりの人格や好みの移り変わり、もっぱら個人に属するもの、そして、いかに独創的な見本になりたいと気をもんではいても、集団から借りてこなければならないもの、その両者を考慮に入れるのにふさわしい立場にいる人間の哲学を垣間見せてくれるのだ。

　中央ヨーロッパの出身だと思われるが、イギリスで育ち、ヴィヴィエンヌ街〔パリ二区、国立図書館裏の通り〕に店を構えるテーラーのもとで、かつてわたしは服をあつらえていて、彼は自分の技の威厳と精神性とでも呼べそうなものを強く刻印したいと望むばっかりに、請求書や書類などの頭書きに「バンドのスーツ《ア・バンズ・スート・》は精神的な満足をもたらします《ギヴズ・ア・モラル・サティスファクション》」というスローガンを掲げていて、それと競うようにもうひとつの寸言「この街の最良の紳士方にひいきにされています《パトロナイズド・バイ・ザ・ベスト・ジェントルメン・イン・ザ・シティ》」が続き、あたかも彼の店の服を身にまとえば、いわば罪を清められ、それこそ、十把一絡げを超えて非の打ち所がなく、その人ならではのやり方をこちらが取り入れてもいいと認めてくれるあの完璧な存在に匹敵する気分になるだろう、とでも言いたいかのようだ。尊敬に値する存在になりたいという欲望に訴えかけるこの呼びかけがいかにブルジョワならではの順応主義的なものであっても、バンドという男は同時に、王宮に対置される極である大衆層にもともと属するのだということを隠していなかった。実際、子どものころ、両親の住んでいたロンドンの東側の地区で通りに出て物乞いをさせられた様子を、あるとき、わたしに語ってくれたもので、彼は、通行人の鼻先で貯金箱を揺すってみせ、ロマノフ王朝の末期に移民となった者たち（革命家だとわたしはずっと思っていたが、おそらくは、反ユダヤの大衆蜂起を逃れ、イーストエンド〔ロンドン東部の商業地区〕の人口を飛躍的に増やすことになったユダヤ人に属すると考えたほうがよさそうだと最近になってわかった）に充てる援助金を集める「ロシア人のために《フォー・ザ・ルシアンズ》！」という訴えを口にしたというのだ。階級闘争とは一切関係のないものだったはずの会話にどうしてそれがまぎれ込んだのかわたしも忘れたが、彼自身おもしろがっているように見えたこの思い出を語りつつ、かつてホワイトチャペル〔ロンドンのほぼ中心部にある一種のスラム街〕の腕白小僧だった男は、自分の人生がどのようなものだったかを見定め、いってみれば、自分の社会的地位の向上を哲学者的な、あるいは少なくとも道徳家の醒めた目で眺められるということを——ユーモアを暗に含めつつ——示したのだ。

　風俗を厳密に観察する男というよりも、ディケンズ風の小説家、それがアイルランド人のアーチバルド・リーヒであり、彼は、最初はトウキョー河岸〔現在のニューヨーク街、パリ十六区〕に店を構え、そののち商売がうまくいかず、自宅で仕事を始めるようになり、そうした低迷期のあいだにわたしは彼に仕立てを頼むようになった。アーチバルド・リーヒは自分のイデオロギーをおおむねわたしに明かしたと言えるだろうか。どう考えても否であって、せいぜいわたしにできるのは、いかにも島国の人間らしいこの男が民族意識を強く持っていたと断じることであり、彼から見れば、ずいぶんとパリに順応したテーラーであるジェームズ・パイルが雇った職人など、くそいまいましいスコットランド人《ダム・スコッチメン》にはかならなかった。人間の心理におおいに精通した男というわけでもなく、あるとき――やはり彼の顧客であるわたしの義兄と話していて――わたしについて「陽気な方ですね！《ア・ジョリ・フェロウ》いつも微笑んでいて《オールウェイズ・スマイリング》……」などという、どちらかと言えば当てずっぽうに近い簡単な描写をしたほどだ。しかしながら、彼自身は、人間のさまざまな類型に興味のある輩であれば、どのような暮らしぶりなのか見てみたくなるような人物なのである。どう見てもおもしろい身体つきで、それはその流動的な動きのせいでもあり、壮年の道化師だかジョッキーだかのような枯れた感じのせいでもあり、もし運命がそのようになっていたら、ダブリンのパブで、ジェムソン〔アイルランド産のウィスキー〕やギネスを飲みながら、次のレースの予想をし合うひとりだったかもしれないようなその振舞いのせいでもあるだろう……。もしかすると、競馬が――酒と結びつき？――原因となって、店をたたまざるをえないような困った事態に陥り、いますぐ資金繰りをしなければいけないといった嫌な思いをしていたせいなのか、彼に服を注文するときは前金で払う決まりだったが、それは、わずかな見本しかけっして見せてもらえなかった素材の仕入れができるようにという、ただそれだけの目的で求められていたのだ。ヒル・ブラザーズ商会〔ロンドンの高級ブランド街オールド・ストリートにあった紳士服店で、パリにも支店を出していた〕を辞めたこの男は、自分で家具を買い揃えた家に住むようになってからは、いつも金に困るようになっていて、少なくとも一度、わたしの義兄に感動的な手紙を送ってきたのだが、その内容はポピュリズム文学の臭いのするクリスマスの逸話そのもので、冬は住まいも侘しく、細君は悲しみに沈み、愛する娘は寒さに震え、といった具合で、そうした要素を積み重ねていくと、ストーヴが消え、質の悪い使いかけの蠟燭でかろうじて照らされた寝室兼作業場にいて、もしまだ家にあればウィスキーかブランデーを飲んで身体を温めていて、借金で刑務所に入れられ、さながら現代のピクウィック〔ディケンズの小説『ピクウィック・クラブ』の主人公で、損害賠償金の支払いを拒んで投獄される〕となった彼に義兄とわたし自身が面会に行くといったことにまではならなくても、すぐにでも執達吏に差し押さえられるのではないかと覚悟している姿を想像させるのだ。商業的な観点からは哀れな者（しかも、注文を受けておいて納品せずに金をくすめて結局姿をくらますといった悪漢小説風のところもある）であっても、アーチバルド・リーヒは、仕事の面では一種の天才だったのであり、彼の仕立てる服は非常にスタイルがよく（細身のタイプのもので、ことさらに悲惨さを強調する小説と同じで、着古した感じがロマンティックな趣を強めている）、そのおかげで、いたるところに見られる欠点――お粗末な綴りの間違いといったところだ――を忘れてしまうのであり、彼がわたしに――どういった気まぐれ、あるいは金銭関係のちょっとした小細工の結果か――形（わたしはシングルを希望していたのにダブルだった）も、もしかすると生地（ごく小さな切れ端を見て選んだもの）も、二人が合意したものではないスーツを作ったことがあったが、わたしは、彼が示した否定しがたい才能と作り手として披露した軽業の抗しがたい魅力ゆえに、その服を進んで受け入れたのだ。

　この職業について、そしてそれを包み込む哲学についてわたしが述べたことを説明するのに、アーチバルド・リーヒの例にも増して好都合なのは、人から話を聞いたあるテーラーの例で、彼はとくにアンティル諸島の学生を顧客にしていて、一目見て客がマルティニック人かグアドループ人かわかるのを自慢にしていた。民族学者を蒼白にしかねない洞察力のほかに、人間や事物の認識という――いまだに探査済みでない――領域において、この実践家の資質にどのようなものがありえたのかは、実のところわたしにはわからない。

さらに説明に便利なのは、バレットという名の男が口にした言葉であり、のちにガーナとなるゴールドコーストからの帰国後に、アクラ〔ガーナ共和国の首都〕で手に入れた布地でスーツを仕立ててもらいに彼のところに行ったのだが、それはイギリスの役人が親切にも受け入れてくれたことで税関を通すことができたものであり、ヒトラー絡みの出来事のせいで窮乏生活となっていたあの時代にその布地を持ち帰れて、独立前夜のモシ族〔ブルキナファソの農耕民族〕かドゴン族〔マリ共和国の農耕民族〕の移民が、彼の地の鉱山かプランテーションで働いて稼いだ金で買ったすてきな織物を手に自分の家に帰るのとほぼ同じくらい、わたしは得意だった。「この店では通りで何が起きているかといったことは関知しませんよ」とある午後にそのテーラーはわたしに言い、まっとうな人間で、自分は並み以上になりたいと少しでも思っているのなら気にかけたりはしない、あのひどく通俗的なもの、つまり流行を、優越感もあらわに軽蔑してみせ、貴族的な傲慢さをはっきりと示したのだった。

同様に、当節の好みに従うのに気乗りしていなかったのが、長いあいだ顧客であったためにわたしが一番親しみを感じるようになったジョンソンとマリエで、彼らは、自分たちの顧客リストにド・ゴール将軍、マルセル・ブサック氏〔高名の織維業者〕、ウィンザー公爵〔英国王エドワード八世は王位を棄ててウィンザー公爵を名乗り、メンズファッションにも大きな影響を与えた〕の秘書、アーネスト・ヘミングウェイ、そしてラ・パヌイユ子爵〔不詳だが、「パヌイユ」には「トウモロコシの穂」の意があり、どこか間の抜けた印象を与える名前であるためか、当時の小説や戯曲の作中人物として散見される〕も含まれている——あるいは含まれていた——とみずから進んで繰り返していたものだ。彼らの店をわたしに紹介してくれた友人は、年齢からしても、最近になって輝かしいものとなってきたその人生からも、わたしよりはるかに経験豊かな人で、一九一四年に戦争（ありとあらゆる危険な軍事行動を宿命づけられていたにもかかわらず、「セネガル原住民歩兵」などといかにも軽い扱いの呼び名になっていたあのアフリカ人たちの部隊の幹部として、その友人は勇敢に戦った）

が始まる以前は、依然として前世紀〔十九世紀〕風の伊達者だった男のひとりで、マキシムズ〔パリ八区コンコルド広場近くにある有名レストラン〕の常客であったし、ヴォードヴィル作者のジョルジュ・フェイドーとも昵懇であったのだ。この遊蕩児は――わたしがロンドン旅行から帰ってまもなく、彼の家からも人類博物館からも近いトロカデロ宮の庭園で、思いがけず出会った際に――ロック〔イギリスの老舗帽子店〕であつらえた帽子が届き、大きすぎず小さすぎず、完璧に自分に合ったサイズで、締めつけはせずにちょうど必要なだけの圧力をかけてくれる（官能的な快楽の記憶が甦って一種の恍惚状態に陥ったのと同じような潤んだ眼をして、ほぼそのような文言で彼は断言した）その帽子を、さながら両手で冠を持つようにして頭に載せるときに体験する驚きの感覚を、長々と説明してくれたのだが、その彼について、共同経営者の二人が感嘆の情をあらわにしつつ語ってくれたところによれば、何十年も前から彼にスーツを作っているが、上着のラインを変えたことはないし、ズボンの裾を広げたり狭くしたりしたこともないというのだ。一度基準が作られればそれが最終的なものとなり、二人は、別のテーラーであるフレッド・ペリイが自分で打ち立てた規則を守ったのと同じくらいの厳密さでその基準に従っていたが、フレッド・ペリイというのはわたしが二十歳過ぎのときに通っていたテーラーで、上司の目を引くような（要約すればそういった内容を、優雅な身なりをしたいが懐具合がそれに追いつかない若者だと合点して、彼は告げたのだった）服を着せてやると彼はわたしに断言していたもので、その彼の規則は、黄金分割やポリュクレイトス〔古代ギリシアの彫刻家〕のカノン〔理想的な人体比例〕と同じたぐいのもので、折り返し襟の穴と脇にある小さなポケットのあいだ、そのポケットと上着の真ん中のボタン（自然なサイズの高さにちょうど付けられている）のあいだ、この真ん中のボタンと下のポケットのあいだが同じ距離となり、この不変の距離が鋳型の役割を演じていた。ボルネオで医者として開業した息子のいる生粋のイギリス人シドニー・ジョンソン、そしてその裁断師で、イギリス流の職業教育を受け、アメリカ人女性（会計を担当している女性だったのでわたしにも判断ができたのだが、彼女はかなり美しく、堂々とした女性だったはずである）と結婚してはいたものの、まちがいなくフランス人である、小太りで背の低いアルフレッド・マリエ、この両者とも、被服術に関してフレッド・ペリイ流の理論家だったわけではない。ひとりで鋏を操るマリエは、あくまで経験に基づいて作業をおこなっているように見えたし、選択が必要となる場合に助言し、仮縫いを取り仕切るジョンソンは、それでいてきわめて凝り固まった考えを抱いていて、それは、「汚い色」と彼が呼ぶもの、言い換えれば、純粋ではない色調（それ自体が曖昧か、色合いが混ざった布地の場合なら、きれいに調和しない組み合わせ）への嫌悪だったが、そうした色について彼は――非難の対象となる見本や布切れを眺めつつ――、あたかもそれを目にしたり、話題にしたりするだけで、たんなる肉体的不快感以上に内側に入り込んでくる汚れが感じられるとでもいうかのように、嫌そうに口を尖らせて話していた。最大限の古典主義――ゆとりと節度――が彼の好みだったらしく、しかるべきものに直そうという配慮や、母国に対する忠誠心が度を越してしまい、エリザベス女王の前任者が亡くなってすぐのとき、黒ずくめの服に白いワイシャツといったいでたちで自分の店にいたのを憶えているが、それを見て、わたしは彼に弔意を表しなければならない気持になったほどだった。助手役のマリエも発酵飲料を控えるような輩ではなかったが、そのマリエによると、酒飲みのシドニー・ジョンソンはとりわけ緑色のミント入りのマンダリンを高く評価していたということで、これはアングロ＝サクソン系の人間にとっては、とりわけあれほど「汚い」色を嫌う人にとっては、奇妙に見えるカクテルのはずだ……。引退する年になると彼は、イギリスの海岸との距離が最も短いフランスの海岸に位置するグリ＝ネ岬〔ベルギーとの国境に近いパ・ド・カレ県の岬〕の近くに――妻の願いに従って――購入してあった小さな家に隠遁し、そこで亡くなった。かなりの期間、わたしはアルフレッド・マリエのところに服を頼みつづけたが、その店――最初の名前の英国風の響きが宣伝になるためか、パートナーへの忠誠心のためか、商標を新しくすると費用がかかるのを避けるためか、「ジョンソン・エ・マリエ」のままだった——もいまではなくなってしまっていて、それは、修業のためにグラスゴーに送り込み、跡を継いでもらおうと期待していた息子が、残念なことに、既製服の分野に入ってしまったからだった。そもそも、テーラー（材料費も手間賃も値上がりを続け、きわめて裕福な客でさえ金離れがよくないということがあまりにも頻繁にあるので、不測の事態が起こる危険に充ちている）を職業として選ぼうとする若者はどんどん稀少となり、アルフレッド・マリエの指摘を待つまでもなくわかっているのは、他の分野同様この領域でも、徐々に工場が手仕事に取って代わっていることで、しかもそれは合成繊維が高級素材に取って代わるのと軌を一にしているのだ。

　衰退しつつある業界のこうした一員と交わした、実はひどくありきたりの会話をときに懐かしく思うことがあるが、それはアーネスト・ヘミングウェイだったりド・ゴール将軍だったりについての逸話が繰り返し現われる、とりとめのない対話だった。向こうは、自分が日曜画家をしているという話をしばしば織り込んできたが、それというのも、自身が「人体の建築家」（あるミラノのテーラーが営業用の名刺でそう自称していたらしいが）を気取らないにしても、余技である水彩画——アマチュアとしてベルナール・ノダン〔一八七六—一九四六。フランスの画家、イラストレーター、版画家〕の教えを受けたのちに描くようになっていた——のおかげで、あまり重視されない芸術ではあるが、とにもかくにも装飾芸術ということで分類できそうでもある職業のこの実践者は、明らかに芸術家風の花で飾られたがごとき存在になっていたからだ。断固とした伝統主義者である彼は、デイヴィス・アンド・サンズ——彼の店のロンドンでの取引先で、わたしは通りがかりに、イギリスの街を美しく見せる要因のひとつであるジョージ王朝様式の建物の一階に、店を構えているのを確認した——のところでなら、もし頼めば、十八世紀にまで遡る注文控え帳を見せてもらえるだろうと言っていた。過去の尊重ということで言えば、アルフレッド・マリエは、その夫婦生活がどういうものだったかわたしは知らないものの、妻と非常に馬が合っていたはずで、なぜなら彼女のほうが――たまたまわたしたちが二人だけになったのをいいことに、どう見ても才女気取りの一面をあらわにして――、自分は読書が好きで、何よりも回想録を好むとわたしに打ち明けたことがあるからだ。

自分の書くものと同じで、他人の目にわたしという人間がどう映るかを決める構成要素である服に対して抱いてしまうフェティシズム的な愛着、――ベルリッツ学院でドイツ語の授業を何回か受けたときに知った諺で、フランスで言われる「人は見かけによらぬもの」とは反対の、「馬子にも衣装《クライダー・マッヘン・ロイテ》」にだいぶ昔にわたしが付与した、ほとんど神託並みの権威、――死の訪れで着られなくなる、あるいはかろうじて袖を通すのみで終わるスーツを注文することになる日がいつか来るという、やや強迫観念的な考え、――写真を撮られることへの嫌悪感（醜く映るにちがいないと思い、しかも、そのように素早く捉えられ、抽象的に固定された顔立ちが、将来、現実の顔立ちとのあいだに段差を作り出す隔たりに不快感を覚えるだろうと予測して）、――そのせいで、自分の身体を危険にさらそうとすると不安を感じてしまい、それどころか、愛情のもたらすねじれに盲目的に身を投げ出せるようにと、完全に身体を抑制から解放するのをためらってしまう、自分の身体への恋々とした執着、ここに列挙しただけの理由があれば、なぜわたしがテーラーという職業――わたしたちの目に見える姿かたちに直接かかわる仕事――はどうしても哲学的な思考を誘わずにおかないと、これほど強く信じるのかということの説明になるだろう。信条表明であり、証明の完結などこの場合はいささかもおこなわれることにならないだろうが、というのも、わたしが何かを証明しえたとしても、それはテーラーが哲学者だということではなく、むしろ容易におしゃべりに興じる、ということぐらいだからだ……。

チャコール・グレー、鉄灰色、マレンゴ・グレー、スレート色気味の青〔青灰色〕、マリン・ブルー、ミッドナイト・ブルー。そしてもしかしたら、わたしが馬なら白地に黒のぶちがあり、犬なら赤毛に黒縞なのではないか。

自分の権利を行使しようなどとは少しも望まず、ましてや——きわめて論理的な結果だが——ずる、などする気になれないVIP、とはいえ、はっきりそう思っているわけではないが、あらゆることについて優遇してもらえるのが当然である程度には重要な人物だと自分で判断している。きわめて気取りのない服装でありつつも、趣味は非常によい、それこそ彼が求めているもので、極端に役人風だったり自由業風だったりする暗い色や凝りすぎた生地ではなく、けばけばしい色でもないし、成功者然として畏敬の念を呼び覚まそうとしたり、逆に若づくりしようというようなことは何もしない。尊大なところのないお人よしで、階層や年齢や性（二種類の同性愛を加えれば、複数の性がある）や国籍がどうであれ、いつも対等の関係にあろうとする。かなり図々しいが、自然にそうなっているので、図々しいとは見えないと自分では思っている。卑俗さの二極、つまり四角四面も忌憚のなさも同程度に嫌う。気分はどちらかといえば一定で——ストイックな男だ——めったに怒らない。屈託のない顔つきでも心配げな顔つきでもなく（少なくとも彼はそう望んでいる）、事情は詳しくわかっているので気をもまないし幻想も抱かないといった感じの、少し悲しげな平静さを保っている。それ相応に夢想家だが、人間の条件が何か、どういった不幸が世界に襲いかかるかを、知らないわけではない。進んで慈善家になる。いかなるものであれ禁欲の観念には反対だが、自分次第でたくさん手に入るとわかってさえいれば、わずかなもので我慢できる。自分が行くと知らせてなかった場所でも、状況のなせる業で、自分がいるとわかってもらえると、嬉しくなる。スノッブではないが、それはむしろ尊大さのなせる業で、縁故を頼ったり、富のしるしにすがりついたりしなくていい男だし、結局のところ権利承継者であって、偉そうにする必要などないのだ。「わたしはあえてそうしますよ」と別のＶＩＰが言っていたが、言われた相手は、ヴェネツィアや各地でこの金持が非常に質素なホテルに投宿すると知って驚いていた。あらゆることに関する誠実さ。傷ひとつない名誉。しかしチャリティ・バザーを開いても、遭難のさなかに、あるいは銃殺執行隊を前にして、何が残るというのか。あらゆる人間関係において非常に立派な紳士《ムッシュー》――紳士《ムッシュー》と呼ばれたいとは思っていないにしても。必要な教養はあるが、それをひけらかしたりは、なにがあろうが、断じてしない。もちろん国際人だが、外国語で話すのを嫌う（自国語がそれほど好きだからというわけではなく、別の言語で下手に話すのを嫌がるあまり）。いくらかの逸脱はあるが、よき夫。よき父親とは必ずしも言いがたいが、というのも、上品で醒めた考え方をするせいか、それとも責任を負うのが厭わしいのか、父親にはまったくならないという可能性が充分にあるからだ。

葬儀に関してはちょうど中間の立場で、あまり派手にやりたくないが、見せ所があまりにないというのも駄目で、控えめで実質的な葬儀でかまわないが、いくらなんでも共同墓地は勘弁してもらいたいし、ミサ並みに長くて重たい慣習として、火葬は避けたいものだし、犬の墓地に入れてもらいたがるといったユーモラスな願いも一切控えておきたい。どっちつかずの市民で、論壇に上がるのは嫌だが、「何かをしたい」という欲求はあり、そのあいだを揺れ動く。ひどく自己中心的だが、あまりに場所ふさぎになるのが嫌いで、人の前では目立たないようにしていようとする。客室乗務員が話しかけてきて、仕事上必要なわずかな言葉に加え、会話めいたやりとりもして、空の旅につき添う集団のなかの誰でもいいひとりとして扱っているわけではないと示してくれると満足するＶＩＰ。受勲は一切なし。ジョッキークラブの会員ではないし（この貴族的なクラブに入りたいなどと願い出ても、まちがいなくはねつけられるだろう）、なにかの学士院に属するわけでもなく、それなりの数の学会に入っているわけでもないが、思想が生まれたり、結社や党派が形づくられたりする場となるさまざまなグループに迎え入れられている。左派に属するが、それは当然のことで、というのも反動的になるなどあまり馬鹿げていて、自分の生きている時代を理解し、前に進み、時代遅れの物事にしがみつかないようにしたいからだ。反人種主義者であり、白人に優等賞を与えるのは身内を誇らしく思うあまりに物事が見えなくなっているということで、人間が血統で評価されるといったことが動物の場合にも増してあってはならないとわかっている。好かれたい、周囲に人を集めたいという欲求ゆえに、彼なりの仕方で煽動家だが、自分の厳格さや知的な健全さを疑わせるようなものには一切引きずり込まれないようにするという点で、人気を得たいと思っている。それ相応に感傷的（薄情者になるのは褒められたことではない）だが、冷淡さと同様に感情過多も拒否する。宗教に関しては不信仰で、それ以上言うことはないほどだが、不滅の魂が自分のなかにあるなどとはもちろん思わないものの、完全な絶望に身をゆだねるのは嫌で、神の摂理ならぬ進歩に信頼を寄せ、いつの日か世界がいまよりももっとまとまりのあるものになるだろうと考えている。ヴォルテール流に異議を申し立て、批判をするが、物事が崩壊するのをどうしても見ずにはいられない気持にさせる奥深い衝動があるわけではない。騒ぎを起こす輩や過激分子とは正反対で、生来の同調者。育ちのよい人びとのあいだで事態が推移すればいいと密かに願っている……。VIPすなわち、特権を与えられた真の身障者《ヴレ・アンポタン・プリヴィレジェ》（あるいは無価値な男、馬鹿者、無邪気な人間、下劣な奴）。オランダ紙〔パルプに澱粉を加えて強化してあり、さまざまな縞模様をほどこしたいわゆる「レイド紙」で、銅版画の刷りに適しているとされる。フランス産だがオランダに集荷されて各地に輸出されたためこの名称になった〕かアルシュ紙〔フランス・ロレーヌ地方のアルシュ工場発祥の、コットンパルプを原料とした手漉きに近い製法による水彩紙〕かオーヴェルニュ紙〔フランス中南部のオーヴェルニュ地方は、フランスにおける手漉き製紙発祥の地のひとつであり、現在も水車を使った製法が保たれている〕（和紙では高価すぎる）で限られた部数刷られ、記番と署名が入った一冊。ことさらに求めるわけではないが、そうなることに固執してもいる、要するに、地球という船に乗り込んだ何億という人びとのなかでも非常に重要な乗客《ヴェリー・インポータント・パッセンジャー》になることに。

ＶＩＰ、つまりは、きわめて子どもじみた見栄っ張り《ヴァニトウー・イマンセマン・ピュエリル》であり、性格づけが不可能なのだから、本当のところは実在しない人種の例を示すのだという隠れ蓑をかぶり、ほとんど扮装することもないまま自画像を描く、あるいは、反吐の出るような泣き虫の廃兵《ヴォミッサブル・アンバリッド・プルラール》であり、自分の遺骸をどうしてもらうか――葬儀の項目――を気にかけるが、真正なるＶＩＰにとっての通常の運命は、飛行機事故で亡くなることでなければならず、その場合、だいたいは火災も起きる結果になるので、込み入ったことは何もかもさっさと始末がつく。しかしそれは机上の空論にすぎず、次のような根本的与件を忘れていた点でさらに始末が悪く、その与件とは、彼の遺骸は邪魔な残り滓にすぎず、彼が存在した仕方や理由などは何も表わしていないということだ。

十把一絡げに扱われるのは、

※

青いストッキング、
すらりとした花、
強い責任感、
偶像、
大貴族〔ポーランドの大領地と爵位を持つ〕、
高級官吏〔中国清朝における〕、
聖なる怪物、
地方総督〔イスラーム王朝時代のインドにおける〕、
高位聖職者〔カトリックの〕、
サール〔アッシリア語で「王」の意〕、
サトラップ〔古代ペルシア帝国の州長官〕。

＊

正しい台詞回しをしていると確信しつつ、しかしながら文字通りに受け取られるなどとは絶対に思わずに口にしたたくさんのこと、そうしたことが経験的事実の重みをそっくり背負っていると示されるのを目の当たりにして、彼はいまになって悩み悲しむ。たとえば、四十年前にこう記していたのだ。「詩人とは、本質的に、感じ、意識し、支配する――支配し、自分の悲痛な思いを変容させる者だ。詩は逃避とは正反対のものでなければならず、阿片にも空想世界にもかかわらずに、物事に立ち向かい、明晰に吟味する――衝撃が生じ、そこから抜け出るときにはどうしても打ちひしがれてしまう（それがいまのわたしの状況だ）、あるいは、充分な活力を発揮した場合には、歌で侮蔑の気持を表わす人間（＝調教師）となるが、それは傲慢さの徴であり、さらに、わたしたちを粉砕したりはしなかったが、逆にわたしたちの課す厳しい試練に黙々と耐えもした事物に対して収めた勝利の徴なのだ。」ところが、詩人でありたいと望み、詩人についてそうした英雄的な観念を抱いた彼は、いまでは――運命のいたずらで痛い目を見るとでもいうように――実際に引き裂かれてしまったように感じ、そして（おまけに）ますます詩のなかに閉じこもり、そこに阿片か逃避の手段しか見出せずに失望している……。

＊

「詩」、「革命」、大げさな言葉がどれもそうなるように、漠然とした語……。だが、めざされているものを省略的に表わすのには便利な記号で、そのめざされているものとは、
一方では、話し言葉にもなりうるし、会話の言葉とは一線を画する芸術の道具にもなりうる言語の影響下で、あるいは、外界とわたしのあいだに束の間調和が打ち立てられるような局面において、生が——それまでと同じものであることをやめるわけではないが——変貌して見えるような瞬間があるにせよ、癒されることのないわたしの渇き、
他方では、もはや貧困が脅威とはならず、階層や人種の垣根によってもいかなる種類の仕切りによっても分断されることのない、友愛に充ちた世界——根本からの変貌であり、穏やかな遂行などありえない——を求めるわたしの気持だ。
「人生を変える。」「世界を変革する。」
ひとつはランボーで、もうひとつはマルクスのこの二つの言い回しが収斂していくことを、あまりに安易にわたしたちは、わたしもそのひとりである若干の人たちは、信じてしまった。たしかに、詩人の言葉と経済学者の言葉は矛盾しないが、同じ意味を持つと思ってしまうのは馬鹿げているだろう。もし宗教になんらかの力があるなら、その力は科学が押し黙る地点でしか発揮されないが、詩も同じことで、それは——麻薬であり、死をはじめとして、革命では救済策を講じられないあらゆるものに

ついての緩和薬であって――、社会の激変で対処できるものを超えた領域こそを、とりわけ得手にしているのである。
どんなに過激なものであれ、世界の変化が、何よりも死ぬ定めにあるという確信で条件づけられているわたしの人生を、完全に変えてしまえるわけではない。十全に目的を達成した革命でさえ、わたしのなかのある部分は手つかずのままにしてしまうのだし、この御しがたい部分に向けてこそ、それ自体が御しがたいものである詩が語りかけるのであり、そうした沃土においてこそ、詩はその根を広げるのだ。

＊

彼は、かつて何人かの人に対し――迂闊にもといったところだが、その影響は彼のなかに残ってしまうだろう――あまりに厳しい評価を下したり、たいした理由もないのにその人たちのことで苛ついたりしたものだが、それを気に病んでいたというわけではない。自分の不公平さや軽率な気分の変化、自分の優越さを自分自身にとって明らかなものにするべくおこなった、無闇に粗野だったりひどく韜晦趣味になっていたりしたようななんらかの行為に関して、自分自身を責めなければいけないという点が耐えがたかったのではない。彼を悲しませたのはむしろ、いまでは疑うのがあまりに十八番《おはこ》になってしまったので、もはや気持のままに行動できなくなってしまったのを確認すること、そして――そう思うとさらに落ち込んでしまうのだが――何度となく議論を繰り返し、何度となく断定的な姿勢をとらざるをえなくなった際に俎板に載せられていた、あの詩と芸術についての問題が、その性質上、各人の趣味にあまりに余地を与え、客観的に見ればきわめて二次的なものなので、人を軽蔑したり、さらには熱い議論を交わしたりする理由にはならないと考えるようになってしまったことだった。

＊

なぜなら、死なないでいると、死ぬほど退屈するから。
なぜなら、このあまりにも馬鹿げた世界は、そこにとどまるだけの価値がないから。
なぜなら、いったん降った雨は、蒸気になってしか昇っていかないから。
なぜなら、海に注ぎ込むのでなければ、いかなる川も流れることはないから。

＊

その主な——それどころか唯一の——効用は、おそらくは、源泉を見つけたいという望み、そしてその源泉を今度ばかりは霞のなかや幕越しにではなく正面から見据える力をわたしに与えてくれたことだった、とそう言ってもよさそうな複雑さを、あんなにもたくさん経て、単純さに（可能なら、馬鹿みたいな簡単さといったものに）到達しようとすること。そうした自己への回帰を、一九六九年八月末の日付があり、ここにほぼ手つかずのまま再録する以下の日記の断片は表わしているのであるが、その一方で、まだ完結していないわたしの関連文書はすでに三巻の書物を埋め尽くし、千ページを超えている。

……わたしが考える「ゲームの規則」、それはわたしの価値体系（ニーチェを参照のこと）あるいは根源的選択（サルトルを参照のこと）であり、わたしの好みや資質に合い、わたしが厳格かつ一貫して遂行するゲームがそれに呼応しなければならない。

……個人には、彼方のない死があり、世界には、均衡を取り戻すための終わりがあるということ、それが物事からありとあらゆる「深刻さ」を奪ってしまう。だからこそ「ゲーム」について語るしかないのだ。

すべてはゲームであるということ、それは、すべては劇、模擬、幻想、等々であるということ、要するに、すべては虚栄にすぎない、ということを意味する。わたしがそうであるように、そうしたことを確信するなら、首尾一貫したパタフィジシャンとなり、あらゆる解答は空想であり、したがってどの解答も同等で、最終的には零に等しい（というのも、ある解答がそれなりのものであるためには、他の解答を排除する、正しい解答でなければならないからだ）のは自明だと見なすかもしれない。そうであるならば、自分自身の価値体系だったり本来の選択方式に従い、自分なりのゲームをするしかないという考え――ほかにもあまたの空想的解答があるなかのひとつの空想的解答――に気詰まりを感じたりはしないだろう。しかしながら実際には――そしてそれこそがわたしの陥る矛盾なのだが――、この主観的体系を客観的に正当化し、わたしという人格を超え、わたしの行動に対する信任状のごときものとなる根拠を見つけてやりたいという、どうにも抑えがたい欲求を覚えてしまうのであり、そうなるとゲームを、ただ無根拠ではなく、なにかまじめなものに変えてしまい、したがって、それがないとゲームとは言えないような「気まぐれ」の側面を拒否することになってしまう。結局わたしが望んでいるのは、自分のためにゲームをすることだが、他人のためにゲームをすることも望んでいて、憧れの的となる芸人やスポーツマンやチェスの指し手のごとくに、自分がゲームをする様子を他人に見世物として示したいのだ。しかし、認めがたいことではあるが、そうしたゲームはただの遊び《ゲーム》にすぎない。

自分のゲームが正当化されるのを望むこと、あえてまったく無為のゲームをおこなおうとはしないこと、ゲームを道徳的なものにし、合理化しようとすること、それはアカデミズムに向かうことであるのだが、わたしのゲームが作家としての活動であり、その正しさを明らかにしたいという欲求のせいでわたしは、野放しの自由を与えたりせず、整えて、角を丸くしてしまうだけに、そうしたアカデミズムへの傾斜はよりはっきりと現われてしまうのである。

……わたしの場合が、かなり一般的でありながらも、特殊なケースとなってしまっているのは、わたしのゲームが、まさにゲームを実践することで成り立っているという点で、そのゲームは、直接的な危険をはらむといったゲーム（たとえば危険なスポーツや大きな賭け事がそうで、これらは命を落としかねなかったり、破産しかねなかったりという点で現実的な側面がある）に較べて、現実と距離を置いている文学的ゲームなのである。／広義のゲームと狭義のゲームの区別はしておいたほうがいい。わたしの場合は、両者が混ざり合っていて、だからこそわたしの「詩法」は同時に「処世術」でなければならない（その逆も成り立つ）というわけだ。結局のところ、わたしにとって問題はひとつしかなく、それは、どのように作家としてのゲーム〔活動〕をきちんとこなしていくか、ということだ。それにわたしの人生すべてを賭け、しかもそうした賭けにふさわしいものが実際にあるようにするためには、どのように事を処理すればいいのか。／もしかすると、わたしのゲームが、いわば不発に終わっているといった印象を抱かせないでくれる性質のものになれば、わたしはいまほど――それどころかまったく――後ろめたい思いをしなくなるのではないか。

……自分が探し求めているものを見出すという希望が、わたしの場合、求めているものを見つけるのではなく、わたしが見出したいというものが正確には何なのかをはっきりさせたいという希望に、徐々に縮減されてきた。要するに、いまわたしが探し求めているのは、わたしが求めているものは何なのか、ということなのだ。（極言するなら、自分が探し求めているものが何なのかを知ろうとすらせず、廊下から廊下へと経めぐり、発見を期待していつまでも緊張から解放されず、胸を高鳴らせたままで、わたしは探し求めることをまったくしようとしなくなっていたのではないか、と自問しかねない状況に陥ることもありえる……。）

実のところ、最初はすべてが明確であったのに、前に進むにつれて、当初の目的がはっきりしなくなってきたのであり、わたしがまず初めに意図したのは、特別な印象をもたらした事柄、そしてそれを検証すれば、わたしが——少なくとも詩的に——非常に価値を置いているものが何なのかを示してくれるような事柄を集めるということではなかったのか。最初から、自分が詩を選び取るということはわかっていたが、わたしという体系を支える穹窿のこの要が、いったい何でできていて、それ以外のものとどのようにつながるのかを明らかにしなければならなかった。何もかも台なしになったが、それはわたしが——言ってみれば定義上——定義しえないものを定義しようと心に決めたためだ。至高の価値は呪文に等しく、それとの関係で他の項目が意味を持つのであり、それゆえ、定義する側であって、みずからによって定義されるならまた話は別だが、定義されることのない最高位の項目となるのではないか。

このようにまとめてみても、事態は明確にならなかった。呪文としての詩に賭け、それが何を意味するかは知らないままで、何なのかを確認しようとする努力などどれも無駄だと断言する、すなわち、自分の責任のもとでおこなうことから事実上手を引いてしまうことなど、可能なのだろうか。もしゲームであるなら、もちろん賭けが存在し、それは、少なくとも部分的には消え去るものへの賭けとなる。ただいくつかの手がかり(ときには、たんなる予感)から出発し、もちろん程度はいろいろだが、つねに幸運を当てにして——したがって、哲学や科学で直観に付与しうる役割がどれだけ大きいとしても、この二つの思考様式を司る精神とは非常に異なる考え方で——、ただちに、積極的におこなわなければならないひとつの賭け——あるいは一連の賭け。

骰子を投げるとき——まったくの仮定でしかないが——偶然を破棄できるような人がいたと

したら、その人は、影をなくした人間が、ほかの人なら自分の影が影芝居のように映る場所を見つめる必要がなく、また、反映をなくした人間が鏡の前に立つ必要がないのと同じで、もはや骰子を投げる必要など（いわゆる日々の糧にしようとするのでないかぎり）なくなってしまうだろう。毎回決まって勝てるだけに、自分の運を試すことがまったくできなくなり、彼は——もし骰子遊びが好きであれば——すでに述べた呪われた人の二種類のあり方と同じで、自分のことを魂なき肉体と感じてしまうだろう。

だが、またしてもわたしは、ひとたび前進したあとで分岐点に立たされるのであり、いましがたおこなったように語れば、真の不幸にはいささかも陥らなかった男として話していることになるが、一方、ただたんに貧しく、辛い仕事につかざるをえなかったり、休職中であったりすれば、人生はゲームだとほのめかすような輩を、わたしは卑劣漢か間抜けと見なすことだろう。

※

一九七三年四月八日……

その日曜日の午後の時間帯の半ばごろ、田舎にいるときは毎日、犬と自分自身の気晴らしのためにやっていることだが、わたしは犬と散歩をしている。

鳩舎があり、広大で薄暗いが美しい、古い農家の前を通るが、よく知っている農家だったものの、神童として知られた子ども時代のアルフレッド・ド・ヴィニー〔フランス・ロマン派の作家・詩人〕が来ていたトロンシェ城だということには、ごく最近になって気づいたわけで、ヴィニーのことをわたしはもう垂れ込み屋としか見られないようになっていて、それは、民間人の彼が二人の兵士のことをどのように密告したかを読んでからのことで、彼はその二人の反体制的な言辞をたまたま耳にし、あとをつけて密告の材料をさらに増やしたというのだ。その話が中傷ではないなら、「狼の死」〔一八四三年に発表されたヴィニーの詩〕を書いた気高い作者の額に穢らわしい染みがついてしまったわけだ！

優に十五分ほど前から、わたしは半ば霰になった細かい雪に悩まされているが、重く垂れ込めた空ではあったものの雪の兆候はなかったのであり、いまや顔や頭に叩きつけるように降る雪に身体の芯まで凍えそうで、帽子なしで出たのはまちがいだったのではないかと思ってしまうほどだ。街頭で寒さに打ちのめされた高齢者の話が頭に浮かんだりもする。

わたしたちがいまいる平らで、完全に見晴らしのきく道で、雪はさらに激しくなり、すると短い稲妻とともに、きわめて素っ気なく実に激しい雷鳴が突如響きわたり、その音は長々と轟いて、あとにはもう何の音もしない。犬は驚いて飛び跳ねるが、その同じ犬が、調教師のところにいたときには、いずれもが「警察犬」などと呼ばれもするシェパードの種類に属する以上、遠く遡れば同種ということになる番犬たちを鍛えるためにピストルが鳴らされても、平然としていたのだ。

家に帰り着いたも同然のころ、ちょっとした事件が起きるが、それはわたしの犬ともう一匹のもっと小さい犬とのあいだの喧嘩で、格子があいだにあるものの、嚙み合いになるのを妨げる役にはほとんど立たない。突然の対決に不意を突かれ、わたしはティフォンを制止できず、相手の犬が飼い主の介入で引き離されてはじめて、わたしのほうも引き離せることになる。わたしは息が切れかかっていて、それほど喧嘩は突然で激しいものだったし、それほどわたしの犬を相手の犬から遠ざけるのに苦労したのだ。

わたしたちの「修道院」に通じる道をたどりはじめたばかりのところで、第二の事件が起きるが、それは自動車がもう一台の自動車に斜め前から衝突するというもので、二台の車は急停止し、大音響が起きたわりには幸いにもたいしたことにならなかったとはいえ、衝撃に怯えた子ども——たぶん女の子——があげたものと思われる叫び声が、片方の車から聞こえてきた。

犬とわたしが、家の裏に広がる中庭にちょうど足を踏み入れたところで、戸口のところに立っている妻が目にとまった。わたしたちが砂利の敷き詰められた広い敷地を横切るのを待たずに、彼女が短い言葉を口にする、「パブロが死んだ」と。

二、三日して、ある美術史家が亡くなったピカソに捧げた新聞の追悼記事のまとめのところで——愕然とさせる知らせをラジオで聴いたという、いかにも宿命じみた成り行きに触れ——ひとつの伝説を引き合いに出している文章をわたしは読むことになるのだが、その伝説によれば、異教時代からキリスト教時代への移行は、どこども特定しがたい場所から聞こえてきた叫び声「パン〔アルカディアの牧神と家畜の神〕、偉大なるパンが死んだ！」によって示されるというのだ。

ひとつの世界の終わりともうひとつの世界の始まり？　たしかにそうしたことが起きたとわたしも思う。そしてわたしは（革新を生み出すすばらしい力をそのつど示してくれた最新の仕事を見て、いつも元気をもらうことになるというあの愉しみを名残惜しく思う気持と、友を喪うことに胸を引き裂かれる気持に、さらに付け加わる目もくらむような事柄として）、わたしたちの――妻とわたしが属し、さらに他の多くの人びと、これからの人びともいままでの人びとも属する――世界が、プンティリエーロからの一撃を受けたところなのだと思う。そのことを警告するかのように、いくつもの音が次々にわたしの耳にぶつかってきていたのだ、

雷鳴、

犬の高ぶった吠え声、

鋼板どうしの立てる音、

叫び声。

サンタントワーヌ病院の血液バンクに行かねばならず（大部分の人はそこまで生きられないというほど年をとり、重い病をわずらっている義兄を、輸血で支える必要に迫られての一走り）、行きも帰りも、みごとに活気があり、生き生きとした庶民的な市場を横切った。この街角には実にさまざまな人種の人が集まり、大多数を占める白人たちに混じっていたのは、黒人の男女たちや——記憶は曖昧だが——北アフリカ人ではあるが忌避されがちなあの白人たちのほかに、アジア人のカップルが少なくとも一組はいたが、二人とも黄色人種ではなく、おそらくはインドか、そうでなければ中近東と極東のあいだの他の国の人間だった。

わたしの歩みが帯びる物悲しい性質にはふさわしくない、陽光の降り注ぐ日曜日に開かれている、この市場のすばらしい陽気さ。さらにおもしろいのは、科学的に認証されたさまざまな型の血液が集められて、分配される煉瓦造りの建物からすぐのところで、道を埋め尽くすようにして買い物に励んでいる男女の群れが、あたかも陳列台の上で幅広い種類の血の見本（買い手がプラスチックの袋に入れて持ち運び、その深紅の色をした中身が透けて見えるような血とは逆に、「混血」とか「青い血〔高貴な出〕」とか「血を受け継ぐ〔男系の〕王子」とか「純粋な血の〔生粋の〕」といった、完全に暗喩としての血）を提示しているかのように思えてしまうことだ。

界隈の人たちであると同時に、地球規模の広がりを見せるこの群衆——喇叭の音も鳴り響かない最後の審判であり、パリを舞台にしているが、ほとんど田舎じみた様子を呈している——にわずかに欠け、陳列の広がりを完全なものとしていないものがあるとすれば、それは、切れ長の目をした人間が数人と、ときたま鋭い目つきをするが、たいがいは放心したような目をしたヒッピーが数人といったところだ。

赤旗——人間の血、哺乳類の血、動物学の扱う大小の生き物の大半の血——以上に、アナーキズムの旗〔黒旗〕がわたしたち人類にふさわしい標章であるように思われる、

他のものに自己を対置させようと、人間が自分の周囲に一続きの線で引く境界のごとき、黒、

自分が夜に包まれると理解できる唯一の動物が人間であるらしいが、その夜のごとき、黒、

人間が自分の運命に対してあくまで言い張る「否」のごとき、黒、

そこから言葉が噴き出す口の窪みのごとき、黒、

先史時代を抜け出し、多くの民がそこに自己を投影しようとした文字記号のごとく、くっきりとした、黒、

印象派の画家によれば自然のなかには存在せず、したがって、人類とはここでは、ミルクの上に浮いて蠢く蠅のごときものになると示す、黒、

紙に開いた穴、そして文字盤の針のごとき、黒、

火を見出した種《しゅ》以外のいかなる種も、怒りを要とすることはできないが、その怒りのごとき、黒。

⁂

詩的には、エアターミナルの混沌状態――雑多な群衆が形成され、いくつもの分野に枝分かれしていて、迷子になった気分にわたしがなる交差点――は、わたしに死の予兆をもたらす。だが、現実には、わたしに見合っただけの幅の棚を用意してくれる図書館に、人がいるにせよ、いないにせよ、作り出される静けさが、自分の墓地になるだろうとわかっている。

＊

犬を連れ、野原だとか下草の生えた森だとか——光と影——を横切って歩くことはもうしないことに決め、鳥が飛び立ったり、野兎が逃げ出したり、相手が動きまわったり吠えたりしなくてもその姿を目にするだけで困った事態を生じさせる同類を見かけたりした場合に、首輪ごと引っぱってくるのに耐えられるだけの逞しい人に犬の散歩を頼もうと彼が言い出したら、近親者——あるいは、近親者のうち生き残っている者——は、彼がもう長くないと悟るだろうか。

ただ彼に辱めを与えるだけといったことにはまるでならないものの、この衰えの告白は——雪玉並みに——彼の老いを早め、彼の人生はその結果、なんとかそれなりに元気でいるためにやることと言ってしまうだろうが、そうした散歩に毎週土曜日、日曜日、月曜日に行くのは、すぐにも高ぶってきえば、ときには青天井の下を、またときには枝が陽光を篩にかける下を歩くぐらい、ということになて、次から次へとふくらむ犬の期待に背かないようにという思いが、怠惰に打ち勝たせてくれるからなのだ。こうした習慣的な行動と縁を切る（一週間ごとに先送りにしたりせずに直ちにであり、そしておそらくは、外出しない日が何日か続くといったことで生じた中断のせいで、あるいは、犬と彼とのあいだで、もはやどちらが主人か奴隷かわからないような力関係になっていることを、あたかも黒板での証明のように明らかにするという誤りを犬が犯したためか、あるいはまた、魂か肉体に入り込んだ悪しき棘のせいで彼が引きこもるようになってしまったせいか）とすぐに、この明らかに付随的ではあるが、彼にとっては最後の砦といった様相を呈している点について譲歩してしまうとすぐに、彼の足どりは重くなり、身体は雲で覆われたような感覚となり、服にも無頓着で、すでに鈍重になっている言葉は、彼が自分を置く相対的な不動性と幽閉状態によってさらに口から出にくいものと感じられてしまい、せいぜい、ひどく落ち込んだ人間にも彼がしばしば進んで投げかけてしまうような、薹《とう》が立って起伏がなく、滑稽な言い回しなども欠いた言葉となるのだ。戸外を歩くのは、いかなる季節であろうと、身体の状態を安定させるためばかりではなく、さまざまなことに思いを馳せたり、考えをめぐらせたりするのにもよいと自分で判断していたのに、それを諦めることで隠居状態に追いやってしまったのは、知性も含めた自分の全人格だと、彼の話を聞くうちに思えてくるだろう。だいいち、以後はあらゆることから手を引き、のらくらと暮らし、作家あるいは「政治参加した」知識人として見られたいとも、血統書付きの動物の飼い主として遇されたいとも思わなくなっているという以外に、彼の生き方は全体として何を表わしているということになるのだろう。

それだけの勇気があり、望むだけの協力が得られるなら、寿命もほとんど尽きかけ、いてくれるのがあんなにも嬉しかった存在を欠いたかたちでしか以後はもはやできなくなる散歩に嫌気がさした彼がとれる最良の方策は、おそらく、ナイル川流域の古代の王たちを真似ることだろうが、体力の衰えとともに、民衆の期待に応える能力がなくなってきていると感じた王たちは、自分のための墓を掘るように言いつけ、その墓に横たわり、最後の忠告を言い残すべく話をして、それも終わりになると、自分を筵で覆うようにと命じたのだ……。

⁂

何でもいいから
（ちょっとした自然、加工されたもの？）
わたしがいまでも――誇張抜きで――
こだわりを感じることができるもの。
何であろうが、
わたしがそこにいない場合でも同じで、
わたしの眼をぴたりと捉え、
虚空とわたしのあいだに、
白い眼帯さながら
置かれているもの。

＊

それを真似て作られた人物の所作よりも、さらに変化に乏しい所作を示す人形であり、簡潔に塑像され、おそらく青と赤で塗られただけの木製のシルエットとなった、円卓の騎士たち、すなわち、ユーウェイン〔仏語読みではイヴァン、以下同〕卿、ガヴェイン〔ゴーヴァン〕卿、湖上のランスロット〔ランスロ〕、ついでパーシヴァル〔ペルスヴァル〕とガラハッド〔ガラード〕で、それらは、子どものころに読んだ簡単な要約よりもはるかに学識による裏づけのある翻案を通じて、アーサー王と聖杯探究に関連する古い物語群について、それまで以上に知識を持てるようになってから手にしたものだ。ひとつのきっかけがあって、この物語群についての関心がわたしの心のなかに生じたのだが、それはいまから振り返るとおよそ二十歳のころで、アポリネールのことを知ったわたしは、本家本元よりもはめをはずした『聖アントワーヌの誘惑』といった感じの『腐ってゆく魔術師』に愛着を覚えていて、これはアーサー王物語群から間接的な影響を受け、当時のわたしの心を動かすには最もふさわしい神話を提供してくれたわけであり、そのせいで――アポリネールを読んでいたころのわたしは、自分にはわかりにくいと思えることを何から何まで明らかにしたいと望んでもいたので――この古い源泉に興味を抱いた。メルラン〔騎士物語に登場する魔法使い〕、つまりは「期待はずれで不実な魔法使い」は、愛人のヴィヴィアンヌに魔法の秘訣を明かし、すると彼女がそれを当の魔法使いに対して使ったために、ほとんど死んだも同然の放心状態に陥ってしまうわけで、そうしたことを星の世界の偉大な酒飲みの最後のひとり〔アポリネールの詩集『アルコール』についての示唆であり、当然、アポリネールを指す〕がわたしに示してくれたのだが、そのメルランの相貌のもとに現われてくるのは、詩人で魔術師という曖昧な人物像で、彼は誘惑者でもあるが、自分自身も誘惑に非常に弱く、蜃気楼でみごとな建築物を作り上げる一方で、獲物となって引き裂かれるのであり、傷ついた人間の最たるものであるが、同時に、最大限の特権を有してもいるのだ。

　ブルターニュ地方を、コルヌアーユ〔ブルターニュ半島南西部〕やそれ以外の場所を、荒れ地や休閑地を、経めぐる。暗い森のなかか、それとも、四角い鋤で波形模様をつけられ、長い用水路のある泥炭地の上に雲が重なるアイルランド西部さながらの、フィニステール〔ブルターニュ地方最西端の県〕のひしめき合うような空のもとを、馬に乗って進む。角笛を鳴らし、試練の待つ城への道を訊ねるが、その試練は、見たところは、貴婦人とのチェスの勝負と同じくらい生ぬるいものであるかもしれないものの、実は、ゴルゴン〔頭髪が蛇でその眼を見た者を石に化す三姉妹の怪物〕に立ち向かったり、スフィンクスの質問に答えたりするのとさほど変わらないほど危険なものなのである。槍をへし折り、逆賊を罰し、呪縛の効力を失わせ、ヘニン帽〔先端からヴェールを垂らした円錐形の婦人帽〕をかぶった美女を守る闘士となるが、同時に、ヘラクレスさながらに二つの道のどちらかを選ばねばならず、身分を求めて遍歴する騎士同様、おそらくはオンファレ〔奴隷となったヘラクレスを買い取ったリディアの女王〕のような女とその糸車の奴隷とならねばならない。純粋で忠義を重んじ、あらゆることに打ち勝つことができるように見える者のひとりである湖のランスロットにも、しかしながら、傷がないわけではなく、というのも、グネヴィア〔グニエーヴル〕王妃〔アーサー王の妃〕を愛し、愛されたため、身も心も捧げて仕えていた宗主を裏切るのだから。イエスが最後の晩餐の折に聖化して、ゴルゴタの丘ではその血を受けとめた――まるで年代の積み重なりの奥から発してきたような伝説にキリスト教的にほどこした改変に従えば――とされる器である聖杯、モンサルヴァート〔聖杯の騎士の居城があったとされるスペインのピレネー山脈の山〕――あるいは、別の伝説に従えば、イギリスの城――に、神格化された存在の脇腹を貫いた槍とともに保管してある聖杯、そのすばらしさを取り戻させるのはランスロットではないだろう、なぜなら探究を最後までやり遂げるためには、弱さや穢れのない心と精神が必要だからだ。

一種のとばっちりで、自分自身の魔法の犠牲となってしまうメルラン（あるいは、よりドルイド教的に言えば、ミルドディン〔メルランのガリア語での表記〕）、その弱点はあまりに開けっ広げな心であるランスロット——一方は悪ふざけが高じて罪を犯し、もう一方については次のように考えることで解釈できて、

細やかな心遣いゆえに
わたしは人生を台なしにした——〔ランボー「最も高い塔の歌」の一節〕

この二人の人物をわたしは模範としたいものだが、盲目的に名誉の虜となってしまい、主人から骨を投げてもらうだけではなく、食卓に坐ることも許された忠実な犬さながら、トランプのキングに劣らず厳格で重々しいアーサー王（というか、よりもったいぶって言えば、アルチュス）を取り巻く以外、とくに使命を持たないかのように見える戦士たち以上に、彼らに自分を重ねてみたい気持になるのだ。

どのような誤り、さらには過失を起こすようなことがあっても、模範的な存在でありたいと願うすべての騎士のなかで、最も栄光に充ちた運命を——たしかに死後ではあるが——手にした者は、ウェールズ人パーシヴァル〔ペルスヴァル・ル・ガロワ〕ではないか。かつては勇敢で善良なケルト族の男だった（というのも、彼は虚構のなかにしか存在しなかったが、その彼を生み出した土壌は、のちにキリスト教化されるとはいえ、ケルト文学である）ものの、彼はドイツ芸術にとっての輝く精華とされ、しかもすぐにその点について議論の余地はなくなったが、それは何度も転身を遂げてからのことで、最後の転身を見守ったのはバイロイトであり、それは多くの人から長いあいだ新しいメッカとして見られてき

た場所だ。こうした運命には、最後には、『ローエングリン（Lohengrin）』（〔grin をフランス風に〕「グラン」ではなく、「グリン」と発音すること）の中心人物である、力強いテノールの役柄――この役柄もヴァーグナーの手によって生み出された――となるロレーヌ人ガラン〔ロレーヌ地域圏伝統の歴史の叙事詩的出来事を扱う十二世紀の武勲詩の連作の題名であり主人公〕の運命ぐらいしか、比較できまい。

ソプラノのイゾルデ〔ヴァーグナーの楽劇『トリスタンとイゾルデ』の女主人公〕のうちに非常に中世的なイズー〔イゾルデの仏語表記がイズーであり、『トリスタンとイゾルデ』の元となったケルト伝説に基づく中世恋愛物語の女主人公〕を見て取るのは容易ではないが、同様に、イズーのうちに、女王メイヴや苦しみをもたらすディアドラ〔両者ともケルト神話に出てくる女神〕と同じ祖先を持つ蛮人を見出すのも簡単なことではない。しかしながら、重々しく示したその純潔さも、恐ろしい人嫌いを偽善的に隠す仮面でしかないように思えるパルジファル〔ヴァーグナーの楽劇『パルジファル』の主人公〕の背後に、パーシヴァルの端正なプロフィールを、どのように見出せばいいのか。なにしろ宮廷風恋愛とは逆で、売春婦が相手でもそうした漁り方など誰もしないというのに、花咲ける乙女たちを漁り、ついで、（選ばれし者というよりは、知恵遅れの無邪気さで）完璧さに至る道を究めておいて、官能的だが、粗い布地の服の下は骨ばった裸体のクンドリ〔呪われた女であり、魔法使いクリングゾルの命でパルジファルを誘惑する〕が、清めの儀式のためにしか触れてもらえぬ獣のごとくに死ぬのを眺めるのだ。

わたしの同国人であるクローデル――〈月の王〉〔ヴァーグナーの庇護者として知られ、「狂王」の異名もあるルートヴィヒ二世のこと〕のような信奉家はいなくても、さしあたり「閣下」や「先生」などの呼称が彼には与えられ、冠か、悪くとも公葬のための花が贈られるのを待つことになった――と同様に偽の唱道者であるヴァーグナーは、正義漢気取りのわたしが、できるものなら勇んで一刀両断にしたいと思ってしまうような怪物だ。彼らが誇示する悲壮感――親しみやすいものになろうとしているときでさえ悲壮感を帯びてしまうあの気高い調子、それにとらわれてしまうことがわたしにもあるが、だからといって悔やまないということではけっしてない――に決着をつけてしまえば、自分は、災い（ここでは、真実の身の丈に合うには大きすぎる偉大さ）に打ち勝ち、頭の風通しが非常によくなって、鳥の言葉を理解するだけでなく、話せるようになるおとぎ話の登場人物と同類だと、感じるのではないだろうか。

器は大きいが、どちらも、彼らの作品に油の染みのようにつき、脱帽せずにいるのは筋違いというような箇所でさえ汚してしまう血の染みがついているとわたしの目には——そうした考えをどうしても取り除けず——見えてしまうこの二人の場合、貞潔であれと説く言葉（二人目のヴァーグナーのほうはこれを守ったとはとても言いがたく、たしかに清教徒だけはその点で彼を責められよう）は、奥底から立ち昇るただならぬ悪臭と対になっていると感じられるのであり、それは、サディズム的なものなどではさらさらないが、偏狭で傲慢であり、疎外された人たちの世界になんらかの理由で属する者を、さらに苦しめようとする残酷さだ。『繻子の靴』を上演する過程で、クローデルは——処女マリア、天使、神の助けを借りて——、婚姻の尊重に逆らう愛に苛まれたロドリーグを、アメリカやアジアの不信心者を虐殺することで自分のなかの悪に堂々と打ち勝ち、その後、十字軍兵士としての自分の罪を悔いたからではなく、帝国を築いてもらった者たちの忘恩のせいで最後は貧しく忘れ去られたまま人生を終えた——すべて空《くう》なり——ため、一種の聖人になるというコンキスタドールに仕立て上げた。『パルジファル』——そのなかでは、騎士道を歌った数多くの詩において東洋の庭園は呪われた場に運命づけられているのだ、とする古い考え方にあまりにも迎合的で、油断のならないほど華美な楽園が、表裏のないヨーロッパの森とは対照的に、邪悪な力の住処となっている——において、ヴァーグナーは、憐れみの情を称賛するのであって、悪しき魔術師から解放された背徳者は、穢れなき者の憐憫によって洗い清められよ、というわけなのだ。しかしながら、さまよえる女〔クンドリ〕が、アハシュロス〔十字架を背負ったキリストを虐げたためにさまよい続ける運命になった人物で、「さまよえるユダヤ人」として知られる〕のごとくに断罪され、洗礼によってもほとんど消えることのない罪を恥じつつ死ぬ（神の恩寵）というだけでは満足せず、彼は、肉欲の赴くままに愛してしまったがゆえに罰せられる王＝司祭〔モンサルヴァート城主アムフォルタス〕を、騎士の横柄な尊大さ——その非道は、わたしの世代の人間には、騎士団居城《オルデンブルゲン》で結成されたナチス親衛隊を思い出させる——に向かい合わせるのであり、しかも、最後になってようやく、槍の一撃を受け、キリストと同じ傷を負って恩着せがましい贖罪の時が訪れるまで、うさんくさく思えるほど執拗に、その王＝司祭が責め苛まれるさまを見せるのだ。

クローデル、つまり鎖帷子をまとい、最後には緑の礼服〔アカデミー・フランセーズ会員の礼服〕に袖を通したあのカトリック信者のほうは、植民地の士官〔当初カナリア諸島の軍司令官だったフランコのこと〕がスペインにファシズムを成立させるべくつぶしにかかっているというのに、教会に放火した罪でアナーキストを殺すのは正しいと判断したが、それは彼の信じる神のせいなのか、それとも悪魔のせいなのか。ヴァーグナーに関しては、その償いがたき咎は人種主義に陥ったことで、台本（古典的な粗筋書きの台本よりも野心的だが、饒舌で意図を盛り込みすぎであり、わたしの言語能力の乏しさのせいもあり、音楽の首枷になっているといつも思えてしまう文学的なリブレット）のうちの数作分の材料をゲルマンの伝統の深層に求めていくうちに過ちを犯し、呪われた黄金〔ラインの黄金の力でニーベルング族を支配したアルベリヒは黄金の指輪に呪いをかけ、指輪を手にした者に災いが訪れるとした〕という大衆受けするテーマを——国民感情の澱を嫌悪感も抱かずにかきまわしつつ——活用したのであり、そのテーマを、土地や血についての神秘学と混ぜ合わせてナチスが再利用し、ユダヤの金権政治を告発して周知の結果を引き起こし、さらにジプシーに対しても常軌を逸した優生学を適用したわけだが、そうしたことが、ヴァーグナーも若いころは反逆者だったという過去のせいで忘れられてしまうのだろうか。

この相棒どうしの二人——憲兵隊風の口髭を生やした粗野なピカルディー〔フランス北部〕男とビロードのベレー帽を優雅にかぶったザクセン〔ドイツ南東部〕男のうち、少なくともひとりは——ギリシア人の宗教劇がそうだった（と推測される）のに引けをとらないほど活発な全体演劇をめざし——なにか聖杯のごときものを求めるのに等しい探索をおこなったのであり、音を巧みに操るこの天才的な男は、あまりにみごとな道をたどったばっかりに、彼にとってのモンサルヴァートの脇を通り抜けてしまったのだが、それは彼を落とし穴に導き込むような道だったのであり、その落とし穴とはつまり、預言者気取りのまじめさで——『パルジファル』を参照のこと——儀式や奇蹟の真似事を舞台に乗せ、さらに、こうしたまやかしは、模範的であろうとするがためによけいに甚だしいものとなり、劇場ではすべてがたぶらかし、騙りにすぎず、だから留保なしに引き込まれるようなことがあってはならないと明白に示す（音楽愛好家のように眼を半ば閉じて恍惚としているだけでは物足らない者にとっては）といったことにもなるだろうから、オペラの上演全体が本来祝祭であるべきなのに、それを敬神の儀式として扱ってしまうわけであり、祖先の地の産物としてあまりにも位置づけがなされ、あまりにも独断的に選別されているため、英雄たちに対する古風な崇拝の念を再度高めるのにはよくても、恐怖と憐憫を——ギリシア悲劇のように——植えつけるのにはふさわしくなく、重たい古道具にすぎなくなってしまう神話を——『ニーベルングの指輪』を参照のこと——学をひけらかして持ち上げてしまうということである。パルジファルの通過儀礼以上に、『魔笛』に出てくるエジプトの王子タミーノの通過儀礼のほうが、聖なるものの入口にまで至らせてくれるのであり、四部作〔『ニーベルングの指輪』を指す〕の叙事詩以上に、『西部の娘』〔プッチーニ作のオペラ〕——「西部劇」だと通ぶった輩は言うだろうが、西部劇が騎士物語の現代的な形態であることを忘れているのである——の真実主義《ヴェリズモ》的な挿話のほうが、悲劇の核心に入り込ませてくれるのだ。そのままのかたちで——この場合だと、一方の素朴な善悪二元論やフリーメーソン会員のサロン向きの神秘も、もう一方のゴールドラッシュのアメリカと聖書の反映も、どちらも影響力を発揮しないままで——提示されるおとぎ話やメロドラマを信じ込むのは、聞かせたり見せたりしようとしているもののほぼすべてに衒学者的な教えで裏打ちをほどこし、なにかともったいぶる芝居ならではの仕掛けの働きに順応していくのに較べれば、実際、容易だ。そして、さらに話を発展させ、模範的音楽家の栄誉が誰の手に握られるだろうかと（芝居のことはもう考えずに）自問してみるなら、『パルジファル』の教えが適用されることになる、つまり、単純さと純粋さの二つこそが至上の価値であり、そうなると振り向くべきは、あんなにも揺れ動く感情の襞を作り出すリヒャルト・ヴァーグナーのほうか、それともむしろエリック・サティのほうか？　サティ、彼が何よりも薔薇十字団員であること、これは事実で、『貧者のミサ』の作者でもあるが、ついで郊外に居住する共産党員となるものの、ユーモアに富んで、しかも禅宗的なソクラテスといった路線を、望んだわけでもないままみごとに守り、そこからけっして逸れることなく、他の者なら一心に弓を射るようなときに作曲に没頭していた。

　歴史とフィクションのはざまにあり、中世のあらゆることに較べて際立って伝説的というわけでもないため、円卓の騎士の物語は――もう子どもとは言いきれない年にわたしがなったときに――明らかな恍惚状態をもたらしてくれたのであり、その高揚感は、架空の王国を舞台にし、年譜には組み込まれないような過去を想像させる冒頭の決まり文句のせいで、意図的に曖昧にされた異郷での話となっている『がちょうおばさんの話』〔シャルル・ペローの童話〕やそのたぐいの他の童話が少し前に感じさせてくれたのとは、別種のものだった。

　そのころわたしは、アーサーとその仲間が、シャルルマーニュとその諸侯のように実在の人物だったのかどうか、知ろうともしていなかった。ただ明らかだったのは、彼らを描いた絵が――どんなに架空のものに見えても――、カラバ侯爵〔シャルル・ペローの『長靴をはいた猫』で猫が捏造した貴族〕やすてきな王子〔同じくペローの『眠れる森の美女』の作中人物〕や巻き毛のリケ〔これもペローの『巻き毛のリケ』の主人公〕を描いた絵にはなかった力強さを手に入れていたということだ。少なくとも見かけは史実と思われるものに根を下ろしているこれらの人物たちは、デュノワ〔オルレアン公ルイ一世の庶子で、ジャンヌ・ダルクとともに百年戦争を勝利に導いた〕やバヤール〔シャルル八世以下三代の王のもとで戦功をたてた騎士の鑑〕などのように鉄具で身を固め、妖精譚の世界を動きまわり、芯の通った存在を驚異の世界に注ぎ込んだのであり、その編年記に溢れ返っている怪異は、そうした一連の冒険の軸に、おとぎ話や古代神話の英雄のような架空の存在ではなく、人間（その姿を描いた絵がいかに稚拙であっても）がいたことで、より重視されるようになったのだ。

　聖史を学んでいたころのわたしにとって、預言者、王、そしてイスラエルとその神の擁護者もやはり人間であったが、それはおそらく、そうした人たちの物語が、超自然的なことが入り込む挿話も含めて、歴史として示されていて、真実性は疑う余地がなかったからだろう。このようなかたちの驚異は、妖精譚（単調さにわたしは魅惑されたが、それが生き生きとしたものになることはけっしてなかった）の場合よりも濃密な生地から練り上げられていたし、異教の驚異以上に影響力があったのだが、青年のころのわたしは、異教の驚異が大勢の似非神に対する信仰と関係するということを充分に教わってはいて、そのように事前に仕入れた知識があったため、虚構としてしか受けとめていなかったものの、それなりに悦びを感じつつ、受け入れてはいたのだ。とはいえ、同様に影響力を持ちながら、聖史の驚異が円卓の騎士の物語とはやはり種類が異なるものだったのは、わたしの考えでは、ギリシア人やローマ人がそのオリンポス山の寒々とした光のなかで創り上げた人物やおとぎ話の人物がそうだったように、聖史に出てくる人物に真実味が足りなかったからではない。ただたんに、聖史は公教要理の領域——教え込まれる信仰の領域——に属していたというだけのことで、それに対し、円卓の騎士の物語や聖杯伝説は、読みはじめるとすぐにわたしにとっては宝庫となり、いささかも叱咤されることなどないまま、みずから進んでその恩恵に浴したのである。

　**イヴァン**〔クレチアン・ド・トロワが創作した騎士道物語の主人公〕や**ゴーヴァン**〔アーサー王の甥ガヴェインの仏語名〕（韻を踏むのでほとんど双子のようだが）、さらにはもっとあとになって知った**ウーテル・パンドラゴン**〔ブリタニアの王のひとりでアーサー王の父ともされるユーサーまたはウーゼル・ペンドラゴンの仏語名〕といった人名、そして**アヴァロン**〔イギリスにあったとされる伝説の島〕のような地名は、それを動かしさえすれば水門が開き、定義しがたい波がわたしを運んでゆくことになるレバーのようなものだが、その波を筆舌に尽くしがたいと形容するのは控えたいもので、というのもそうした言葉は、語るのを諦めたふりをして、実にいろいろと語ってしまうので、結局のところ、何の意味もなくなってしまうと思うからだ。「ウーテル・パンドラゴン」は、やたらとわめき散らし、武器の音や馬の駆け足の音を響かせながら、風変わりな模様の旗を広げるので、戦士であるのに劣らず、幻覚や魔術（幻を現出させるために振られる布）の専門家を意味してもおかしくないかもしれない。「アヴァロン」は、スコットランドやアイルランドの特定の風景と同じくらい現実味があるが、そうした地域の風景は――最近そこを通ってみて――、ちょうどわたしに釣り合ったものであると同時に、わたしが詩に求めている止揚を地上の言葉（写真を素っ気なく並べてみれば、その申し分のない辞書ができ上がるかもしれない）で表わしているように思えた。

　こうしたいくつかの名前と肩を並べる力を有しているのが**円卓**で、平らでくっきりとかたどられ、樵の硬い手で加工され、そのせいで**聖杯**の理念性に対する重しの役割を演じている木材との連帯関係にあるわけだが、その**円卓**《ターブル・ロンド》という名前は、ごつごつとして澄んだ感じで（並はずれて白く、神聖な物質と言ってもいい砂糖と同じく）、完結せず、音叉の重たげな振動かハーモニカのか細い軋みのように、空中に漂い、目には見えない流れとなって広がっていく。あるいはまた、これもまた自己完結せず、アーサーの仲間の名前のなかにわたしが分類していて、そうした帰属関係は確かではないものの、多かれ少なかれその親戚筋にあると信じているあの別の名前、すなわち**ベディヴィア**〔ベディヴィアはアーサー王の甥のひとりであり、瀕死のアーサーに頼まれてエクスカリバーを湖に投げ込んだのは彼だという説も存在する〕、これはなんとも魅惑的なのでわたしは貸しを作ってやる気になって、こうした名前は――哲学者がそれにどんな分析を加えようが――ありとあらゆる人間存在が含み持っている奇妙さを表わしていて、さらに、行きたいところに人が行けるのは、卑劣に振る舞うわけではないが、駆け引きをしながら（眉唾ものの話の言葉使いで言うなら、ライオンの勇気に蛇の抜け目なさを結びつけ）巧みにすり抜けることによってでしかない、と密かに示している、そう主張したくなるほどだが、たしかに二重の色合いがあり、ペテン師か慎重なカウンセラーがつけていそうな名前であるものの、わたしは貴族の側に位置づけるのであり、それは奇跡に驚嘆した騎士の名前をそこに見出すからで、その奇跡とは、死に瀕したアーサーが湖に投げ棄てるようにあの騎士に頼んだ剣を、三度にわたって水の上に差し上げた見知らぬ手の出現だ。しかしながら、この手が浮上してきても波紋ひとつ起きないように思える飛び地めいた湖の淵に、どうやらわたしは誤ってベディヴィアを移し置いてしまったようで、漠然とした母音の反復の働きは、そこには生きたものは何ひとつ、黒鳥すら映らない別の淀んだ水にむしろベディヴィアを結びつけるかもしれないが、それは、ポーが、その詩のなかでも最も強迫神経症的な作品〔「ウラリューム」〕のライトモチーフとした、食屍鬼（グール）の出没するウィアの森の近くにあるアウバーの暗い湖だ。必ずしもそうだというわけではないが――アーサー王を扱った作品群は、時代の異なるいろいろな物語を含み、しかもうまくはまり込むというよりも、あるものに別のものが接ぎ木されるといった具合で、いかにもゆるやかに全体が形成されているので、同じ人物がある箇所と別の箇所では違う名前で登場したりする――、取り違えということもありえて、自分の持っている版（枕頭の書などでは毛頭ないが、非常に手に取りやすいかたちで片づけ、アポリネールの序文の付いた『ペルスヴァル・ル・ガロワ』の脇にあり、二種類の『トリスタン』、つまりジョゼフ・ベディエの『トリスタン』とサドの専門家であるジルベール・レリが書き直した『狂えるトリスタン』からも遠からぬ位置に置いてある）でベディヴィアを探したとき、実際わたしは、彼が登場しないことを確認したし、他の三冊を調べても成果はなかった。さらに失望させられたことに、王が自分の剣を沈めるように命じた忠臣には、かなり滑稽な〈ジフレ〉という名が――少なくともこの版では――つけられていたのだ。わたしは『アイヴァンホー』も一冊持っていて、子ども向けの要約をその本で読んだが、それは同じようなかたちで円卓の騎士の物語に入門したのと同時期のことだったので、もしかすると、あの捉えがたきベディヴィアをそこで見出せるのかもしれないが、その場合、一連の騎士物語とはまったく無関係な人間の系列（ありえることではないか）に属することになってしまう。

疑問の余地が残るアーサーの死。クラブのジャックとなったランスロットとヒマラヤの子熊に姿を変えたパーシヴァル。グレーハウンドないしはモロッセ〔大型の番犬〕、そしてビニウ〔ブルターニュ地方の小型バグパイプ〕（民俗芸能で使われるホルンの代替物で、この点では文句のつけようもないヴァーグナーがその音色を聞かせてくれるのだ）奏者につきまとわれるトリスタン。銅鑼のように打たれる楯。アッシャー家の崩壊。スコットランドの高地の領主所領地にある責め苛まれた樹木とまどろむ草原。宴会を邪魔しにやって来る血みどろの幽霊バンコー〔『マクベス』に登場する幽霊〕。クロムウェルの仕業であるアイルランドの廃墟、あのさかしまのヴィオレ＝ル＝デュック〔パリのノートル＝ダム寺院の補修作業で知られる十九世紀の建築家〕。そのなかに忍び込み、岩石で覆われた狭い坑道で、打ち傷ができるのも覚悟して一時的に蛇を真似ると、それで螺旋状の模様で飾られた中央のチャペル（ブルターニュ地方でも、ガヴリニス島という小さな島の洞窟で目にすることができるユビュ親父の腹《ジドウィユ》）にたどり着くことのできる巨石の墓。おそらくは魔女の炊事鍋となり、時とともに洗練されて、首長を表わすもうひとつの象徴である槍に伴われて聖杯と化した（とマルセル・モースが言った《ディクシト》とされるが、この場合は講義かインタヴューから拾った発言なので、留保つきだ）、王の巨大な鍋。

慌てるのはやめて――庶民の知恵のいくつもの薄片が集められた暦だか行商販売の本だかのどれかに、いかにもわたし向けといった感じで記されていた対処法――、二つの分類法、つまり舞台への登場順と親近性を組み合わせてわたしが列挙する、より巧みに配合された以下の材料を、混合がうまくいくように付け加えるべきだ、すなわち、

ほとんど記憶にないほど昔のものである、ムードンの天文台〔パリ南西部にあるフランス最大のパリ天文台〕、それは安定した、落ち着かせてくれるイメージで、灰色ないし青みがかった軽航空機のようなものとしてよく視界に現われてきたが、その円筒状の土台は地面にめり込んでいて、あたかも――囚われの身どころか、根を下ろしてしまった気球のようなもののごとく――けっして動くはずがないし、それがなくてわたしが困るはずもないといった感じだった、

ヴィレ＝コトレの森〔フランス北東部ランス近くの森〕、そこで――記憶のたゆたい、というのも実際は、この事件の舞台はル・マンの森だったかもしれないから――わたしは、見知らぬ人間が突如として下生えから現われて馬の鼻先に身を躍らせたとき、気持を強く揺すぶられ、やがて狂気に陥ったシャルル六世〔在位一三六八―一四二二〕の最後の日々に、相も変わらず思いを馳せていた、

クラマールの森〔パリ南西部の郊外にある森〕、そこで、いまではほとんど老齢に達しているわたしたちが友情を育みはじめた時代、アンドレ・マッソンはあたかもオセアニアの風景を前にしたかのように絵を描いていた、

神格化された祖先の住処だったボスムトゥイ湖〔ガーナにある火山湖〕、それは――樹木で覆い尽くされた熱い陥没部の奥にあるのをわたしが目にしたとき、霧に包まれていた――いにしえのゴールドコーストにあって、アシャンティ王国〔十七世紀から二十世紀にかけて現在ガーナがある地帯の内陸部で栄えた王国〕のただなかに位置していた、

遠くから眺めると晴天の日には真っ白に映えるサクレ＝クール寺院、それはパリ版のモンサ

ルヴァート城で、もし、それとて不幸なことだが、エッフェル塔が存在しなかったら、我が街の象徴となるであろうに、

ミュケナイのキュクロプス式〔巨石を不規則に積み上げた古代ギリシアの石積み法〕の壁を切り抜いたライオンの門、その上には門口を守る二匹の獣が乗っている、

ユゴ・ドゴル〔現在のマリにあるドゴン族の集落〕には、乾いた泥でできた二体の小さな彫像が収められた洞窟があるが、その彫像は、胴体はほとんど形がはっきりせず、顔はもう少し手が入っていて、人間の出現に先立って——アフリカのこの地域の伝承によれば——地上に現われた一対の小さな存在を表わしている、

オスロの近郊にある、スキー・ジャンプの国際競技大会用のジャンプ台、それは巨人のための滑り台といったところで、下りのあとに短い急な登りが続き、突然途切れて空の惑星めがけて飛び立てるようになった一部分だけの道路にたとえられる、

ナポリからもポジリッポの丘〔ナポリの港近くにある夜景で有名な丘〕からもさほど遠くないところにある、クーマエ遺跡のシュビラ〔主にアポロンの神託を受け取る巫女〕の洞窟、その回廊づたいに託宣が反響する、

視覚を歪める幻覚剤のせいで変形して見えるのではないかと思ってしまう建造物、ノイシュヴァンシュタインに建つバイエルン王ルートヴィヒ二世の尋常ならざる城のことだが、この見せかけの城塞の内部には、半ばヴァーグナー風、半ばアラブ風の装飾がほどこされ、さらに、いずれも——豪華なものから質素なものまで——注文製作され、ただひとつの型しか存在しない家具や道具が備えられているが、というのも、その他大勢のために作られていたり、他の人が持っているものと同じようだったりする品物は、たとえそれが値のつけられないほどのものであったり、非常に古い時代のものであったりしても、君主の宝物とはなりえないからである、

東ベルリンにある、さほど直径のない新古典主義様式のパンテオン、そのドームには丸い穴が開いていて、ちょうど真下に置かれている荒削りの黒っぽい石の大きな塊の上に雨滴が垂れてくるのだが、石はこの場所にある唯一の飾りで、見たところ二人の監視人が見張っていて、奥の壁に隣接した側にあるプレートが示すところでは、それはファシズムの犠牲者に捧げられた記念碑なのである、ル・アーヴル港で、大西洋汽船会社の区域にある、大型客船「フランス」の——空《から》の——乾ドック、それはあまりに広大で深さも尋常ではないので、縁に立ち、さながらニームの円形闘技場やコロッセウムを階段席の上のほうから眺めるように下を覗き込むと、少しめまいがする、

　アイルランドで、無闇に広いので、もし蛇行していなければ、浸食作用の賜物と取り違えかねない道、それはパトリック山の側面のひとつに付いた大きく白っぽい傷跡で、何世紀も前から頂上の小礼拝堂をめざして登る巡礼者たちの足に踏まれ、骨が見えるほど皮を剝がされたのだ。

　ダブリンから移設した、レオポルド・ブルーム〔ジェームズ・ジョイスの小説『ユリシーズ』の主人公〕が住んでいたとされるエクルズ・ストリート七番地の外扉を、そんなことをしては混ぜ合わせの中身が濁ってしまうという考えにとらわれたりせずに、そこに付け加え、味にこくを出すべきだろう、それはグルジア風の扉だったはずで——いまはベイリーズ・バーの二階に移送され、トイレの横に置かれ——どこを閉めるでも、どこへ開くでもないものとなっている。あるモチーフを長々とこねくりまわし、とことん搾り取るまでは手放したくないからといって、このように付け足すのはヴァーグナーの二番煎じになってしまうのではないかと心配する向きもあろうが、それを考え出したサティが黒インクで小さな厚紙の上に丹念に描き、題名や注記をみごとな文字で書いて付け足した〈我が夢の城の数々〉（まさしくボヘミアの城〔「ボヘミアの城」はネルヴァルの作品『小さなボヘミアの城』に対する暗示〕）の風味を、即興《アド・リビトーム》でわずかに加えて、味つけを完璧なものにするのだ。

世界七不思議のひとつとされたエジプトのピラミッド、他の都市を蹂躙し、みずからも破壊されたデ

ルフォイの遺跡、パディラク洞窟〔フランス南西部のグラマ高原にある地下鍾乳洞〕、サン＝レミとレ＝ボー〔いずれも南仏プロヴァンス地方にある町〕の半ば洞窟、半ば建造物といった採石場、シラクーサの石牢《ラトミ》〔露天採掘場跡を利用した牢〕、いまでは人がいなくなった四角い塔の見張り小屋が点在する中国の万里の長城、アルジェから数キロのところにあり、「キリスト教徒の女の墓」と呼ばれる謎の円形の建造物、どうしてもということであれば、これらにさらに別のものを付け加えることもできよう。しかしこのあたりでとどめておくべきだ。このように付け足しても、ずるをする料理人さながらにソースをのばす以外、何ができるというのだ。というのも、わたしを驚嘆させはするが、ここで装飾的な役割を持ちうるという以外の意味をそれに与えられなかったり、あるいは――いくつかのものに関しては――、聖杯探究に相当するものになろうなどとはもはやずっと前から望まなくなっているこの一種の〈長征〉〔本来は、中国共産党の紅軍が、国民党の攻撃を受け、一九三四年から三六年にかけて、江西省瑞金を出発して陝西省の呉起鎮まで大移動した行軍を指す〕のあいだに、言えることはすでにすべて言ってしまった事柄を、また蒸し返すだけのことになってしまうからだ。

　その材料は

――あるものは、あり合わせのものを食べる食事のように、ほとんどゆきあたりばったりに集められ、ごたまぜに鍋に入れられ、

――他のあるものは、配合され、というかむしろ選別され（その材料のひとつひとつについて大事なのは性質、つまりその品質で、重要度を量や重さで表わす分量ではないからだ）、ついでその最良の部分しかとどめないように濾過される――

　ここに挙げたものが残ったのは、それがわたしにとっての〈驚異〉を示しているように思えるからだ。一見するとばらばらだが、それらにはひとつの共通点があり、いずれもがわたしに驚異の感覚をもたらすのである。だから並べてみればそうした特性が浮き彫りになるにちがいない

し、必然的に、この語にわたしがどういった意味合いを込めているかをはっきりさせてくれるはずだが、この語をわたしは——よくある軽薄さだが——、明らかにする必要のない意味で充たされていて、台のクロスの上に置かれるとすぐにおのずから語りかけてくる、確かな価値のあるカードであるかのように使っているのだ。「驚異」、それは実際輝かしいが、霧の幕が作り出す輪郭のないイメージのように曖昧模糊としていて——用心しないと何にでも適用されかねないようなところがあり——、なんともターナー〔イギリスの画家ウィリアム・ターナー（一七七五—一八五一）は、大気と光の効果を追求した風景画で知られる〕風で、照らしてはいても突き抜けてこないが、ティーカップのなかのあの少量のミルクのごときものの向こうで輝いていると想像できる太陽を、覆い隠してしまっている。もし混合がうまくいけば、わたしが作っている魔女の料理の成果が出て、イメージにすぎなかったものが一種の堅固な状態に移行し、切り分けて口に入れられる誕生日のケーキか公現祭の祝い菓子のようなものとなるだろう。実のところはいかにも理屈上の成功にすぎず、というのも、その舞台は観念の領域以外にはないからだが、それがもしかすると実践への応用に向けた道を切り開くかもしれない……。

　わたしは即座に気づくのだ、自分が集めてきた材料——熟考を経たものもそうでないものもあり、どのような仕方で手元に残ったにせよ——はどれもが記念建造物、景観、無生物で、ランスロットやパーシヴァルやトリスタンといった人物までも、ただ見られるために造られた肖像《フィギュール》の不動性のなかに入り込んでしまっている。あたかも、驚異に関してわたしが受け入れてきたのは、人目を引くようなことすらなく（人目を引くものは生き生きとしていて、展開をはらんでいる）、展示室や写真資料館や古文書館に属する側面で、麻痺状態から引き出してやることもしないままで博物館から一時的に引き離してきた資料といったところなのだ。滑稽な失策だ、というのも、そうしたものとわたしが驚異に対して抱いている考えのあいだの食い違いは、結局のところ、いかんともしがたいからだ。その食い違いのせいで――あらゆる操作につきものの狂いが明らかになり――、もし、もっとよく見直しても、先ほど列挙したものに例外が見つからない場合、わたしはこの作業をやめざるをえなくなるわけだが、ヴィレ＝コトレの森は、生気のない場所ではないものの、そこに行くたび、大木の樹林のどこか不安にさせるようなほてり（ヴァロワ朝の王もリア王と同様に狂人となるのだし、その憂鬱な気性のせいでフランスにカード・ゲーム〔具体的にはタロット・カードのこと〕が導入されたとされるこの狂人〔「狂気王」の異名もあったシャルル六世〕は、もうひとりの狂人であるネルヴァルに霊感をもたらした）と完璧に符合するように思われる、奇抜でさまざまな影響をもたらした歴史的事件を――あたかもそうしたことはその場所でしか起きえなかったかのように――再確認したのだし、オスロのジャンプ台は不活性などころか活動に結びついているが、それはジャンプの道具としての価値しかなく、現在時に属する現実の活動には並はずれたものがあることをその規模が物語っているかぎりにおいてのことだし、ファシズムがいたるところでいまだに動きまわろうとしているなかで、東ベルリンの記念碑はたんに思い出のための殿堂ではなく、というのもこの記念碑に心を動かされるのは、いまも古びていない悲劇的な意味合いが、雨水に洗われた石塊の古風さによって守り伝えられて――そしてなにか永遠なるものに応じると示されて――いるからで、それはほとんど削られず、自然な状態に非常に近い塊なので、ユゴ・ドゴルにあった小彫像以上に形がはっきりせず、元のマグマから直接取り出してきたかのようなのだ。

　このことに鑑みると、自分がおこなった選択について別の判断が生じてくる。たしかに「世界の不思議」風のものを列挙したわたしはまちがっていて、そうした決まりきった観点を自分も採ってしまったのは、おそらくは寄る年波の影響で衰え、「わたしにとっての驚異」とか、たとえ異なるかたちであってもメルランやランスロットと同じくらい激しくそれを体験できるようになりたいと願っていたころに思い描いていた驚異とかではなく、六十八歳という年齢にふさわしく、分類済みの記念建造物のたぐいへの後退を余儀なくされたからなのだが、堕落や聖性の領域というよりは熟視と訴えの領域で、そこでは、子どものころにムードンの天文台を――遠くに――見たときにわたしを浸してくれた夢想に充ちた安心感のかけらが見つかるのだ。その領域について、わたしはしかし、それが果たす役割がエクワニルやもろもろの精神安定剤と同じ役割に限られてしまうのを受け入れることができないし、わたしにとってなんらかの支えになるためには、内在する乱れや規範の侵犯によって――たとえたんに思弁的な次元においての話であっても――力強い痕跡がそれに残されていなければならない。おそらくそのせいで、わたしが参照した幾多の景観や、建物だけでなく家具も含む事物は、あるがままだったり、そう思い描くのが普通であるような状態とは別物で、理性によって引かれた良識ある境界のなかにそれらを囲い込むことがむずかしくなるのに応じて、わたしの目にはじめて価値あるものとして映ってくる……。アイルランドの墳丘の側面には、いたるところで見つかるような標章がついている。地形学上の偶発事だと思われたものが――とても信じられないことだが――巡礼者の残した足跡だったことがわかるのだ。解体された家から持ってきた扉は物語の主人公の住居の扉であり、あるバー゠レストランに新たなるユリシーズの神話をもたらす以外の機能はもはや持たなくなっている。王宮は表現主義映画に出てきそうな城砦で、王侯にふさわしくなるよう、家具を完全に新しくしてあり、趣味の悪いどんな億万長者もそこまではしないといった内装になっている。郊外にある森はオセアニアだ。乾ドックはコロッセウムだ。石牢には、斧状の狭路で死の罠にとらわれた『サランボー』の反乱傭兵を入れてやろう。四十年以上前にミュケナイで目にした二頭のライオンの彫像は、若いがその道に通じた『魔笛』の一組の男女が、試練を課されて立ち向かう途方もない門番（武器を身につけた戦士またはサムライ）となったのだが、サン゠レミのローマ時代の石切場もその場面の舞台となりうるかもしれない。鼻眼鏡をかけて風采の上がらない男が、どういったものをただパタフィジック的な歓びのために頭のなかでそっとこしらえ上げることができるのかを、サティのペン先から生まれた小さな城の数々――それだけでなく、架空の地図や空想上の広告――が、屈折作用を経つつ、わたしに明らかにしてくれる。

わたしが材料に入れている古代文明や昔の記憶（円卓の騎士と聖杯伝説を筆頭に）がかなりの数――わたしの外部であろうと内部であろうと、あらゆるものに耐え、堅固な係留をもたらしてくれるように思えるだけの年月を重ね、古色を帯びた驚異の魅力ゆえにこその数――にのぼることに劣らず、読み直してみて印象深いのは、この一続きの列挙のなかにエロティシズムに関係するもの、少なくとも公然としたかたちで関係するものが、何もないということだが、それというのも現代の紳士は、幻想的なところなどほとんどなく、それだけにいわば真正面から抱きしめられるこうした驚異に対する迂遠なほのめかしを、そこから引き出しては愉しむからのようで、たとえばパディラク洞窟＝母胎がそうだが、ほかにも、魂の貯蔵庫であるボスムトゥイ湖、運命の声に耳を傾ける別の女が奥の間に控えている巫女の洞、そのなかに蛇のように滑り込める先史時代の墓など、どれもこれもいまでは神秘を失った象徴と化している。存在はしていても、もう亡きものとされてしまい、首吊りの家での綱の話題と同様に言及できなくなっているものの広がり、つまりそれがわたしにとっては驚異のあのいかにも明白な形態のなれの果て、娘＝花たちの誘惑に屈しないように感情を抑える必要ももはやなくなり、その声までも忘れたいと願うような哀れなパルジファルなのか。

かつてのタバラン〔二十世紀前半にモンマルトルにあったキャバレー〕でのように、女性のショーがあるナイト・キャバレーにおいて、ブルジョワ風の服を窮屈そうに着込んだ生彩のない客たちが坐っているテーブルの目と鼻の先で動きまわる、脱毛して白粉をつけた――腐敗などとは無縁な大理石のような――肉体にも匹敵するまばゆいほどの過酷さで、日常性からこれ見よがしに切り離され、他のものをはるかに凌駕したエロティシズムの聖なる世界。その最たる表われは裸体と蒸し風呂のような匂いに充ちた娼窟で、あまりに忙しそうだったり、あまりに空虚だったりする街頭の社会からははるかに離れているが、それでいて、悪所に課されるタブーを実体化してみせた、たんなる戸口で仕切られているにすぎない。倫理を尊ぶキリスト教の世界の対極にあり、ミサよりもサバトの支配下に置かれ、驚異に属している異教の世界だが、驚異に属しているのはたんにその輝きが目を奪うからだけではなく、そこでは規則が無効で、仕事や計算など論外であり、明晰さが消え去る憑依状態を要としつつ、無限が侵入してくる日常生活の亀裂を表わしているからだ。

　骨抜きにしてしまうようなやり方だが、それは、わたしたちを駆り立てる渇望を生きた原動力にしているのがエロティシズムのもたらす驚異であるものの、その驚異について語るに際して、わたしはそれに関連した聖なる場所という生気を失った仲介を経て取りかかったり（したがってまたしても博物館の観点から取り上げている）、あるいは、別の語り方をするにしても、ごくわずかな言葉——一般性というヴェールを恭しくかけてやり、しかも、いかにも修辞学者風になってしまったああした注釈にこれといったはっきりした行為や出来事の記憶を盛り込んだりするのを控えつつ、わたしが記したばかりの言葉——しか費やさなかったりするからだ。ほかに削除もおこなっていて、たとえば、アーサー王の物語がごく自然に——ヴィヴィアンヌ〔水の妖精〕や、モーガン〔アーサー王の異父姉で魔女〕や、そしてときとして狂気の愛に変質する宮廷風恋愛という偉大なテーマを伴って——導いていったはずの正真正銘の驚異である愛について、わたしは口を閉ざしたままだったし、あるいは、それに触れたにしても、ほとんど心ならずもで、ほのめかしてはいても遠回しとさえ言えないほどの目立たなさだったが、『魔笛』の奥義に通じた男女のことを——ライオンの門との関連で、運よく——喚起した際も、何も言わないのにほぼ等しく、把握しがたい省略法を用いていて、たんにひとりになるのではなく、二人のうちのひとりになることが重要だとわたしが考え、そうした共謀性に魔よけの力を与えるとわかってもらおうとしても、そのことを明らかにしてくれ、わたしをいつもこのうえもなく感動させたオペラの一場面を引かないようにしているのであれば、それはいかにも秘密主義の迂回ではないか！

喜んで言ってしまいたいところだ、ミルディン〔中世ウェールズの伝説に登場する予言者で、アーサー王物語に登場するマーリンのモデル〕のような人物――あるいは、ケルト人に限る必要はいささかもないので、別の魔法使い――がわたしを煙に巻き、こちらでは目をくらませ、あちらではひどいまちがいをさせ、探索すべきだった地方からわたしを遠ざけてやろうと心に誓ったのだと……。そんなことを強調する必要があるだろうか。それはいかにも机上の空論めいていて、外部のものにせよ内部のものにせよ、なんらかの圧力が介入してわたしを騙したわけではないとわかっている以上、偽りのイメージにすぎないということになるだろう。しかし、そうしたイメージは次のような現実を明らかにしてくれるかもしれない、つまり、円卓の騎士の物語とメルランを出発点に置くというのは、「青表紙本」〔宗教書や実用書のほか、主に騎士物語やおとぎ話を扱った大衆本〕の路線を選択するということであり、その結果わたしは――古代の魅力に圧倒されて無気力となり――波瀾を起こしかねない問題を無視し、安全確実な驚異に向かわされることになりかねず、その種の驚異は、たとえ目に見える形態に接続されるにせよ、小説や詩や夢と同じく身体性を欠いたままであって、いくつかの具体的な事実が――想像力によって推進力がもたらされる必要もないまま作用して――その血となり肉となってくれるような驚異とは異なる、という現実だ。

自分に欠けている部分に気づき、そのメカニズムをわかりたいと思った結果、わたしは――わたしがペンを走らせたわけだが、ほとんどペンにわたしが走らされたようでもあって――驚異には二種類があるのを認めるに至ったのであり、ひとつは出来事に刻まれた驚異で、もうひとつは想像力によって創り出された驚異だ。一方は、ユーウェイン〔イヴァン〕やガヴェイン〔ゴーヴァン〕やランスロット〔ランスロ〕やパーシヴァル〔ペルスヴァル〕やガラハッド〔ガラード〕の冒険と、もし彼らが実在する人間ならその冒険が彼らにとってそうなったはずの危険な現実、そしてもう一方は、物語を読む者の頭のなかで展開していくものだ。根拠のある区分だが、これでは不充分に思われる、というのも、この方向に進む以上、雲にも増して曖昧模糊とした構築物がはっきりとした形を持つに至ったこうした物語について、作者がその想像力のなかで展開させる作用――第三の種類の驚異――を、どうして勘定に入れないのか。現実のうちに驚異が秘められているにしても、それは、書物に書かれた驚異の模写ではないし、ネルヴァルの狂気が、体験した事柄を、夢であれ練り上げられた創作物であれ、想像上の事柄から分かつ境界を忘却させるたぐいのものであった一方で、ドン・キホーテの狂気に見られるように、創り出して悦ぶといった驚異もあるが、それとも異なる……。だが、怪異の氾濫へとあまりにも大きく扉を開いてしまったこうした狂気は、驚異を基礎づけるあの衝動に対する絶対的な服従とは異なるのだろうか、つまり、体験したのであろうが、想像上のものとわかっていようが、あちこちに想像物を分布させて体験しようが、想像上のものとわかりつつも体験した心持になるのであろうが、通常の生活を織り上げている出来事とは比較できない出来事に対して抱く、ほとんど恋情にも近い執着とは異なるのだろうか。そして、文字で書かれた詩が応えようとするのも、同じ種類の衝動に対してではないのか、要するに、こちらが魅了されてしまった何か計り知れないものを定着させる、あるいは、その逆で、わたしたちを――少なくともしばしのあいだ――魅了する計り知れないものを、書く行為をとおして造り上げようとする、ということではないのか。驚異、詩、愛、これらは、無限を求めるわたしの欲求によって、永続的であろうが一時的であろうが、後光を帯びることになった何か――出来事、生き物、事物、イメージ、観念――に対して、裏取引なしにわたしが心を開くときにしか、存在しないのだ。

物語に出てくる英雄は、ただ虚構の存在としてあるわけではなく、本当に怪物と闘うならば、いくつかの出来事に対してたんに光を当てるにとどまらず、そうした出来事の構成要素と化している驚異を体験するだろう、とわたしは認めていいだろうか、あるいは、驚異は物語(わたしに語られる物語、わたしが他の人に語る物語、わたしが頭のなかで作り上げる物語)のなかに息づいていて、たとえ一瞬でもそれを夢見る暇を持つことすらもできないなら、いかなる驚異も花開けないと考えねばならないのか。いかなる幻想的な色合いを帯びて龍が現われてくるにせよ、あたかも主人公が——場合によっては魔術の助けを借りてということもあるが、それが、技術的な点で切り札となる完璧な武器ほどの助けになることはめったにない——勇気ある善行を成し遂げているかのように事態は推移していくと見えるだろうが、そうした善行は比類なき美点の証であるものの、これこれの強敵(現代だとたとえば帝国主義で、長期的に見ればもはや張り子の虎だが、それと取っ組み合いの闘いをしている者にとっては、端的に虎のままである)と闘い、害をなさないようにしないといけないのと同じで、驚異からはほど遠い。伝説的な闘士がみずからの目で見てしまったような驚異があるとすれば、それはむしろ、妖精の魔法に屈したり、神々の娘との不吉な愛に(ジークフリートさながらに)身を投じたりして、英雄にふさわしい使命を忘れ、そして、ヘラクレスや聖ゲオルギウスのたどったまっすぐな道をはずれて、ウィリアム・ブレイクに言わせれば、つねにそうした側にいるとされる真の詩人に倣って、「知らず知らずのうちに悪魔の味方になってしまう」ときにではないか。ところが、戦争に関しては、恐怖や制約がいかばかりであろうと、むごたらしい過酷さのせいで驚異の可能性が排除されてしまうということはなく、わたしたちの時代ではそのことを、きわめて順応主義的な兵士だったアポリネールが恥じることなく謳い上げたあの花火の側面が証明してくれている。(そして、お粗末な軍人だったわたしも、自分自身が驚嘆した——『カリグラム』の戦争の次の戦争で——のを思い出すのだが、それは軍需品輸送列車の護送のため、夜にオーブレ駅の引き込み線にいたときのことで、車輛から離れずにただ巨大な火花の炸裂を見ているよりほかにすることがなかったのだが、その火花は雷でも夜空に生じた天体の超自然的現象でもなく、直前にドイツの飛行機が落とした爆弾で切断され、ショートを引き起こしていたと思われる電柱間のよろめくような交流だった……。）しかし、ひとりの兵士が自身のはまり込んだ黙示録から目覚めるとすれば、それはまさしく、彼が距離を置き、そのようにして人格遊離した結果、必要以上のことを考えずに行動したり耐え忍んだりする戦闘員ではなく、観客の目で、あたかも外部から眺めるように、驚異を生み出す作用を見つめるときではないか。雷撃のごとく、驚異は二つの極のあいだにほとばしるが、わたしはその片方の一極でなければならず、もうひとつの極は運命によってわたしにもたらされるのであり、道士が寺を建立するのに選ぶ独特の景観地と同じくらい魅力的であったとしても、もしそうした誘いかけにわたしのなかの何物も反応しないのであれば、無価値だ。したがって、受け入れることができる、そして受け入れたいと思う驚異は、人それぞれなのであり、タミーノにとっては夜の女王の娘で、パパゲーノ〔『魔笛』に出てくる鳥刺しの男〕にとっては娘パパゲーナ、そしてすばらしい飾りつけがされたテーブル、あらゆることに抗う道を選んだドン・ジュアンにとっては騎士長が差し伸べる大理石の手がそうなのだ。どのようなかたちで現われてくるにせよ、意識しているかどうかはともかく、自分が心底願っているものがわたしに属するというような意味で、わたしに属するのではない驚異というものはわたしにとって存在しない。それは、わたしに似た驚異、わたしの尺度に、少なくともわたしがそうありたいと望んでいる存在、つまりそのようなことが起こった場合に幸福だと感じられるだけの勇気を持てるような存在の尺度に合わせた驚異だ。しかしその場合、不意に現われ、わたしを満足させる以上におそらくは悲嘆に暮れさせる驚異、したがって、わたしがそれを夢見るときにしか驚異ではないような驚異となるのだが……。

なまの状態の驚異、蒸留された驚異（わたしの蒸留機をとおしてはじめて味がつく）。茫然自失させる驚異、毒性のない驚異（いわば味気ないものになり、慣行の範囲で言うと、人間の生贄の代わりの犬の生贄、火葬で人間や財産ではなく紙の人形を燃やす行為、戦士がおこなう血なまぐさい騎馬槍試合のあとを継いで登場したポロやチェス・ゲーム——カード・ゲームはどうやらそこから派生してきたようだ——に較べることができる）。疑問など抱かず、ただ信じてしまうことができる絶対的な驚異、信じないままで信じてしまう（あるいは、そのように魅惑してもらうためには、信じてはいけないような、とまで言おうか）といった相対的な驚異。もう片方——存在感があり、沸き立っていて、革命的とまでは言わなくとも動転させる——ほどの熱狂ぶりには陥らない、もっと捉えどころのない驚異もあるかもしれず、それは詩的な把握によって起こるか、物語だろうと芸術作品だろうと、もうひとつの、省察によって定着させられる必要などまったくないまま支配する、直接的で野生的な驚異の反映、木霊、あるいは模倣にすぎないものから生まれてくる。しかしながら、それ自身の運動で、ただそれ本来の内容量で、すぐさま価値を認められる全面的な驚異について語るなら、それは、わたしたちからは独立して存在し、ただ自然法則に対する明らかな侵犯と見なされるだけであり、幻覚でないのなら奇跡でしかありえないような事実に内在する、即自的な驚異について語ることになるのではあるまいか。結局のところ、人間の次元にはなく、超越的で、宗教で売り込みの対象となるようなものと同じたぐいの驚異について語ることになりかねないが、それでも——こうした事実の現実性を疑わないものの、どのような審級から来たのかわからない最後の一押しがそれを生み出させたという説は否定して——勘違いという考えも退け、同様に、宇宙のメカニズムの変更といった考えも遠ざけるなら、そして、耳目を集めるような主の公現〔神がイエスとして姿を現わすこと〕のたぐいをそこに見るのではなく、分類不可能なものである驚異は、いままでのところ説明がつかず、それどころか説明不可能ですらあるのだから、超自然に、つまり、ありとあらゆる不可思議を集めて入れる知的ながらくた箱に属すると確認するにとどめておくなら、話は別だ。

とはいえ、典型的な驚異は超自然にほかならぬと宣言することで真相を捉えたと考えるなら、虚空を攪拌するにすぎないだろう、というのも、それがもたらす衝撃が謎めいた虹色の輝きを放つ（わけのわからない表現になるのを恐れずに、そう言ってしまっていいだろうか）ように感じられ、さまざまな径路をたどってではあるが、感嘆の声をわたしにあげさせる事物を、こうしたカテゴリー——そこには、その名前のせいもあり、自然に起こりうる可能性を超えたものしか入ってこない——は含んでいないからだ。唯一違う場合があるが、それは鏡の向こう側への移行で、三十年以上前に、最期の時を迎えようとしていて、すでにあらゆる関係がほとんど絶たれてしまったかに思われた女友だちが、あたかも悪魔にそそのかされたかのように、大きな身振りで、しかしさかしまに十字を切るのを目にしたとき、束の間とはいえそれが起きたという印象を抱いたのだが、不信仰者がしてみせたあまりにも狂った仕草であったため、外傷を受けたかのような動揺を感じ、うなじから背骨の窪みのあたりまで霊力が電気さながらに降りてくるようだったのだ。そもそも、超自然的なものに驚異の骨格をなしてもらいたいと望むなら、現在ではもっと慎重に「超常的」と呼ばれている事態（千里眼、テレパシー、予知など）、たしかに当惑させはするが、それが生じているからには、感覚界の展開に含まれたあらゆるものと同じで、定義上は自然である事態、そうした事態に適応すらできておらず、神秘主義のせいでひどく曇ってしまった観念に頼ることになってしまうだろう。そして、わたしの背中にちくちくする感触を与えた興奮が帯状に冷光を発するといった、目に明らかに見える情景を——死に瀕した女の傍らに一緒にいた友人がわたしに語ったように——伴ったこの死の場面において、生理学上の邪説と驚異は、実際、混同されているふうではあるが、わたしはたしかにこうした現象の異様さに興味を引かれるものの、大事なのは、このように実体化した鳥肌のうちに交霊術者だったり形而上学者だったりが何を見出すか、ではない。死の床についていた件の女性を奈落の聖女そのままの姿として眺めていたのでなかったら、わたしが戦慄にとらわれることはなかったろうし、一方で友人（女は彼の伴侶だった）がわたし以上に動転しているのでなかったら、そして、二人のあいだではすべてにおいて包み隠しがなくなるほど密接なかたちでの暗黙の了解があったのでなければ、わたしを貫いた戦慄が彼の目に映るといったことには（たとえ想像に頼る幻覚という道をたどったにすぎなくても）ならなかったろうし、その結果、わたしたちに共通する気持の高ぶり——それには、悲しみ、疲労、二人がその枕元で見守る女性の美しさ、パロディ風にさかしまにされた十字の印によって示された（わたしたちのような不信心者の目にとってさえ）冒瀆的に見えた悪ふざけの振舞いなどが関与していた——も生ぜず、いまでも思い出すと驚かされる奇妙で超自然的な（と思われた）事柄はきっと起こらなかっただろう。そもそも、それ自体として見れば、そうした驚くべき具現化は、愉快な物理学の次元にあると言ってもおかしくない、風変わりで、面くらわされるような細部にすぎず、全体のなかに位置づけられているが、全体はそれだけで驚異が息づく地点に達しているわけであり、その全体とは、女友だちがわたしたちに見せつけたいと願っているように思われた完璧な大往生の光景、そしてわたしたちがそこで入り込んでしまっていたまさしく霊的交流の状態だった。したがってわたしは、物語に出てくる驚異や自分で創り出す驚異がそこから派生しているか、その模倣物にすぎないような本来的な驚異といったものが存在しているかどうか、自問してみるまでもないと考えるのであり、科学を組織する存在としての人間は、驚異を——壁の外に——根拠づけ、論理の侵犯とか規則に対する例外とかいったかたちで特徴づけられないようにしてしまうわけで、それというのも、おのずと背くことになっていく法との関係で驚異を位置づけ、わたしたちを浮き上がらせる波も、そしてその波が湧き上がってくる思想や感情の基部も無視するなら、それは驚異に対して科学的な観点を採用することになり、言葉の意味と矛盾してしまうことになるだろう。だがそれでも次のことは打ち消せない、つまり、いくつかの事柄は、他のものにも増して、あの軽い、あるいは激しい酔いを引き起こし、そのせいでわたしは——興奮していたり、冷静なままだったり、一瞬のうちにだったり、ゆっくりとだったり、取りつかれたり、魅惑されたりして——空飛ぶ絨毯にでも乗って連れ去られる気分になる、ということだ。

日常を超える——わたしたちの節度に必ずしも平手打ちをくらわせることなく——が、突飛さに還元されてしまうわけでもないもの、——骨董品を心のなかで陳列してくれる部屋だったり、五本足の羊だったりするわけではなくても——完璧に高揚させたり、あるいは、想像力を突き動かし、夢見るように仕向け、「夢見るままにさせておく」もの、おそらくこの二つの土地（象徴的な土地区画台帳における**感情の吐露と夢想**）でこそ驚異は、さまざまな形をとりつつ、成長していくのだ。

「異常事が日常と化すのは革命が生じたからなのだ」、と生前からすでにゲリラ兵としての伝説的な人物像を体現していた男がそのように簡潔にまとめて述べていた。朦朧としたところのない頭脳と地面をしっかり踏みしめた足を持ち、喘息にもかかわらず時代の空気を肺いっぱいに吸い込んだチェ・ゲバラは、いつの日か日々の事柄へと変貌するあの異常事について語る際、絶対に驚異のことなど考えてはいなかった。『エピナル』誌に載ったフランス革命についての図版、怒れる民衆のひしめき合い、兵器庫での略奪、門を開けられた監獄、バリケード、大砲を引いたり負傷者に包帯を巻いたりしている女たち、銃床を振りかざす兵士たち、首を切られたり肉屋の鉤に掛けられたりした暴君、引き倒された彫像、冒瀆にさらされた記念建造物を描いた図版を見ることなど、彼はいかほども必要としていなかったのではないか。しかしながら、革命についての民間伝承に執着しないからといって、フランス革命の驚異、つまり、それまで途方もないと思われていたことが次々と実現する可能性を示す——歩きながら運動を証明してみせるギリシアの思想家のやり方——社会的情勢に鈍感だということにはならない。

愛情の規模やその発生の規模で、わたしが例（むしろ、わたしに釣り合った驚異を引き起こすものの見本）として挙げた驚異の断片は——ほとんどたまたま引いた唯一の例外を除くと——オルゴールと大差ないくらい取るに足らない小物だったり、装飾過多の置物だったり、それどころかいたずら用玩具といったところだ。精神的な飾り物、贈答用装飾本の花模様、あるいはもっと重大な内容の伝達媒体のこともあるが、道楽趣味の臭いがしないものはない、少なくともわたしが捉えた観点、それに沿って物事が驚異として把握され、提起される個人的なあの観点からすると、そうなのだ。美食家風にわたしが味わうそうした驚異から、知ったかぶりや舌鼓とは無縁のまま——冒険の日の光のもとで、あるいは夢の薄暗がりのなかで——吸収される驚異まで、そのあいだに開いた距離は大きい。

二重底の旅行鞄や福袋並みに扱うことなどできない驚異を前にすると、わたしの出した例はいかにも重みがないが、にもかかわらず、それなりの正当性があるはずの次のことを忘れないでおきたい、つまり、空虚、空白、欠如がそうした例の大半で演じた役割のことである。休息状態でなく活動状態にあったならば、オスロのジャンプ台（用途が欠けている状態になかったら、その巨大な規模にもかかわらず、結局はわたしの想像力を飛躍させることにならなかったであろうジャンプ台）はきっとあれほどわたしの心を打たなかっただろうし、ヴィレ＝コトレの森は、風景という以上に、数世紀前に起きた劇的事件を欠いた無人の舞台として価値があるのだし、ル・アーヴルの乾ドックがわたしの心を動かしたのは、クラマールの森がオセアニアになり損ねているように、コロッセウムになりそこねているからだし、補完してくれるプラスに呼びかけているマイナス（空気を呼び寄せるために作られた真空のごとく）であるだけに、近くから見た場合は、美の代わりとなりうる滑稽さすらも欠いたまがい物にすぎないということを知らなかったら、遠くから眺めたサクレ＝クール寺院（教会というよりも、クリングゾル〔『パルジファル』に登場する魔法使い〕の宮殿の雰囲気がある聖杯城《グラール》）をおそらくあれほど好きにならないだろう、そして、ノイシュヴァンシュタインでは、真の城砦も真に王にふさわしい宝物も存在しないことでめまいを感じたのだし、パトリック山の接合線は痕跡にすぎず、すぐさまそれに意味づけをしてみたくても、できるようにしてくれるものなどないのだし、あれほどまで物語るものがはっきりしないということ、それがユゴの二体の彫像とベルリンの反ファシズム記念建造物の奇跡だし、ボスムトゥイ湖についていては、それが聖なるものだとはわかっているが、靄のかかった荘厳さ以外にはその兆候を示してくれないし、ベイリーズ・バーでは、ずっと現実味を欠いていたレオポルド・ブルームという人物にその現実味をもたらしたあの扉は、不在に対して――おそらくは剝き出しの壁を除けば、無に対して――開かれていたのだ。要するに、閃光が生じうるのは、何かが差し引かれたように思える与件、あるいは、足元から崩れていく土壌のごとく、その完璧なまでの不条理さにおいてわたしたちに打撃を与えるような与件からだけだ、という考えにとらわれたままでいるにしても、わたしは、巫女の洞窟（声を奪われた神託のためのひと気のない場）の沈黙も、サティが想像した小さな城の数々で、文章が示す広告文風のリアリズムと皮肉っぽく提示された対象のどうにも作り物めいた感じのあいだにうがたれた裂け目も、ともにきちんと引き合いに出しておこうと思う。

　したがって、横溢が生じるときのように限界の破裂に関係づけられた、過剰さによる驚異に対するものとして、欠如による驚異といったものがあり、その場合、欠落、隔たり、あるいは、境界というよりは現実と想像の隣接地帯であるあの境で生じる乱れをあらわにしてしまう、隙間のあいた継ぎ目が、家のなかの狂女〔空想力のこと〕への好餌になるかのように、何もかも進んでいくのではないのか。もっと激しやすい人の目から見れば、より詭弁的で、より理屈っぽく、より陰険に映るこうした驚異に、わたしはうっかり閉じこもってしまいがちで、それが噴出すれば人びとを動転させるようなものは捨ておいて、ただ精神だけを混乱させる（突如としてたどることになる道のりの遠さに呆然とさせたり、ただちにせよ記憶を介してにせよ、現実に対して課せられるように思える軽い衝撃によって仰天させたりして）ものに賭けることになるのではないか。とどのつまりは、例を挙げようとしてわたしのおこなった――意図してはいないが偏った――選択は、完全に休止状態にある驚異をわたしはいま探索しているということを明らかにしているのであり、年齢のせいで鈍重になったような人にとっても可能なことだが、そうした驚異に到達するには、頭の体操を少しおこなうだけでいいのではないか。値引きされた驚異、だがそれでもなお驚異ではあるのだが、ただ、いつの日か、もはやわたしには驚異などまったくなくなってしまうだろう……。　驚異はやはりなんらかの歓びに対して開かれているのだろうか、おぞましい執達吏にますます胸が悪くなるような速さで追い立てられるように少しずつ自分から追い出されていく男が、どうやったら、どんどん自己喪失の度合いが高まっていることを意識しつつも、精神を長いあいだ自由で生き生きとしたものに保ち、それなしには驚異も存在しえない勢いのよい一飛びをおこなえるのか。そしてその男の興奮は不思議な産物を生成させるのではないか、たとえば、壁や天井の起伏に沿った形而上学的彷徨、緻密な図表を使って定理に変質させられた内的感覚、下水や煙突のなかをたどるすばらしい旅（体験に基づいてではなく、大胆な洞察で語っているわたしは、これ以上長々と説明するとただ修辞を連ねているだけになってしまうのを恐れ、くどくならないよう、ただただ参考までにこの例を引いている）、近親者の耳ならあえぎだと聞き分ける、漠としていつまでも続く声の遍歴、あるいは、それ以外にも――もっと悪夢的な――作り話のいくつか、メンヒル＝座薬とか、喉のなかを走る芝刈り機とか（これらも推測に基づく幻想で、病気になったときに似たような幻覚を見たものの、いまや復元を可能にしてくれる痕跡もないため、それと同じようなものを出してきているわけだが、どうもあまりにあからさまにこしらえものめいているのではないかと思う）もあるが、死に瀕してまだわずかに残っている自分のなかに閉じ込められたとき、もはやほとんど死んだも同然だと見なされて、陶酔感をもたらす注射を打たれたり、さらには、みずからが置かれた苦境のせいで天の恵みとなるわずかな幸福感として、汗が滲み込んだシーツの代わりに新しいシーツを与えられるといったことを除けば、どんな驚異がこの男に舞い込むのか。

驚異にもたらされる二種類の可変性、つまり水平方向（人が違うことによる変化）と垂直方向（同じ人でも年齢による変化）。しかし変わらないものも含まれているはずで、さまざまに変化してもそれと見分けることができるもの、その出発点や仕組みがどれほど多様であろうと、どのような意味を有しているかを示すものだ。したがって、驚異に内在的で、それなしでは驚異が存在しえないような確固とした特性があるのであれば、それは、別の世界へと、地上の彼方ではなく、因習の彼方の別世界へと投げ入れてくれるあの突然の飛躍ではないのか、そして突如として入り込んで驚くことになるこの区域分けなどない世界は、そのように驚きに支配されており、古い魔法にも新しい魔法にも精通するアポリネールが宣言めいた性格の文章〔一九一七年の講演原稿「新精神と詩人たち」〕で提唱していたように、驚きが詩の大きな原動力となったのであれば、詩の世界と一致するのだ。

驚き、そのせいで男の姿に見えていた楯の下にブリュンヒルデという女性を発見するジークフリートの驚き、革命とともに多くのことがすっかり変わってしまったことを確認する巷の人間の驚き、予断は抱いていたものの、このようなかたちではっとさせられると思ってもいないまま、バー＝レストランのクロークの傍らに、ジョイスが想像で創り出したダブリンのユダヤ人の歴史性を保証するかに見える、黒く塗られた扉を目にしたわたしの驚き、十字をさかしまに切って、二重に嘲笑っているかのように思えた瀕死の女性の仕草を前にして、友人の驚きと混ざり合ったわたしの茫然自失。驚き、すなわち突発事件、出現、啓示。ユゴ・ドゴルで洞窟のなかに入っていき、混沌からまだ抜け出していない二体の人形を、何の予兆もなかったのに発見したときに、そして東ベルリンで、これ見よがしにギリシア風にされた外観のせいで、あれほど簡素な演出がなされているとは予想できなかった建物の内部の展示——あまりにも気取りがないので、展示などされていないように見えてしまうほどだった——を目の当たりにしたときに、わたしが感じたもの。あの二つの巨大なもの、どちらも見る者を唖然とさせるほどの規模であるオスロのジャンプ台とル・アーヴルの乾ドックがわたしにもたらしたもの。一九五五年にモスクワに立ち寄った際、わたしたちの国ではあまりやらないことだが、身体が言葉の代わりとなる全編無言のオペラとして上演された『白鳥の湖』によって圧倒されたわたしを包み込んだ驚き、というのも、すばらしさが認知されはじめていたバレリーナのマイヤ・プリセツカヤがプリマだったが、彼女は文字通り驚異を担っているかのようにわたしには思われたのであり、それは、あまりにも古ぼけていて、面くらってしまうような醜悪さなので、最初はほとんど目をこすってみたくなるほどだったセットを背景（引き立て役になっていた背景であり、近代的な街路の無味乾燥な平板さの効果に少し似ていて、通りすがりの人が、そのなかに、突然、中庭の楽園めいた袋地を見出すのだし、そしてまた、『魔笛』のような作品の見かけの明るさがもたらす効果にも少し似ていて、観ているると、喉を締めつけられるような思いが荘重でいつまでも続く歓びにつながるといったこともないまま、ヴァーグナーとは違って上演予告では示されていなかった深みのほうへと、その軽さが横滑りしていくのをすぐに感じることになり、平凡さや醜さの制約を受けない、より含みのある驚きをしつらえてくれる）にして、彼女がひときわ際立っていた――実際は、すぐれた群舞の踊り手たちに支えられていて、ひとりきりではなかったが――からだ。

ところが、こうした一連の事例のなかで、驚きとは、それが上がると諸現実が明確に見えてくる幕以外の何物でもないと、事情通ならずとも見て取るはずだが、驚きはそうした諸現実の多様性を単純化したりしないのであり、たとえば、わたしが話題にしているいくつかの情動、第一のものは愛情にかかわり、第二のものは革命に関連し、第三のものはパタフィジック的（同時に真実でも偽りでもあるあの扉から生まれた）で、他にも聖なるものの感覚と混ざったり、異常な拡大といった印象に――白地に黒く書いたようにはっきりと――起因したり、さらには美学的な情動もあるが、これらの情動のあいだにいかなる関係があるというのか。大事なのは――場合によっては感嘆させられるのは――幕が上がるということ、あるいは、もっと短期間の話で言うと、いつだって驚きに充ちてはいるが、数秒間しか作用しないこの幕開きによって導かれるものではないのか。最初の驚きを驚異の原則にしてしまうのは、演劇を慣習的に幕開きの上に基礎づけるのとほぼ同じで、この一種の飛び立ちによって始まるものの性質――悲劇、オペラ、ヴォードヴィル、あるいはバレエに留意せず、そのうえ、幕のない演劇というものもあるのを失念することになってしまうだろう。もっと根本的な反論を出すならば、驚きが驚異を生み出すどころか、逆に、驚異によってわたしが驚かされるのではないか。自分が驚異のなかにいて、永続的な規範がもはやわたしを圧迫しないような場に位置していると気がつくというのは、おそらくそれこそ真の驚きであり、ある種の無垢さから出発して、いつのまにかそちらに移っているような場合、わたしはごく単純に、より強い驚きを感じるだろう。

もし驚異がたんなる言葉以上のものであるなら（この概念が融通無碍であっても、わたしのそうした確信は変わらない）、そして驚きから派生したものと定義できないなら、驚異の媒体であるように思われる実にさまざまな現実を、接近させたり位置づけたりするその特性とは、どのようなものなのだろうか。

突然背後で銃声が響けば、わたしは驚き、身震いするだろうが、驚きはそのように肉体の反応を引き起こしただけで、驚異に多少なりとも似たものは何も生じなかったことになるのであり、めまいなどではまったくなく、一瞬だけ機械的にびくっとした、それがわたしの体験したことというわけだ。驚異の充分条件ではない（そのことは、映画に出てくる、意外性に基づいていても笑いしか引き起こさないあまたのギャグによっても証明されている、と言えよう）驚きは、必要条件ですらなく、たとえば、ムードンの天文観測所、ヴィレ＝コトレの森、ボスムトゥイ湖、サクレ＝クール寺院――他は割愛するが――は、わたしを惹きつけ、めまいを起こす傾きへと導く夢想の源だが、もともとはわたしを啞然とさせたからそうしたことになるというのではなく、あれらのものにわたしが驚くにしても、長いあいだわたしのなかに放棄されて瓦礫同然になったものが有している、感嘆を引き起こす力――思いもかけないほどの大きな力――に思いを馳せるときのことなのだ。

驚異のなかへと入り込んでいくためには、その傾きにただおとなしく身をまかせていればいいだけの夢想。夢想……。だがどんな夢想だ。歯車に捕らえられ、そこから抜け出せないと嘆く事態に陥らせるような、あまたある思考連鎖とは反対に、なぜあれほどまでに魅惑的なのか。

ムードンの天文観測所がわたしを導いていくのは、青みがかった遠方へと（夜明けの靄のなかを馬に乗っていくイヴァンあるいはゴーヴァン）であり、ヴィレ＝コトレの森が――ノイシュヴァンシュタイン城と同じく――示し合わせたようにわたしの前に現われてくるのは、その運命を知ると、王冠はつねに重荷になるとか、人間の序列は脆弱であるといった、そうした紋切り型について考えてみたい気持にさせるような、狂気に陥ったありとあらゆる王たちを伴ってなのだ。シビュラ（子どものころに持っていた「クーマエのシビュラの神託」というゲームですでに言及されていた魔性の女）の洞窟と同様に、ボスムトゥイ湖は聖なる場所で、その眺望は、知識のある旅行客にとっては、この美しい風景についての読書で裏打ちされるため、群生した植物に取り囲まれ、かすかな蒸気に覆われた水以上のものとの出会いが生じるのだ。モンマルトルのサクレ＝クール寺院は、その白さや古風な外観や部品を組み立てたような様子のせいでいかなる時代とも無縁となっていて、たしかにノートル＝ダム寺院（中世という枠にあまりにはめ込まれすぎている）以上に、わたしが生まれたバビロンのごときパリの象徴になっている。近代産業の力を示す乾ドックは、昔の歴史書やラテン語の文章で知らされていたローマの威厳を浮かび上がらせる。パトリック山はその名前だけですでに伝説に属しているし、一見したときすでに、オスロのジャンプ台は――人がいないだけによけいに広々としていて――鬼の長靴らしき並はずれた大きさが目につく。マイヤ・プリセツカヤは、ロシア革命が滲み込んだ雰囲気（外国の元首が臨席した夕べにもかかわらず、ボリショイ劇場にはノーネクタイの人が大勢いた）のなかで、一九一七年を飛び越え、大気の精や、チュチュという古くさい衣装を身につけることでしか出現させることができないその他の存在のロマンティシズムを思い起こさせ、そうすることで時間を二重に廃棄する。クラマールの森（当時はまだ惨めな境遇にあったマッソンが現実の素材を求めてそこに仕事をしにいっていた）とサティの小さな城に関しては、いかなる宮殿からも、いかなる大洋からも遠く離れ、途方もない豊かさを手にしている芸術家の神話に結びついているのだし、さらに、芸術の創造にかかわる別の神話――それに較べれば本来の現実のほうが青ざめるようなさまざまな現実を作り出す作家――を隠し持っているのが、レオポルド・ブルームの私生活以上にジョイスの才能へと導いてくれるあの扉だ。最後の例はベルリンの記念館で、記念建造物（規模は控えめであっても）を目にするのだとばかり思っていた場所で石の塊を見出して驚いたが、この驚き――たしかに大きな驚きだった――は、軍事的栄光などという偽りの威厳には還元されない、歴史の広範で恐ろしい一面と密接な関係があり、それなりの流儀で聖なるものとなっている場所が問題なのでなければ、ほとんど意味を持たなくなる。留保なしにわたしが支持するそうした文脈がなかったら、わたしの驚きはどれほどつまらないもののままだったことだろうか！　だが反対に、英雄と犠牲者が混在するフレスコ画を、びっくり箱さながらに古聖所から飛び出させてくれるきっかけがなく、ファシズムの恐ろしさとその支配に対するレジスタンスという感動的な主題が、もっとオーソドックスな経路をとおってわたしの心に浮かんでいたとしたら、あのフレスコ画の伝統的形式主義はどれほどの力を発揮したことだろう！　そして、突飛なものを前にして突然感じた衝撃が無視できない役割を演じた他の経験のうち、多くのものについても、おそらくは同じことであり、仰天させるような巨大さのせいで、ひとつは帝国を要約してみせた規模のように見え、もうひとつは超人間的な（その大きさのせいでないにしても）能力を有した人間の存在を証明するように思われ、その一方で、すり切れた山腹には、始まりも終わりもない幻想的な行列が重なってきて、乾ドックやジャンプ台や足跡はわたしの想像力を刺激したのではないか。しかしながら、古代ローマの偉大さ、スポーツの偉業、あるいは伝説のアイルランドを目の当たりにしたとしても、そういったものは、突然の連想を引き起こす光景を経て、いつのまにかわたしの上で溶けていく代わりに、合理的思考というすっかり掃除のすんだ道をとおって入ってくるだけに、感動などほとんどもたらさなかっただろう！

まったくと言っていいほど冷ややかなところのない起源の信仰、
おとぎ話（そのなかでは、驚異がみずからの言語をわたしたちに教えてくれる）の魔力、
幼年時代（それ自体、実際に体験したおとぎ話となっている）の魅惑、
歴史のとんでもない闇、

すばらしい壮挙、
わたしが無条件に愛着を抱く人物（ただ造る悦びのために造る芸術家、凡庸なだけでは自分を見失ったりしないとその錯乱が教えてくれているかのような王族の狂人、そして、現代における遍歴の騎士であり、自由と平等をともに夢見る、もしかするとユートピア主義の権化）、

これらはどれもこれも、精神のなかでも通常は薄暗いままのごくわずかな地帯であり、投光機がたまにその断片を照らし出すが、そのようにたまたま垣間見られた、それどころかたんに暗示されただけの断片は、いかなる幾何学の枠にも収まらず、しかも、境界も示されないため、果てしなく広がる全体を示唆するのだ、

これらはどれもこれも、いずれも古くて広い基盤を有する思考やイメージや感情の寄せ集めから取り出され、切れ端の状態にあるが、即座には色分けしにくいものであり、思いがけず発見されたりはせず、体系的に探索されても、その結果わたしの心を動かすものなど何ももたらさないあの地帯に固有のもので、そうなると、ああした断片のひとつひとつが、あまりにも明るい尾根に――熟考で凍りつき――閉じ込められてしまい、無限がそこに流れ込むことなどできなくなってしまう。

したがって、ほとんど太古の時代に属するこの資源の小片をわずかなりとも参照することが必要で、だがそうした無制限のものに秘密の扉以外の方法で入り込むのは不可能だ。狭きを通って《アド・アウグスタ・》崇高へと至る《ペル・アングスタ》〔ユゴーの戯曲『エルナニ』で謀反人が用いる合言葉〕。プルーストの場合、失われた時を甦らせるのはお菓子を一口含んだときの味わいだし、ルイス・キャロルにおいては、不思議の国《ワンダーランド》へ導いてくれるのは兎の巣穴だ。アイルランドにあるノウス〔巨石文化に属する墳墓遺跡〕の先史時代の礼拝堂にたどり着くためには、厄介な凹凸のある岩場の狭い小道を縫うように通って行かなければならない。ホフマンの『ドン・ジュアン』では、そんなものがあるとは思いもよらなかった通路（スカラ座博物館から『ボリス・ゴドノフ』のリハーサ

ルがおこなわれている劇場まで行くのにわたしが通った通路のような）が、旅人の寝室の薄暗がりから、歌劇場の夥しい数の照明のもとへとつながっている。わたし自身がおこなっている、目的にまっすぐに向かい、いかなる迂回も排除する探究は、この『ゲームの規則』を続けていく過程においては気まぐれに方向を変えたりしているように見えるかもしれないが、生きていくうえでの助け（というよりむしろ人生を終える助けだが、というのも、もし万が一閃光がほとばしるようなことがあれば、どれほどかはわからないが、事態が充分に長引いたということになるのだろうから）をもたらす詩的真実に至る可能性を、少しでも有しているのだろうか。

同様に、狭い道やほとんど道なき道を通ってこそ、異質ではあるが、どちらもたんに夢見られるだけではなくて生きられる（たとえわたしたち自身はそれを体験することができなくても、少なくとも何人かの人間は体験できる）ものとしての神話の輝きをともに備えたあの現実、すなわち愛と革命という現実に固有の驚異が登場してくる。取るに足らない細部（肉体的な特徴、声の調子、神託のように見える偶然、場合によってはごくつまらないことにすぎないが、もしかすると思っていた以上に啓示的だと見なすことになるかもしれない親和性）のせいで、必ずしも最も美しかったり、最も才能があったり、最良というわけではない女性が選ばれ、彼女に賭けることになるのだが、それは、こちらの欲望に対する回答として、あるいは、どういった性質のものなのかが自分自身にもよくわからないそうした欲望の正体を明らかにしてくれる鏡として、けっして欲望を消したりせずに満足させてくれる――と想定してみよう――ような女性に賭けるのと同じだ。革命のもたらす激しい衝撃に関して言えば、それは、見取り図が先行するような社会に場を明け渡すというよりは展望を開けさせてくれるのであり、前進と後退の、幸運と不運の連続、大胆な行動のときも失策のときもあり、場合によってはむごい失敗にまで至るような（実を言えば決して完了しない）連なり、ときには停滞し、ときにはまた進み出し、姿を隠したり大きく逸れたりしたあとに再び不意に姿を見せるということが間々あり、ついで立ち直るといった破線の果てに、突如として現われるのが通例であるのだが、こうしたでこぼこで当てにならない道が、提供されるさまざまな道のなかでも最も短く、最も論理的なものであるかどうかを断言できるのは、後世の理論家だけなのだ。

さらに、ときには(自分がいつか死ぬとは知らず、そのうえ、人間のようにいろいろと話したりもしないし、器用でもないという点で人間に劣る犬が、我が同類を眺めたときに感じる以上にうずくようなイメージを、生に対して与えうるのと同様に)最小のものが最大へと導くことがあり、コロッセウムほど崇高ではない乾ドックは、喚起力では上まわり、コロッセウムを想起させると同時に、そうした想起の勢いで夢想が半ば付け加えられてはるかな彼岸を形成するのだし、バイエルンにあるルートヴィヒ二世の折衷的な似非城塞は、あらゆる城塞を要約してみせるような非実在の城塞をめざすまがい物にすぎないだけに、中世らしい威厳が刻印されているのだし、さらに、巨人ヴァーグナーにおいて驚異の効果が発揮されるまで、ほとんどの場合に時間がかかるのに対し、モーツァルトはつねに驚異を――『フィガロの結婚』の終盤に置かれた勘違いから生じるおかしな出来事におけるように、申し訳程度の変身にしかならない、取るに足らない仮面の戯れを扱う場合であってさえ――生み出しているのは、真の驚異というものが、山を産む鼠であって、鼠にしか見えないものを産む山ではないからである(サティはおそらくそのことをわきまえていて、あんなにもしばしば、題名だったり滑稽な指示だったりの助けを借りて、自分の曲を矮小化した)。あるいは――反語的だが――ネガがポジを産み出すのであり、瀕死の床でさかしまに切られた十字は、冷ややかな嘲弄(そう意図されたかどうかはともかく)として、まちがいなく天国と地獄の存在を打ち立ててしまうのだが、もし正しく十字が切られて敬虔な仕草となったり、あるいはもし、いかにも無神論者の手にふさわしい、道化めいた茶番すれすれの大げさな動きで十字を切る代わりに、荒々しく瀆神の言葉が吐かれていたら、そうしたことは何も感じ取れなかっただろう。さらに、もっと逆説的なのは、コートディヴォワールで――とても粗野だという評判のロビ族の人たちのところにいて――村の呪術師を訪問しにいったある日、なかはひどく暑い小屋の奥に引っ込み、簀垣の背後に隠れていたその年老いたしがない農夫が、理屈上は自分が呼び出したことになっている精霊の声を真似るために裏声で話したときにわたしがとらわれた、ほとんど恐慌状態に近い恐怖で、裏声があまりにあからさまなごまかしなので、珍妙さと紙一重になり、そこから戯画的な驚異が生じてきたわけなのだが、まさしく啞然とするほどの純朴さゆえに、もともとの原因だった策略からは――エキゾティシズムも手伝って――極端なまでに距離を置くかたちになっていただけに、その驚異には調子はずれなところはあったものの、かえって信憑性が少しは感じられたのだ。

二者のあいだの完全な調和、友愛的な社会の創設、理想的にはそうしたものにこそ愛と革命が、それを目標とし、途中の障害を乗り越えて、差し向けられるのだ。だいいち、たどり着きたいと夢見る先は、なんらかの善か真実だと思われるのであり、それは、わたしたちの精神のなかに突然開かれた広い地平、あるいは、驚異のもたらす酔い心地によって得られるものなら何にせよすべてが――必然的に遠回しの仕方で、しばしば皮肉な跳ね返りを経て――もたらす、独特の成功を収めたという感慨だが、つまりは、激しい欲望への（待ち侘びていたと同時に予期せぬものでもあった）回答、広大な自然の要約と化す肉体との有機的な融合、わたしたちの苦悩の塊のように思える詩の文句や音楽のフレーズが、その真の実体が何かをそれとなく語ってくれるとき、苦悩を快感に変えてみせる巧妙な操作、アポリネールが自分の寝室にある「別の信仰における別の形のキリスト」〔アポリネールの詩「ゾーン」の末尾に出てくる言い回しで、オセアニアやギニアの呪物を指す〕と対をなすものとした、「ありとあらゆる祈りがつねに生い茂った樹木」と同類の偶像の

――わたしたちの偶像の場合ほど通り一遍ではない顔つきをした――存在に対して敏感にさせてくれる物や場所の眺め、わたしたちの思考から叙事詩的な規模の主題が、帽子から出てくる兎以上の華やかさもないまま浮かび上がってくるのを望むといった局面、大小はともかくなんらかの出来事が、生じてくる過程で自身の場所や方式を見出したという感覚、一目見て読み取れるある記号が、非常に的を射た内容の演説ですら垣間見させることのできなかった意味を担っているという確信である。ありそうもないことを相手取って得た勝利であり、もしかするとさらなる勝利を予告するものでもあって、生きた肉体の形で抱きかかえられた無限、（たとえば森の外れや、風変わりな城が歪んで映る鏡のなかで）色合いや立体感を得た歴史的な過去の断片、わたしたちの間近にあるオセアニア、パリのまっただなかのモンサルヴァート、完全に目覚めた状態か、もしくは、漆黒の眠りのなかに介入してくる不条理であったり支離滅裂であったりするイメージが夢うつつの状態からわたしたちを半ば引き出してくれるときに、わたしたちに対してなされる解明、引き当てた高額の賞金、差し出される手、半ば餓死しかかっているトマス・ド・クインシーにオクスフォード・ストリートの若い売春婦が飲ませてやる気つけ薬、それとは反対の指標がありあまるほど存在するにもかかわらず、わたしたちのような身分の人間が陥る貧困にも突破口が開かれうると証明するように思われるありとあらゆること、たとえば降って湧いたような贈り物、くじによってもたらされた驚くほどの幸運、わたしたち自身の気分の高揚を引き起こしたり、保持したりしてくれる成り行きに事態がなっている場合に、ときとしてわたしたちに与えられる心や感覚や精神の祝祭……。そしてそれこそが、流動性そのものである何かに関係しているのを忘れさせてしまうがゆえに、ひとつの名詞――正確には、名詞化した形容詞〔「驚異」を意味する Le merveilleux は形容詞を名詞的に使った語法〕――の硬直した厚みのなかに包み込んでしまうのは気詰まりに感じられる驚異という観念が、さまざまなかたちで現われてくるときの共通点であり、それはつまり、その本性からして規則性には無縁である以上、密かに横切っていくことしかできない、めくるめくような領域ということなのではないか。なぜだかわたしたちにもたらされる運命、わたしたちの将来を定める精華、なにか計り知れないものが（たとえ、距離のせいというよりもその間に過ぎた年月のせいでぼやけて見えるムードンの小さな丘の高みからであれ、あるいは芝居の舞台でつける仮面の下からでさえ）わたしたちに向かってしてみせる合意の微笑み、おそらくはそうした幸運めいたもの——実益につながる好ましい数字を引き当てたりすることだが、それはときとして触れてはならない利益で、というのもたんなる希望のしるしだったり、それどころか、わたしたちの内面にたまたま映し出された映像が生み出した漠とした美の感覚だったりするからだ——、益をもたらすあの骰子の一振りめいたものこそを、「驚異」というあまりに安定しすぎた感のある単語ではうまく言えない何かがまとうのだが、それは、その何かを体験すると、歓びや不安、あるいは両方が混ざったものをとおして、いつも起ることであり、すなわち、始動装置を作動させる最初の驚きも、ありとあらゆる障壁が排除された世界（そうあるべき世界、わたしたちの欲望が抑圧されない世界、無分別に実現可能だと考えはしないにしても、せめて望むことはできる世界）に自分が飛び込むように感じて唖然とする歓喜も、想像力が、本来別の物に充当されていた要素からの飛躍を果たし、現実を取り巻く境界線を消して、あらゆる体系を無効にしてしまうように思えてくるときに、秩序が揺らいだと感じて覚える歓びも、そのいずれもが充分に特徴づけることはできないような、危険に充ちた印象のせいで、密かにわたしたちが送り込まれることになる内面の世界にほかならない彼岸、その彼岸への侵入だ。

したがって、物事の通常の流れの切断（規則の例外、人を驚かせるような急な針路変更、あらゆる法が乗り越えられるか、少なくとも、再検討されるような状況）だけに立脚した驚異などないし、どこか他所に根を、自分たちが聞いて育った神話からは遠く離れた神話によって語られる話にも場合によっては立ち寄りつつ、わたしたちのなかの最も深い部分（わたしたちの真の秘密、わたしたちも非常に漠然としかわかっていず、外に漏らすこともできないような秘密が横たわり、ときには蠢いている場所）にまで入り込む細い根を伸ばしたりもせず、自分自身からしか養分をとらずに回路を閉じてしまっているような驚異などないし、頓挫した予測から派生し、僥倖のように不意に訪れる驚異などたしかにないが、しかし、ときおりほとんどこっそりとその恩恵にこうむることがあるそうした僥倖は、わたしたちに関係したことがまだ何ひとつ話題に上がっていないような空白の部分では、ひとつの可能性となりうるのではないか。

ほとんど知らない女性とわたしのあいだの親近性を告げてくれるように思えて満足な気持にさせてくれるささいな偶然に対して、もしそれが、目当ての相手でなく別の女性に関係し、なにかはっきりしない理由、たとえわたしが分析してみせると豪語したところでおそらくははっきりしないままであるような理由で、たんなる偶発事しか示さず、自分が暗黙のうちにおこなっていた選択に運命が与えた承認ではないのなら、わたしはいささかも注意を払わないかもしれない。そして、夢物語とはほど遠いかたちで商売女と男女の関係を持つことで、驚異に至ることがありえるにしても、異性のあいだの関係のなかでも最も粗野な形態となり、日常生活が退場したと示すようなそれなりにフェティシズム的な演出で彩られる必要が生じるが、それでも、相手の女性がたんなる道具のごとき存在で、その人にとってはわたしたちのおこないが商業的な慣習の連鎖のひとつにすぎないといったことにならず、わたしとの会話を成り立たせてくれなくては困るのだし、プロはそんなことはわかっていて、だからサーヴィスのために感じてもいないのに感じた振りをするのだし、もしわたしの快楽が、相手の快楽も呼び覚ますことで普段以上のものとなり、取るに足らない移り気が一時的に高みに登りつめたというよりも、特別の瞬間になっていることを、それどころか、わたしと未知の女性がたがいに肉体的に相性がいいという宿命のしるしを明らかにするのでなければ、実際それは不完全なものとなり、驚異を体験したと思わせてはくれないだろう。そして、自分にはいかにもふさわしいと考えてしまうような出来事(わたしの内的な神話を豊かにするのにはどうやらおあつらえ向きに見える場所を見つけたといった、いかにもささいな出来事)のおかげで、あるいは、同様に、振り返ってみたときに何にせよ前兆となっていたもの(たとえば、あとから起きることが、かたちは異なっていても再現であるかのように見え、したがって、最初のことが後のことを予告していたと思えてくるような事態)を見出すという発見のおかげで、さらにまた、あたかも啓示——死を免れるほどの恩恵はなくても、皆に共通した束縛から解き放って自由にしてくれるかのようなありとあらゆること——を幻視できる者と認められたかのように、幸せで誇らしくなる夢のおかげで、世界と目配せを交わしていると思えるようになるかもしれないが、そうした目配せがあればかなえられる宿命を狂おしいまでに欲するという、もっと一般的なかたちの欲望を抱くことになるだろう。

実人生ではなんともげんなりするほど出し惜しみされてしまう驚異だが、わたしの場合そうした事情は、芸術がイメージとして提供する驚異についてもおそらく同じで、根拠を欠き、切り離されたままで、保証書や保証人がいないも同然の驚異は、関心を引かずに終わってしまい、わたしが思うに、「驚異」の名にすら値しないのだ。画家がその内面で体験した過酷な闘いがその白昼夢的な性格に反映されているように思えるピカソの《ミノタウロマキア》のような作品を見ると、いままさに明るみに出されつつある大いなる神秘に心を奪われたような気分になるのに対し、また、父や母の世代が舞台の前面にいた騒擾と恍惚の時代を思い出させる古めかしい要素が図像上に現われ、普段にないかたちで結びついているコラージュをとおしてマックス・エルンストが語る、おかしな三面記事的事件にはいつも敏感に反応してきたのに対し、ただひとつ奇妙なところは、「馬がトマトの上を走っている」

という点だけだというベルギーのシュルレアリストの例の作品のような絵画〔「馬がトマトの上を走っている」というイメージは、ベルギーの画家エミール・デルブルックとマルセル・デフィズの展覧会が一九二九年にパリで開かれた際、ブルトンがカタログの序文で提示したもの〕は、四足獣と野菜の大きさの割合の乱れ以上のことは何も感じさせてくれず、わたしを無関心にさせてしまうのだ。

　理念的なものであれ、肉体的なものであれ、すでにわたしたちのうちに住み着いているか、深淵のようなところから浮かび出てくる欲望、すでにずっと以前から受け入れている個人的な習俗、誰が持ち、どこに届くのかすべてはっきりしたわけではないものの、綱を作り、その綱に強く揺さぶられることが起こりうる主題、そうしたもの、それ自体背後の現実にすぎない背景の後ろの現実といったものではなく、そうしたもののほうにこそ、驚異は関係しているのだ。驚異には支点が必要だが、その力が立脚しているのは、形而上学的な射程をもたらすかもしれず、そのおかげで正当化されもするきわめて象徴的な意味などではないのであり、もしそのように考えてしまえば、驚異はイメージあるいは（もっと現代的な方法の）視聴覚メディアを使い、世界の大いなる秘密に導こうとする一種の教育のやり方に属してしまうだろう、――だがそんなことは実際には無意味で、驚異は、なにかの機能に従属するように見えはじめると、もはや存在しなくなる。殻を剝いで分析しなければといった立場からは遠く離れ、驚異を――それ自体と向かい合い、差し迫った事態の残酷性のなかで――個人的な冒険として、もし、利点と欠点を天秤にかけるようなこともあまりしないままにかかわり合うあの予測不能の事柄でなくなり、合理的な根拠を有するとしたらそれなりの価値もなくなってしまう個人的な冒険として、生きるのだ。聖杯探究の物語も、その神秘主義的な内容で頭がいっぱいになるあまり、探究を語り継ぐ物語群のひとつひとつに沿って点々と並ぶ驚くべき出来事、すなわち、探究を遂行する人物たちの、田園恋愛詩的な、あるいはたんに風変わりな出会いとか、そうした人物たちにほどこされている彩色挿絵の美しい眺めを目にすることとか、子どものころは自分もそうなりたいと夢見てあんなにも喜んでいたあの騎士たちの真価が発揮される、ひどく危険な企てといったことに無邪気に心を奪われないようになってしまった人にとっては、なんと貧相な教訓譚であることか！　そしてそれは、驚異——わたしたちも体験することがある驚異——が、人を惹きつける幸運として、その道中の少なくともかなりの部分において実にさまざまな偶然に助けられる人たちのことを語ったああした物語が、典型的な驚異なのだと思えるようにしてくれる幸運として、感じられるからではないのか。（反対のしるしを帯びた驚異、たとえば暗黒小説が、少なくとも文学上は存在するが、それでも否認されはしない仮説、というのも、この幸運の反対、つまり不運をそれでは自分の糧にしようとなると、わたしたちの心を虜にする暗い主人公たちは、出会えば心を揺さぶられるような幽霊の棲み着く場所に彼らもまた出没し、天の側で対をなす者のおこなう行為以上に気違いじみた向こう見ずな行為に打って出て、石蹴り遊びの〈地獄〉の枠に両足を揃えて飛び移るのであり、そのように人生が条件づけられると、無謀さにはほど遠い者でさえ、さらには——それはわたしの場合だが——不確かな期待を前にしてひどく途方に暮れ、したがって、挑戦のたぐいに属するありとあらゆることにきわめて向いていない者までも、不測の事態や多種多様な試みに直面せずに自分の道を切り開くことはできなくなるのであり、だからこそ、情熱の激しさに押し流され、なにかすぐさま得られるものがあればそのほうがすばらしいもの〔驚異的〕だと思ってしまい、長い目で見れば負けることがわかっている勝負に打って出て、自分たちの永遠の幸福を、これ以上はない大胆さを発揮して賭けてしまうああした人物たちが、魅力的に見えるのだ。）

　なにかわたしを魅了するものに、留保なくただちに、いかなる不安も追い払って身をゆだねる、それこそが（とわたしには思われるのだが）驚異、わたしたちがたんに役者や観客であるだけでなく、いくぶんかは作者であるという事態から生じてきている驚異がもたらす主要な結果のひとつで、それと同じようにして身をゆだねる――この場合は芸術愛好家という綿にくるまれてだが――ことを、文化の次元で、したがって現実からは後退しつつ驚異にかかわってくる物語やその他の作品が求められるが、そうしたものは、どんなに魅惑的であっても、生のもたらす炎がつねに欠けたままだ。

正しかろうがまちがっていようが、驚異を、どんな場合にせよわたしたちの全面的な同意を要求する内的な祝祭と見なすこうした見解（わたしたちがやり遂げなければいけない運動に驚異はかかっているとする、活動家的見解）は、いずれにせよ、そこから秘訣を引き出せるようなものは何ももたらさないし、さらには――これを指摘しないと、愚かか、さもなければ不誠実ということになるだろう――問題の核心に達したと考えさせてくれるものさえ何ももたらさないが、雷撃のごときものに打たれ、いかなる不安にも気を奪われず、魅惑に導かれるようにするための第一の条件は、それを受けとめる準備がわたしたちにできていることで、もし魅惑に身を任せ、普段、多少なりとも圧《の》しかかってきて、わたしたちの思考や行為を妨げていた不安から――一瞬にせよ――解放されるとすれば、それは、解放されたと感じる前から潜在的にはそうなっていて、感じやすくなっていたからだが、そうした状態はこちらの選択とは関係がない。しかも、驚異を魅惑の光のもとで扱う（どうやら結論に達しそうだと思っていまわたしがやったように）というのは、神秘をもうひとつの神秘で説明すること、それどころか、神秘を同じその神秘で説明することで、それは――空しい方法であり――あやふやな用語から、玉虫色の用語に移るだけのことで、たとえば、タミーノが持っている笛にその効力を授け、**魔法にかけられた**《アンシャンテ》笛とした魔法の働きなのか、愛する女の**うっとりさせるような**《アンシャントレヌ》声を聞いて感じる無上の喜びなのか、観客にとって**心を奪う出来事**《アンシャントマン》であるなんらかの舞台や、なんらかのコンサート、あるいはまた別のすばらしい表現行為なのか、そのどれなのかに応じて色合いが変化するのだ。

心配事にとらわれると、じわじわと浸食されて深手を負うが、なかでも最悪なのが死の観念で、驚異は、その魅力が発揮され、あるいは魅力の木霊を受けとめているかぎりは、そうした心配事を抑止できる。すぐに消え去る瞬間ではあるが！　しかし、驚異の恩恵をこうむるだけでなく、驚異に恩恵をほどこす詩、やはり「生の境界、芸術の極限に」〔アポリネールの『異端教祖株式会社』に収められた「詩人のタオル」の冒頭の一句に含まれる言葉〕位置づけられ、ときには指でさわれるし、またときには虚構の領域に属する（それが、詩の観念にしろ驚異の観念にしろ、明確にするのがむずかしくする原因で、というのも、どちらについて語る場合にせよ、直接にもたらされている形態から構築された形態へと容易に移行してしまうからなのだが、それは、両方の形態が現実には混じり合っていて、若干の想像が入り込まないかたちで体験されるものなど絶対にないのだし、あからさまにせよ密かにせよ、体験からその萌芽を得ないままで想像されたものもないだけに、よけいにそうなのだ）ものと同じで、曖昧な様態にある詩さながらに、驚異は、瞬時に起きるにもかかわらず、生きる苦しみを和らげる力を継続的に持つのであり、いろいろあるが、それでもひとつの扉が（正面玄関の大きな扉ではなく、通用口の扉であっても）、寸法を測ったかのように自分のためのものになっていると各人が信じるような瞬間、そして自分のことを自分自身だと感じられ、傷つきやすいからといってそうした自分に翳りなど生じないと思える瞬間、そうした瞬間のために開かれていると考えてみると、実際——運命の正しさを示すように思える比類なき瞬間に対するあの信仰を除けば、いかなる種類の信仰にも頼らずに——近しい者たちの歩みに歩調を合わせ、消滅に向けて進んでいくわたしたちの歩みを、救いのない絶望以外の視点から見ることができるようになる。要するに、驚異は不安を宙吊りにすることで生きる助けとなってくれるように見えるわけだが、そうしたことができるようになるためには、まずは不安を無視できるような状態にならないといけないようだ。悪循環だが、たんに理論的省察の枠内の話ではなく、それというのも、壮年を過ぎるとそうした円環のなかに閉じ込められているように感じるからで、（ゴットフリート・フォン・シュトラースブルクから影響を受けたジョゼフ・ベディエ〔ジョゼフ・ベディエは、中世ドイツの叙事詩人のゴットフリート・フォン・シュトラースブルクの作品『トリスタン』を原型として、『トリスタンとイゾルデ』を書いた〕によると）いろいろな色がおもしろく混在した魔法の犬プチ＝クリュの付けている鈴が鳴るのを聞いた人からは、あらゆる悲しみが消え去るというので、トリスタンがイズーに飼わせたあの犬と同じように作用し、強力な麻薬に等しい驚異は、死の恐怖を軽減し、死に対抗できるようにしてくれるのだが、この恐怖は、わたしたちが年をとり、支えとなっていた存在を失うにしたがって、より明確に姿を現わし、それまでになくその麻薬としての効力が必要なときに、驚異の活動を妨げようとするのだ。

可能性の枠を超えて充たされたという感覚、想像力に対して働く推進力、魅惑、そうしたものこそが、目がくらむほどのまばゆさで輝くあの言葉、つまり「驚異」からその朦朧とした部分を取り除いてやろうと試みるときに、わたしが頼りにしたものだ。こころもとない頼りにすぎず、ひとつがもうひとつのあとに来て、そのように続いていっても、なにか首尾一貫したやり方に相応するようになるというより、出口を手探りで探すことになり、迷いに迷って——そのように迷ってしまうのは、わたしのせいではなく、鬼火のように捉えどころのない、驚異がもともと持っている性質のせいだと考えつつ——、リアリズムから徹底的にはずれていくために通例は同じひとつのジャンルに分類されることになる物語だとか版画シリーズといった創作物ではなく、それとは別ものの位置づけをはっきりさせるためにこの語を使う際、実際に起こったことを定義可能な範疇にまとめたもののひとつに本当に対応するのかどうか、疑問になってしまう。あるいは、わたしの人生が織り込まれているさまざまな出来事（夢や夢想も含めて）のなかで、よく考えてみる余裕もないうちに、なんともいえない恍惚状態にわたしを入り込ませたり、即座に完璧な賛同の気持を抱いて体験できたという特権を、たとえわずかであっても、もたらしてくれたりする——そう期待するのだが——出来事を示す、たんに大げさなだけの言い方ではないのか。愛情に後押しされた場合と同じで自発的であるこの賛同の気持は、その愛情の後押しがあった場合に倣うかのように、そもそも絶対的な選択でしかありえず、予想などものともせず、ありとあらゆる法則からはずれたかたちで作用するのだ。したがって、驚異の領域を厳密な基準で定めるというのは、少なくとも、明確に規定された抽象的な手本に美を従属させると主張するのと同じくらい馬鹿げたことではないのか。それに、驚異だと訴えるたびに自分が感じていることをおおよそ言い表わし、さらには、どうしてそう感じるのかを述べることすら可能だとしても、驚異だとわたしに言わせるもののすべて、つまり、なんとも多岐にわたるので、統括するために、ひどく包括的で何も把握したことにならないような型を必要とする総体、これをただひとつの輪郭に——有効に——収めることなどできないだろう。有名な格言「すべての道はローマへ通ず」を正当化するように見えるほど、いくつもの入口があるああした体験に共通する類縁関係を示す特徴が唯一あるとすれば、それは結局のところ、例の見出された時に劣らず濃密な時間となるそうした体験は、蓄積された暗部（不安、後ろめたい気持、倦怠）を見出された時と同じで消しゴムの一拭きでなくしてしまい、なにか真の生とでも呼べるものに——あらゆる問題を一時的に忘却して——達したと思わせるということだ。神秘家的なところ、冒険家的なところは一切なくても、詩人ならば誰でもがめざしている一新された生だが、それは抽象論を抜きにした恍惚感、非常に贅沢なブルジョワで、プルースト以上に貪欲だったルーセルが、ただひとときのものでしかないのをどうやらけっして認めなかったあの恍惚感に帰着するのかもしれないが、その恍惚感とは、ごく若いときのルーセルに、自分は目に見える輝きのかたちで栄光を獲得した人間だと思わせた感覚であり、のちには——「タンホイザーがヴェーヌスベルクで夢見たもの」（ルーセルが精神科医のピエール・ジャネに漏らした言葉であり、ヴァーグナーの楽劇『タンホイザー』の第一幕冒頭において、タンホイザーは禁断の地ヴェーヌスベルクで愛の女神ヴェーヌス（ヴィーナス）と官能の時を

過ごしている
ことを指す〕によってもたらされた幻覚が崩壊したあとの最後の代用品――最終的に致死量を摂取するに至ったバルビツール酸剤〔中枢神経を抑制する薬物で、睡眠薬として用いられる〕を巧みに配合したもので得られた幸福感だった。

　苦悩が括弧にくくられてしまうという点（消極的なアナロジーであり、わたしたちの家でかつてウェールズ人の老婦人《レディ》が出してきた謎々で、象とティーポットのあいだの類似点は何かと問い、どちらも木に登れないというのを解答とするのと同じようなものだ）を除けば、わたしが束の間感じる恍惚は、最後の瞬間までそれによって得られる歓喜をルーセルが見出そうとした傲慢な酩酊状態とも、プルーストにとってその作家人生の全過程において導きの灯となった突然の記憶の甦りとも似通っていない。もちろん、見出された時や、それとは別の啓示であるが、自分自身がそもそも傑出した存在で、世界中の人びとはただ驚嘆するしかないという確信で陶然となったときに、自分がそれで充ちていると感じた栄光がそうであったのと同じで、逆らいがたい体験をし、その影響を受けて生きてきたとわたしも思ってみたい。だが実際には、わたしの生きてきた時間に含まれていたかもしれない、まさしくまばゆいばかりのものをどれもこれも集めようとしてみても、分散したもの、雑多なものしか拾い上げられず、それらはなんとも一貫性を欠いているので、ふんだんにあるといった感覚よりも、どれだけ工夫を凝らし、空虚さを充たすためのものをあちこち探さなければならなかったかを示すのだが、その空虚さとは、自分のこれからの人生には、法と同じ力を持つものを生み出すかもしれない重大な出来事が欠けていることだ。

　わたしの心をきわめて強く揺さぶり、喜んだり驚いたりしている観客の抱く思いを超えた感嘆を引き起こしてくれ、人生のなかの一大事となるような、なにか驚愕的な出来事を挙げることはおそらくできて、たとえば、十八歳のときに愛について肉体的に得た啓示、それから、もっとのちに、すでに語った異常とも言える臨終の場面、そしてその数年後――これは、ディオニュソス的でも、超自然に近くもなく、公の広場で起きるような事柄だが――ドイツによる占領時代という夜の場面のあとにやって来た真昼の場面の始まりを画したと、パリの蜂起以上に感じさせてくれた出来事、すなわち、自転車のハンドルに乗りかかるようにして、まったくひと気のないグランゾギュスタン河岸を全速力で疾走していた男が、夜も更けていたので、見たところは聞いている者はいないなか、誰にも向けず、それでいてあらゆる人に向けて「アメリカ人が市役所にいる……」という言葉を何度も叫んでいたが、それは実は、フランス軍がパリの中心部に入城したことを確認するもので、ノートル＝ダム寺院の大鐘の音が告げたばかりの知らせであり、ノートル＝ダム寺院の大鐘に続いて他の教会の鐘が鳴り、さらには、民の声《ヴォックス・ポピュリ》で厳かに『マルセイエーズ』が歌われ、そして、ほとんど間髪を入れず二、三度、「解放だ！」という叫びが話し言葉でおこなう合唱のように裁判所の内側から噴き出してきていた、という出来事だ。しかしながら、いずれもがそれぞれの流儀で驚異となり、そしてわたしが体験したような強度を持っていたとしても、この三つの出来事――少し前に長々と語った二つの事実を付け加えるのを危うく忘れるところだったのだが、ということは、わたしがそれらを処理済みとしたがっている（文筆家がほとんど自動的におこなってしまう検閲）ということで、その二つの事実とは、売春街で働く娘でわたしの恋人であるハディジャが、わたしの抱擁に心底から応えてくれ、あたかもペルセポネーのような存在と地下で結ばれたかのようだったという体験と、それから、同じ戦争のあとにパリで、ナチズムの犠牲となって亡くなったマックス・ジャコブを偲んだ際、その場にふさわしい文章を選んで読みつつ、フットライトの光の向こうで観客席が深淵のように見えるのを前に、想像裏におこなった一種の地獄下りだ――、わたしには奇跡に近いことのように思われたこれらのいくつかの出来事は、それだけのこととしてとどまり、その後に起きたことはいろいろあったものの、わたしの行動に永続的に影響を与えるような決定的な体験としての価値をいずれかの出来事が有していたと示してくれたものは、ただのひとつもなかった。これらの出来事がわたしの記憶に深く刻まれたままでいたのは、むしろ例証としての価値のせいで、新聞の一面に載る写真によるニュースフラッシュや訴訟に基づく審理がおこなわれている法廷で提示される証拠物件以上に、現実を示す力があるからではないのか。

いまでは――わたしがさらに無気力になっていくのに伴い、あまりにも驚異めいた驚異であり、不当に得た輝きで光っているという疑いのあるものなら何にでも、ますます不信の念（芸術や文学の分野で、テーブルの上に出されたリアリズムのカードのほうを好む傾向が徐々に増してきたのだが、それに伴って生じている不信の念）がつのってきたせいでさらに深刻になっている欠乏に対する反発として――ごく何でもないことに対して、「驚異」という語がそのみごとなレッテルを押しつけているようにわたしには思えてしまう。規則に反する例外ですらないように見え、なにも特別なところはないのに、わたしを惹きつけるというただそれだけのことで目立つといった光景に対して、ということだ。ときには、植物のうねりで水底が活気づいている小川の透明さに釘づけになって、わたしの目はいかなる心配事からも解き放たれ、そして――二足歩行の動物のうぬぼれの強さゆえに「わたしの」犬と呼んでいる動物とともに散歩しているときに感じる、週末の別の歓びとして――木々の下生えの薄暗がりが額をひとかすめしたり、さらには、昔ながらのミニチュアの背景のように平野にくっきりと浮かび上がり、さながらお皿に置かれたケーキといった風情で目に映る、実に汚れのない森のある一部分に視線が向かうだけで、わたしの額にかかっていたかげりは一挙にすべて晴れてしまうといったことも起きる。ネルヴァルにおいて、緊張度の高いあの驚異、『オーレリア』の錯乱の傍らに、『シルヴィ』のかわいらしい民間伝承があるのと同じで、気分を晴れやかにしてくれる驚異。密かなものではあるが、しっかり聞いてもらうために劇場で声をひそめる役者（というのも、叫べば注意を引くというものでもないから）の場合と同じように、効果的である驚異。人を惑乱させる光景から、あるいは（体験したものであれ、語られたものであれ）冒険から生まれる驚異とも、実験室で反応過程にある化学物質のように語と形式がそれにふさわしいものになっていく構造体が示すまさしく詩的な驚異とも異なり、純粋な性質を有した驚異。批判などせずに受け入れざるをえない尋常ならざるものによって作り出される感覚ではなく、また、夢に等しいようなものは何も入り込んでいないとわかってはいるのに、こんなにも信じがたいことが自分にたしかに起きたというのは楽しいことなので、覚えていたいと思ってしまうようなたぐいの感覚ですらなく、あまりにも普通なので、それでもそこまで並はずれた印象を抱かせるのに感嘆してしまうようなものから生じてきた感覚であり、見物料を求めるほどの受けを狙っていない驚異。素手のように裸で、平凡な現実に根を下ろし、運がよければそこから立ち現われてくる（見え方を決定づける季節や日や時間や気象次第だが、それと並行して心のなかの気象の問題でもある）が、同時に、謎めいて陰の多いベディヴィアのせいでわたしが手をつけることになった、完全に想像から生まれてくる驚異にも劣らないほど魅惑的な驚異。ベディヴィア、こんな名前をつけることで思い違いをしているのではないかとずっと自問してきた――森と湖をかすめ、さらに、わたしが木霊を追いかけるのに夢中になるとそれを察知してくれる、「ヴェーバーの押し殺された溜息」〔カール・マリア・フォン・ヴェーバーはドイツ・ロマン派の作曲家であるが、この一節はボードレール『悪の華』所収の「灯台」からの引用〕、ネルヴァルが立ち寄ったヴェール＝アン＝ヴァロワ、そして、アルデンヌ地方にあり、ヴィリエ＝コットレを通ってそこに向かえるヴェルヴィエ（そうした地名を耳にしていると、そっと樹脂を採取したあとの小枝や薪の小さな束がそこここに積み上げられている森の光景が見えてくる）――が、それは、当時は共用になっていたが、もともとは妻の義兄のものだった書庫の本に同じ名前のそれらしき人物を見出す日まで続いたのだ。わたし以上の読書家でカント哲学の信奉者だった彼は、最初から積極的に支持していたキュビスムへの熱愛によっても、そのころはあけすけに「黒人」という形容をつけられていた作品に対する好みによっても、英雄時代のドビュッシーびいきによっても、ヴァーグナー崇拝（わたしたちのあいだでは異論など不要な当たり前のテーマ）から逸れたことはなかったのだが、膨大な数の美術書に加え、フランスの本――そのなかには、『腐ってゆく魔術師』、サティの笑劇で「サティ自身の舞踊音楽も付いた」『メドゥーサの罠』といった、義兄が出版した本も含まれていた――をかなり持っていて、さらには、こうした言い方が大げさでなければ、ドイツ語の文庫（彼の母語）と英語の文庫もあったのだ。アングロ＝アメリカンの部門――そこにわたしの集めた本はほとんどない――に、円卓の騎士に関する記述のあるものがないかと探していて、この物語をトーマス・マロリーが現代に甦らせた『アーサー王の死』を見つけたのだが、その本には、老いて死にかけている王が「ベディヴィア卿」に自分の剣エクスカリバーを湖に投げ棄てるように頼んだと記されていて、さらに――いろいろ調べているうちに偶然見つけたわけなのだが――別の箇所では、王のお伴として「トリストラム卿」と「ペレアス卿」の名前が挙げられていた。

わたしはしたがって、珍味佳肴の虜になった者がその代用品を繰り返し口にしてしまうように、これらの名前がもたらす魔力に立ち戻るのだが、こうした名前は、それによって喚起される冒険によって、そしてまた、ときとしてそれ自体だけで価値があり、それを巧みに引きのばして付加価値をもたらすことなど必要としない音の響きによって、魅力的なのだ。そのように二つの流れを引き受けて、二重に驚異になっているように見えるのだが、ただそのまま表明された名前か、すでに読んだことのある本の内容を題名が簡潔に浮かび上がらせるのと同じように名前が要約をしてくれる中味か、そのどちらが勝るのかとなると――少なくとも多くの場合――わたしにはわからない。**アーサー**〔フランス語読みでは「アルチュール」〕に関してだと事は明快で、たとえ「ランボー」といった名字があとに続いたとしても、通俗劇風のありきたりさが多少は残ってしまい、それが失われるのは、グレート・ブリテン島を侵略したアングル人やサクソン人と闘ったケルトの長がその遠いモデルだと言われる、半ば伝説の王に冠されたときだけだ。ペレアスについても（逆の意味で）事は明快だが、もしメリザンドと彼自身が、それだけですでに音楽を奏でている稀な名前をつけられていなかったら、その物語がわたしの心をあれほど打つことはないだろう。ところが、ベディヴィア（BAEDEVER）については事情が異なり、というのも、この語のうちにはさまざまな種類の驚異が押し寄せ、ほぐしがたく絡まっているからで、それは、彼が主要な人物となっている物語に後光を授ける驚異、そのシラブルの奇妙さ（わたしはたぶん、その奇妙さに導かれ、たんなるeの代わりにラテン語風にするæを置き、最初のシラブルを強調してしまった）だけで充分であると思われるような名前の驚異、シラブルから出発してつまぐれるが、明暗が強調された物語の雰囲気に調和し、それゆえ物語の内容が示唆するあれやこれやに導かれ、ただ消えていくだけの無意味な語呂合わせとなる音の一致だけに由来するわけではない連想の数珠の驚異だ。合流、交流点だが、あたかもベディヴィアという語においていくつもの道が交錯するかのようで、そうした道へとわたしは勝手に入り込み、自分で「驚異」と名づけ、同時に経験上、「詩」とも呼んでいるもの、言い換えれば、善や美の基準に沿ったいかなる評価もそっくり断ち切り、ありとあらゆるものの外や上に位置しているように見え、そして――幸せな日々や不幸せな日々の普通の流れから享楽的に引き離され――ほとんど何でも、とわたしはついに認めるのだが、媒介手段にしてしまえるもの、そうしたものに、辞書の轍に少しは揺さぶりをかけつつ、達しようとするわけなのだが、ほとんど何でもとは、たとえば、その異様さのせいで突如として壮大な、あるいは突飛な地平が開け、それどころか、種も仕掛けもなく、なにか定義可能なものには一切送り返されず、口ごもって言われたことさえない質問に対する裸の回答の体をなして示される（ときとしてこまごまとした、それどころか取るに足らない）現実、読書をとおして形成される夢あるいは夢のごとき力で幅をきかせる読書、わたしたちの感性の奥深いところへと架けられたアーチのごとくに働きかける（言葉の、あるいはそれ以外の）きらびやかな組み合わせ、常軌を逸した展示に先立っておこなわれる、恋人どうしの双方がその全存在を注ぎ込み、感覚を受けとめつつ与えもする彫像と化すという、なんとも偶像崇拝的な行為などだ。自動的に驚異を生み出すわけではないが、驚異のために拠り所を提供するありとあらゆること、そして、実践するのはわたしたちの役目で、とはいっても、わたしたちの欲求や、ましてや決断ではなく、そのために整える準備次第であり、完遂されることも、されないこともありうる跳躍が必要となるという留保つきではあるが、驚異を可能にするあらゆること。要するに、わたしたちに差し出されていて、摑まえなくてはいけない餌だが、計画性とは一切無縁の出来事の場合だろうが、わたしたちに無理強いをする計算ずくの芸術作品（ついでに言っておけば、ある作品が、たとえただその技巧の面においても、なにか不意にまぎれ込んでいて、いかなる計算にも明らかに無関係で、しかも、前もって作り上げられたひな形に還元されえず、分析をものともしないまでに至る何かを含んでいるときにのみ、できるようになる無理強いだ）の場合だろうが、いつも必ず摑まえられるといったことなどまずない餌。

現実に属そうが、純粋な心象に属そうが、驚異の湧出に適した土壌というのは、したがって、あくまで土壌にすぎず、ただちにそれを探索し、あらかじめ勝負がついているといったことがけっしてなく、この種のこと（きわめてありふれた経験的所与でさえもが引き起こしうるものだが、それをあるがままで受け入れつつも、そして、それが有する暗示的な力に対して柔順ではあっても、なにか秘教的な真実を示す記号と見なしてしまわずに、その実際のあり様をはるかに超えたものに突如としてわたしたちがしてやるあの感嘆）が起こるという驚きのなかにつねにありつつ、機会を捉えるのは、わたしたちなのだ。

アイルランドのブラーニー城〔アイルランド南部、コーク州の村ブラーニーに十五世紀半ばに要塞として建造された城〕で、「我らが祖先ガリア人」の儀式が厳かに取りおこなわれたにちがいない荘重な森に思いを馳せさせてくれた、半ばは影で半ばは光のなかにあるあのドルイド教的な森よりは、はるかに控えめではあるものの、どこかの森の下生えでわたしが見出しうる平安は、おそらくは死の観念――自然のなかへの消滅であり、そうであるかぎりで、受け入れがさほど困難ではないものとしての「自然」死――に関連づけられるのだ。遠くから眺めた林は、心を落ち着かせてくれるし、それに、認められた者以外は入り込めない、原初的な森を部分的に残している（と思われる）アフリカのあの聖なる林にも匹敵するような神秘を帯びているとわたしの目には映るが、いま問題となっている景観や断片的風景は死に関する秘密をいささかもわたしに明かしてくれないし、消えゆくように自分が呼びかけられているという確信からわたしの気持を逸らしてもくれないのであり、わたしを――何をおいても――虜にしてしまう風景は、教訓でも逃避でもなく、気分を晴れやかにしてくれるのだが、それはまさに、風景からかもし出されてくる安らぎ――死の静けさと沈黙――のおかげで、普段であれば恐怖を抱いてしまうようなあの観念が滲み込んでくるものの、その観念が（パリの墓地の管理仕事的な無味乾燥さではなく、アーサー王の森で風にそよぐ木陰のほうにもたらされる）不気味というよりは驚異の色合いを帯びてくる点においてなのだ。ところで、これほど陰気に染め上げられた体験が、かつてはムードンの天文観測所、そしてもっと最近では、どのようなものにせよ、外界がわたしに向けて掲げているように感じられる、見たところは暗黙の同意を示すしるし（ダブリンのバーの室内に飾られていたレオポルド・ブルームの扉のように、ユーモアをとおしてであれ）がそうだったように、すばらしい〔驚異的な〕安心感を与えてくれたということで、わたしは、林の穏やかな神秘がくっきりと描き出したものは、いつも目にとまるというわけではないものの、驚異の本質的な性質なのではないかと自問してしまうのだ。実際、驚異の感覚、それは、あるかどうかわからない他処から受け取ったメッセージなどではさらさらなく、この地上の世界の境界内に、わたしのたどるきわめて私的な道に沿ってあり、いかなる霊知や畏敬の念にも導かないまま、どちらかと言えば――『魔笛』の二人の兵士が見張っているような、あるいは、二人の兵卒が警備するベルリンの記念碑のような仕切りにというよりは――視線で包み込み、多少はめまいを覚えつつも一望のもとに見渡せた気になる広大さのなかにあって、極端に突出したように見える岬や半島突端に比較できるような何かによって抉り込まれているのだが、そうした驚異の感覚をもたらしてくれる――重々しかろうが軽やかだろうが――あらゆるもののなかに、一滴の死がしたたり落ちることがもしかすると必要なのではないだろうか。一滴の、露ほどの、いやむしろ影ほどの死、つまり、わたしの内面の舞台に、あからさまにせよ遠回しにせよ、死が姿を現わすには充分であるものの、わたしがすぐにもその餌食になってしまうと感じるには不充分な滴だが、もし死の餌食となってしまうような場合、状況に応じて口に入れることになるのは、強くて酩酊させる効果のある飲み物ではなく、毒となるだろう。そのようなごくわずかな死が関係しない驚異が（どうやら）存在せず、そして、驚異に威厳と重みを与え、それでいて深刻ぶらなくてもすむようにしてくれるのが、ある程度の度合いで盛り込まれた死にかかわる性質だとしても、逆に、あまり過度に摂取すると、死の観念は驚異をその萌芽状態でつぶしてしまうだけになる、要するに、ギロチンの刃が落ちてくるのがわかっているときのような恐怖に胸を締めつけられているのに、驚異がボールさながら跳ねてきても、それを捉える気になどどうやってなれるだろう。

このように無力さの刻印を押されていて、事態が悪化するとたちまち蚊帳の外に置かれるとはいえ、わたしが驚異だと無分別なまでに信じ込んだときにのみそれは驚異となるのであり、そうなると驚異は、美学者がただ夢見て愉しみ、仲間との議論のテーマと見なしたりするものを超えてしまうのではないか。まだ幼いのにオペラ座に連れていかれて『ローエングリン』や『パルジファル』を見た子どものころの熱狂があり、ついで、『腐ってゆく魔術師』を読んであの伝説の物語群へと駆り立てられた青年期の情熱があったあと、そのように熱中した時代が過ぎて、聖杯探究とその神秘思想——円卓の騎士の物語へのキリスト教的な接ぎ木——には結局飽きてしまった（真実へのとば口などとは考えたこともないが、その形式が一時期わたしを魅了していたオカルティズムに飽きたのと同じように）のだが、それには理由が二つあり、現代生活（あるいは、わたしもそのひとりである二十世紀の人間にとっては、端的に生活）からあまりにかけ離れたイメージと結びついた作り話の観念主義、そして——さらに不満に思う点だが——美は象徴という松葉杖なしには歩けぬ身体障害者のようなものだと見なす輩が、そうしたイメージを糧にして成り立たせていた色褪せた美学だ。ところが、自分の根拠にしたいと思っている剝き出しの現実にはふさわしくない、ああしたたぐいの古くさい考えに、わたしはこの場で何かにつけて、あからさまにだったり、密かにだったりはするが、拠って立ってしまっていると、そしてまた、傑作が誘発するのにも劣らないほど細かい洞察をするためのモチーフと見なせる驚異が、じっくり眺めようと大事に保存していたばっかりに、かえって干からびてしまう場合のように、その未成熟ゆえの苦みを徐々に失っていったと、認めざるをえなくなってきた。これはいささかも驚くほどのことではないが、なぜなら、驚異を細かく検討しようとし、もっとしっかりと理解するためにそのメカニズムを分解しようとやっきになるというのは、驚異の性質に反するおこないだったのであり、驚異のほうは、わたしたちが、自問する余裕もないほど激しい動きに巻き込まれ、丸ごと入り込んでくることを望んでいるのだ。一方では、目をくらまされるのを恐れて文句ばかり言いながら、他方では、そのいかなる面も見逃すことが絶対ないようにと、驚異の観念を極限まで押し広げて、物わかりがよい様子を見せて、――継続していく過程（それを文字化したものが思わせるよりも、はるかに長い期間にわたる）で苛立ちつつ、――すでにずっと前から驚異がわたしの人生にほとんど縁遠いものになってしまっていることに、そして、驚異について触れる際にほぼ古い例だけに頼るようになった理由は単純なものだったことに気づくにつれて、腹を立てつつ、――いろいろな出口を求めて漂ったあげく、段落と段落のあいだで悲しい気分に落ち込み、あまりにも憂慮すべきものとなった情勢があり、それは驚異と相容れないという悪しき口実のもとに、驚異を信じられなくなったことだ。何よりも、即座に屁理屈などこねずに身をゆだねるべきものである以上、込み入った省察の対象にする（哲学者ぶりたがる好事家のとりとめのない話とまで言わないにしても）というのは、わたしを驚異に近づけてくれるどころか、ただ遠ざけるばかりだった。そしてこうした選別は、極度に純化された結果、自分が燃やしてしまいたがっているものへの事実上の敬意になってしまう、といったことまではなかったにしても、わたしが（うまくいくとはさほど期待せずに）めざしていた目標にはあまりふさわしくない手段ではあっただろうが、その目標とは、駄弁を弄したりせずに、テンポを速めつつ、きわめて高度の驚異を体験すること、広がりを抑制して、文学的なテーマのたぐいに事実上組み込んでしまったりせず、多様性をもっとうまく活かせるようにすることだったのである。いろいろな顔になる仮面をかぶったあの未知の相手と向き合った場合に、ヴェールを剝がしてやろうとするのは、おそらく、愛の神の正体を暴こうとやっきになりすぎたプシュケ〔ギリシア神話で愛の神エロスの妻となった美少女〕や白鳥の騎士〔アーサー王伝説に登場するローエングリンのこと〕にその正体を訊ねたブラバント公爵の娘と同じ過ちを犯すことになるのだ……。

だがこうした言い方をするのは、あまりに気高い感じを与える古風な用語を使い、自分が糾弾したばかりの耽美主義的態度に陥ることになるのではないか。

意味もなく重々しい様子で、声まで震わせて驚異について語りたい気持にさせるかもしれないものを、初めにことごとく自分の精神から追い払っておきたいと思い、わたしはヴァーグナーを嘲弄して、とりわけ「モンサルヴァート城に正面から取り組まなかった」劇がその作品のなかにあることを非難した。しかしもし、あらゆることよりも上位にあるようにわたしには思われる、みずからの身をもって経験する驚異、しかも、ただ自分のためだけでなく、そうしたことが起きたのだと感嘆できる、あるいは将来的にできるようになる人たちのためにも——そうもくろんだ結果としてではなくとも——体験したのだという場合には、審査員ないし試験官として最高点をつけたくなるようなあの驚異に——噂で言われているように——ヴァーグナーはみずからの死そのもので達したのだとすれば、わたしはまちがっていたことになるのではないだろうか。実際、純粋なパルジファルの純粋な礼讃者であり、妖精をどうやら魔女としか見なしていなかった——クンドリがいい例だ——ヴァーグナーは、いまではヴェネツィアでリド島の夏のカジノを引き継ぐ冬のカジノが開かれるヴェンドラミン＝カレルジ宮で、下女に口淫されて死んだと言われているのだ。こうした最期は、それ自体がというわけではないが、奨励されるべきものとされていた性的な禁欲主義に反する罪（公的にはみずからを貞潔さの権化としておきながら、それに根本的に背馳する）という意味でたしかに非難されるべきものだろうし、彼の芸術に込められているとされている究極のメッセージを、その人生が打ち消してしまったという意味では破廉恥でもあり、さらには、階級闘争の側面から解釈する（いわば奴隷のような存在に口淫される主人になるということ）なら怒りを買いかねないだろうが、わたしはそのような人生の終え方を——本当にそうだったのだと願いつつ——なんともみごとな運命の皮肉だと捉えている。それは、噂を受け入れるなら、破壊をもたらすオルガスム（存在の限界を積極的に打ち破る肉体的な興奮）のうちにあるにせよ、官能的な悦びのあの絶頂を求める過程にあるにせよ、おたがいの死によってその愛に幕を降ろしたトリスタンとイズーのことを歌い上げた詩人でもある男は、思索家として支離滅裂な言葉を並べ立てていても、それを超えたところでおそらくはつねに追い求めていたものに——オペラによって描かれた壮麗な神話をとおしてよりもさらに直接的に——達したと考えてもおかしくないからだが、それは、ドレスデンでの蜂起〔ドイツ三月革命〕の際のバリケードが、一八四八年に〔フランスの二月革命において〕きわめて強烈なかたちでもたらした（と考えられる）驚異であり、感嘆すべき情熱によって何度も照らされた道のりの果てに、おそらくは自身にとっても思いもよらなかった艶っぽい状況で（その大いなる死が小さな死〔オルガスムのこと〕と本当に符合していたとしたら）出くわすことになった驚異だ。驚異に達することができるとすれば、それは完全に無垢な状態においてでなければならず、いささかも強制力が働かないままでそうした僥倖が訪れるのでなければならないのではないか。だからわたしは認めよう、批判的な言辞はいくらでも弄しえたにしても、この点に関してヴァーグナー（あるいは彼にまつわる伝説）が、今回は少しも衒学ぶったところもなく、いい教訓をもたらしてくれたと……。

　そして、あの途方もない城を建てたバイエルンの王ルートヴィヒ二世からの庇護を受けた高名な男が、ああした噂でほのめかされるような死に方をしたのだとすれば、バイロイトの巨匠についての記憶を汚すイデオロギー的にはきわめて芳しからぬ振舞いに、どうにも不快感を拭えなくはあるが、たしかに魅力的ではあるとわたしも認めるその作曲家としての才能を拠り所にして、みずからの音楽に酔いつつ、驚異をあれほどにも数多く具現化した男の人生が、覚めることのない酔い心地で締めくくられたというのは、すばらしいことではないか。だがそのような最期が、ヴァーグナーの伝記を広めてくれる（栄光の極みだ）漫画に、このうえもなく刺激的な結末をつけるのにはうってつけではあっても、その創作力や野心や名声がほとんど神話的な規模に達している人物について言われているのでなければ、ああした人生の終え方について驚異云々を語ることなど思いもよらなかっただろう（フェリックス・フォール大統領（フランス第三共和政の第七代大統領であり、在任中の一八九九年、エリゼ宮で急死）が同じような死に方をしたとされているが、そのことはわたしに同様の感覚をいささかも引き起こしはしなかった）ということも確かだ。

自分の身に起こることが、わたしに驚異の感覚をもたらしうるとして、それがわたしだけのためのものであるなら、その感覚——前向きの表現で定義できないため、結局わたしは、自分を抑圧するすべてのことから突如として解放された心持と見なした——は幸福感以上のものになるだろうか。そして、**驚異**が十全なかたちで存在するには（私に起こる格別なことが、生起する出来事となって勢いを有するには）、束の間であれ、それよりは継続的にであれ、わたしという人間の境界もまた廃棄され、血肉を備えたままであれ、必要とあらばある種の人たちにしか姿を見せない幽霊としてであれ、わたしが通常自分を隔離しているのとはまったく異なる仕方での存在に移行しなければならないのではないか。他の人がわたしとともにその経験を味わうこと（愛における激しい瞬間の場合のように）。同じ経験をする集団の一員にわたしがなること（歴史上の重大な瞬間の場合のように）。こうした絶対的な共有ができないときは、体験して感じたものをとおして、わたしの経験を希望者に伝えるということ（プルーストとその見出された時の場合のように）。必ずしもわたしがそれを驚異と感じていなくても、問題の事柄が、わたしの熱狂的ファン《アフィシオナード》めいたところのある——金持にしか貸さないようなもので、すでに心を動かされたことのあるものとの関連でしか真に感嘆しないのであれば、必要となる前提条件——少数の人の目から見ると、奇妙なことにわたしという人間に驚くほど合致している（あんなことが起こるのはあいつだからだ）と感じられるものになること、あるいは——そうした人たちの伝説を体現するひとりにわたしがなり、以後は主体としては除外され、つねに驚異の客体となるというようなことがあるなら——そうした本当の出来事（とわたしの潤色）がその伝説のなかで特権的な位置を占めること。

　理想としてはこうだ、

　　　　　生身の肉体でにせよ、肖像のかたちにせよ――幸運に恵まれた稀な瞬間（共有されている瞬間か、詩的なかたちで共有させるようわたしに誘いかける瞬間）に日常的な味気なさから身をひきほどき、傷も負わない一種の死のなかに入り込むか、他の人たちの目にとまったわたしの人生のなんらかの特徴が、架空の人物に属するものの場合と同じような起伏をそうした人たちの心のなかで帯びるようになるかして――わたしが、自分自身にとってだろうが、外からわたしを見る人にとってだろうが、現実的でもあり神話的でもある場面の主人公となり、その場面が、なんとすばらしいことに、生からも死からも同様にかけ離れたと思えるような複数の世界のいずれかにおいて、わたしを存在させてくれるような性質のものであるということ。

　具体的にはこうだ、

　　　　　――こんなふうに驚異とは何かと自問するのをやめること、というのもこうした煩瑣な（それどころか、同じ語であってもこちらに好都合の変動をこうむりかねない点に用心しておかないと、いかさまめいてきてしまう）行程を経ても、自分の前に窓を開くどころか、注意を引きつけられてしまうばかりで、運命に押しつぶされなかった人であれば誰でも天の恵みとして受けとめうる、虚飾のない数々の驚異の多くを、わたしは確実に取り逃してしまったからだ、

　　　　　――なんらかの神話を招き寄せるには、そしてとりわけ、ヴェンドラミン・カレルジ宮で起きたとされる色恋沙汰をわたしが重視するようになるためには、まずはヴァーグナーがヴァーグナーであったこと、そしてなすべきことを自分の仕事で彼が実際に成し遂げたという事実が必要だったという点に留意すること、

――いくつかの細部が神話的な輝きを帯びる人生を送りたいという願望（及び腰の願望、というのも、並はずれた不幸も起きるものなら起きてみろといった呼びかけはいささかも含まれていないのだから）が、認められたいという欲求の点でも、ミシェル・レリスならではの馬鹿げた振舞いをしたいという望みの点でも、減退したりせず、それどころか、作品も人も混ぜたうえで、ある種の人たちのもとで、たんなる心や頭のなかだけでの合意という以上に緊密な暗黙の了解に出くわしたいという、ごく素朴な願いであり続けるように気をつけること、

――もうそんな年齢は超えていて、空しいだけだから、おとぎ話に基づいて生きていったりはしないようにし、そこかしこにおとぎ話の不思議な色合いを加味できればいいとは思いつつも、自分の人生を真実通りに描き出すように努める――ただこの場合は努めるだけでは不充分で、いかなる文学的試みによっても、世界を堕落させている恐怖から手を引けるわけではなく、自分の心の奥底に棲み着いている不安を長いあいだ退けたりもできないのだが――こと。

全容を見渡すとこうだ、

このような目的で我慢するというのは、わたしの自伝的探究を原則として正当化しているものとはどれだけ逆向きになるかを、皮肉な目で判定すること、つまり、自分を見出し、人生をより正しい方向に導くために書いているのだとうぬぼれたまま、驚異のきらめきがところどころに現われるような情景を自分の人生について描きたいと思うのは、手段としてしか使わないと断言していたものを目的と見なしてしまうことになるだろうし、よりよく生きるために自分の人生のことを書く代わりに、実際に自分が生きてきたままの人生はその本質からしてあたかも書かれるのにふさわしい方向にむかったかのように、そして、わたしの人生を照らしえたあらゆる驚異のもたらしたおもな効果はあたかもそれについてわたしがおこなった語りだったかのようにしてしまうことになるだ

ろう。

空想的にはこうだ、わたしに異国にいるような気分にさせるものにではなく、きわめて普通の人生の「裸の現実」(それすらもまだエキゾティックすぎる田舎での現実ではなく、わたしの住む都市、地区、家、それどころか、妻とわたしが、いつまで続くかはともかく、時が駆けていく音を二人で聞いている寝室を枠組みとする現実)のなかに、驚異の源泉を見出すこと、というのも、もはや現実と手を切ることができなくなったわたしは、あの愕然とさせる現実、すなわち死についての観念を、粉飾したり篩にかけたりすることなく、受け入れるのだから。

どんなものにも、わずかなりと埃がかかっているのが我慢できないよき主婦と同じくらいに、きめ細かに……。同じくらいのブルジョワ的な注意深さを発揮して！

＊

いつも自分についた埃を払い、めかし込み、着飾っていずにはいられない彼は、いかなる規範とも無関係であるのだが、状況によっては自分が陥りかねない失墜を示しもする欠陥のせいで、湿疹さながらに厄介な烙印を押された者にとって、偏執的な手入れなど何の役にも立たないことに気づいていなかった。

文学に関係した、というのもそれが彼の主な仕事であったし、そこでこそこまごまとした詭弁を展開できたからだが、贖いがたい彼の過ち——それが正確にはどういった性質のものかは、ずっとのちになって、アヴィニヨンへの旅行の際、要するに、それ自体はたいしたことはないが、殻から引き出してくれるので、現状を明らかにするための助けになる移動の際に、やっと彼にはわかった——は、おそらくは、カトリック神学で言及される精霊に反する罪〔マタイ伝に出てくる絶対に許されない罪業〕同様に意味をはらみ、神の選択という活動の面では、彼に課せられた精神的な欠点のたぐいを表わす過ちであり、その過ちとは、パラシュート降下さながらに言葉の翼に乗り、死を知らぬわけではないものの、それを括弧でくくってしまう者のように軽やかに話したりはせず、本人がなんと抗弁しようとも、詩に逃げ場、つまり死を回避する手段を求めているということである。もっと厳しく言うなら、精神衛生上あるいは快適さを求めての打算的な目的でしか詩人たろうとせず、破局のせいでそうなる前にすでに取り乱し、現代にはよく起こることだが、人間を簡単にそれ以下の存在に変えてしまう恐ろしい状況下で人間であり続ける見込みすらほとんどないとわかっているのに、超人的な語調をめざすのだ。

輪郭がたぶん点線でしか描かれていない欠点、なぜならほぼ潜在的なままで、運命の寛大さが――ただそれだけが――清潔さに心を奪われているこの男にしかるべく際立った汚点が付くのを、いままでのところ免れさせたのだから。長いあいだ、彼が気づいていなかった汚点だが、その汚点のせいで、ほかの人との関係において必然の結果として、軽やかさが欠如するかたちにずっとなってきたのではないか、そう強いられるからか、それとも自分がどうしてもそうせずにはいられないからか、どちらの理由で自白に及んで食事にありつくのかを不器用にも決めかねるといった具合だったのではないかと心配していたのであり、その心配通りだったとすればそれは、体面は保ったとしても、尊敬よりも厚い友情を求めるという彼の要求をただ危うくするだけの結果に導いたはずの優柔不断さだ。本人が思っている以上に広い範囲にわたる無分別のなかにあって、自分の考えとは逆で、彼はうぬぼれの強いお人よしだったのではないか、いやそれどころか――自分ひとりだけが存在していると思い込む傾向があるせいだが、その傾向は、個人的な真実を書類作りにこだわりながら探究するなかで、修正されるどころか、むしろ強まるのであり、また、シシュポス並みのこうした仕事がさまざまな場面（ごくささやかなところでは、書かなければいけない手紙だとか、家庭生活の苛立ちとか、誰々さんに対して払うべきだったちょっとした配慮だとか）で好都合の口実をもたらしてくれることもあって――自分の下品さは明々白々で、相手に好感を抱かせる可能性など断ち切っているはずなのに、そうした下品さに気づかないほど本質的に鈍い、がさつ者のたぐいだったのではないか。

自分の私生活全般にわたって思いやりとあくまで謙虚さを示すことは、毒舌を振るって悪ふざけをしたり、それについて自省してみても不機嫌になるだけのむら気を起こしたりしないようにすること、そうしたことが、自分のなかに認めた欠落を、消しはしなくても、部分的に補うために、彼が試みてみようとした解決策だった。無条件に創造者と呼んでしまえる作り手だったピカソが亡くなったのち、敬意を示すため、壊れた橋から遠からぬところに宮殿のある、かつて教皇庁のあった古い町〔アヴィニョンのこと〕に短期間滞在した折に、次々に生じた反応の最後の段階。

❈

「ここにおいて、果実を頭に載せて発語される、すなわち、そこで埋没する。」

夢だけでなく、半睡状態からも生じてきたものに対したときの受けとめ方として、わたしに染み込んでいるのは、もちろんシュルレアリスム的な感覚なのだが、そのせいで、ずっと昔の朝、まだ眠りのなかにありながらもかすかに目覚めに向かいつつあるとき、心のなかで発したこの文をわたしは書きとめたのだ。

馬鹿げた警句だが、非の打ち所がないほど均整がとれていて、明白な真実のごとくに耳に届き、自分に責任があるというよりも舞い降りてきたように思えることで力を発揮していて、同様に均衡がとれ、反論の余地がない幾多の格言と同じで、鍵としての価値を備えているようにわたしには思えた。

わたしが言葉を話すのではなく、言葉がわたしに話させること、言葉がわたしの言語（あまりよく知らない人であっても、その人とわたしは同じ言語を話すと言えるような人の言葉使いの場合と同じで、いつもすぐに理解できるわけではなくとも、深い調和があるように感じられる言語）でわたしに話しかけること、わたしの詩的な営為の本質はそうした方向にむかっていると思う、つまり言葉自身に話させ、そのメッセージの正当性の確認として、それがわたしに話しかけるのと同じように、他者に向かって話しかけさせる、しかも、わたしにもときには自然にもたらされることがあるが、たいていの場合は、自分のために作り出そうと腐心するあの上澄みの言葉においての話で、そうした上澄みの言葉を作り出そうとするのは、共通言語においておこなわれる以上、見せかけだけのことにすぎず、わたしが取り押さえ、分かち合いたい（思考をというよりも、わたしの内的な人生そのものを）と思っているものの脇を通り過ぎ、それを歪めたり、破壊したりしてしまうとしても、なんらかの把握にたどり着きたいからなのだが、というのも、この言語しか、謎めいた、だがしっかりと分節化された、真にわたしのものである言語しか存在しないのであり、それは、知性の面でわたしが何者であるかということに相応する言語、わたしが自分の文通相手のように見なしている何人かは、その難解さにもかかわらず、わかってくれる言語でもある。

　わたし自身の頭をくるむようにしてここにしか置いておけない頭に載せた果実とは、わたしの頭脳のなかで入念に作り上げられる構築物、芽生えのたぐい、あまりに密接にわたしと結びついていて、わたしから見ると非常に濃度と起伏に富んでいるので、それらを示すのに、なにか典型的な食料品のイメージが浮かんでしまうような、場合によってはおぞましいものになりかねない結実のたぐいでなければ、何だというのだろう、つまりは、「夢《レーヴ》」（より眼《ヴュ》にさらされ、もっと視覚的《ヴィジュエル》であり、したがって図形にすぎない）とは異なり、「夢想《ソンジュ》」、要するにもっと中身の充実した嘘《マンソンジュ》が、赤い茸《オロンジュ》（タマゴタケであり、ベニテングタケは毒を含んだそのレプリカ）のように、あるいは、拳に嚙みつく《ロンジョン》ことで、「悩む《ス・ロンジエ》」または（要するに、悲観的な考えを、捏ねくりまわされがちな素材になぞらえて、わたしの母がときどき言っていたように）「練られる《ソンジューズ》」という表現の例を示しているとなるとまた話は別だが、おそらくはロダンの《考える人》の夢想中の姿勢で、顎を拳の上に載せた人が、多少はその味が残っているあの髄までも——その奇妙さが印象深かった文の最初の構成要素の周囲にわたしが繁殖させておいた、烏口〔製図用具のひとつで、直線を引くのに使う〕とは無縁の論理に従えば——齧《ロンジュ》ってしまう骨のように、食べ物の重さをしっかりと有しているのと同じで、部分的には食べてしまうことになりかねないような果実だ。

受動態では、仕事に「忙殺され」、能動態では、計画を「じっくりと練り」、本を「むさぼるように読み」、暗い考えに「耽る」、これらは精神生活にかかわり、自分がやったり人にさせたりする咀嚼をなんらかのかたちで想起させるわけで、こうして食物に準拠すると、わたしが「内的生活」について構築したがっている概念が強固になり、この四語を文字通りに解釈してみるのだが、すると、形も色もない精神生活というよりは、内臓だとか、その窪みで内部と外部の絶え間ない交換の働きが起き、消化したものが生存に必要なものに変換されることになる器官だとか、そうしたものが充たした一種の洞窟であるわたしたちの肉体を劇場にした生活だとか、それらと同程度に具体的な生活を指し示すことになるかもしれないのだ。頭を中心にした生活にすぎないとはいえ、自分の感覚そのもので捉えたいとわたしが思っているあの生活のミニチュア、つまりは、閉じた瞼の裏側に見え、光のほうに目を向けると赤みを帯びる——不透明な物体ではなく、カーテンを引かれた部屋でもなく、風景でもないが、それでいて現実であることには反論の余地がないものとしての——暗い塊。もっと下のほう、胸郭のあたりでは、いかなる言葉の策略にも、いかなる寓意にも立脚していない例証があり、それは、精神生活から生じる苦悩なのか、その苦悩の物質的な表現ではなく、源泉となっている肉体の不調なのか、わたしにはわからない嘔吐感だ。

ここ（わたしがいるこの場所、そこから観察し、格言を発する場所）

頭に載せた果実（わたしの想像力が作り出したものであり、言葉や文字によって形をなし、いまだったら、漫画の作中人物が言ったり考えたりしたことがそのなかに書き込まれる「吹き出し」に比較してもいいような突起物となる）

発語される（これと等価になるのは、〔フランス語の原文ではそのすぐあとに置かれている〕コロン〔多くの場合に「すなわち」の意を表わす〕によって予告される文言である）

そこ（いくらか距離が離れていると考えられる場所で）
埋没する（沈み込む、足を取られる、強い吸引力に翻弄される）。
果実が頭に載っているのは、まさにここにおいて、わたしがそれについて語っているここ、そこによって位置が定められる埋没についてわたしが語っているここにおいてだが、その場合のそこは、たしかに、最初のここのレトリック上の代替物にすぎない可能性があり、そうなると自己批判の役割を果たすことになって、わたしの考えが混乱し、自分を見失い、身動きできなくなるのは、口頭言語あるいは文字言語の果実によって表明されたわたしの精神の働きにおいてだ、と示すことになるかもしれないが、そこ――文の全体を司ることとは根本的に対立し、その結果、文は二つのどうやら異なる場所を中心に据えた二つの部分に区切られる――については、脅威を、あのここの勢力圏、わたしが厚かましくも「たしかにわたしのものである自我」と呼ぶであろうもの、言い換えるなら、わたしが感じることや自分はそうだと思うものが棲み着いた内側の洞窟ではなく、外部に位置づけていると最初からわたしは解釈したのである。もし、〔「ここ」がなく〕果実を頭に載せて発語される……だけなら、二つの言い回しが交換可能になっている（同じ目標に向けて協力している）のであり、ただひとつの真実を述べるのに、頭に載せた果実にも埋没にも典拠できると解釈しなければならない。ところが、その曖昧さにもかかわらず問題の文に秘められているとただちにわたしには思われ、あとは、その含意を引き出そうとすればいいだけの真実とは、一方では、想像の領域のもたらす実りであり、もう一方では、外界が危険だということであり、くつろげる内部と不安を与える外部は対立し、毒と解毒剤か、秤の二つの皿のように対をなすのだ。したがって、わたしのなかで想像力を結実させ、わたしの人生をその働きに捧げ、そこに別の生き方を求めるか、あるいは、次々と現われる陥穽に打ち勝ったとしても、最後に訪れる局面は死しかないというあまりに現実的な人生から自分を引き離す手立てもないまま、外部の仕掛ける罠によって生み出された不安に徐々に蝕まれるか、そのどちらかしかない。

そのようにして、頭に載せた果実の見せかけのふくらみによって、わたしが歩むたびその下に情け容赦なく穿たれる深淵を埋めるようにと、例の文は誘いかけている（と思われる）。しかしながら詩は、食い道楽の渇望の対象さながら、なによりもまずはみごとな果実であると考えたことが——「詩人とは、果実の風味のある言葉を操り、自分の言葉を味わい、人にも賞味してもらうおしゃべりに等しい」という格言を記した際に——あり、そして、自分の考え、好み、適性に支配されるゲームを申し分なくおこなえるようにしたいという当初は漠としたものだった欲求から生まれ、手引というよりはそのゲームがおこなわれる場となっていて、そして、解明のほうを向いていてもつねに次から次と問いが湧いてきて、もしかするともはや（短い間隙はあったとしても）、蜃気楼を追い求める気の滅入るような走りを記録したけっして明るみに出ることのない年代記にすぎないのかもしれない、このゆっくりとしか進まない著作で苦労するよりも、むしろ単純に歌うことをわたしがときには夢見るとしても、自分が持ち込んだアルコール飲料で酔ったりするのとは完全に逆の作戦を採ることはいささかなりとも禁じられてはいない、すなわち、闘牛の角を摑み、危険な外部へと踏み出し、眼をしっかり見開いて行動的な人生へと身を投じるという作戦だ。そうしたことに多少なりとも応じる面が、左翼や極左の活動家たちと団結していた一時期もそうだし、人道主義という旗印のもとにおこなった旅もそうだが、そのころはあった。つまらない一時しのぎの手段にすぎなかったのだとしたら、そうした解決策の不充分さを非難すべきだろうか。解決策も、それを半ばしか適用しない者には効かないということを、正直に言えば、認めざるをえないが、わたしの場合は、ひとつには自分に覇気が足りないからで、もうひとつには、そうした活動の結果として課されることになる困難な（解決不能と言いたいところだが）問題のせいだ。たとえば、どのようにして民族誌学者（職業柄、伝統的な文化に惹かれる）であり、同時に、稀少な昆虫や植物のように研究の対象としないことにした相手に対して抱いている友情から、彼らがようやく設備の充分に整った暮らしを始め、自分の意見を聞いてもらい、可能ならば、社会に貢献する姿を早く目にしたい（言い換えるなら、そうした人びとが、もっと「近代的」になり、わたしたちを魅惑した側面から抜け出ていく手助けをしたい）と思ったりできるのだろうか。どのようにして、人種主義と闘い、えてしていつのまにか広がりがちなあの悪の痕跡をことごとく自分のなかから追い払いたいと願いながら、好意的なものも含めて肌の色の違う人たちに対する偏見からはすべて自由になることで、そうした人たちのなかにも煩わしい輩がいると認め、たとえ人種主義者と思われようと、その種の輩をたしなめなければならぬとき、困惑せずにいられるだろうか。革命の必要性を（たとえ、階級や人種に関しての自称エリートがその満ち足りた状態を断念するのが妥当だからという理由であるにしても）信じる場合、メカニズムが順調に作動するために個人の自由が犠牲にされることなく、きわめて効果的に機能する組織を、どのようにして革命以前だとか革命以後だとして受けとめるのか。したがって、不活発な状態が嫌で、さまざまな土地のいずれかにあえて踏み込む者は、埋没とまではいかなくとも、あまたの幻滅や彷徨の危険に身をさらすのだ。

悪魔と同じで、埋没する仕方はたくさんある。それほど激しくはなくとも脅威がここで感じられ、しかもそこでも依然として危険であるほどに、埋没のかたちはいろいろあるのだ。そしてだからこそ自分のおこなった分析に対する疑いが浮かび上がってくるわけで、その疑いは、検討してみると、もしかすると確信になってしまうかもしれないのだが、それは、メモしてからずっとあとになってカードに書き、最初にコメントを付した際、「最重要」と形容したほど内容が印象深かった文を話していたのは、本当にわたしの声だったのか、という疑問だ。まちがいなく、話していたのはわたしで、なにか超自然的な力がそのメッセージを伝えてきたと考えるほど、わたしは無邪気ではない。だが実のところ、発言していたわたしというのは何なのだろう、それに、そうなるぞと外部が脅す端的な埋没を恐れて、実際に頭に果実を載せる者を、いかなる調査に対しても自分の身分証明書を提出できる自我と同一視してしまうと、まちがいを犯してしまうのではないか。よく考えてみると、半睡状態の深みから立ち昇ってきたこの声は、わたしの声であると同時に、わたしのとは異なる声、要するにあまりにも遠くから——わたしの洞窟のなかの人目につかない片隅から——やって来るので、ほとんど見知らぬもので、したがって、メッセージの初めにある「ここ」という語を、あたかもそれが、日常生活においてどのようなものにしろわたしが言葉を発するときにいる場所そのものを指しているかのように解釈したのは、まちがっていたのだ。「ここ」というのはまさに、わたしに属するが、統御することはできない奥まった隅、要するに、もし「ここ」と口にした場合、それがその人自身に属する以上、必ずしもわたしとは一致しない観点で「ここ」と言っている対話者の言葉に耳を傾けるようにして、ただ聞くことしかできない声がそこからわたしに語りかけてくる場所ではないだろうか。

ここ（わたしのなかで語るあの声にとってしか「ここ」ではない暗い場所）

頭に載せた果実（さほど奥深くない次元にあるとわたしが想像し、そう表明することで外在化するもの）

発語される（これから言われるのだと判断される）

そこ（言葉を発するが、必ずしもわたしのではない声によって、その声の存在する地点から眺められたあの「頭に載せた果実」のなかに）

埋没する（難儀して歩き、流砂のなかにいるように身動きができなくなる）

例の格言は、まずはあの第二の人生に対する奨励、つまり、わたしの毎日の日々に彩りを与えてくれ、日々の積み重ねの果てに待ち受けているものに対する恐怖からわたしを逃れさせ、言葉そのものによって言葉の彼方にわたしを運び、気晴らしで終わらずに、わたしを日常から引き離してくれる作業だと解することができたが、それというのも、結局、人生（昼の人生だろうが夜の人生だろうが）から引き出した素材を頭のなかでこねまわし、しかも、日々の思考という航路標識からはずれた、時代遅れの存在の観点だとか、あるいは、零への回帰ではあっても、観点そのものの消却を含まないかぎりにおいて、巧妙に滑り込まされた死の観点からそうした素材を扱うからだが、ともかく、あの文言は完全な意味の逆転をこうむることになった、つまり、常軌を逸した駄作に埋没する可能性に対する注意であり、現実生活のあまりに明らかな危険に対する警告ではないその格言は、わたしの内部の人生に、そしてそうした人生を感知できるものにしようとする努力に、撤退するようにと述べる忠告というよりは、外部に対する明白な開きを求める遠回りの呼びかけ、とでも言ったほうがよく、ただ——のちになって、わたしには解決できなかった大問題のひとつにこの格言を適用して、そう思ったわけだが——、政治参加への呼びかけということもありえて、自己の忘却をできるかぎり先のほうまで推し進め、それでいて、いかなる場合にも自分の批判能力を保留にしておくのは我慢がならず、政治参加に敢然と挑む者にとって、それは過酷な試練となる。しかもわたしは、内部についても外部についても、ひどく大げさに考えていて、この二つの活動領域を明確に対置している、つまり、わたしが内部で考えていることが、口にしたり書いたりする文というかたちをとって外部に移り、そして、外部での選択の結果として熟考が必要となり、いろいろ考えるうちに、外的な制約なしに組み立てた構築物のなかにいるときと同じで、みじめなまでに途方に暮れてしまう、といった具合だ。さらに言うなら、わたしの頭が外部から糧を与えられていなかったら、内部でわたしは何を考えるのだろうか、そして、もし内部でいかなる欲求にも突き動かされていなかったら、自分の信じるなんらかの思想に導かれていなかったら、わたしは外部で何をするのだろうか。両者のあいだの交流を忘れ、この内部と外部について、たがいに排除し合っていて、どちらか一方を採り、もう一方を諦めなければいけないように語っているとしたら、自分の問題を芝居がかったコントラストの強い言い方で提示し、それをほとんどコルネイユ〔フランスの劇作家ピエール・コルネイユ（一六〇六―八四）。代表作は悲劇『ル・シッド』（一六三六）〕風の劇の一種にしてしまうという昔からの癖を、わたしはおそらく出してしまっているのであり、快楽か義務か（少なくとも、高校で読むときの『ル・シッド』において愛と名誉がそういう扱いを受けるように、相反するものとして対置されている）、瞑想か行動か、理性か不条理か、というわけだ。学校の後遺症か、遠い昔の心性のせいかはわからぬが、このように話を進めると、あらゆる弁証法に門戸を閉じ、善はここで悪はそちらにいてもらい、それぞれがおとなしく分をわきまえるといった幼稚な二元論に与することになる。

ここ（わたしのなかの奥底で判決を下す裁判所の在処）

頭に載せた果実（知的あるいは倫理的な、あらゆる型の気取りであり、そうしたものに対してわたしは甘すぎる）

発語される（……で表現される）

そこ（わたしが退けねばならないあのやり方で）

埋没する（わたしは道に迷い、まごつき、無駄に暴れる）

したがって結局のところ、この文に秘められているのはごく取るに足らない内容であるのに、それを解釈しようとして危うく自分が埋没しかけ、二つの方向に対して警戒が呼びかけられていることがあとになってからしかわからない。気取らないようにすること、バロック的な増殖に用心すること、重箱の隅ばかりつつかないこと、そうしたことを例の文は忠告してくれているのだが、それは言葉による創作ばかりでなく、行動による参加においてもで、そのどちらの肩も持たないわけであり、片方のなかに埋没する危険に対してもう片方が効果的に働き、だからそちらにひたすら没頭するためにはこちらを拒絶するほうがいいと示すものなど何もない。ギロチンの刃さながらに形が鋭利でも、一見したところ言外の意味に富んでいるように思えるこの省略的な警句は、二種類の活動のどちらかを選ぶようにわたしに厳命したりはせず（わたしの人生の原動力のひとつになっている葛藤をなくすことで、自分自身を否定する事態に陥りたくないなら、理論の次元でも実践の次元でも共存がいくら困難であろうと、二種類を並行しておこなうしかない）、実のところ、いかなる道を採ったところで、その道を出口のないものにしてしまう紆余曲折をあたかも気まぐれに増やそうとすることがないようにとくに気をつけ、ここでもそこでももう少しの分別と素直さを示すようにという控えめの勧誘をするだけなのだ。どうしてわたしはそれほどまで勘違いを起こし、ものものしくかけられたヴェールの下にあって解明されるのを待っているのが、このうえもなく平凡な真実であるというのに、啓示があるなどと信じ込んでしまったのか。

わたしが最初に確認したのは、例の文が何を意味しているか知ろうとして、文の語ることに代えて、そのときの気分に応じ、わたしが文から読み取りたいと願っていたことを持ち出して解釈していたということだが、わたしが読み取りたがっていたのは、想像世界の擁護だったり、行動への呼びかけだったりした。次から次にそうした二つの意味を割り当てたのちに、決定版と思われるヴァージョンにたどり着くことで、わたしはその文に対する自由を得ていたが、それは、形はさほど変わらないのに、時の流れとともにしばしば驚くほど内容が変わってしまう標章について行使できるような自由で、たとえば赤旗は、革命の象徴となる前は（道路工事だとか、危険な積荷だとか、遊泳にはあまりにも不適切な海だとかを指す場合は別だが）、王の軍隊が反逆者たちに向かって引き金を引く際に掲げる旗で、したがって反乱を示すわけだが、バリケードの反対側から眺められた反乱だったということになるし、赤十字は、現在では負傷者や病人の救護を象徴するものの、もともとは、占領したパレスティナを守護するテンプル騎士団の修道僧たちが、白い外套に合わせて自分たちの出自を表わす目印としてつけていたのだし、以前は生命を表わす文字だった卍は、ヒトラーによって、恐ろしいことに死をもたらす行動だということがどんどん明らかになっていった事態に加担していたしるしとされたのだし、ガリアの雄鶏は、洗礼を受けてからは、鐘楼の頂にとまるのだ。形は固定されているが、内容は流動的なこれらの標章と同じ流儀で、あまたの格言がそれに対する注釈次第で意味を変え、それでいて権威を失墜させるどころか、もしかすると違う解釈をされることでよけいに栄えあるものとなる。ヘラクレイトスや老子といった半ば伝説と化している哲学者もその例に漏れず、彼らのものとされる格言のうち、少なくとも一定の部分が、必ずしも合致しない幾多の注解を生む謎めいた性質を帯びていなかったら、おそらく彼らが及ぼす魅惑も減じているのではないだろうか。その簡潔さに加え、その難解さ、そしていくつもの解釈のうちからの選択といったことが、ある朝、突然姿を見せた果実のごとくにわたしの頭のなかに生え出て、長いあいだ(あたかもそれが熟するのを待とうとしたように)寝かしたあとに再度取り上げ、それが貧弱でもろい真実しかもたらさないとは予見できずに、何度もこねくりまわしたあの文を、価値あるものにしたのだ。その芯まであらわにさせたいまとなっては、あの文が勧めているのは、もっと自然にしろということにちがいないとわたしはすっかり確信したと言ってもいいほどだが、それとも、逆に、埋没の危険は支払うべき代価であり、そうしたことになるかもしれないからと尻込みするのは、頭に果実を載せる可能性をことごとく失うことであり、言い換えるなら、雷に打たれるのを恐れるあまり、みずからを枯渇させたり、去勢させたりしてしまうのだという結論を、あの文から引き出すべきなのだろうか。

突進する。ぐらつく。半回転する。よろめく。あの文の検討の結果たどり着いたのは、いくつかの前進とそのあとに生じてくる後悔の念で、文法の観点から正しく読んでも、文は難解なままで、それを温かみのない調書のごときものとして受けとめるのでなく、そこから指示を読み取ろうとすると、さらに難解になってしまう。わたしがそう望んだわけでもないのにはっきりと声になって出たあの文は、たしかにわたしに対して口述されたものだが、いまではわたしのほうが、あれに見出してやりたいと思う使用可能な意味を口述し、その結果、最初はよそから届いた警告のように聞こえたものが、あの文によって疑問視されてはいても、どう解決すればいいかは示してもらえない問題についてのわたしの意見の移り変わりを反映したものにすぎなくなっている。台座から引きずり降ろされた文は、実際に有している以上の力があると――黄金律として読みたくなるほど、このうえなく詩的なその形式のせいで――思い込み、そこに導いてくれるものだとわたしが期待していた領野において、実は効果を発しないことが明らかになり、そのため、永遠の刻印を押されてはいるが、あまりにももろいので日常言語への翻訳に耐えられない真実を語り、ときにわたしの内側で鳴り響いているように感じられた神託の言葉の総体に対し、疑いが生じてしまう。きわめて入念に作り上げられた詩そのものに――心底から――わたしが寄せていた信頼までも損なう疑いであり、それは、その宝石のような清澄さでわたしに強い印象をもたらし、こうした対位法的な思考法は、理性的というよりは感性的なメッセージを伝えつつ、比類ない光をもたらすように見えてはいても、人の目を欺くことがあるのだと示してくれた文が、徐々にその脆弱さをあらわにした、ということでもあった。

しかしながら、こうして生じた動揺にもかかわらず、あるひとつのことは依然としてわたしにとって確かだ。もし、まさにわたしのためらいのせいで、つねに揺れ動き、知的な次元で賛成から反対へ、そして反対から賛成へと変わるとしたら、そして、わたしたちの外部においても内部においても、物事はひどく速く消耗するので、そこに腰を落ち着けていられるような安定したものなど何もないとしたら、わたしに残された唯一の方策は、まさに動いているもの、肯定でもあり否定でもあるというかたちで現われるものに拠り所を見つけようと試みることではないか、つまり、美的な創造はたえず変革され、社会革命のための仕事はつねにやり直しが必要となり、さらに遠くまで射程を延ばすべきなのではないか。たしかにもうずいぶん前に、証拠を示すのだというあの計画に、ほとんど直観的に、当時はあまり心配もせず、同意をした。しかしながら、同意をするだけでは不充分で、そこで困難が生じてくるわけであり、わたしは二つの面のうちのひとつしか取り上げないということになるのではないか、そして――もしわたしにとってゲームはすでに規則通りにおこなわれたことになるのでなければ――不屈の創造者になるか、真の革命家として振る舞うか、そのどちらかをめざすようになるのではないか……。あちこちの階にある自分の部屋を新たに駆けめぐり、不愉快な鎖の音を鳴らして失敗を誘発する亡霊から身を守ろうとしたら、わたしのための魔方陣の代わりをしてくれる予備陣地をどこに見出せばよいのか。

わたしが使えるさまざまな手段――まず第一に、詩的なものやその他のわたしの文章――には、たとえいかに断片的であり、どこか間接的なやり方ではあっても、ユートピアを、萌芽的な状態であるにしても、実現する助けとなってもらいたいが、そのユートピアとは、わたしの頭のなかはもとより、「革命」という語がたんに戦略的な考え方に沿うだけにとどまらず、人類を最大限に解放したいという欲求に応えてくれるものであると見なすような、既知と未知を問わず、あまたの仲間の頭のなかにも実を結ぶ果実である、すなわち、いまのような呉越同舟の状態から、務めと財産が公正に分配される文明へと、少しでも早く移行すること、そしてその文明とは、――そこでは、設備は人びとに便利さをもたらすのであり、首枷になったりはしない、――そこでは、人種主義は破棄され、男女も平等であり、それでいて両者のあいだの違いを捨て去るわけでも、育むわけでもない、――そこでは、相手が一定の年齢に達し、同意してくれれば、ありとあらゆる愛の形が認められる、――そこでは、自分で選んだ人びとの集団が、制度的な家族に取って代わる、――そこでは、想像力の行使がありとあらゆる人に開かれていて、違う波長でも生きてみるようにと促しているので、いろいろと探って推測するのと同程度にそれが重要となっている、――そこでは、死はたんに誕生の対であり、悲劇というよりは正常な結末で、ただ一般に、できるだけ到来を遅くしようとするだけのことである。たがいにあまり調和していないわたしの複数の努力は、平均すると、そうした方向へと効果的に近づいていく合力を作り上げていて、わたしが飽きもせずにひとつひとつまさぐっていった文章は、つまりはシャボン玉にすぎないわけではなかったとわかること、それはわたしを、少なくともいくぶんなりとも、安心させてくれる。自分の時代を歪んだかたちで反映しただけではなかったと確信し、自分の矛盾や、弱さや、フライングや、無意味なことに、いつも皮肉な態度でというわけなどではなく浸りきっていることや、現実の味気ない観察と無鉄砲なロケット打ち上げのあいだを行き来したりすることなどをとおして、悪臭が減った世界の到来に少しは貢献できたと、実際、考えることもできそうだ、たとえ、恐怖や倦怠感のせいであまりにも多くのことから手を引いたし、そこここで、ひどいまちがいを起こし、血の染みを避けられなかったとはいえ……。

　しかしながら、彼方への信頼を抱くということは、遠方に見えて、そこから厳密な規則を引き出すことができないし、現在や直近の未来において現在に続いて起こる事態が帯びる暗い色彩を考えると、ＳＦ並みに突飛に思えてしまうあの検証不可能な希望が、そもそも、自殺したくなるか爆弾でも投げ込みたくなるほど陰鬱な楽園に盲目的に賭けることだと結局のところは明らかになってしまうかもしれないのではあるが、それでもわたしに老人用のいまにも折れそうな杖を持たせてくれ、終止符に近づいている自分の人生を、完全な無意味から救い出させてくれそうな観点から眺めさせてくれる希望であり、それは彼岸を恃むよりはましではないのか。

堂々とした結語だが、しかしそれに（空想には空想で応えるということで）以下の告白を付け加えよう、すなわち、特権やお偉方の存在しない社会ができるとすれば、その成立をごくわずかなりとも手助けしたというのがわたしの最大の貢献ということになろうが、そうした社会を期待するわたしの望みと引き換えに、わたしのもたらす一滴――もし運よくもたらせられたらだが――が（たとえば）何人かの読者にわたしのものだとわかってほしいのであり、そうした読者たちの内部に、すでに不在であっても声は聞こえる存在として、木霊を響かせ、すると、道理一筋の場合以上に細かく彼らの愛着が根を張り、そのおかげで回避できるかもしれないのだ、わたしの名字と名前（まだ完全に生気を失ったわけではないわたしという人格を象徴するもの）が、それでも完全に忘れられるよりはましだとはいえ、耳を貸そうともせず押し黙ってしまうような無関心のなかにたちまち埋没してしまう、といった事態を。

わたしを突き動かす二つの衝動——詩と政治参加であり、そうした二つの力の合流点をできれば見出したかったのだが、というのも、自分自身で現実を神話の次元にまで高めようとすることと、垣根のない社会という神話を現実にしようとしている人びとの輪に加わろうとすることのあいだに、いかなる不調和もないからだ——のあいだの闘いは、鉄の壺に土の壺が立ち向かうといったものではなく、二つの土の壺がぶつかり合い、壊れるのだ。

引き分けであり、どちらの闘士も倒れてこなごなになる……。

しかし——何と言おうと——最後に勝つ〔最後の言葉を持つ〕のは詩のほうであり、なぜならわたしは——ごく自然に——こうした破綻を、まさにここで、イメージ化して、みずからを慰めているからだ。

＊

敗北の事実がどんどん明らかになってきて、いまやわたしは、声が出なくなってしまい、最近までは――ともかく自分自身に対しては――幻想を抱かせてくれていた技法上の工夫を用いる気力も段々と失ってきて、歌いたいという気持までも消えてしまった歌手のようにして、書いている。

しわがれた声、うつろな声、生気のない声、もともとアーティスト気取りでまた演奏してみようとしてもかろうじて操れるかどうか怪しい楽器であったのに、そこまで衰えてしまったわけだが、それでいて彼は、聴いてもらうにふさわしい声を喉から出すために、土木工事の仕事で必要になるのに匹敵するほどの多大な努力を強いられる者なら誰にでも起こりうるとはいえ、はずれた音を発せずにはいられない。そのつど逸脱のように、彼という人間全体の疎外のように感じられ、耳よりもむしろはらわたを引き裂かれる思いにさせるそうしたはずれた音は、信者から救済の可能性を奪う、取り返しのつかない過ち同様の苦痛を彼にもたらす。

調子がひどくよいときでも、クレヴァスに落ちたザイルパーティの仲間を懸命に引き上げる登山者の要領で、できるかぎり声を引っぱり上げるようにしてやらねばならない。井戸の冷たい暗闇からやっとのことで引き上げられたとしても、この声は、悪魔のように暴れまわらないかぎりは暖まらない以上、どうすればそれでも〈真実〉たりえたりするのだろうか。

⁂

一九七五年一月十一日……

病院のベッドに横たわる兄は、たちの悪い事故（自宅から目と鼻の先のところで、その朝は車道が滑りやすくなっていたせいと、おそらくはそうした天気のわりには運転手があまりにスピードを出しすぎていたために、歩道へと乗り上げてきた車に轢かれた）の後遺症から確実に回復するようにちょうどその週は思えていたのに、彼の妻が電話でつい先ほど知らせてくれたところによると、数時間前からひどく気分が悪くなり、ベッドの上で亡くなったのだ。

いまわしい姿だが、死化粧が物理的に覆い隠し、いわば常態への回帰、それどころか新しい状態への苦痛なしの移行を表わす、より調和がとれ、より慣習的な姿に置き換えている──見たところは大理石のような冷ややかな眠りに陥り、均整を欠いたところのない肉体の偽りの永遠性──わけではあるものの、取り返しのつかないかたちで断ち切られたつながりを別の音域で再建することをめざすこの恭しい詐欺も、わたしの心から一掃することはできない姿、それは、皺くちゃのシーツの下で両膝を曲げた貧弱な骨格同様、顔も壁のほうを向いた姿であり、さながら、自分の好みの隅っこで死んでいるのが見つかり、中身がはっきりしない包みのごとき無気力状態、そして以後は完全なものとなる無言状態によって、根本的にわたしたちから切り離され、あらゆる憐れみのまさに彼方で横たわる犬だとか、犬とは別の、人になつきやすい動物といったところだ……。

だが、わたしもまた、いま、別の死化粧をほどこそうとしているのではないか、つまり――事態をより許容できるものにするために――名前なき恐怖に対する処方をペンでほどこそうと試みているのではないか。

ところどころ薔薇色の箇所もあるが、全体には（わたしにどうできよう）黒色が基調となるこの最終巻で、わたしは日付順に並べたり、合理的な構築をおこなったりといったことに留意せず、気ままに振る舞った。以後に起きたにすぎないことをしばしば以前に置き、去年《こぞ》の雪を現在の心持のあり方に従って扱い、今日のことだとかせいぜい昨日のことに混ぜようと、書類箱や記憶の引き出しから、あるときは昔の話を、あるときは以前考えたことを、またあるときは、仕事の進行中に一気に、あるいは徐々に形をなしつつでき上がった断片と同じ資格で、「詩」と――ほかの呼び名がないので――呼んでしまえそうなものを取り出したのだ。しかし、さまざまな時間を混ぜ、視点を増やして好きなようにいろいろな調子を結合させたり対置したりすることで、永遠を見渡すまなざしを得られるものだろうか。

言ってみれば配置の問題で、それは、日本で根気よく――花束のような過剰さのなかに溶け込まさずに――ごくわずかな数の花を、多少下心があっても、眼の喜び――あるいはやすらぎ――のために生けるときのやり方だ。

したがって詞華集のごときものなのだが、それには、熟考のうえでのいかなる選択にも増して、欠如によって、すなわち、わたしが暴き出さなかったもの、うまく言語化できなかったもの、あるいは明るみに出すのを嫌がったものが欠けているという点で、許しがたい制限が生じてきてしまっているのだ。

# 訳者あとがき

『ゲームの規則』第Ⅳ巻は一九七六年にガリマール社から刊行された。第Ⅲ巻の刊行からちょうど十年後のことであり、実際の執筆期間は一九六七年初めから七五年までの九年弱となるので、他巻の場合とさほど変わらず、執筆に要した時間だけで見るなら、第Ⅲ巻『縫糸』よりもむしろ短い。だが第Ⅳ巻『囁音』の執筆は、『縫糸』の場合とはやや事情は異なるものの、やはり多大な困難にミシェル・レリスを直面させた。これは、もしかすると流産の憂き目に遭っていたかもしれない書物であり、『縫糸』の末尾では、むしろ続刊の可能性に対する懐疑が示唆されていたのである。

もっとも、レリスは第Ⅳ巻を書くという選択肢を完全に棄て去ったわけでもなく、『縫糸』が刊行された一九六六年九月の段階で、インタヴューでこの点に触れ、「扉はやや半開きになった状態にしてある」と継続の可能性をほのめかしている。そうした宙吊り状態から、翌年一月には第Ⅳ巻執筆に向けて舵がきられたことが、草稿に残された日付からわかっているが、模索期間を経て、その内容や形式に変更が加えられていったのである。そもそも、第Ⅱ巻『軍装』の末尾で予告されていた第Ⅳ巻の書名は「フィブラ（Fibules）」であった。「フィブラ」とは装飾を施された留金のことで、妻ゼットから贈られた品を指しており、レリスはそれをワイシャツのカラーやスカーフを留めるのに用いていた。そうした彼にとっては非常に愛着のある品物を指すこのFibulesという語は、『軍装』と『縫糸』

の原題である Fourbis および Fibrilles と音のうえで響き合う一方で、「分岐（bifur）」の意もはらんだ語 Biffures をタイトルとする第I巻『抹消』で『ゲームの規則』の幕を開け、収斂的なニュアンスを想起させる留金の意味の「フィブラ」で締めくくるというレリスの構想に合致していたのだ。

ところが第Ⅳ巻の内容がシリーズの総括といった意味合いを失ってしまい、その段階でレリスが次に考えた書名は「ファリボル（Fariboles）」で、これは「たわごと」、「取るに足らぬこと」といった意味合いをもつ語である。著書の執筆に際して、レリスは自身の記憶にとどめておくべきさまざまな事柄をカードに記入し、素材として使っていた。これは民族誌学のフィールドワークで用いる方法を応用したもので、さまざまなカードを組み合わせて執筆の内容を練り上げる一方、一度使ったカードは二度と使わないことを原則としていた。ところが、一九六六年九月二十六日付の日記では、かなりの字数を割いて第Ⅳ巻についての省察を繰り広げるなかで、Fariboles を『ゲームの規則』に対する補足という意味を示しうる語」と見なし、「使われなかったカード、つまり、わたしが取りかかっていた「実験証明」とでもいうものにおいて、無用とされて傍に除けられた素材」を基にした本になる可能性を示唆している。つまりレリスは、同じカードは二度と使わない一方で、使われないままのカードを残さないことにすることをゲームの規則にしようとしていたのである。

しかしながら、それがゲームの規則だとはいえ、これまでの三巻で使い道を見いだされなかったカードばかりを集めて、どのように一冊の書物を編めるのか。レリスは、第Ⅳ巻の執筆開始にあたり、難題に直面していたことになる。

＊

『ゲームの規則』を読み続けてきた読者が『囁音』を繙いて最初に気づくのは、それまでの三巻と大きく異なり、断章形式になっていることだろう。この形式の問題についてはあとでまた触れるつもりだが、拾遺集のような性格を帯び、断章という新しい試みが導入されただけに、全体をゆるやかにでも束ねるテーマ設定が必要と感じられていた点をまず論じておきたい。この問題に関してレリスが範としたのがマラルメだった。一九五七年五月の自殺未遂後、回復期にジャック・シェレールの新著『マラルメの書物』を読んで深く感化されたレリスは、『囁音』の構想を練る時期にこの著作を再読し、先にも言及した一九六六年九月二十六日付け日記のなかで、「マラルメの〈書物〉における「餓死の仕掛け」のやり方」にならい「導きの糸」として「四四年のパリでの蜂起の折に、車内で生きたまま焼かれたドイツ人を目撃したあと、ほとんど自動的に手を洗ったこと」を使う可能性を挙げている。ここでレリスが言及している「餓死の仕掛け」とは、マラルメが構想していた〈書物〉に含まれる物語において、主人公の老人がみずから自分の墓穴に横たわり、食を断って死ぬことを指していたのだ。

日記で触れられ、実際に第Ⅳ巻の二番目の断章に使われた戦時中のエピソードが触媒のような役割を果たし、『囁音』には、血、手、染み、手洗いといったテーマが繰り返し現われることになる。マクベス夫人の手についた血の染みや耳を切断したファン・ゴッホの血の染みなど、文字通りの血の染みに対する言及がなされる場合もあるが、むしろ政治参加、さらには革命の希求といった問題意識に結びつけられていく場合が多い。だからこそ、たとえば、手で食べる文化とフォークを使って食べる文化を比較しつつ、指を使って優雅に食べる人びとに比して、フォークを使う自分たちのほうが野蛮人ではないのかと自問したあと、彼は、「汚れるのを嫌がるあまり、最も場をわきまえない態度を見せてしまうのだ」と述べ、さらに「革命のために活動している以上、手を汚すのをためらってはならない」というレーニンの言葉を引いてくるのである（本書三七頁）。

だが染みは、革命とは真逆の行為をおこなう者に付けられる印ともなる。反体制的な言辞を漏らした二人の兵士を密告したアルフレッド・ド・ヴィニーの額に「穢らわしい染み」(三五三頁)をレリスは見るのだ。さらには、反革命的な行為をおこなうわけではないにしても、それこそ手を汚す仕事を厭い、真の革命家たりえない者にも染みは付く。だからこそレリスは、革命を支持する考えを持ちながらも、革命家だと自負をすれば嘘をついたことになるという事実を認め、「こうしたことを考えているからこういう人間だとみだりに結論づければ、血の染みがつくことにもなりかねないので、気をつけねばならない」(一六八頁)と記すのだ。したがって、レリスにとっての「染み」とは、政治参加する者が手を染める血であると同時に、革命家に共感を抱きつつも革命家たりえない自分に対する刻印でもある。

レリスが『囁音』の執筆にかかっていた一九六〇年代後半は、フランスにかぎらず世界各地で反体制的な運動が盛り上がりを見せた時代で、レリス自身も一種の高ぶりを感じていたに違いない。そうしたなか、「藪に頭を隠している駝鳥」さながらに「白いページに避難所を求めている」(二三一頁)とされるように、社会や政治と切り離されて象牙の塔にこもりがちな作家のあり方に対する後ろめたさがあったのは確かだ。もちろんそこには、政治参加を強く求め、戯曲『汚れた手』(一九四八)を執筆した盟友サルトル、そして、政治家でもあったマルティニックの詩人エメ・セゼールの影響もあっただろうが、そもそもレリスはシュルレアリストの時代から、マルクスの「世界の変革」とランボーの「生の変革」の融合を夢見ていたのであり、だからこそ詩と革命をいかに両立させるかが彼にとってはその生涯をとおして追求すべき問題となったのである。

そうしたレリスの問題意識は、『囁音』の場合、とりわけキューバ革命に対する熱い思いというかたちで描かれる。一九六七年七月、フランスのサロン・ド・メの出品者四十名がハバナで作品を展示するようにと招かれ、同時に、作家や知識人も招かれた。スペイン語で「サロン・デ・マヨ」と呼ばれたこの企画の中心にいたのは、『レヴォルシオン』紙の元編集長で、ハバナ現代美術館の館長だったカルロス・フランキとキューバの画家ウィフレド・ラムである。ラムとは旧知のあいだがらであったレリスも招待作家のひとりとなった。キューバの革命政府がソ連の方針と一線を画していたこともあり、当時のヨーロッパの左翼系知識人たちの目には、キューバ革命は社会主義の理想形を呈しているように映ったのだ。

レリスはさらに、翌年の一月に開かれた「アジア、アフリカ、ラテンアメリカの文化問題に関する全世界知識人第一回会議」のために再度ハバナを訪れている。この会議自体、「サロン・デ・マヨ」に招かれたヨーロッパの知識人とラテンアメリカ連帯機構の講演のために同時期にハバナにいたラテンアメリカの革命運動家たちとがホテルで顔を合わせて話し合った結果として企画されたのであり、レリスはフランス人作家代表団の選出や会議のプログラム構成などにおいて中心的な役割を担っただけでなく、「ハバナ文化会議のために」と題した宣言の起草者ともなった。この会議のおかげで、レリスは、革命を夢見ながらも現実との齟齬に苦しめられていた年月からようやく解放されたのである。

残念ながら、同じ年の夏には、プラハの春を謳歌していたチェコにソ連軍が侵攻し、そうしたソ連の行動をフィデロ・カストロが擁護したことで、レリスは短い夢から覚めざるをえなくなるのだが、キューバでの体験は、ひとときにせよ、芸術と革命の融合を垣間見た気分にさせてくれ、作家としての自分にも革命に寄与する余地があるかもしれないという希望を彼に抱かせたのである。

『囁音』において、詩と政治参加、詩と革命の問題を繰り返し取り上げたレリスだが、最終的には、作家でありつつ政治活動家になるという道ではなく、戦後まもなくに書かれ、『成熟の年齢』再刊の際に序文として再録された「闘牛として考察された文学」でもすでに表明されていたことではあるが、あくまで書くことそのものがひとつの行動となり、そうすることで、血の染みを洗い流さず、むしろ引き受けていくという道が目指されるのである。本書の終わり近くの断章では、自分を突き動かす二つの衝動が「詩と政治参加」だと認め、その二つの合流点を見出そうとするが、両者はぶつかり合う土の壺のように壊れてこなごなになるとされる。それでも、そうした破綻を言葉でイメージ化しているだけに、「最後に勝つ〔最後の言葉を持つ〕のは詩のほう」（四五〇頁）だとされるのだ。破綻といっても単に詩と政治参加の両立不可能性が述べられているわけではない。両者のあいだの葛藤、それも葛藤の結果ではなくその過程が大事なのであり、破綻が語られるとすれば、それは両者がぶつかり合い、複数の破片となりつつも存在することがむしろ求められているからだ。血の染みを受けとめること、それは破片の重みと哀しみを受けとめることでもあるのだ。

*

ところで、『囁音』を貫く「汚れた手」や「血の染み」によって照らし出されてくるもうひとつのテーマとして、エキゾティシズムの問題がある。『成熟の年齢』（一九三九）のなかで彼は、「一九三三年、ぼくはすくなくとも一つの神話を、つまり逃避の手段としての旅という神話を葬って帰国した」と告白していたが、『ゲームの規則』の各巻においても旅は重要な要素となり、その旅をどう考えるかが問われつづけている。

『囁音』前半のかなり長い断章のなかで、レリスは絵本『マカオとコスマージュ』についての省察を延々と繰り広げるのだが、画家エディ・ルグランの著したこの大判の絵本は一九一九年に刊行されているので、一九〇一年生まれのレリスはすでに青年と呼んでいい年齢で読んだことになる。物語自体はルソー的な「善良な未開人」についての一種の寓話であり、南洋の島で牧歌的な暮らしを営んでいる黒人の娘コスマージュと白人の青年マカオが主人公である。ところがそこにヨーロッパからの船がやって来て、船長の影響もあり、マカオはヨーロッパの現代文化に惹かれはじめるのだ。

『マカオとコスマージュ』には、南洋の島での暮らしがかもしだすエキゾティシズムの感覚が描かれているが、それは、逃避としての旅の延長に位置付けて読むことができるものだ。孤島のなかで自己満足的に展開するこのエキゾティシズムを、孤島的エキゾティシズムと呼ぼう。それは、手を汚すのをおそれ、もし血の染みがついていても洗い流し、清らかさを守ろうとする退嬰的で保守的な態度につながるのである。

『マカオとコスマージュ』を読んでいたころのレリスは、『成熟の年齢』のなかでケイと名づけられていた年上の女性と出会い、彼女との濃密な関係にのめり込みはじめていた。ケイとの日々は、まさに自分たちだけが住んでいる島での暮らしのようだったとレリス自身が述べている。彼は、そうした生活に若々しさを保ち、活力をそそぎこむために島の神話を作り上げたのだが、その神話の支柱となっていたのが『マカオとコスマージュ』だったというのである。若きレリスは、自分たちが閉じこもってしまえるような「完璧な世界」（九七頁）を島に求めたのである。

島での繭に包まれたかのような生活でのまどろみからマカオを目覚めさせたのが、船長とともに到来した現代文化であったとすれば、ケイとの日々からレリスを引き離そうとする呼びかけは、「現代美術や現代詩」（九七頁）からもたらされた。マックス・ジャコブをはじめとする詩人、作家、画家たちとの交流を広めていき、さらに、ブロメ街にあったアンドレ・マッソンのアトリエに出入りして、後にシュルレアリスムに関係していくメンバーと一種のグループを形成しつつあったレリスが、四年間続いたケイとの関係を清算したのは一九二三年のことであり、翌一九二四年には、アンドレ・ブルトンの『シュルレアリスム宣言』が発表される一方、レリスは自作の詩をはじめて雑誌に発表する。二十歳代前半のレリスは、こうして、孤島的エキゾティシズムから抜け出そうとしていた。

＊

この時代のレリスは、「驚異」の概念に並々ならぬ興味を抱いていたようだ。「驚異」とはもともと超自然的な現象について用いられる言葉であり、ブルトンは『シュルレアリスム宣言』のなかで、「驚異はつねに美しい、いかなる驚異も美しい、それどころか美しいのは驚異だけだ」と断言した。少なくも最初の段階において、ブルトンは「驚異」の典型をゴシック小説に見出す一方、特に定義などはしなかったものの、シュルレアリスムの根本的な思想とからめて考えていた節がある。レリスは、一九二五年一月、当時、シュルレアリスム研究所の所長に就任したばかりだったアントナン・アルトーの依頼を受けて、ブルトンとアルトーが協議のうえで決めた「驚異」に関する企画を実現すべく、「〈驚異〉の語彙集とシュルレアリスム的な〈思想〉の一覧」の構成に従事する仕事を任された。さらに翌年には、シュルレアリストたちにとってメセナ的な存在だったジャック・ドゥーセと知り合い、「驚異」に関係した三種類の手書きの文章を彼に提出する。つまり、孤島的エキゾティシズムを脱却しようとしてシュルレアリスムに参加したとも言えるレリスが従事したのは、「驚異」についての考察を深めることだったのである。そうであってみれば、彼が「驚異」のうちに孤島的エキゾティシズムを乗り越える手立てを見出そうとしたとしても不思議ではない。実際、やや時期は遡るが、一九二二年十二月十七日の日記に、レリスは次のように記していた。

詩はその本質からして驚異である。星に行くことができ、住人がいるかどうかがわかる手だてができれば、星についての詩はエキゾティシズムと同じくらい滑稽なものになってしまうだろう。

このように、エキゾティシズムに対置するかたちで「驚異」を考察するレリスは、その「驚異」のなかにもエキゾティシズム的な要素が混入することに対して警戒心を働かせる。ドゥーセに提出した文書において、レリスは、あくまでシュルレアリスムの路線に乗りながらも、ブルトンが「驚異」の典型として挙げるゴシック小説をはじめ、それこそ「超自然」的な現象と関係のある例、たとえば宗教的ないし神秘的な信仰に寄りかかったものは、いわば超越的「驚異」であるとしてあまり評価せず、もっと「現代的」なあり方、そのレリス論でタニア・コラニが指摘したように、「より水平的な運動」を生み出す「驚異」を提唱している。「驚異」のそうした水平的な形態は、まさに孤島的エキゾティシズムからの脱却と軌を一にしていたのだ。右に引用した一九二二年十二月の日記には、「見慣れたものを驚異の相貌のもとに見せること」とも記されていたが、その二か月ほど前に通いはじめていたマッソンのアトリエには、同じ通り沿いにアトリエを構えていたホアン・ミロのほか、アルトー、ジョルジュ・ランブール、ロラン・テュアル、さらにはレリスが声をかけたジョルジュ・バタイユも顔を出しており、彼らを結びつけていたもののひとつが、彼らなりの独特の「驚異」に対する「激しい渇望」だったのだ。レリスによれば、ブロメ街のメンバーは、ダダからシュルレアリスムへと運動を継続しつつあったブルトンたちとの親近性を示しつつも、一線を画してもいた。「風変わりな状況に基づいていて、他所から降下して来たような明らかに非合理的な驚異」すなわち「典型的な驚異」ではなく、「現実を鍛え直し、慣習から脱して、想像の世界が主流となっているものの、形態上の美に対するわたしたち〔レリスたち〕の感性を満足させてくれるような作品にする」（「ブロメ街四十五番地」『ゼブラージュ』所収）、そうした「驚異」を彼らは求めていたのである。

それから五十年近くが経ち、『囁音』の執筆が佳境を迎えていた時点で、レリスはふたたび「驚異」をめぐる問題に立ち返る。この時点でも、レリスはそれこそ「水平運動」のなかにある「驚異」にこだわる。例によって超自然的な事態に基づく「驚異」を否定的に扱うのだ。超自然に関係する「驚異」、要するに超越論的な「驚異」は、外との対話がないという意味では、まさに孤島的エキゾティシズムと同列だからだ。

そしてこの『囁音』の時点でレリスが超越論的な「驚異」の対極に置いたものが、「欠如による驚異」だった。これは、かつて彼が求めていた、「現実的な要素」あるいは「見慣れたもの」を想像力によっていわば変容させて生じてくる「驚異」をさらに推し進めたものと言える。つまり、通常の「驚異」が「横溢さが生じるときのように限界の破裂に関係づけられた、過剰さによる驚異」であるとすれば、レリスが求める「驚異」においては、「空虚、空白、欠如」(三九二頁)が大きな役割を演じているのである。使用されていない状態のオスロ近郊のスキー・ジャンプ台やル・アーヴル港の乾ドックが「驚異」の例とされるのもそのためだ。このような、一見すると何の変哲もない現実の要素が「驚異」となるためには、それを眺める者の想像力の働きが必要になる。そもそも、欠如体であるということは、「空気を呼び寄せるために作られた真空」がまさにそうであるように、「補完してくれるプラスに呼びかけているマイナス」(三九三頁)なのであり、自足せず、つねに開かれた状態にあるということだ。要するに、客体だけで成立するのではなく、客体と主体のあいだの一種の対話が不可欠になるのである。超越的なあり方を脱し、弁証法的な過程に置かれていると言ってもいいだろう。

この「欠如による驚異」の極端なかたちが、死の観念が忍び込んだ「驚異」ということにもなる。「一滴の死がしたたり落ちる」(四二三頁)ことで空虚が生じるのだ。すでに『成熟の年齢』でレリスは、「自分は死ぬところだとぼくは言うことができない」として、自伝的エッセーの書き手にとって死が決定的な欠如体であることを示していた。死を体験できないという宙吊り感によってあらゆるものが「驚異」となりうるのである。しかもレリスは、艶笑譚的なヴァーグナー末期の逸話を経由することで、死にエロティシズムを結びつける。そして、「驚異」が十全なかたちで存在するためには、「束の間であれ、それよりは継続的にであれ、わたしという人間の境界もまた廃棄され、〔……〕わたしが通常自分を隔離しているのとはまったく異なる仕方での存在に移行しなければならない」（四二八頁）と断じて、バタイユ的なエロティシズムとの親近性を示すのである。周知のとおり、バタイユは、エロティシズムを死と関連づけつつ、双方とも非連続性から連続性への契機を成し、「交流《コミュニカシオン》の状態」を作り出すとみなしたのだ。それは、孤島から群島への転換とも言えよう。

プレイヤード版『ゲームの規則』の監修者であるドゥニ・オリエは、『マコとコスマージュ』に関係したカードの一枚で、スペイン内戦が勃発する時期にイビサ島でヴァカンスを過ごしたことにふれつつレリスが記した「イビサで三六年七月に崩壊した島の神話」という一文に注目し、そこにいわば孤島的エキゾティシズムからの転換の示唆を読み取る一方で、同じカードの末尾にふたたび島についての言及がなされていると指摘する。事実、カードの最後にはこう記されているのだ。「フランス領アンティル諸島とハイチ（一九四八年と一九五二年）、さらにキューバ（一九六七年）、つまり「熱帯と革命の薔薇」、自分が守られていると感じる隠れ家ではなく、そこで自分が燃え上がる炉の体験とともに、島への回帰。」ここで言及されているのは、『囁音』で取り上げられている最初のキューバ旅行と、それに先立ち、一九四八年に奴隷制度廃止百年の際に給費を受けてマルティニックとグアドループでおこなった民族誌学調査および外務省からの要請で実現した文化交流のためのハイチ滞在、そして一九五二年にユネスコからの資金援助を受けて赴いた二度目のマルティニックとグアドループへの旅行であるが、アンティル諸島やハイチ、さらには一九六七年と六八年のキューバへの旅行がいかにレリスに影響を及ぼしたかを論じつつ、オリエは、「島と大陸の矛盾を乗り越える群島は、孤立なき島嶼性を思い描かせてくれる」と述べる。そうであるとすれば、孤島的エキゾティシズムからの転換をはかったレリスが『囁音』で見出した境域は、群島的「驚異」とでも呼べるものだったのである。
そもそも孤島的エキゾティシズムやそこに展開する原始的な生は、大陸的な制度の硬直性・偏狭性に対する反措定として見るかぎりでは、一種の革新性を帯びうる。だが、それが孤立し、閉鎖的になるなら、ただの逃避にすぎず、血の染みを洗い流すだけのまやかしの禊と大差ない。制度のメジャー性に抵抗するエキゾティシズムのマイナー性も、ひたすら消極的な意味合いしか持ちえないわけだ。だからこそレリスは、孤島を外に対して開くための契機としてシュルレアリスムや「驚異」に期待を託した。しかし、「驚異」にしても、それが超越的であるかぎりは、孤島的エキゾティシズムの延長にあるにすぎない。エキゾティシズムの孤島性を打ち砕き、群島性へと転化させるためには、欠如体としての「驚異」に見られるように、他者性への回路を開くことが必要なのである。

だがどのように孤島を外に開くのか。マッソンのアトリエに通っていたころのレリスは、まず何よりも言葉と言葉のあいだに交流を打ち立てようとした。「白い紙の上にばらまかれた小さな島同士が互いに交信しあうのにまかせる（『抹消』三〇六頁）ことを試みたと彼自身がのちに語ってもいる。この時代に彼が日記のなかで、「見慣れたものを驚異の相のもとで眺めさせる」として挙げた例は、「扇風機《ヴァンティラテール》＝人工的な風配図《ローズ＝デ＝ヴァン＝アルティフィシエル》〔薔薇の風〕」という一種の言葉遊びに基づくものだったし、『囁音』における「驚異」についての考察の過程で、「ベディヴィア」という彼にとって愛着のある固有名詞を「合流、交流点」（四二〇頁）と呼んでいる。言葉それ自体は孤島にすぎない。しかし、孤島と孤島のあいだに「交流」が生まれ、群島となるとき、それは「驚異」を生み出すのだ。『囁音』の冒頭を振り返ってみよう。

論理的または年代的な一貫性をなすというよりも、以下の文章は〔……〕、群島か星座、血のほとばしりのイメージ、灰白質の爆発、最期の吐瀉物となり、それによって、わたしが倒れ込むときに〔……〕虚構の境界線が空に描かれるだろう。(五頁)

レリスは自分の文章を「群島」や「星座」——若き日のレリスが身体中に星の入れ墨を入れたいと夢想し、さらに、実際に髪を剃って星座形の剃りこみをほどこしたことを思い出すべきだろうか——に譬えているのである。島ではなく群島、星ではなく星座、その複数性の絡み合いのなかから「詩＝驚異」がほとばしり出てくる。しかも、そうした「群島」あるいは「星座」には「血のほとばしりのイメージ」まで伴ってくる。レリスは、書くとは指をインクの染みで汚すことでもあると述べていた。書くことに専心し、「外部の何物にも注意を払わず」にいるうち、あらゆる汚れを自分の手から洗い落とすが、どうしても「指にインクの染みをつけてしまう」(二三一頁)のだと、例によって自嘲ぎみに自己の及び腰を告白しているのである。だが、血の染みをインクの染みに変換させることを彼はついにやめることはない。彼にとって書くとは、手についた血の染みを引き受け、そのことで孤立を交流に転化させる営為なのだから。レリスが白い紙に黒いインクでつけていく染みのひとつひとつが島や星となり、気の遠くなるような時間と忍耐と繊細さを必要とする行為の果てに、群島や星座が出現するのである。たとえそれが、マラルメの場合の「断食の仕掛け」のように、生と死を分かつ「虚構の境界線」になることを運命づけられているにせよ。

*

さて、ここで『囁音』の形式に話を戻そう。これまでとは性格の異なる第Ⅳ巻にふさわしい形式を模索するなかで、一種の断章形式が採用されたのは、当然ながら、レリスがもともとカードを使って執筆していたことが関係している。元来は民族誌学での方法であったものを文学作品の執筆に用いるようにレリスを促した要因として、オリエは三つの可能性を挙げているのだが、ここでも、まずはマラルメの名前が挙がってくるのだ。『イジチュール』(一九二五)の序文において編者のエドモン・ボニオはマラルメの創作方法として、浮かんだ考えを「学習ノートのページを半分に切り、さらにそれを八分の一の大きさにしたものに走り書きするのが習慣」で、それが「中国の木製の大きなお茶箱」に詰め込まれていたと紹介する。カードにメモをとることにした際、こうしたマラルメの方法の紹介をレリスが思い起こしたという可能性はたしかにあるだろう。

マラルメに続き、オリエはマルセル・デュシャンの名前も挙げている。レリスは、デュシャンが一九三四年に発表した《グリーン・ボックス》に魅せられていた。この《グリーン・ボックス》には、未完成におわった絵画《彼女の独身者たちによって裸にされた花嫁、さえも》に関する九十四種類の資料の複写——資料は文章だけでなく、写真や図面のようなものも含まれていた——が入れてあった。雑誌『新フランス評論』の一九三六年十二月号に発表したデュシャンについての文章でレリスは、「最初はその全体を眺めたり読んだりしてから、そこに最低限の分類を導入して、なんとか全体像を組み立てられるようにする一種のパズル」と形容している。

マラルメやデュシャンの場合、メモをカード状のものにするという点でレリスがおこなった方法の源泉になっているわけだが、オリエによれば、そのカードをどのように使うかという段階についての示唆を与えているのはレーモン・ルーセルだということになる。小説や戯曲などで奇妙なイメージを紡ぎだす際にルーセルが用いたいわゆる「手法」は、それこそ無関係のカードとカードを並べるのにも似て、異質な言葉と言葉を突き合わせる方法だったのである。ルーセル死後刊行の『わたしはいかにしていくつかの本を書いたか』(一九三五)を読んだレリスが、カードの使い方の点でヒントを得たか、そこまではいかなくとも、自分の考える方法を後押しする実例とみなしたことは充分に考えられる。そして、それが『ゲームの規則』の執筆として結実していくわけだ。

しかしながら、その一方で、こうしたルーセル的方法からの、少なくとも部分的な脱却が図られたのが、ほかならぬ『囁音』なのである。それまでの三巻と違い、第Ⅳ巻では架橋が必ずしもされないままの断章が並置されている。もちろんそれには、そもそも拾遺集的な書物であったという事情が作用しているわけだが、そのことで、むしろカードを使った執筆法の原点に戻ったと言えるのではないだろうか。その際にレリスの頭にあったのが、マラルメの構想した大文字の〈書物〉である。一九六六年六月十四日の日記には、シェレールの著作を再読したと記した上で、「マラルメの主要な関心、それは「書物」が自律的な（＝絶対的な）全体となるということだ」と述べ、さらに、「だからこそ、「操作主」（すなわちSM〔ステファヌ・マラルメ〕）は同時に作者であり、解釈者〔演奏者〕であり、プロデューサー（そしてまた編集者）でなければならない」と断じている。この記述を読むと、シェレールの著作において説明された〈書物〉についての具体的な計画、とりわけ、マラルメが独特の朗読形式によって〈書物〉を実現させようとしていた点が影響しているのがわかる。マラルメは、あらかじめ定められた人数の朗読者を集め、文章が記された数枚の紙を綴じられていないファイルのかたちでまとめ、一種の舞台上の棚に一定の規則に従って配置しておき、朗読者たちが順番にそのファイルを手に取り、しかもファイルのなかの紙を交換して朗読するという形式を構想していた。朗読される文章がどのようなものになるかの指定はないのだが、このようなかたちでの朗読に付されるとき、文章は必然的に断章化するだろう。完全には固定化されず、配置の仕方次第では文章の順序が変わる〈書物〉、それが『囁音』の断章形式につながることは明らかだ。『囁音』の冒頭においても、「文章を並べ、移動し、配置し、トランプのゲームで勝ちをめざすのと同じこと」（五頁）と説明されている。断章と断章は、あくまでも異なる文章の集合体として継起していく。それはデュシャンの《グリーン・ボックス》における資料どうしの関係についても言えることだ。レリスが夢想する、自分に関係するさまざまな品が入ったショーケースでの展示（二一五頁以下）はどこか《グリーン・ボックス》を想起させないだろうか。要するに彼は、ルーセル的な「手法」の応用とでも言うべき間隙の連結的な埋め込みから、〈書物〉や《グリーン・ボックス》に近い断片の並置に移行したのだ。しかしそれは、レリス本人の思惑とは別のところで、その作家活動の初期に彼が思い描いていた作品のあり方に回帰する実践ともなっていたのである。一九二九年五月にレリスは日記に次のように記していた。

わたしはいつもそうした印象を抱いてきたのだが、きわめて出自の異なる二つの文章を近づけてやると――たとえこの二つの文章がそれ自体はあまり価値のないものであっても――一種の爆発を起こすのではないだろうか。

これはレリスがダカール＝ジプチ調査団に参加し、民族誌学に傾倒する以前の時期であり、まだシュレアリスムの影響が強かったことを窺わせる記述と言えよう。実際、二つの文章が一種の爆発を起こすという発想は、ブルトンがルヴェルディの言葉を借りつつ語ったシュルレアリスム的イメージのもたらす閃光、すなわち、「二つの項のいわば偶然の接近から、ある特殊な光、イメージの光がほとばしった」（『シュルレアリスム宣言』）という現象を彷彿とさせる。民族誌学の方法を応用した自伝文学を経て、『ゲームの規則』最終巻の『囁音』における断章形式に至り、レリスは、少なくとも部分的には、シュルレアリスムの美学に回帰したのである。

*

『囁音』で採用されたこうした形式が、その後の『オランピアの頸のリボン』（一九八一）、『角笛と叫び』（一九八八）でも踏襲されたのを見るなら、『ゲームの規則』の三巻でそれまでの自分の作家として目標をある程度まで達成したレリスが、断章形式に新たな可能性を見出したことは明らかだろう。そうだとするなら、レリスはこの新しい形式のどこを評価したのだろうか。第一には、彼が「詩」と見なすものにこの形式がはからずも接近させてくれたことを挙げねばなるまい。一種の爆発を起こし、それゆえ閃光を放つともいえるこの断章形式は、いわゆるシュルレアリスム的イメージほどの衝撃力はないにしても、言語をその日常的な使用法から逸脱させ、「詩」に近づけていく。それを凝縮した形で示すのが、ときおり挿入される、原文ではイタリック体で表示され、行分けがされた断章である。行分けがされているものの、多くの場合、事項の羅列に終始したこの種の文章を通常の意味での詩とは呼びがたい。しかし、行と行のあいだの連結をあえて放置したかのようなこうした言葉の扱いに注目し、その行と行の関係を断章と断章の関係に比較したとき、両者は同種の働きを示していることに気づく。連結符を欠いた異質な要素の並置、それをこの時期のレリスはあらためて「詩」と見なしたのではないだろうか。『囁音』の初版に挿入された書評依頼状《プリエール・ダンセレ》で、おそらくレリス自身が、「論理的連関よりも詩を優先させた」と述べているし、晩年のレリスにとってよき理解者であったジャン・ジャマンも、『囁音』のうちに「断章としての文章、すなわち散文による詩」を見出しているのだ。

ところで、レリス自身が記した「一種の爆発」という表現に引きずられるようにして、それをシュルレアリスム的イメージに結びつけたわけだが、レリスがおこなう改行による並置や断章の並置において生じる各項のあいだの落差が、シュルレアリスム的イメージの場合ほど大きくないのは、あらためてブルトンの説明を読んでみるまでもなく明らかだろう。むしろレリスの場合は、通常は絵画に用いられるデペイズマンという言い方のほうがふさわしいかもしれない。各項のあいだにはゆるやかな関連性があっても、並置によりその文脈が少しずつずらされていくのだから。そして、そうしたデペイズマン的作用は、レリスがこだわった日常性のなかに生じる「驚異」につながっていく。天文台、森、湖、ジャンプ台、記念建造物、港の乾ドックなど、いずれもそれだけを個別に取り上げればことさらに奇異なものではないが、たとえばジャンプ台がウィンタースポーツとはかけ離れた季節のなかで眺められるとき、そこに生じる違和感が「驚異」を生み出す。つまり『囁音』は、内容的にもデペイズマン的なずれによって生じる「驚異」を扱う一方で、その形式面においても、文章と文章をデペイズマンの関係に置くことになる断章の並置、すなわちレリスにとっての「詩」によって成り立っていたのである。そして、「驚異」と名づけられているものは、実は「詩」とも呼べるのだとレリス自身が述べているのだ（四二〇頁）。

だが、そうしたデペイズマン、そしてそれによって成り立つ「詩」も、そのようなものとして受けとめられ、定着してしまうなら、その価値を失ってしまうだろう。もはや「爆発」は生じず、むしろそれを押しとどめる防御幕のごときものとして文章は機能してしまう。そこで注目されるのが、再三言及してきた一九六六年九月二十六日付けの日記である。この日の記述の冒頭で、レリスは、中断されるようなことがあっても「自律的な全体を形成できるように構想された書物」をめざすとして、それを「永遠にワーク・イン・プログレスの状態にあるように意図的に設定された書物」と言い換えているのだ。さらに、『囁音』のなかには、断章形式に関して、「ごく短い言葉で表明され、使われる素材を真っ赤に熱くしたままに保てる一文やいくつかの文の集まり」という言い方があり、「文そのものが破裂する（何人もがすでにやってみせたように）ことだってありうるのではないか」（二六七頁）

とまで述べられている。

素材を真っ赤に熱くしたままに保ち、ことによるとそのために破裂すらしかねない文が作り上げるもの、それは完成形に到達しないままの作品、まさにワーク・イン・プログレス的な作品であり、それこそが究極の「驚異」でもあるのだ。それはまた、デュシャンの《グリーン・ボックス》につながる断片の並置であろう。決して論理的なつながりを補塡されない断片を前にして、その関係性を探っていくのは読者なのだ。そしてだからこそ、断章は枠組みのなかに落ち着いて凝固することなく、つねに過程としてのあり方を更新しつづける。レリスは絵画としての《彼女の独身者たちによって裸にされた花嫁、さえも》と《グリーン・ボックス》のあいだのずれに言及し、それはデュシャンが「死んだものとしての絵画との対比で、生きたものとしての遊戯に認めた優越性」によって生じているのだと述べている。そして、一種の空白にも通じるそうした「遊び」ゆえに、レリスの書物は、それこそ彼が理想としたマラルメの〈書物〉にも似て、完結して過去に封印されることなく、永遠の現在を生きているのである。

＊

最後に本書の書名について触れておこう。すでに述べたように、『ゲームの規則』第Ⅳ巻の書名は、二転、三転したが、最終的に「フレール・ブリュイ（Frêle bruit）」に落ち着いた。これをそのまま訳せば、「かすかな物音」といった意味合いになる。遅くとも一九六七年の時点で書名がこの語句に一応落ち着いたことがわかっているが、その理由は特に明らかにされていない。しかし、その前に候補になっていた *Fariboles* には「たわごと」といった意味合いもあるので、それに近いニュアンスが求められていたととりあえずは考えられる。第Ⅳ巻が、『ゲームの規則』の総括というよりは補足的な性格のものになるにともない、書名もそれにふさわしいものに変化していったことになる。

第Ⅳ巻の本文中に、frêle bruit という語句そのものが出てくるわけではないが、パリでの生活とサンティレールでの生活を比較した断章で、パリの騒音でもなく、田舎の静寂でもなく、自分にあっているのは「わずかな物音（un léger bruit）」とされている。さらに、「ささやかな物音（ces menus bruits）」と言い換えられた上で、それを拠りどころにしつつ、レリスは自分自身に耳を傾けるというのだ。だとすればそれは自分を開いていく働きであり、レリスが自分なりの「驚異」を探求する際に必要だとした想像力につながるだろう。しかも、「かすかな物音」は、いかにもレリス的ともいえる欠如体の「驚異」を連想させもする。それは、書物の後半、「取るに足らない気がかり……」と始まる断章（三一〇頁）に出てくる「微細な事柄」にも関係するだろう。日常生活のなかの「微細な事柄」が、想像力の助けを借りて「驚異」となる、それこそがミシェル・レリスの求めた世界なのではないだろうか。

『ゲームの規則』各巻の書名の翻訳にまつわる事情については、『縫糸』の「訳者あとがき」で説明されているとおりであり、第Ⅳ巻についても漢字二字の単語をいろいろと当ててみることとなった。意味だけを取るなら、既存の単語に適切なものがなかったわけではない。しかしながら、他の巻の書名の音などを考慮に入れたとき、いずれの単語も求める響きをもたらしてくれなかった。その結果、「囁音」という造語を使うことにした。この語であれば、特に第Ⅰ巻「抹消」と響き合い、『ゲームの規則』全体に一種の円環性をもたらしてくれるように思われた。もちろん、原語では、第Ⅰ巻から第Ⅲ巻の書名が多義的であるのに対し、第Ⅳ巻はむしろ意味の揺らぎはない平明な表現になっている。しかし、他の巻が一語であるのに対して例外的に二語である第Ⅳ巻のやや特殊な書名の感覚を、異なる形であるとはいえ、こうした邦題で示唆できる部分があるかもしれないとも考えたのである。

*

平凡社の松井純さんから連絡をもらい、『ゲームの規則』全巻を三人で分担して訳して刊行したいという意向を岡谷公二さんがお持ちだという話をはじめて聞いたのは、もう十年ほども前のことだ。私自身の力不足もあり、刊行が大幅に遅れ、いち早く訳稿を準備されていた岡谷さんに多大なご迷惑をおかけしてしまったが、こうして曲がりなりにも四巻を揃えることができ、ようやく肩の荷を下ろした心持である。岡谷さんの強い希望と意志がなければ、この企画自体が動き出すことはなかっただろう。また、岡谷さんの提案を受けて、力強く企画を前に進めてくれた松井さんのおかげで三人の訳稿が書物として結実された。さらに、日本語での書名の工夫や全巻を通しての訳語の統一など、自分の担当巻の翻訳に手一杯でわたしの配慮の及ばなかった部分についての的確な提案を出してくださった千葉文夫さんのおかげで、四巻のつながりが明確になった。そうしたつながりをさらに確かにし、洗練したものにしてくれたのが装丁を担当してくださった細野綾子さんで、第Ⅳ巻に関しては、原文にイタリック体など変則的な字体の箇所が多かったため、そうした部分のデザインも引き受けていただいた。各氏にこの場を借りてお礼を申し上げたい。

翻訳という作業自体は、それこそ孤島での活動のようなものだが、実はさまざまな人とのつながりのなかでこそ実現していく。『ゲームの規則』四巻の翻訳という仕事は、通常の場合以上に、翻訳の作業が群島的なものであることを実感させてくれた。願わくば、この群島としてのあり方が読者の方々にも伝播していってもらいたいものである。

二〇一八年一月十二日　　谷 昌親

## 著者略歴

Michel Leiris（ミシェル・レリス）

1901年パリ生。作家・民族学者。レーモン・ルーセルの影響を受け、20歳ころより本格的に詩作を開始。やがてアンドレ・マッソンの知遇を得て、1924年シュルレアリスム運動に参加。1929年アンドレ・ブルトンと対立しグループを脱退、友人のジョルジュ・バタイユ主幹の雑誌『ドキュマン』に協力。マルセル・グリオールの誘いに応じ、1931年ダカール＝ジブチ、アフリカ横断調査団に参加、帰国後は民俗誌学博物館（のちの人類博物館）に勤務、民族学者としての道を歩む。1937年にバタイユ、ロジェ・カイヨワと社会学研究会を創立するが、第二次大戦勃発のため活動は停止。戦中は動員されてアルジェリアの南オラン地方に配属される。動員解除後はレジスタンス活動に加わり、戦後、ジャン＝ポール・サルトルらと雑誌『タン・モデルヌ』を創刊。特異な語彙感覚を駆使した告白文学の作家として文壇で活躍、晩年までその文学的活動は衰えることはなかった。1990年没。文学的著作に『シミュラークル』（1925）、『闘牛鑑』（1938）、『成熟の年齢』（1939）、『癲癇』（1943）、『オーロラ』（1946）、本書を含む4部作『ゲームの規則』（1948-76）、『夜なき夜、昼なき昼』（1961）、『獣道』（1966）、『オランピアの頸のリボン』（1981）、『ランガージュ、タンガージュ』（1985）、『角笛と叫び』（1988）、民族学的著作に『幻のアフリカ』（1934）、『サンガのドゴン族の秘密言語』（1948）、『ゴンダールのエチオピア人にみられる憑依とその演劇的諸相』（1958）、『黒人アフリカの美術』（1967）など多数。また、ジャン・ジャマンが校注し、死後公刊された大部の『日記』（1992）がある。

## 訳者略歴

谷 昌親（たに・まさちか）

1955年生。早稲田大学大学院文学研究科博士後期課程満期退学。パリ第三大学第三期課程修了（レーモン・ルーセルについての論文で文学博士号取得）。早稲田大学法学部教授。専攻、フランス現代文学・映像論。著書に『詩人とボクサー――アルチュール・クラヴァン伝』（青土社）、『ロジェ・ジルベール＝ルコント――虚無へ誘う風』（水声社）、『シュルレアリスムの射程――言語・無意識・複数性』（共著、せりか書房）、『ゴダールに気をつけろ！』（共著、フィルムアート社）、『瀧口修造 夢の漂流物』（共著、世田谷美術館、富山県立近代美術館）、訳書に、ロベール・ブリアット『ポール・ボウルズ伝』、ジャン・エシュノーズ『チェロキー』（以上、白水社）、同『ピアノ・ソロ』（集英社）、アンリ・ベアール『アンドレ・ブルトン伝』（共訳、思潮社）、ミシェル・レリス『オランピアの頸のリボン』（人文書院）、ヤン・ムーリエ・ブータン『アルチュセール伝』（共訳、筑摩書房）、岩本憲児ほか編『「新」映画理論集成②――知覚／表象／読解』（共訳、フィルムアート社）、ジル・ドゥルーズ『批評と臨床』（共訳、河出文庫）など。

ゲームの規則Ⅳ 囁音

2018年2月23日　初版第1刷発行

著　者　ミシェル・レリス
訳　者　谷　昌親
発行者　下中美都
発行所　株式会社平凡社
〒101-0051 東京都千代田区神田神保町3-29
電話 03-3230-6579（編集）
03-3230-6573（営業）
振替 00180-0-29639

装幀者　細野綾子
印　刷　株式会社東京印書館
製　本　大口製本印刷株式会社

落丁・乱丁本のお取り替えは小社読者サービス係までお送りください（送料小社負担）

平凡社ホームページ　http://www.heibonsha.co.jp/

ISBN978-4-582-33326-8　C0098
NDC 分類番号950.27　四六判（19.4cm）　総ページ480